실록에서 지워진 조선의 여왕

초판 1쇄 발행 2016년 1월 1일
초판 2쇄 발행 2016년 11월 11일

지은이   정운현
펴낸이   구주모

편집책임   김주완
표지·편집   서정인
표지 일러스트 이미혜
캘리그라피   안다원

펴낸곳   도서출판 피플파워
주소   (우)630-811 경상남도 창원시 마산회원구 삼호로38(양덕동)
전화   (055)250-0190
홈페이지   www.idomin.com
블로그   peoplesbooks.tistory.com
페이스북   www.facebook.com/pepobooks

ISBN   979-11-86351-02-4(03810)

이 도서의 국립중앙도서관 출판예정도서목록(CIP)은 서지정보유통지원시스템 홈페이지(http://seoji.nl.go.kr)와
국가자료공동목록시스템(http://www.nl.go.kr/kolisnet)에서 이용하실 수 있습니다. (CIP제어번호 : CIP2015033119)

혜주

차례

1부

잊혀진 세월

지독한 가뭄

참으로 지독한 가뭄이었다. 근 10년 만에 처음이었다.

바짝 마른 동네 논 바닥은 거북 등짝 같이 쩍쩍 갈라졌다. 어른 반 줌 정도로 자란 모 포기는 누렇게 뜨기 시작했다. 텃밭의 고추, 상추, 쑥갓 등도 힘없이 축 늘어졌다.

오죽하면 마당에서 종종거리던 암탉과 병아리들도 한낮엔 자취를 감추었다. 뒷산 어귀의 작은 저수지는 마른 지 이미 오래됐다. 그야말로 온 세상이 목이 탔다. 홍수보다 가뭄이 더 혹독하다는 걸 송 선생은 처음 실감했다.

비 소식이 전해진 건 가뭄 석 달째인 7월 하순경이었다. 작은 태풍 둘이 한반도를 비켜가면서 비를 선사했다. 오랜 가뭄 끝의 단비였다.

금요일 저녁 무렵부터 남부지방을 시작으로 비가 내리기 시작했다. 경주 일대도 저녁부터 빗방울이 뿌리기 시작했다. 농사꾼도 아니면서 송 선생은 마치 제 일처럼 신이 났다. 제 논에 물 대는 농심(農心)이 바로 이런 기분일까.

학교에서 퇴근하고 와서 저녁을 먹으면서 송 선생은 아내와 비 얘기로 시간가는 줄을 몰랐다. 친정이 시골인 그의 아내는 맞장구를 쳐주었다.

"참 다행이지요? 이제라도 비가 와서."

"그러게요, 하마터면 올 농사 다 망칠 뻔했소."

경기도 일대에서는 시간당 70mm가 넘는 폭우가 내려 집이 침수됐다고 뉴스에 나왔다. 또 어디서는 갑자기 쏟아진 폭우에 물놀이 중이던 초등생이 고립돼 119구조대가 구조에 나섰다는 소식도 들렸다. 그러나 송 선생은 그런 뉴스가 별로 귀에 들어오지 않았다.

비는 이튿날, 토요일 아침까지도 계속됐다.

늦잠을 자고 일어난 송 선생은 눈을 비비면서 마루로 나왔다. 처마에서 주루룩! 주루룩! 소리를 내며 빗물이 떨어졌다. 밤새 마당 곳곳에 작은 물웅덩이가 생겨났다.

폭우는 아니지만 그렇다고 가랑비도 아니었다. 태풍의 영향인지 빗줄기는 어젯밤과 별 차이가 없었다.

밤새 내리고 지치지도 않나?

속으로 혼자 중얼거리며 우산을 받쳐 들고 마당으로 나섰다. 솟을대문 앞에 다다른 송 선생은 화들짝 놀랐다. 대문 오른편의 작은 화단이 난리법석이었다. 채송화 봉숭아 붓꽃 접시꽃 다알리아…, 키 큰놈 키 작은놈 할 것 없이 다 똑같았다. 어제까지만 해도 풀이 죽어 웅크리고 있던 녀석들이 하나같이 고개를 꼿꼿이 치켜들고 있었다. 마치 나 이제 살아났소! 하며 위세라도 부리는 듯했다.

감사합니다. 감사합니다.

송 선생 입에서 절로 감사가 튀어나왔다. 참으로 감사한 일이었다. 밤새 내린 비로 화단의 꽃들이 모두 되살아난 것이 놀랍고도 신기했다.

비는 사흘째인 일요일에도 계속됐다. 전날보다 빗줄기도 굵어진데다 바람도 더 심하게 불었다.

바람도 바람이지만 더 심한 것은 천둥과 번개였다. 마치 세상을 뒤흔들어 놓기라도 할 듯이 천둥이 하늘과 땅을 두들겼다. 여기에 번쩍! 번쩍! 하며 번개까지 가세했다. 번갯불은 순간적으로 하늘을 두 쪽으로 쩍 갈라놓곤 했는데 그 섬광은 잠시잠깐이나마 온 세상을 환히 밝혔다. 그럴 때면 빗줄기가 섬돌을 넘어와 마루까지 흥건하게 적셨다.

TV 아침뉴스에서 전국 곳곳의 비 피해 소식이 이어졌다. 오랜 가뭄 끝의 단비라고는 하나 단기간에 폭우가 쏟아지면서 되레 비 피해가 나고 만 것이다.

송 선생은 아침식사를 서둘러 마쳤다. 뭔가 볼 일이 있는 눈치였다.

안방 장롱에서 낡은 열쇠 꾸러미를 챙긴 그는 신발장에서 장화와 우비를 주섬주섬 꺼냈다. 그의 아내가 물끄러미 바라보면서 물었다.

"비도 저리 많이 오는데 어딜 가시려고요?"

"제각(祭閣)엘 좀 다녀와야겠소."

"제각엘요?"

"아무래도 한번 다녀와야겠소."

"……?"

고등학교를 졸업한 후 송 선생은 서울로 대학을 진학할 참이었다. 그러나 집안 어른들은 종손인 그가 고향에 남아 종택(宗宅)을 지켜주기를 바랐다. 결국 송 선생은 고향 인근 지방대학의 사범대를 나와 모교 수학교사로 자리를 잡았다. 종손인 그에게 선산과 제각을 관리하는 일은 가장노릇만큼이나 중요했다.

그래도 그렇지 폭풍우 속에 제각이라니.

우중에 집을 나서는 남편을 물끄러미 바라보면서 그의 아내는 입을 삐죽거렸다.

그러면서도 남편이 비를 마다않고 제각엘 가는 이유를 굳이 따져 묻지는 않았다. 종부(宗婦)로서 종손인 남편의 '임무'를 그 누구보다도 잘 알고 있는 터였다.

대문 밖을 나서자 세찬 비바람이 그를 붙잡아 세웠다. 우비를 입었기에 망정이지 우산만 쓰고 나왔더라면 큰 낭패를 볼 뻔했다. 오른손으로 우산을 들고 손전등을 든 왼손은 가슴에 바짝 붙인 채 그는 찬찬히 발걸음을 옮기기 시작했다.

위아래 동네를 관통하는 골목길은 휑하니 비어 있었다.

제각은 종택에서 그리 멀지 않다. 윗동네가 끝난 지점에서 100m 정도 떨어져 있는데 날씨가 좋은 날이면 한숨에 다녀오는 거리다.

송 선생의 5대조가 지은 제각은 130년은 족히 된 건물이다. 규모나 모양새에서 어느 종가의 제각과 견주어도 빠지지 않을 정도였다. 100여년의 세월에도 기둥이나 서까래는 멀쩡했다. 다만 비바람에 노출된 기왓장 같은 것은 조금 문제가 있었다. 오랜 세월의 무게와 풍파를 이기진 못한 탓이었다.

제각 대문을 열고 들어서자 마당엔 빗물이 군데군데 고여 있었다. 그나마 마당이 전체적으로 사토(沙土)인 게 다행이다 싶었다. 담장 근처에는 잡초가 여럿 고개를 내밀고 있었다.

송 선생은 마당에 선 채로 제각 한가운데의 제실을 향해 두 번 절을 올렸다. 제각을 들를 때면 항상 제일 먼저 하는 행동이다.

절을 마치고 고개를 들자 제각 용마루 위로 뒷산의 노송들이 구부정하게 엎드려 있었다. 마치 열여섯 폭 노송 병풍이 제각을 감싸듯 했다. 볼 때마다 참 괜찮다고 느꼈는데 이날 빗속에서 송 선생은 또 그런 생각이 들었다.

그의 발길이 향한 곳은 제각 왼편에 있는 서실(書室)이었다.

몇 해 전 가을, 송 선생은 시제(時祭)를 마치고 제각을 둘러보다가 서실 위쪽의 기와 몇 장이 금 간 것을 우연히 발견했다. 그 뒤 송 선생은 비가 올 때마다 늘 서실이 마음에 걸렸다.

그런데 무슨 연유인지 몰라도 이 집안에서 서실은 '출입금지 구역'으로 통했다. 영천 송씨 21대 종손인 그도 예외가 아니었다.

그러나 수많은 종친 가운데 그 누구도 연유를 따져 묻는 이는 없었다. 또 나서서 그 연유를 들려주는 사람도 아무도 없었다. 다들 집안에 전통으로 내려오는 것이려니 하고 여길 따름이었다.

몇 해 전엔가 도청 직원이 지방문화재 현장조사차 제각을 방문한 적이 있다. 종친 어른들과 상의한 결과 제각의 서실은 절대로 공개해선 안 된다고 해서 끝내 열어주지 않았던 적이 있다. 그런 생각이 들자 송 선생은 서실 내부가 더욱더 궁금해졌다.

대체 서실에는 무슨 비밀이 숨어 있는 것일까.

혹시 조상의 미라 같은 걸 비밀리에 보관하고 있는 건 아닐까.

그런 생각을 하자 송 선생은 순간 오싹한 기분이 들었다.

대문 열쇠까지 포함해 열쇠 꾸러미의 열쇠는 총 여덟 개. 그 가운데 서실 열쇠가 제일 무뎠다. 평소 사용하지 않아 녹이 슨 때문이었다.

이리저리 열쇠를 돌려본 끝에 송 선생은 거우 서실 문을 열었다. 창문이 없는데다 비까지 와서 내부가 어두컴컴했다.

방 안으로 들어서자 오감 중에서 가장 먼저 작동한 것은 후각이었다. 고리타분한 냄새가 우선 낯설었다. 먹 냄새, 종이 냄새에 세월의 냄새가 뒤엉켜 코에 박혀들기 시작했다. 송 선생은 그 냄새가 그리 싫지는 않았다.

손전등을 켜 이리저리 비춰보자 비로소 서실 내부의 윤곽이 드러나기 시작했다. 대략 세 평 남짓 했다. 개인 서재로 쓰면 딱 좋을 만한 그런 크기였다.

입구 왼쪽으로는 시커먼 색깔의 판각(板刻)이 층층이 천장까지 가지런히 쌓여 있었다. 팔만대장경 경판을 보관한 합천 해인사 장경각의 축소판 같았다. 족히 수백 장은 돼 보였다.

옆으로는 그 판각으로 찍은 듯한 고서들이 서가에 가득 채워져 있었다. 자세한 내용은 알 수 없었으나 분량은 어림잡아도 천 권은 넘어 보였다. 언젠가 영화에서 본 조선시대 양반집 서고가 눈앞에서 어른거렸다.

다시 손전등을 입구 오른쪽으로 비추자 구석에 작은 뒤주 같은 게 하나 놓여 있었다. 다가가서 서 보니 그 높이는 채 허리에도 닿지 않았다.

곳간도 아닌 서실에 뒤주라니.

가까이 가서 손전등으로 비춰보니 그건 뒤주가 아니었다. 작은 소반 위에 올려놓은 문갑(文匣)이었다.

색이 좀 변질되긴 했지만 네 모서리에 금박을 두르고 있었다. 나무는 재질이 매끄럽고 향기가 나는 듯했다. 한눈에 봐도 고급스러워 보이는 문갑이었다. 이곳에 뭔가 중요한 물건이 보관돼 있을 것 같다는 생각이 들었다.

문갑 중심부에는 좌우로 여닫이문이 있고, 물고기형 은색의 자그마한 자물통이 하나 매달려 있었다. 열쇠뭉치에 문갑 열쇠가 별도로 없는 걸로 봐 거짓으로 잠가 둔 것이 분명했다.

아니나 다를까 사실이 그랬다. 자물통을 이리저리 돌려보자 어느 대목에서 철커덕! 하고 자물쇠가 설렁 빠졌다. 순간 송 선생의 가슴이 콩닥거렸다. 마치 숨어서 못된 짓을 하고서 제 스스로 당황해 하는 아이의 심정 같았다.

자물통을 열고도 송 선생은 문갑 문을 곧바로 열지 못했다. '출입금지 구역'엘 들어온 것도 그렇지만 뭔가 중요한 물건을 담아뒀을 법한 문갑을 연 것이 왠지 마음에 걸렸다. 어쩌면 이 문갑 속에 든 '그 무엇' 때문에 종친 어른들이 서실 출입을 금했을지도 모른다는 생각이 들었다.

송 선생은 잠시 서실 바닥에 쭈그리고 앉았다. 천장 위로 기왓장을 두드리는 빗소리뿐 실내는 쥐죽은듯 고요했다.

천장까지 쌓아올린 사방의 책들이 쭈그려 앉은 자신을 내려다보는 듯했다. 뭔가가 책 속에서 튀어나와 자신을 혼낼 것만도 같았다. 좁고 어두컴컴한 공간에 갇힌 듯한 생각이 들자 무섭기도 했다.

엉겁결에 손전등을 켜 문갑 이리저리를 자세히 살펴보았다. 여닫이문 좌우에 희미하게 금박으로 뭔가가 새겨져 있었다.

자세히 보니 왼편 글씨는 '秘'사 같았다. 오른편 글씨는 '雨'자 비슷했으나 정확히 알지는 못했다.

비밀 비(秘).

송 선생은 기분이 묘했다. 미처 경험해보지 못한 흥분 같은 게 가슴속에서 일렁거렸다. 마치 '비밀의 문'의 첫 관문을 맞닥뜨린 기분이었다.

그러면서도 한편으로는 마음 한구석에서 불안한 마음이 들었다. 어쩌면 열어서는 안 되는 '판도라의 상자' 같은 건 아닐까 하는 생각이 들었다. 만약 그렇다면 일은 이미 터진 셈이다. 어쩌면 서실에 들어온 것부터 일은 터졌는지도 모른다.

이왕 이렇게 된 이상 한번 부닥쳐 보자!

그는 문갑 앞에 조용히 무릎을 꿇었다. 선대 조상이 남긴 물건이니 예의를 갖춰야겠다는 생각이 문득 들었다.

잠시 뒤 떨리는 손으로 조용히, 그리고 서서히 문갑 문을 좌우로 열었다. 문을 열어 놓고는 다시 잠시 한숨을 돌렸다.

이어 손전등으로 문갑 안을 비추자 바닥에 노란색 보자기가 하나 눈에 들어왔다. 살짝 손을 넣어 만져보았더니 두꺼운 책자 같은 게 손가락 끝에서 느껴졌다.

휴~.

그는 참았던 숨을 내쉬었다. 혹시 보자기 속에 괴상망측한 물건이라도 들어 있지나 않을까 조금은 걱정을 했었다. 책자인 게 참 다행이다 싶었다.

잠시 숨을 고른 뒤 그는 문갑에서 보자기를 꺼냈다. 제법 묵직한 게 내용물의 두께가 한 뼘은 돼 보였다. 그는 보자기를 품에 고

이 안고서 서실 문을 나섰다.

천지를 두들기던 비는 그새 그쳐 있었다.

비온 뒤의 뒷산에서 산바람이 쏟아졌다. 물기를 머금은 그 바람은 몹시 맑고도 부드러웠다. 발 아래로 보이는 동네 한쪽을 뽀얀 안개가 휘감아 돌고 있었다.

비밀상자

현관문을 열고 들어서자 그의 아내가 놀란 토끼 눈을 하고는 물었다.

"제각서 여태 뭘 하시다가 이제 오시는 거예요?"

"비 피해가 없는지 이리저리 좀 둘러보느라고…."

"한 바퀴 도는데 5분이면 끝날 일을…."

아내는 도무지 이해를 못하겠다는 눈치였다. 그도 그럴 것이 오고가고 다 합쳐도 20분이면 족할 일을 두 시간 넘게 걸렸으니 그럴 만도 했다.

아내는 이내 둥근 소반에 점심상을 차려 마루로 내왔다.

"벌써 점심때가 됐소?"

"새로 한 시가 다 돼갑니다."

시장기를 느낀 그는 이내 숟가락을 들었다. 그러나 아내는 숟가락은 들 생각도 하지 않은 채 송 선생을 뚫어지게 쳐다보았다. 아내는 이번에는 뭔가 정색을 하고 따질 기세였다. 오른쪽 다리를 곧추세우고 앉은 자세부터가 달랐다.

"이 우중에 어디서 뭘 하시다가 이제 오십니까?"

"아까 얘기하지 않았소? 제각엘 좀…."

"제각요?"

"그렇소, 제각."

아내는 믿기지 않는다는 눈치였다. 한동안 남편을 응시하던 아내의 시선이 마루 테이블 위에 놓인 낯선 보자기로 옮아갔다. 곧이어 퉁명스런 질문이 이어졌다.

"그런데 저기 저 보자기는 뭔데요?"

"아, 그거…."

송 선생은 쉽게 뒷말을 잇지 못했다. 보자기에 대해 쉽게 설명할 수가 없었다. 그로서도 '보자기' 그 이상은 잘 알지 못했다.

"보자기 색깔을 보니 무슨 오래된 물건 같은데 혹시 골동품 같은 건가요?"

"그렇소, 골동품! 오래된 책을 어디서 좀 구해왔소."

"……."

골동품 책이라는 말에 아내는 그제야 하던 말을 끊었다. 송 선생이 경주시내 골동품 가게에서 소품을 사 오는 일이 왕왕 있었기 때문이다.

먹는 둥 마는 둥 점심식사를 마친 송 선생은 보자기를 들고 서재로 향했다.

서재 책장에서 제일 먼저 손이 간 것은 옥편이었다. 문갑 오른편 문에 박인 글씨 때문이었다.

'雨'자를 닮은 그 글자는 알고 보니 '函(함)'자였다.

'비함(秘函)'.

나머지 반쪽을 맞추고 나니 그제야 뜻을 알 것 같았다.

비밀상자라….

문갑이 비밀상자라면 그 속에 든 보자기에 싼 것은 대체 뭐란 말인가.

책상 위에 놓인 보자기로 그의 시선이 사뿐 옮겨갔다. 가지런히 묶인 고리를 조심스레 풀자 예상대로 고서 한 권이 모습을 드러냈다.

표지는 문갑 겉 색깔과는 달리 샛노란 색깔이었다. 오랜 세월 속에서도 조금도 색이 바래지 않았다.

보자기를 풀어헤친 후 자세히 살펴보니 책 두께가 매우 인상적이었다. 보통의 고서 너덧 권을 하나로 묶은 듯했다. 그 두께가 10cm는 족히 넘어 보였다.

그제야 표지 좌측 상단에 세로로 쓴 두 글자가 눈에 들어왔다.

'비전(秘傳)'.

'비힘'에 '비전'이라.

'정감록'과 같은 걸 흔히 '비기(秘記)'라고 부른다. 이런 경우 비기는 단순히 비밀스런 기록이라는 차원을 넘어 예언서를 일컫는다. 그렇다면 '비전(秘傳)'은 비기와 어떤 차이가 있을까.

일단 '비전'이 예언서는 아닌 것 같다는 생각이 들었다. 어쩌면 시대를 뛰어넘어 먼 후대에 전하기 위해 남긴 기록 같은 게 아닐까 여겨졌다. 그렇다면 그 비밀스런 이야기는 대체 무엇일까.

어떻게 생각해봐도 뭔가 비밀스런 물건임에는 분명했다. 그런 생각이 들자 책에 손을 대는 게 두려워졌다. 혹시 책에 손을 대는 순간 삽시간에 천장이 무너져 내리는 건 아닐까. 아니면 마술처럼 순식간에 책이 사라져버리기라도 하는 것은 아닌지. 별 요상한 생각이 다 들었다.

바로 그때 아내가 서재 문을 열고 들어왔다. 노크도 없이 순식간의 일이었다. 뭘 감추고 말고 할 시간도 없었다.

순간 당황한 그는 아내를 물끄러미 쳐다보았다.

"무슨 일이오?"

"무슨 일이라니요? 당신 좋아하는 커피 타 왔어요."

"아, 커피?"

그제야 그는 아내 손에 들린 커피잔이 눈에 들어왔다.

"거기 놓고 가세요."

아내의 돌연한 방문이 반갑잖다는 듯이 말투가 퉁명스러웠다.

아내 역시 아직도 기분이 개운치 않은 모양이었다. 책상 위에 커피잔을 내려놓고는 한마디 대꾸도 없이 휑하니 나가버렸다.

커피잔을 들고서도 그의 눈은 보자기를 떠날 줄 몰랐다. 마음 한구석에서의 두려운 생각도 좀체 가시질 않았다. 이제라도 이 상태로 제자리에 갖다 두어야 하는 게 아닐까.

잠시 뒤 커피잔을 입술에 댔다. 채 가시지 않은 온기가 느껴졌다. 그는 한숨에 커피를 다 마셔버렸다. 포만감에 이어 왠지 마음이 진정되는 듯했다. 어느새 그의 손은 자신도 모르게 책을 만지작거리고 있었다.

노란색의 두꺼운 표지 첫 장을 넘기자 백지가 나타났다. 다시 두 번째 장을 넘기자 또 백지가 나타났다. 세 번째 장을 넘겨도 마찬가지였다. 대체 이건 무슨 의미일까.

전남 장성에 있는 박수량의 비석에는 아무 글자도 새겨져 있지 않다. 사람들은 이 비석을 '백비(白碑)'라고 부른다. 청백리로 소문난 박수량은 사후에 장례비용조차 마련하지 못했다. 이 소문을 전해들은 명종 임금은 장례비와 비석을 하사하면서 그의 비석에 아무 내용도 새기지 말라고 어명을 내렸다. 구구하게 공적을 새기는 자체가 그의 생애에 누가 된다는 것이었다.

그런데 이건 백비와는 경우가 다르다. 내용이 뭔지는 몰라도 비밀스럽게 전한다는 '비전(秘傳)'이 아닌가.

그는 자리에서 벌떡 일어나 냉큼 책자를 들었다. 왼손으로 책등을 잡고는 오른손으로 재빠르게 책장을 넘기기 시작했다.

근 100여 장, 대략 책자의 3분의 1가량을 넘겼을 무렵이었다. 책자 한가운데 가로 세로 한 뼘 가량의 정사각형 홈이 나타났다. 그 홈에는 소책자가 하나 들어 있었는데 꽉 끼워져 있어서 좀체 쉽게 빠지지 않았다. 마치 무슨 열매의 씨 같았다.

송 선생은 꼭꼭 잠긴 비밀의 문을 모두 열어제친 기분이었다. 마지막 실오라기 하나까지도 벗어버린 나신(裸身), 그 나신의 속살을 보는 기분이 바로 이런 것일까.

두려움 같은 건 어느새 사라지고 없었다. 대신 가슴 한복판에서 반가움과 희열이 스멀스멀 기어나오기 시작했다.

소책자 첫 장을 조심스럽게 열었다. 빼곡하게 세필(細筆)로 쓴 한문이 눈에 들어왔다. 한 자 한 자 또박또박 정성들여 쓴 흔적이 역력했다. 400년 만에 처음 세상에 드러낸 모습 치고는 너무도 맑고 단정했다.

세로 첫 행에는 '序(서)'라고 한 글자만 씌어져 있었다. 그런데 다음 행부터는 띄어쓰기 없이 계속 이어졌으며, 중간 중간에 소제목이 매겨져 있었다.

몇 장을 넘겨보니 군데군데 光祖(광조), 慧明公主(혜명공주), 女王(여왕), 懷雲寺(회운사), 無極(무극), 慧主(혜주), 노천(盧天) 등이 반복적으로 눈에 띄었다. 마지막 장엔 '○○○년 翰書(한서)'라고 적혀 있었다.

송 선생이 아는 것은 '광조'와 '여왕' 둘뿐, 나머지는 전부 낯선 용어들이었다.

그러나 전후 맥락으로 봐 대략은 내용이 짐작이 갔다. 혜명공주는 광조의 공주로서 나중에 여왕이 됐다는 얘기이며, 회운사는 사찰 이름, 무극은 회운사의 승려 이름 같았는데 이들은 혜명공주와 특별한 관계가 있어 보였다. 다만 마지막 '혜주'는 도무지 그 뜻을 짐작할 수 없었다.

대체 이 책자는 어떤 내용을 담고 있을까.

말미에 적힌 '翰書'는 또 무슨 뜻일까.

'비전(秘傳)'이라면 대체 무엇이 비밀스럽다는 것일까.

궁금증이 꼬리에 꼬리를 물고 이어졌다. 고심 끝에 서실 '무단침입'을 결행한 것 치고는 좀 싱거웠다. 생각이 여기에 미치자 괜히 서실에 손을 댔다는 후회가 밀려왔다.

바로 그때 책상 위의 핸드폰에서 멜로디가 울렸다. 전화기 커버의 투명 플라스틱을 통해 낯익은 고교 동창생의 이름이 나타났다.

'박경호 한민일보 문화부장'.

그는 반사적으로 전화기를 들었다.

"토요일에 경호 자네가 웬일인가?"

"학술세미나가 있어서 어젯밤에 내려 왔어."

"그래?"

"응, 오후 너덧 시 경이면 마치는데 끝나고 자네 얼굴이나 한번 볼까?"

"그게, 저….”

비록 친구 사이지만 돌연한 전화에다 갑자기 만나자고 하니 조금은 당황스러웠다. 게다가 '비전(秘傳)'으로 마음이 채 정리되지도 않은 상태에서 누굴 만난다는 게 부담스럽기도 했다. 전화 속의 친구가 그걸 눈치라도 챈 것일까.

"자네 대답이 시원찮은 걸 보니 무슨 선약이라도 있는 모양이지?"

"아, 아니…, 그게 아니고…."

이러지도 저러지도 못해 그는 말끝을 흐렸다.

"정 시간이 안 되면 담에 보세!"

박경호는 그의 답변을 듣기도 전에 일방적으로 전화를 끊어버렸다. 송 선생은 잠시 동안 멍하니 전화기만 바라보면서 혼자 중얼거렸다.

저녁에 좀 만나자고 할 걸 그랬나.

오 박사

오후 6시, 해는 중천에서 서녘으로 기울고 있었다. 바람 한 점 없는데다 비 온 뒤여서 날씨가 몹시 후텁지근했다. 경주는 분지여서 체감온도는 더 높았다.

모교 인근의 한 전통찻집에서 두 사람이 마주앉았다. 학창시절 둘은 제법 친하게 지냈다. 졸업 후 연락을 하는 쪽은 이따금 고향을 찾는 박경호였다.

"그럭저럭 5년만일세, 그간 자네 안부가 궁금했다네."

매사 적극적이고 사교적인 성격의 박경호가 먼저 말을 꺼냈다.

5년 전, 고교 졸업 20주년 모교방문 행사 때 만난 것이 마지막이었으니 꼭 5년만이었다. 별일도 아니면서 휴일 집에서 쉬는 사람을 불러내 미안한 마음을 박경호는 이렇게 에둘러 얘기하는 재주가 있었다.

"자네 칼럼 가끔씩 잘 보고 있다네!"

송 선생이 짧게 의례적인 한마디 답을 했다.

"격주에 한 번 꼴인데도 칼럼은 아직도 서투르다네."

박경호는 학창시절부터 글 솜씨가 좋기로 소문이 자자했었다. 신리 문화제 백일장에서 장원을 한 적도 있었다. 그런 글쟁이가 신문사 문화부 기자가 된 것은 자연스러웠다. 송 선생이 말을 이었다.

"참, 자네 무슨 학술세미나 때문에 왔다더니 세미나 주제가….."

그의 말이 채 끝나기도 전에 박경호가 말을 받았다.

"신라시대 여왕들의 통치행태에 관한 것인데 여성사학계에서 주관한 세미나라네. 여성담당 기자가 마침 여름휴가여서 고향방문하는 셈 치고 내가 자청해서 내려왔다네."

"그랬군! 아무튼 자넬 만나서 반갑네!"

이런저런 얘기 끝에 송 선생이 지나가는 말로 슬쩍 한마디를 던졌다.

"자네 혹시 조선시대에 여왕이 있었다는 얘길 들어본 적 있는가?"

"조선시대에?"

"응, 조선시대!"

"글쎄? 처음 듣는 얘긴데? 학교서 우리가 그리 배운 적이 있던 가?"

"없었지!"

"그런데?"

"아니, 그냥 한번 물어보는 걸세!"

박경호는 휘둥그레 눈을 치켜뜨면서 그에게 다시 물었다.

"자네 혹시 어디서 무슨 얘기라도 들은 게 있는가?"

"아닐세, 그냥 한번 해본 소리라니까."

"만약 그게 사실이라면 역사책을 다시 써야 하네. 특종 중에서 도 특급일세."

누가 기자 아니랄까봐 박경호는 말끝에 '특종'을 들고 나왔다.

송 선생은 입이 근질근질했다. 마치 입속에 거머리라도 몇 마리 머금은 듯했다. '비전(秘傳)' 때문이었다. 그러나 말을 하자니 아직 은 설불렀다. 그렇다고 입을 다물고 있자니 참기가 힘이 들었다.

그러나 이 정도에서 발을 빼는 게 옳다 싶었다. 당장은 뒷감당 하기가 쉽지 않았다.

다만 한마디 여운은 남겨두기로 했다.

"내가 그냥 해본 소리니 괘념치 말게. 그런데 만약 그런 일로 궁 금할 땐 누구한테 문의하면 자세히 알 수 있겠는가?"

"대학선배 중에 조선시대 전공으로 박사학위를 받고 현재 우리 역사연구소 소장으로 활동하고 있는 분이 있다네. 필요하다면 내 가 소개해 줌세."

"고맙네!"

박경호는 송 선생을 연신 위아래로 훑어보면서 의아스럽다는 표정을 지었다. 뜬금없는 얘기를 던졌으니 그럴 법도 했다.

우리역사연구소장 오병석 박사는 출근길에 책상 위에 놓인 낯선 편지 한 통을 발견했다. 발신지는 경북 경주, 발신자는 송철균. 전혀 모르는 이름이었다.

오 박사는 가위로 가지런히 편지봉투 하단을 잘라 편지를 꺼냈다. A4 용지 한 장에 손으로 쓴 편지였다.

오랜만에 받아보는 손 편지에 오 박사는 작은 감흥이 일었다.

오병석 박사님 귀하.

안녕하십니까? 저는 경주에서 고등학교 교사로 근무하고 있는 송철균이라고 합니다. 고교 동기생인 박경호 한민일보 문화부장을 통해 오 박사님을 소개받았습니다. 초면에도 불구하고 몇 가지 문의를 드리오니 도움을 주시면 감사하겠습니다….

송 선생은 편지에서 '비전(秘傳)'을 발견한 경위와 그 내용에 대해서는 언급하지 않았다. 대신 자신이 궁금한 핵심사안 4가지, 즉 1) 혜명공주의 실존여부와 행적, 2) 회운사의 성격과 존속여부, 3) 무극(승려)의 실존여부와 행적, 4) 조선시대 여왕의 실재여부 등에 대해 질문했다. 이 정도만 파악하면 '비전'의 비밀을 푸는 실마리가 잡힐 것도 같았다.

오 박사의 답신은 꼭 일주일 뒤에 도착했다.

3교시 수업을 마치고 교무실로 돌아온 송 선생은 책상 위에 놓인 편지를 보자 오 박사가 보낸 답장임을 금세 알아차렸다. 편지 겉봉 좌측 상단에 우리역사연구소 심볼이 인쇄돼 있었기 때문이었다.

송 선생은 마치 첫사랑 연애편지라도 받은 듯이 가슴이 뛰었다. 선 자리에서 송 선생은 편지 긴 쪽 가장자리를 쭈~욱 찢어 내렸다. A4 용지에 한글 워드로 친 답신은 별지 두 장을 포함해 모두 석 장이었다.

송철균 선생님께.

보내주신 편지 잘 받아보았습니다. 제가 아끼는 후배인 박경호 부장과 고교 동기시라니 마치 제 후배라도 만난 듯 반갑습니다. 안 그래도 송 선생님 편지가 도착한 그다음 날 박 부장이 전화를 걸어와 송 선생님 얘기를 잠시 들려주더군요. 아무튼 앞으로 좋은 인연이 되길 바랍니다….

질문에 대한 답은 별지에 담겨 있었다. 4개의 질문에 대해 오 박사는 일목요연하게 정리하여 보내주었다. 불교사 관련 자료까지 꼼꼼하게 뒤져 보내준 게 고마운 마음이 들었다. 별지를 요약하면 대략 다음과 같았다.

1. 혜명공주의 실존여부와 행적에 대해 : 조선 중기 광조(光祖) 임금의 외동 공주이며, 위로 어린 나이에 사망한 두 오빠(대군)가 있었음. 실록에 따르면, 혜명공주는 18세 때인 광조 24년에 급사한 것으로 나와 있음.

2. 회운사의 성격과 존속여부에 대해 : 경기도 남양주 소재 사찰로 고려 말기에 세워짐. 광조의 왕비 순현왕후가 사가(私家) 시절부터 다니던 곳으로, 입궐 후에도 자주 들러 국태민안 기도를 올렸음. 그런 인연으로 광조 임금 때 한 차례 중창불사를 하는 등 번창했으나 광조 24년 원인 모를 대화재로 소실돼 현재는 절터만 남아 있음.

3. 무극(승려)의 실존여부와 행적에 대해 : 실록 등 조선시대 중기의 관찬기록 및 불교사 관련 기록을 두루 뒤졌으나 관련 자료를 전혀 발견할 수 없었음. 무극은 실존인물이라고 보기 어려움.

4. 조선시대 여왕의 실재여부에 대해 : 실록을 비롯해 승정원일기, 일성록, 그리고 조선왕실의 족보격인 선원계보(璿源系譜) 등 그 어디에도 '여왕'이 재위했다는 기록은 없음. 조선시대에 여왕의 실재 가능성은 제로임.

별지를 다 읽고 나자 송 선생 입가에 잔잔한 미소가 번졌다. 길지 않은 글이지만 오 박사가 핵심을 제대로 짚어주어 궁금증을 푸는 데 부족함이 없었다. 과연 전문가답다는 생각이 들었다.

편지를 서랍에 넣으려다 말고 송 선생은 순간 멈칫했다. 혜명공주 사망 연도와 회운사에 대화재가 발생한 연도가 같은 게 뭔가 좀 이상하다는 생각이 들었다. 우연일까, 아니면 둘 사이에 무슨 상관관계라도 있는 것일까.

바로 그때 4교시 수업 시작을 알리는 부저소리가 울렸다.

송 선생은 서둘러 편지를 서랍 속에 넣고는 교무실을 빠져나갔다.

중시조

며칠 뒤 송 선생 고조부(高祖父) 제삿날이 돌아왔다.

영천 송씨 집안에서는 4대 고조부까지는 제각에서 기제사(忌祭祀)를, 윗대 조상들은 명절에 묘소에서 시제(時祭)를 지냈다.

당일 오후가 되자 큰숙부를 비롯해 종친들이 종갓집인 송 선생 집으로 속속 모여들었다. 고조부 제사는 기제사 중에서 제일 웃어른 제사다 보니 참석 인원이 많았다. 다 모이면 줄잡아 30명이 넘었다.

종부인 그의 아내는 4, 5일 전부터 제사 준비를 했다.

수업이 끝나자 송 선생은 서둘러 집으로 향했다. 제사상 음식 총책임자는 인근 양동마을에 사는 송 선생 당숙모인데 여느 때처럼 오전부터 와서 제사상을 차렸다.

오후 7시경 제수 진설(陳設)이 끝나자 모두 제각으로 향했다.

한가운데 큰숙부를 중심으로 제사상 앞에 가로로 석 줄로 늘어섰다.

집사가 향로에 향을 피우자 제일 웃어른인 큰숙부가 술을 한잔 올렸다.

본격적인 제사는 고조부의 신위(神位), 즉 신을 불러 모시는 이른바 강신(降神) 의식으로부터 시작됐다. 이어 신위에게 절을 올리는 참신(參神), 제주가 잔을 올리는 헌작(獻爵), 메(밥)의 뚜껑을 열어 숟가락을 꽂아 신위가 식사를 하도록 하는 계반삽시(啓飯揷匙) 순으로 이어졌다. 계반삽시가 끝나자 참석자 모두 마루에 꿇어 엎드려 합문(闔門)에 들어갔다.

5분여가 지나 큰숙부가 세 차례 헛기침을 했다. 신위의 식사가 끝났음을 알리는 신호다. 다들 자리에서 일어났다. 집사는 메에 꽂힌 수저를 거두었다. 그리고는 마루 끝까지 나가 신위를 배웅했다. 말이 제사지 마치 산 사람 대하듯 했다. 어떤 고장에서는 제삿날 저녁에 산소에 가서 조상을 모셔온다고 했다.

신주에서 지방을 떼어내 태우는 것으로 제사는 모두 끝이 났다. 이제 남은 것은 뒤처리뿐이었다. 제사상을 치는 철상(撤床)과 참석자들이 제사 음식을 함께 나누는 음복(飮福)이 그것이었다.

집사가 과일은 과일대로 건어물은 건어물대로 분류하여 소쿠리에 담았다. 그러자 삼삼오오 마루에 자리를 잡기 시작했다.

송 선생은 상 치우고 자리 정리하느라 분주했다.

그때 마루 윗목에 앉아 있던 큰숙부가 송 선생에게로 다가왔다.

"제사 준비하느라 수고했네!"

"별말씀을요, 대구서 오시느라 숙부님께서 고생하셨습니다."

"조상님 제사에 고생이라니…."

비록 손위이지만 큰숙부는 종손인 송 선생에게 나름의 예의를 갖추었다. 그러자 몇몇 종친들도 송 선생에게 다가와 인사를 건네며 안부를 물었다.

송 선생은 큰숙부와 한 상에 자리를 잡았다. 나이는 어리지만 종손이어서 대우를 해준 것이다. 다들 돌아가면서 제사상에 올린 술을 한 잔씩 음복하였다.

모처럼 만난 종친들이 집안 얘기, 세상 얘기로 마루가 시끌벅적했다. 도란도란 얘기 끝에 송 선생이 큰숙부에게 나지막한 목소리로 말을 꺼냈다.

"서실 위쪽 기왓장이 몇 상해서 손을 좀 봐야할 것 같던데요."

"알고 있네. 언제 사람을 불러 손을 좀 봐야 할 텐데…."

"혹시 서실에 무슨 일이 있는지 제가 한번 살펴볼까요?"

"그건 안 돼!"

"네?"

"거긴 누구든 함부로 들어가면 안 돼!"

큰숙부는 단호하게 잘라 말했다. '출입금지 구역'이라고 구체적으로 언급하지는 않았지만 그 말이 그 말이었다.

"……."

"나중에 일할 사람을 구해서 내가 한번 들를 테니 그리 알게!"

"예. 잘 알겠습니다."

9시경 식사를 마치고 모두 제각에서 나왔다. 각자 타고 온 차를 이용해 집으로 돌아갔다. 대구서 온 큰숙부는 연로한데다 차편도 마땅찮아서 송 선생 집에서 하룻밤 묵기로 했다.

송 선생은 작은방에 큰숙부 숙소를 마련했다.

잠시 뒤 송 선생 아내가 다과상을 차려 작은방으로 들어왔다.

"제사 준비하느라 질부도 고생했네."

"별말씀을요."

"한 해 제사가 열댓 번이 넘는데 그게 좀 고생이겠나?"

"그럼, 말씀들 나누십시오."

아내는 두 사람의 대화를 위해 자리를 비켜주었다.

몇 년 전에 부친이 돌아가신 뒤로 큰숙부가 집안에서 제일 웃어른이다. 송 선생은 종중 일이나 집안의 대소사를 큰숙부와 상의하곤 했다. 중학교 교장 출신인 큰숙부는 종중 일에 밝은데다 훌륭한 인품의 소유자로 통했다.

두 사람이 단 둘이 마주앉은 건 처음 있는 일이었다.

찻잔을 비울 무렵 송 선생이 먼저 말을 꺼냈다.

"숙부님! 한 가지 여쭐 게 있습니다."

"응? 뭘 말이냐?"

송 선생은 서실 얘기를 꺼낼 참이었다.

"아버님 살아계실 때부터 서실 출입을 금하셨는데 그건 무슨 이유에선인지요?"

"……."

큰숙부는 말이 없었다.

"저도 이제 사십이 넘었습니다. 게다가 명색이 제가 종손인데 이제는 저도 그 이유를 알아야 할 때가 됐다고 생각합니다."

"……."

거듭되는 물음에도 대답을 하지 않던 큰숙부가 송 선생을 쳐다보며 입을 열었다.

"혹시 자네 서실에 들어가 봤나?"

"네?"

도둑이 제 발 저리다는 식으로 순간 송 선생은 흠칫했다. 혹시 내일 날이 밝으면 서실에 한번 가보자고 할까봐 덜컥 겁이 났다.

"아, 아닙니다. 제가 어떻게 함부로…."

큰숙부는 고개를 두어 번 끄덕이며 안심이라는 표정을 지어보였다. 그리고는 찬찬히 말을 이었다.

"서실은 집안 대대로 출입이 금지된 곳이다. 그러니 함부로 들어가선 안된다. 그곳엔 종중에서 전해오는 비밀스런 물건이 하나 있다."

"비밀스런 물건요?"

"그래, 나도 말만 들었지 어떤 건지 직접 보지는 못했다. 언젠가 때가 되면 밝혀질 날이 오겠지."

"예에…."

송 선생은 알아들었다는 듯이 나지막이 대답하면서 말꼬리를 내렸다. 하마터면 송 선생은 '비함' 얘기를 꺼낼 뻔했다. 송 선생은 얼른 화제를 돌렸다.

"윗대의 문(文)자 수(守)자 할아버지는 어떤 분인가요?"

"우리 집안의 중시조 어른이시다. 자는 치면(致勉)이고 호는 한서(翰書)인데 참으로 훌륭한 어른이시다."

"중시조 할아버님은 어떤 벼슬을 지내셨는지요?"

"문과에 장원 급제하신 후 춘추관 사관(史官)을 지내시다가 홍문관 대제학과 이조판서를 지내신 분이다. 학문이 깊으셔서 서책도 여러 권을 남기셨다고 들었다."

큰숙부는 중시조의 이력을 줄줄 꿰고 있었다. 집안에 그런 어른을 둔 것이 가문의 영광이라는 투였다.

"예에…"

송 선생은 연신 고개를 끄덕였다. 그 역시 그런 조상을 둔 것이 자랑스럽게 여겨졌다.

그 순간 송 선생의 머리를 때리고 지나가는 것이 하나 있었다.

"중시조 할아버님 호가 한서라고 하셨습니까?"

"그렇다. 한서(翰書). 젊은 시절부터 문장으로 명성을 날리셨는데 동문수학하던 친구 분이 지어주신 것이라고 들었다."

'비전' 마지막 장에 적힌 '翰書'의 주인공이 바로 중시조란 말인가. 송 선생은 속으로 쾌재를 불렀다. 비로소 비밀의 문 하나를 연 셈이다.

돌연한 방문

2학기 개학 초여서 날씨는 여전히 무더웠다.

운동장 가의 늙은 포플러 나무에서 매미들이 마치 경쟁이라도 하듯이 울어댔다.

우는 소리로 봐 참매미 같았다. 알에서 부화돼 성충이 되기까지 7년이 걸린다고 한다. 그러니 여름 한철 악을 쓰고 울어대는 것은 당연한지도 모른다.

오후 1교시 수업을 마치고 돌아오자 송 선생 자리에 메모가 하나 놓여 있었다.

오병석 전화요망, 010-3427-####.

우리역사연구소장 오병석 박사였다. 무슨 일일까? 지난 번 편지와 관련한 것인 듯싶었으나 딱히 짚히는 것은 없었다.

답장편지 감사인사도 할 겸 수화기를 들었다.

"오 박사님, 저 송철균입니다. 전화 주셨더군요."

"네, 그간 안녕하셨습니까? 아까 전화 드렸더니 수업 들어가셨다고 하더군요."

"방금 수업 마치고 나오는 길입니다. 그런데 어쩐 일로…"

"특별한 건 아니고요, 안부인사차 겸사로 전화 드렸습니다."

"예…. 참, 지난 번 답장 잘 받아보았습니다. 다시 한번 감사드립니다."

"궁금한 것은 좀 풀리셨는지 모르겠습니다."

"예, 많이 풀렸습니다. 아주 핵심을 제대로 짚어주셨더군요."

"그러셨다면 다행입니다."

아무래도 말투가 지난 번 편지 건으로 전화를 한 듯했다. 낯 모르는 사람이 엉뚱한 질문을 여럿 했으니 오 박사도 궁금했을 것이다.

"박 부장 얘길 들으니 송 선생님께서 영천 송씨 종손이시라면서요?"

"예, 그렇긴 합니다만…."

"집안에 고서를 많이 소장하고 계신다고 들었습니다. 언제 한번 구경이나 시켜주실 수 있으신지요?"

"특별한 건 없습니다만, 혹시 기회가 되면 한번 들러주십시오."

"말이 나온 김에 이번 주말에 한번 찾아뵈면 어떻겠습니까? 처가가 부산인데 주말에 장인 팔순이어서 내려가려는 참입니다."

한번 들르라고는 했지만 막상 이틀 뒤에 온다고 하니 조금은 부담스럽기도 했다. 그러나 이미 승낙을 해놓은 마당에 오지 말라고 할 명분도 없었다.

"예, 정 그러시면 한번 들르시지요."

"그럼 토요일 잔치 마치고 당일 오후에 찾아뵙겠습니다."

"예, 알겠습니다."

오후 2시 40분, KTX 신경주역 앞.

역 앞 버스 정류장 앞에서 기다리고 있던 송 선생은 흰색 티셔츠 차림의 40대 남자가 역사를 빠져나오는 것을 보고 차에서 내렸다.

"오 박사님이시죠?"

"송 선생님?"

"예, 송철균입니다. 어서 오십시오."

"이렇게 마중까지 나오시게 해서 죄송합니다."

"별말씀을요, 멀리서 오신 손님인데요."

두 사람은 송 선생 승용차를 타고 집으로 향했다. 역에서 집까지는 대략 40분 거리.

인터체인지를 빠져나온 차는 경주 시내를 거치지 않고 우측으로 돌아 시골동네로 향했다. 도로 좌우의 논밭에서는 곡식들이 한창 익어가고 있었다.

"신경주역이 시내 가까이 있는 줄 알았더니 그게 아니군요?"

"예, 처음 오시는 분들은 역이 시내에서 멀리 떨어진 곳에 있는 것을 알고서 좀 당황해 하기도 합니다."

오 박사가 화제를 돌렸다.

"손수 농사도 지으십니까?"

"농사라고 하기는 그렇고 텃밭에 푸성귀를 좀 기르는 정도입니다."

"요즘은 서울 사람들도 텃밭농사를 하는 분들이 적지 않습니다.

손수 키우고 수확하는 재미가 쏠쏠하다고 들었습니다."

"하도 믿을 만한 먹거리가 드물다 보니 그런가 봅니다."

두 사람이 탄 차가 어느새 송 선생 집 문 앞에 도착했다.

"우와~."

오 박사는 고풍스러우면서도 품격이 느껴지는 영천 송씨 가문의 종택을 보고서 감격을 한 듯했다.

"사진이나 방송 같은 데서 본 종갓집을 실제로 와 보기는 처음입니다."

"자, 안으로 드시지요."

두 사람은 마루에 걸터앉아 땀을 식혔다.

그들 뒤로 대형 붓글씨로 쓴 '忠' '孝' 두 글자가 벽에 걸려 있었다. 또 왼편 안방 입구 문 위에는 오래된 듯한 편액이 한 점 걸려 있었다.

숫을대문 왼편 장독대 주변으로 철 늦은 채송화가 줄지어 피어 있었는데 그 주변으로 암탉 몇 마리가 병아리들과 함께 먹이를 찾고 있었다.

잠시 뒤 송 선생의 아내가 수박 몇 조각과 얼음을 태운 미숫가루를 한 잔씩 타서 내 왔다.

"시원한 미숫가루 한 잔 하시죠."

대답 대신 오 박사는 마당을 이리저리 훑어보면서 말했다.

"참 좋군요!"

고택의 단아한 멋에다 시골집 마당의 평화로운 정경에 오 박사는 그만 푹 빠져든 듯했다. 그는 이 모두를 '참 좋군요!' 이 한마디로 압축해 표현했다.

"별말씀을요, 시골집이 다 이렇지요."

"송 선생님! 부럽습니다."

"별 게 다 부러우십니다. 서울서 중요한 일을 하시는 분이…."

"어떻게 들으실지 모르겠습니다만, 저도 언젠가 이런 데서 노후를 보내는 것이 꿈입니다만 마땅히 돌아갈 곳이 없습니다."

"그런 말씀 마시고 절 따라오시죠!"

송 선생은 방으로 들어가 손전등을 꺼내 들고는 제각으로 향했다.

제각을 먼저 구경시켜 준 후 이참에 오 박사에게 서실도 공개할 요량이었다. '비전' 보자기를 집에 가져다 둔 이상 서실을 공개하는 것이 별 문제될 것이 없다고 생각했다. 대신 오 박사에게는 서실을 방문한 사실을 비밀로 해줄 것을 당부할 참이었다.

"종택에 딸린 제각이군요."

제각 앞에 다다르자 오 박사가 먼저 말을 꺼냈다. 이런 곳을 직접 방문한 적은 없지만 고문서를 통해 알고 있는 듯했다.

"예, 저희 영천 송씨 종중의 제각입니다. 저희 5대조가 세운 건물인데 130년 정도 됐습니다."

"네에~, 보존상태가 아주 좋군요."

"그런대로 괜찮은 편입니다."

제실 문을 열어 내부를 간단히 구경시킨 후 송 선생은 오 박사를 서실로 안내했다. 서실에 들어가기 전에 송 선생은 단단히 당부를 했다.

"오 박사님! 이 서실은 누구를 막론하고 그간 출입이 금지돼온 공간입니다. 오늘 특별히 전문가이신 오 박사님께 내부를 공개해 드리니 서실 방문 사실을 반드시 비밀로 해주시기 바랍니다."

"예, 잘 알겠습니다. 반드시 그리 하겠습니다."

송 선생이 앞장을 서서 서실로 들어섰다.

한낮인데도 창문이 없는 탓에 서실 내부는 어두컴컴했다. 송 선생은 갖고 온 손전등을 켜서 이리저리 내부를 비춰주었다.

사방 벽을 따라 서가에 꽂힌 서책들을 한동안 살펴본 후 오 박사가 말했다.

"얼핏 보기에도 귀중한 고서가 적지 않아 보입니다. 소학(小學) 같은 당시대의 교과서에서부터 문중의 인사들이 펴낸 문집도 많이 있군요. 개중에는 임금으로부터 하사받은 서책도 몇 권이 보이더군요."

그 많은 책들이 어떤 책들인지를 짧은 시간에 파악해 내는 걸 보고 과연 전문가는 전문가라는 생각이 들었다.

"판각(板刻)은 어떤 것들인가요?"

"문중 어르신들의 문집 편찬용 목판 같습니다. 상태가 아주 좋아 문화재로서의 가치가 크다고 생각됩니다."

"예…, 좋은 말씀 감사합니다."

"감사라니요? 덕분에 구경 잘 했습니다."

두 사람은 서실을 나왔다. 둘은 나란히 제각 마루에 걸터앉아 잠시 휴식을 취하기로 했다.

왼편 서실 쪽을 연신 쳐다보던 오 박사가 말을 꺼냈다.

"하나 궁금한 게 있는데요, 서실 출입을 금지한 특별한 이유라도 있었나요?"

특별한 것도 없는데 그간 서실 출입을 금지시켰다고 하니 오 박사로서는 그 연유가 궁금할 법도 했다.

송 선생은 갑작스런 질문에 당황스러웠다. 그 연유를 알고 있는 입장에서 대답을 할 수도, 반대로 대답을 하지 않을 수도 없었다. 참으로 난감했다.

"자세히는 모릅니다만, 오래 전에 문중에서 그리 결정했다고 들었습니다."

"그 시점이 언제라고 하던가요?"

"그건 잘 모릅니다."

"참, 아까 보니까 서실 구석에 작은 뒤주 같은 게 하나 있던데 문이 열려 있더군요."

뒤주 이야기가 나오자 송 선생은 속으로 뜨끔했다. 지난 번에 '비전'을 꺼내 집으로 갖고 오면서 문을 열어 놓고 온 모양이었다.

"아, 예. 그거 별것 아닙니다. 날도 더운데 이만 내려가서서 시원한 음료수나 한잔 하시죠."

송 선생은 시치미를 뚝 떼고는 재빨리 화제를 돌렸다.

"예, 그러시죠."

앞서가던 송 선생의 발걸음이 왠지 무거워 보였다.

무언의 다짐

10분여를 걸어 두 사람은 종택에 도착했다.

송 선생 아내가 수박화채를 내 왔다. 큰 그릇에는 새빨간 수박과 네모 얼음이 둥둥 떠 있었다. 두 사람은 한 대접씩 떠서 목을 축였다. 바삭바삭 얼음 깨 먹는 소리에 더위가 놀라 달아나는 듯했다.

송 선생이 조용히 입을 열었다.

"오늘 일정이 바쁘십니까?"

"아닙니다. 오늘 중으로 서울에 도착하기만 하면 됩니다."

"…."

"혹시 무슨 하실 말씀이라도 있으신지요?"

"그게…."

송 선생은 말을 하다 말고 자리에서 일어섰다.

"제 서재 구경 한번 하시겠습니까?"

"예, 그러시죠."

송 선생이 손을 잡고 이끄는 바람에 오 박사도 따라 일어났다. 두 사람은 마루 오른편 끝에 있는 송 선생 서재로 향했다.

송 선생의 서재는 종손 집안의 서재다웠다. 입구 왼편 두 서가에는 족보로 보이는 서책들이 가득했다. 벽에는 조선시대의 관리 임명장인 대형 교지(教旨)가 표구돼 걸려 있었다. 두루마리 형태의 고서화도 몇 점 내걸려 있었다. 평소 서예연습을 하는지 방 안에는 묵향이 은은하게 감돌았다.

"오 박사님, 제 편지 받고서 조금 당혹스러우셨죠?"

벽에 걸린 교지를 구경하던 오 박사가 갑자기 고개를 홱 돌리며 말했다.

"아, 예! 그러고 보니 그 얘기를 물어본다는 게 깜빡했군요. 어떤 연유로 제게 그런 질문을 하시게 된 건가요?"

"…"

송 선생은 곧바로 대답을 하지 못한 채 잠시 머뭇거렸다.

그러자 오 박사가 다시 물었다.

"역사 선생님은 아니시죠?"

"예, 수학 담당입니다."

"컴컴해서 자세히 보지는 못했습니다만, 혹시 아까 서실에서 본 뒤주와 무슨 관련이 있습니까? 예사롭지 않아 보여서요."

오 박사는 뜻밖에 뒤주 얘기를 다시 꺼냈다.

"예, 관련이 있습니다."

송 선생은 결국 항복하고 말았다. 뒤주를 콕 찍어서 묻는데 더 이상 말을 돌릴 수가 없었다. 마치 무얼 알고서 묻는 것 같았다. 영감인지 아니면 그냥 한번 찔러 보는 것인지 알 수 없었다.

송 선생은 책장을 열고서 누런색 보자기를 하나 꺼냈다.

"오 박사님, 이거 한번 보시죠."

보자기를 풀자 '비전'이 모습을 드러냈다. 오랜 세월에도 불구하고 노란색 겉표지는 환한 빛을 머금고 있었다.

400년의 세월을 지나 '비전'이 전문가 앞에 처음으로 모습을 드러냈다. 역사는 언젠가는 세상에 그 참모습을 드러내고 마는 법인가.

겉표지만 보고도 오 박사는 작은 흥분이 이는 모양이었다.

"이게 그 뒤주 안에 들어 있던 건가요?"

"그렇습니다. 한번 펴 보시죠."

두껍고 묵직한 책자를 건네받은 오 박사는 천천히 겉표지를 살폈다.

비전이라….

나지막한 목소리로 오 박사는 혼자서 중얼거리듯 했다.

겉표지를 넘긴 후 오 박사는 송 선생을 힐끗 한 차례 쳐다보았다. 백지 때문이었다. 다시 두 번째 장을 넘겼으나 이번에도 백지가 나오자 오 박사가 말했다.

"빈 서책인가요?"

"아닙니다. 계속 넘겨보세요."

그러자 오 박사는 빠른 속도로 책장을 넘기기 시작했다.

3분의 1 지점에 다다라 갑자기 책장을 넘기던 손을 멈추었다. 뭔가 손에 닿는 게 있는 모양이었다.

송 선생은 모른 체하고서 가만히 지켜보기만 했다.

그때 책자 중앙에 움푹 파인 홈이 나타났다. 그 속에는 한 뼘 크기의 소책자가 하나 들어 있었다.

오 박사는 눈이 휘둥그레진 채 말 없이 송 선생을 쳐다보았다.

"이게 뭔가요?"

"저도 잘 모릅니다."

오 박사가 홈에 꽉 끼인 소책자를 꺼내자 움푹 파인 자리가 드러났다.

"이런 형태는 처음 봅니다. 마치 복숭아씨 같군요."

내용은 차치하고라도 이 같은 보관방식 자체가 신기하다는 투였다.

오 박사는 한동안 소책자의 겉모습을 이리저리 살피더니 이윽고 서서히 소책자를 열기 시작했다.

세필로 또박또박 쓴 한문 글자가 나타났다.

오 박사는 책자에서 시선을 떼지 않은 채 찬찬히 읽어 내려가기 시작했다. 책장을 넘길 때마다 시선이 책장을 따라다녔다. 마치 책자 속으로 빨려 들어가기라도 하는 듯했다. 송 선생은 한마디 말도 붙이지 못한 채 곁에서 지켜보기만 했다.

얼추 10여 분이 지나서였다.

마지막 장을 닫으면서 오 박사가 무겁게 말을 꺼냈다.

"이 책자를 보신 분이 누가 있습니까?"

"아마 저밖에 없을 겁니다."

지난 번 고조부 제사 때 큰숙부도 '비전' 얘기를 구체적으로 하지 않은 걸로 봐 실체를 모르고 있는 것 같았다. 그렇다면 송 선생 혼자만 알고 있는 것이 분명했다.

　"집안에서 서실 출입을 금지하신 게 혹시 이것 때문인가요?"

　"자세히는 모릅니다만, 아마 그런 것 같습니다."

　오 박사는 잠시 곰곰이 생각하더니 천천히 말을 이었다. 뭔가 송 선생에게 다짐 같은 걸 받아두려는 눈치였다.

　"송 선생님, 이제부터 제 말씀을 잘 들으십시오."

　"예, 말씀하세요."

　"이 책자의 내용은 조선왕조실록을 새로 써야 할 만큼 중요한 내용입니다. 물론 검증은 해봐야겠습니다만, 만약 사실이라면 참으로 놀랍고도 두려운 얘깁니다. 그러니 당분간은 이 모두를 비밀로 해주시기 바랍니다."

　"그건 제가 드릴 말씀입니다. 오 박사님도 오늘 있었던 일을 꼭 비밀로 해주셔야 합니다. 집안 어른들이 아시면 큰일납니다!"

　"예, 알겠습니다."

　누가 먼저랄 것도 없이 둘은 손을 내뻗어 맞잡았다. 무언의 다짐 같은 것이었다.

　"혹시 마지막 장에 쓴 '한서'가 누군지 아시는지요?"

　"예, 저희 문자 수자 할아버님으로 알고 있습니다."

　"이미 알고 계셨군요. 대단한 분입니다."

　"예, 저희 종중에서는 중시조로 불립니다."

오 박사는 흥분이 채 가시지 않은 듯했다. 맞잡은 두 손이 가볍게 떨렸다. 평생 한 번 만나볼까 말까 한 특급 비밀문서를 두 눈으로 보고 또 손으로 직접 만져봤으니 그럴 법도 했다. 마치 기자가 대 특종감을 발견한 듯했다.

그때 송 선생 아내가 과일 쟁반을 들고 서재로 들어왔다.

"두 분이 중요한 얘기를 나누시나 보죠? 한 시간 넘게 꼼짝도 안 하시게요."

"송 선생님 서재에 귀한 책들이 참 많아서요."

오 박사가 가볍게 말을 받아 넘겼다.

송 선생 아내가 나가자 오 박사가 앞으로 당겨 앉으며 입을 열었다.

"사실 저도 송 선생님께 답장을 드린 후 궁금한 것이 몇 있었습니다."

"어떤 내용인지요?"

송 선생은 귀가 솔깃해졌다.

"실록에는 혜명공주가 급사한 걸로 돼 있는데 사인(死因)이 전혀 나와 있지 않았습니다. 또 회운사에 대화재가 발생해 졸지에 전소됐다고 기록돼 있는데 전후 사정에 대한 기록이 전혀 없구요."

그러자 송 선생도 맞장구를 치고 나섰다.

"혜명공주가 급사한 연도와 회운사에 불이 난 연도가 같은데요, 혹시 두 사건이 무슨 연관이라도 있는 건 아닐까요?"

"참 그리고 보니 그것도 그렇군요!"

오 박사도 궁금한 게 많았던 모양이다. 송 선생이 다시 물었다.

"무극이라는 승려는 실존인물일까요?"

"아마 그런 것 같습니다. 두 사건과 깊은 관련도 있고요."

"…"

말을 마친 두 사람은 말없이 서로를 응시하였다. 공범이 마치 범죄를 공모하듯 두 사람은 이제 눈으로도 통했다.

그날 오 박사는 오후 7시 기차로 상경했다. 그의 손에는 노란색 보자기가 하나 들려 있었다.

2부

회운사의 종소리

춤추는 꽃신

경기도 남양주 비봉산 중턱에 자리잡은 회운사(懷雲寺).

비온 뒤면 비봉산 자락의 구름이 절을 품어 감싼 듯하다 해서 붙여진 이름이다.

고려 중기 선운대사가 건립한 사찰로 경기 북부에서는 가장 규모가 컸다. 고려 후기에 한창 번성할 때는 수도하는 승려만도 150명에 달했다. 절에 딸린 보살들이나 사하촌(寺下村) 식솔들까지 합치면 줄잡아 300명이 넘었다. 연등회 때면 온 산이 색색의 등(燈)으로 넘쳐났다.

늦가을이 되자 절 주변 일대는 어김없이 단풍으로 불타기 시작했다.

녹음이 홍엽으로 바뀌는 데는 불과 한 달도 걸리지 않았다. 그 화려함은 봄꽃 저리가라 할 정도였다. 오고 가고 바뀌는 자연의 이치는 한 치도 어김이 없었다. 대웅전 왼편의 은행나무 고목은 수천 개의 샛노란 잎을 달고 서 있었다.

아침예불을 마친 태허(太虛)스님은 대웅전 앞에서 연신 상좌의 이름을 불러댔다.

"무극아! 무극아!"

아침부터 주지스님이 이리도 요란을 떠는 걸 보니 오늘 귀한 손님이라도 방문하는 모양이었다. 이런 날이면 주지스님은 늘 아침부터 부산을 떨곤 했다.

"야 이놈아, 어디서 뭘 하느라 코빼기도 보이지 않느냐?"

다시 주지스님의 불호령이 떨어졌다. 그러나 무극의 대답은 들리지 않았다.

그 시각 무극(無極)은 일주문 앞에서 낙엽을 쓸고 있었다. 전날 밤 가랑비가 살짝 내린 탓에 낙엽이 땅바닥에 붙어 좀체 쓸리지가 않았다.

이놈의 낙엽은 쓸어도 쓸어도 끝이 없군!

내 중노릇은 대체 언제나 끝이 날꼬!

다섯 살 때 절에 들어와 주지스님의 시자(侍子) 노릇을 시작한 지 어언 12년이 되었다. 새벽 4시에 일어나 밤 10시에 잠자리에 들 때까지 주지스님 잔소리에 한 시도 쉴 틈이 없었다. 그럴 때면 몰래 도망이라도 하고 싶은 생각이 하루에 열두 번도 더 들었다. 그러나 천애고아인 자신을 거두어준 주지스님을 생각하면 그리 할 수도 없는 노릇이었다.

무극은 연신 싸리비를 허공에 내치면서 짜증을 부렸다. 절밥 십여 년에 무극은 조금씩 꾀를 부리기 시작했다.

그때 멀리 사하촌 쪽에서 한 무리의 사람들이 절을 향해 올라오는 것이 보였다.

아니 벌써?

오늘 중전마마 행차가 있다는 건 알고 있었지만 궐 사람들이 이렇게 빨리 오리라고는 전혀 예상치 못했다. 무극은 하던 비질을 서둘렀다.

주변 청소가 끝날 무렵 사람들이 일주문 앞에 도착했다. 무극이 먼저 합장하며 공손하게 인사를 했다.

"어서들 오십시오."

일행들도 다들 일주문 앞에서 합장하며 답례를 했다. 그 중 한 사람이 인사차 말을 건넸다.

"스님! 부지런도 하십니다. 여기까지 청소를 나오셨습니까?"

"귀한 분들이 오신다고 해서….'

"성불하십시오!"

일행들이 절로 올라가자 무극도 서둘러 비를 챙겨 뒤따랐다. 오다 보니 좀 전에 쓴 자리에 어느새 낙엽이 다시 쌓이기 시작했다. 무극은 짜증난 듯이 비를 질질 끌었다.

아침공양이 끝날 무렵 사천왕문 앞에서 웅성거리는 소리가 들렸다.

주지 태허스님은 벌써 자리에 보이지 않았다. 순현왕후를 맞으러 나간 모양이었다. 일 년이면 서너 차례 있는 연례행사였다. 무극도 서둘러 사천왕문으로 향했다.

주지스님을 비롯해 원로 스님들이 사천왕문 밖에서 도열해 서 있었다.

가마에서 순현왕후가 내리자 주지스님이 얼른 달려가 합장하며 맞이했다.

"중전마마! 어서 오시옵소서! 그간 강녕하셨사옵니까?"

"주지스님도 그간 평안하셨습니까?"

수수한 차림의 중전은 연신 입가에서 미소가 끊이지 않았다.

"새벽부터 먼 길 오시느라 고단하실 텐데 어서 드시지요."

"오는 길에 단풍 구경 하느라 피곤할 줄 모르고 왔습니다."

"예, 만산홍엽에 계절도 일 년 중에 제일 좋을 때입죠."

회운사는 순현왕후가 여주김씨 사가(私家) 시절부터 다니던 곳이다. 그 인연으로 나중에 중전이 돼 입궐한 후에도 발길을 끊지 않았다. 초파일이나 연등회 행사에는 한 번도 빠진 적이 없었다. 또 나라와 임금의 안녕을 빌기 위해 부정기적으로 기도를 하러 오기도 했다.

순현왕후 일행은 주지스님을 따라 돌계단을 지나 찬찬히 대웅전으로 향했다.

그때 앞서가던 주지스님이 갑자기 홱 돌아서더니 순현왕후에게 물었다.

"참, 혜명공주님은 같이 안오셨사옵니까?"

"뒤따라 오고 있습니다. 곧 도착할 것입니다."

"공주마마도 강녕하시지요?"

"예, 우리 공주가 어느새 처녀티가 난답니다."

순현왕후는 장성한 공주가 대견하다는 듯이 말했다.

혜명공주 위로 대군이 둘 있었는데 역병으로 모두 요절했다. 임금 내외는 늦둥이 혜명공주의 성장을 지켜보는 것을 큰 낙으로 삼고 있었다.

"그러서야지요, 올해 열다섯이시던가요?"

"벌써 그렇게 됐답니다."

두 사람은 얘기를 주거니 받거니 하면서 시나브로 대웅전 근처에 도착했다.

대웅전에 들려다 말고 주지스님이 무극을 불렀다.

"너는 일주문 앞에 가서 기다리고 있다가 공주마마를 모시고 오너라!"

"예! 큰스님!"

무극은 뛸 듯이 기뻐 어쩔 줄 몰랐다. 아무도 곁에 없다면 야호! 하고 소리라도 지를 뻔했다.

공주님을 곁에서 모시게 되다니.

무극은 단걸음에 사천왕문을 지나 일주문으로 향했다.

저 멀리서 가마 하나가 올라오고 있었다. 혜명공주 가마임이 분명했다.

무극은 한숨에 가마 앞에까지 달려갔다.

가마꾼이 가마를 세웠다.

"무극이라고 하옵니다. 공주님을 모시고 오라는 주지스님의 명을 받고 왔습니다."

그때 가마에서 쪽문이 열렸다. 혜명공주가 빼꼼 고개를 내밀면서 말했다.

"무극스님 아니세요?"

"네, 공주마마! 마마를 모시고 오라는 명을 받고 달려왔사옵니다."

공주는 가마꾼들에게 가마를 내리라고 명했다.

가마가 땅에 내려지자 공주가 양손으로 치마를 잡고서 가마에서 나왔다. 중전과 달리 공주는 화려한 복색을 하고 있었다. 얼굴엔 화색이 감돌았다.

"여기서부터 걸어서 갈래요!"

"힘드실 텐데 가마 타고 가시지 않고요."

"가마를 타면 무극스님이랑 얘기를 나눌 수가 없잖아요?"

앞장서서 걷는 공주의 걸음걸이가 사뿐사뿐 했다. 꽃신의 코가 마치 너울너울 춤을 추듯 했다. 공주는 무극을 만나 반가운 기색이 역력했다.

혜명공주는 열다섯, 무극은 두 살 많은 열일곱이었다. 두 사람은 이미 몇 차례 만난 적이 있어서 구면이었다. 무극이 저잣거리의 남정네가 아니라 스님이다 보니 공주도 스스럼없이 대하면서 두 사람은 그새 친근해졌다.

"공주님은 요즘 무엇이 제일 즐거우신가요?"

공주를 뒤따르던 무극이 먼저 말을 꺼냈다. 귀염둥이 공주의 요즘 심사를 한번 떠 볼 참이었다.

"요즘 여인이 되는 법을 배우고 있는데 그것이 제일 즐겁답니다. 혼례를 치르면 저도 궁을 떠나야 하거든요."

사실이 그랬다. 공주든 대군이든 왕위에 오르는 자가 아니면 혼례를 치른 후 모두 궁궐을 떠나야 했다. 임금이 된 형제에게 부담을 주지 않기 위해서였다.

"그럼 공주님께서 임금이 되시면 궁을 떠나지 않으셔도 되지 않사옵니까?"

별 생각 없이, 얼떨결에 나온 말이었다. 말이야 맞는 말이었지만 어떻게 그런 말이 무극의 입에서 튀어나왔을까. 공주가 놀란 듯이 물었다.

"네? 제가 임금을요?"

이 말에 무극은 순간적으로 자신이 실언을 했다는 걸 알아차렸다. 왕 자리를 입에 담았으니 보기 나름으로는 대역죄가 될 수 있는 사안이었다.

그러자 무극이 얼른 말을 받아넘겼다.

"제 말씀은 공주님께서 궁에 계시자면 그렇다는 뜻이옵니다."

"아, 네에…."

휴우~

무극은 등허리에서 진땀이 났다. 혜명공주였기에 망정이지 만약 까탈스런 사람에게 걸리기라도 했다면 혼쭐이 났을지도 모를 일이었다.

공주 일행은 시나브로 대웅전에 도착했다.

중전은 연신 꿇어 엎드렸다 일어섰다를 반복하면서 부처님 기도를 올렸다. 주지스님은 중전 옆에 서서 목탁을 치며 염불을 외었다.

기도를 시작한 지 제법 시간이 흘렀으나 중전의 자세는 조금도 흐트러지지 않았다. 자주 절을 찾아 기도를 드려온 이력이 쌓인 덕분이었다.

그때 주지스님이 염불을 그치고는 똑! 똑! 똑! 목탁을 세 차례 쳤다.

"이제 그만하시지요."

"예, 스님!"

잠시 뒤 중전이 기도를 멈췄다. 중전의 이마와 콧등에 땀이 송송 맺혀 있었다.

"제 처소로 가서서 차나 한잔하시지요."

"…."

주지스님이 법당을 나서자 중전도 말없이 주지스님의 뒤를 따라 법당을 나왔다.

문 앞에서 기다리고 있던 공주와 무극도 주지스님의 뒤를 따랐다. 따사로운 가을볕이 네 사람의 어깨 위에서 재잘거렸다.

두견차

순현왕후와 혜명공주, 그리고 태허스님 등 세 사람이 주지 처소에 마주앉았다. 이 방이 처음인 공주는 연신 두리번거렸다.

"공주님은 그새 몰라보게 장성하셨습니다. 자태도 참 고우시고요."

주지스님이 공주에게 가볍게 덕담을 한마디 했다.

"다 주지스님께서 예뻐 봐주신 덕분이지요."

"별말씀을요, 오늘 뵈니 참으로 고우십니다."

자태가 곱다는 주지스님의 말에 공주는 기분이 좋은 듯했다. 그때 방 입구 쪽에서 무극이 차를 준비해 올렸다. 김이 모락모락 나는 찻잔을 보며 주지가 말했다.

"드시지요, 두견차이옵니다."

"예, 은은한 색깔이 참 곱습니다."

순현왕후는 두견차가 신기한 듯이 바라보면서 말했다.

"지난 봄에 무극이 뒷산에서 따온 두견화 꽃잎을 말린 것입니다. 두견차는 어혈을 풀어줘 혈액순환을 돕고 가래와 염증을 멎게 한답니다. 특히 부인병에 효과가 탁월하다고 합니다."

"…"

중전과 공주는 조용히 두건차를 음미하였다.

그때 문 앞에 반쯤 꿇어 엎드린 채로 이들의 얘기를 듣고 있던 무극이 말했다.

"큰스님, 점심공양을 준비토록 하겠습니다."

"오냐, 그리 하여라."

무극이 점심공양 준비를 핑계로 자리를 비켜주었다.

그러자 공주는 절 구경을 하겠다며 무극을 따라 나섰다.

방 안에는 주지스님과 순현왕후 두 사람만 남게 되었다.

그러자 기다렸다는 듯이 주지스님이 얘기를 꺼내기 시작했다.

"마마! 근자에 전하의 용태는 좀 어떠신지요?"

중전이 어두운 표정을 지으며 말했다.

"별 차도가 없습니다. 어의들 말로는 전하의 상태가 차차 호전되고 있다고는 합니다만, 의식이 여전히 맑지 않으십니다."

"그러시군요. 어서 쾌차하셔야 할 텐데요."

"그러게 말입니다. 스님!"

광조(光祖)가 지난 봄에 사냥을 나갔다가 절벽에서 굴러 크게 다쳤다. 사람들은 광조가 목숨을 건진 것만으로도 천운이라고 했다. 이 때문에 근 반 년째 임금 자리가 비어 있는 판국이었다.

"궐내 대소신료들의 움직임은 어떻습니까?

"아직 이렇다 할 움직임은 없습니다만, 남파(南派) 쪽에서 세를 규합하고 있다는 얘기가 더러 들립니다."

"남파라면 임술정난(壬戌靖難)의 일등공신인 좌의정 홍문식이 주도하는 무리가 아닙니까?"

"그렇습니다."

광조는 임술년에 숙부 원산군(原山君)을 몰아내고 왕위에 올랐다. 당시 병조참판으로 있던 홍문식 일파가 거사를 주도해 광조를 옹립했다. 그 후 홍문식은 좌의정에 제수되었는데 조정에서 2인자로 통했다.

"소승이 보기엔 상황이 그리 나빠 보이진 않습니다."

"예, 저도 그리 생각하고 있습니다만…."

순현왕후는 말끝을 흐렸다. 뭔가 개운치는 않다는 투였다.

주지 태허스님과 순현왕후는 오래 전부터 잘 알고 지내온 사이였다. 순현왕후는 사가 시절부터 어려운 일이 생기면 태허스님을 찾아와 상의를 하곤 했다. 그런 인연으로 중전이 왕비로 간택되는 과정에서 태허스님이 큰 역할을 하기도 했다. 중전에게 주지스님은 정신적 지주이자 정치적 동반자이기도 했다.

그때 방문이 열리면서 민 상궁이 들어왔다.

"마마! 점심공양이 준비되었다고 하옵니다. 어서 공양간으로 납시지요."

"알았네! 곧 가세나!"

중전과 주지스님은 자리에서 일어나 공양간으로 향했다.

한 식경이 지나 점심공양이 끝나자 순현왕후는 궁궐로 돌아갔다. 의식이 온전치 못한 임금 곁을 한 시도 비울 수가 없는 입장이었다.

혜명공주는 절에 남아 부왕의 쾌유를 비는 '7일기도'를 올리기로 했다.

회운사를 떠나면서 순현왕후가 공주에게 당부를 했다.

"부디 성심을 다해 부처님전에 기도를 올려야 한다. 그러면 반드시 좋은 일이 있을 것이니라. 다만 몸이 상하지 않도록 각별히 유념하도록 하여라."

"예, 어마마마!"

마치 어린애를 물가에 내놓는 심정이었던지 순현왕후는 주지스님에게도 각별한 당부의 말을 잊지 않았다.

"스님! 우리 공주를 잘 부탁드립니다. 저는 스님만 믿고 돌아가겠습니다."

"예, 마마! 걱정 마시옵소서! 성심을 다해 모시겠습니다."

순현왕후가 절을 빠져나가자 그 자리를 민 상궁이 맡았다.

민 상궁은 혜명공주의 보모상궁 출신으로 공주의 훈육을 맡고 있었다. 민 상궁은 순현왕후의 사가의 친척뻘로 왕후가 입궁하면서 데리고 들어갔다. 그러니 공주에게는 외가의 이모뻘이 되는 셈이다.

왠지 둘은 서로 닮은 구석이 많은데 공주는 평소 민 상궁을 친이모처럼 따랐다.

"공주마마! 저녁기도에 드시려면 먼저 목욕재계를 하셔야 합니다."

"알았네!"

공주는 짧게 대답했다. 공주는 평소 목욕을 즐겨했다.

공주 목욕은 민 상궁 담당이었다. 공주가 어려서부터 민 상궁이 맡아온 것이니 두 사람 모두 조금도 거리낌이 없었다.

목욕물도 이미 준비되어 있었다. 공주가 절에 남아서 치성을 드리기로 결정되자 주지스님이 목욕물을 준비하도록 지시해두었다.

욕탕은 공양간 옆에 붙어 있었는데 더운 물 조달을 편리하게 하기 위해 그리 한 듯했다.

민 상궁의 도움을 받아 공주가 옷을 벗기 시작했다. 마지막 속옷까지 다 벗고 나자 공주의 자태가 오롯이 드러났다. 탕의 희뿌연 수증기와 함께 어우러지자 제법 요염해 보이기까지 했다.

뽀얀 피부, 잘록한 허리와 풍만한 둔부가 부드러운 곡선으로 이어졌다.

측면에서 보니 가슴도 봉긋했다. 마치 작은 공기를 하나 엎어놓은 듯했다.

열다섯 살의 공주는 어느새 여인의 모습을 갖춰가고 있었다. 그런 공주의 모습을 보고 있노라니 민 상궁은 대견하다는 생각이 들었다.

"마마! 나날이 여인의 자태가 무르익고 있사옵니다."

"그래? 다 민 상궁이 잘 돌봐준 덕분일세!"

민 상궁의 칭찬을 듣자 공주는 기분이 아주 좋은 듯했다.

요즘 들어 공주도 자신의 육신에 대해 부쩍 관심을 쏟았다. 나날이 치장에 신경을 쏟는 것은 물론이요, 자그마한 손거울을 종일 손에서 떼는 법이 없었다.

공주는 누군가에게 자신을 보여주고 싶은 욕구가 끓어오르는 듯했다. 봄꽃이 자태를 뽐내며 향내로 벌, 나비를 유혹하는 건 당연한 이치다. 공주의 가슴 속에서 그리움 한 자락이 꿈틀거리고 있었다.

목욕재계를 마친 공주는 흰 옷으로 갈아입은 후 법당으로 인도됐다.

땅거미가 법당 앞 5층 석탑 주변에서 어슬렁거리고 있었다.

법당에는 주지스님이 먼저 와 기다리고 있었다. 환한 미소를 지으며 주지가 공주를 맞았다.

"공주님, 천상의 선녀가 하강한 것 같사옵니다."

"스님, 저 놀리시는 거죠?"

부끄러워하면서도 공주는 싫지 않은 투였다.

"놀리다니요? 저는 본대로 말씀드렸을 뿐입니다. 하하~."

주지는 대답 끝에 너털웃음을 지었다. 마치 다 큰 딸의 재롱을 보고 즐거워하는 아버지와도 같았다.

"거봐요, 지금 웃으시는 걸 보니 절 놀리신 거죠?"

공주는 뾰로통해진 얼굴을 하며 다시 따지듯 물었다.

"아니라니까요? 뽀얀 살갗이며 몸매가 진짜로 선녀 뺨치겠습니다."

주지스님 입에서 뽀얀 피부, 몸매 운운하는 걸 보니 공주는 주지가 자신을 놀린 건 아니라는 생각이 들었다.

그제야 공주도 기분을 풀었다.

민 상궁은 뒤에서 아무 말 없이 이들 두 사람의 대화를 지켜보았다. 민 상궁의 입가에서 가벼운 미소가 흘렀다.

여시아문

혜명공주의 저녁기도는 술시(戌時) 경부터 시작됐다.

진설대 양 옆으로 어른 손목 굵기의 대형 초에서 나온 불빛이 법당 안을 환히 밝혔다. 진설대 위에는 각종 햇과일이며 음식들이 가득 차려졌다. 향로에서 피어나는 향내가 법당에 은은하게 감돌았다. 세 부처님 중 가운데 지장보살 부처님이 흐뭇한 시선으로 내려다보고 있는 듯했다.

기도는 주지스님의 독경소리로 시작됐다.

…여시아문하사오니 일시에 불이재 도리천하사 위모설법하시니 이시에 시방무량세계 불가설불가설 일체제불과 급대보살마하살이 개래집회하사 찬탄하사되 석가모니불이 능어오탁악세에 현불가사의 대지혜신통지력하사 조복강강중생하사 지고락법이라 하시고 각견시자하야 문신세존이어시늘 시시에 여래께서 함소하시고….

지장경(地藏經)이다. 지장경은 예로부터 불가에서 효경(孝經)으로 불렸다. 돌아가신 조상이나 부모를 구제하여 극락왕생을 발원하는 재식법회(齋式法會)에서 주로 독송돼 왔다. 지장경은 한 구절, 한 게송만 독송하거나 들어도 죄업을 소멸시켜 해탈할 수 있다고 했다. 지장보살은 사바세계의 모든 고통을 덜어주는 부처님이다.

주지스님의 독경소리는 낭랑하면서도 선율을 탔다. 숨 가쁘게 오르막을 오르는가 싶더니 어느새 계곡 속으로 빠져들곤 했다. 그러기를 수십 차례 반복했다.

주지스님의 독경소리는 사람의 마음을 두드리며 때론 어루만지듯 했다. 그 독경소리는 법당 문을 나와 거무스름한 가을 밤하늘 속으로 비산(飛散)했다.

혜명공주는 주지스님 옆에서 합장한 채 연신 절을 올렸다.

소녀, 지장보살님 전에 빌고 또 비옵니다!
부디 아바마마의 쾌차를 도와주시옵소서!
그리하여 종묘와 사직을 보존케 해주시옵소서!

지장보살! 지장보살! 지장보살! 지장보살!…

공주는 지장보살을 수도 없이 불렀다. 목청이 쉴 정도로 불러댔다. 그 존재만으로도 임금 내외에겐 효녀였지만 어린 시절부터 효심이 깊기로 소문난 공주였다.

지극정성으로 기도를 올리면 부처가 앉은 자리에서 내려올까.

지금 공주의 간곡한 기도를 듣는다면 어쩌면 지장보살이 예좌(猊座)에서 내려올 것만도 같았다.

공주의 목소리가 커질수록 주지스님의 독경소리도 따라서 커졌다. 두 사람은 마치 한 조로 짝을 이룬 듯 서로 주거니 받거니 했다.

해시(亥時)경, 주지스님이 목탁을 세 번 크게 쳤다.

똑! 똑! 똑!

독경을 마친 주지가 혜명공주를 바라보며 나지막이 말했다.

"이제 그만 하시지요!"

공주는 주지스님의 얘기를 듣지 못한 듯했다. 공주는 계속해서 지장보살을 불러댔다. 그러자 뒤에서 기다리고 있던 민 상궁이 다가가 공주의 어깨를 살짝 건드렸다. 그제야 공주는 하던 소리를 멈췄다.

자리에서 일어나려던 공주는 뭔가 불편한 듯 몸을 꾸물거렸다. 오른쪽 발을 딛고 반쯤 일어서더니 그 자리에서 그만 고꾸라지고 말았다.

"공주님! 공주님!"

놀란 민 상궁이 공주를 일으켜 세우려했지만 역부족이었다. 누운 자리에서 꿈쩍도 하지 않았다.

이를 보고 있던 주지스님이 큰 소리로 외쳤다.

"무극아! 무극아! 무극이 어디 있느냐?"

문밖에서 기다리고 있던 무극이 냉큼 법당 안으로 들어왔다.

"예! 큰스님!"

"얼른 공주님을 업어서 내 방으로 모시거라! 어서!"

"예, 스님!"

무극은 곧장 공주를 들처업고 법당 문을 나왔다.

등에 업힌 공주가 축 늘어진 채 미동도 하지 않자 무극은 속이 탔다. 무극은 있는 힘을 다해 주지 처소로 내달렸다.

얼추 삼경(三更)이 끝나갈 무렵이었다.

어마마마! 어마마마!

보료 위에 죽은 듯이 누워 있던 공주가 의식이 돌아온 모양이었다. 공주가 들릴락 말락 한 목소리로 순현왕후를 찾았다.

"어마마마! 어마마마!"

"마마! 이제 정신이 좀 드시옵니까?"

민 상궁이 달려가 공주를 흔들어 깨웠다. 그러나 공주는 아직 제정신이 아니었다. 사지는 여전히 축 늘어져 있었고 기운도 하나도 없어 보였다. 근 반나절 동안을 절반은 서서 기도를 올렸으니 몸에 무리가 가는 것도 당연했다.

멀찌감치 떨어져 벽에 기대 졸고 있던 주지스님도 곧장 공주 곁으로 다가갔다.

중전이 절을 떠나면서 공주를 잘 돌봐달라고 각별한 당부를 했는데 졸지에 이런 불상사를 당하고 보니 주지로서는 난감한 일이었다.

"공주마마! 정신이 좀 드십니까?"

누운 채 주지스님의 얼굴을 올려다보고 있던 공주가 돌연 주지를 향해 말했다.

"아바마마! 아바마마!"

당황한 주지는 순간적으로 옆에 있던 민 상궁을 힐끗 쳐다보았다.

"공주마마! 저 태허이옵니다. 이제 정신이 좀 드십니까?"

"……."

그로부터 일각(一刻)이 지나서야 공주가 정신을 차렸다.

"여기가 어딥니까?"

공주 곁에 있던 주지가 냉큼 나서서 대답했다.

"제 처소입니다. 기도를 마치고 혼절하셔서 이리로 모셔왔사옵니다."

"그랬군요."

민 상궁은 공주를 일으켜 앉히고는 꿀물을 건넸다.

곁에 있던 주지가 다시 한마디 건넸다.

"오늘밤은 여기서 푹 주무시옵소서. 한숨 주무시고 나면 괜찮아지실 것이옵니다."

"예, 그리 하지요."

공주의 대답이 끝나자 주지는 처소에서 나왔다.

민 상궁은 공주 머리맡에 마실 물 한 잔을 가져다 놓았다. 그리고는 공주를 잠옷으로 갈아입힌 후 잠자리도 봐 주었다.

"마마! 편히 주무시옵소서!"

"나 때문에 오늘 고생했네, 자네도 편히 쉬어라!"

"아닙니다. 그럼 이만 물러가겠사옵니다."

주지스님에 이어 민 상궁도 뒤따라 주지 처소를 나왔다.

그 큰 방에 공주 혼자 덩그러니 누웠다.

그때 공주의 두 눈에 눈물이 고이기 시작했다. 병석의 부왕을 떠올리자 마음이 아팠다. 공주는 부왕이 주지스님처럼 강건하면 얼마나 좋을까 하고 생각했다.

어둠 속에서 달마대사가 벽에서 공주를 내려다보며 빙긋이 웃었다.

목멱산 심야모의

별채에는 밤이 늦도록 불이 켜져 있었다.

인왕산 자락에서 솟구친 늦가을 바람이 남대문을 휘돌아 목멱산(木覓山·남산) 중턱을 한걸음에 내달렸다. 그 바람에 별채 옆에 선 늙은 오동나무 두 그루는 서로를 어루만지듯 몸을 비벼댔다. 멀리 어둠 속에 홀로 솟은 북악산 아래로 경복궁은 쥐죽은 듯 고요히 잠들어 있었다.

별채에는 주인이자 좌장격인 좌의정 홍문식을 필두로 이조판서 도병세, 병조판서 윤상, 형조판서 정우량, 우승지 김인겸, 대사간 박희윤 등이 모여 있었다. 모두 임술정난의 일등공신들로 당대의 최고 실세로 통했다.

초저녁부터 술잔을 돌린 탓인지 다들 취기가 올라 있었다.

일적불음(一滴不飮)인 병조판서 윤상은 술상 위에 고꾸라진 채 코를 골기 시작했다. 좌장 홍문식과 우승지 김인겸 두 사람만 겨우 맨정신 같았다.

"자, 자, 다들 이제 정신 좀 차립시다!"

홍문식이 가볍게 두어 번 책상을 두드리며 사람들을 깨웠다. 그 제야 윤상도 몸을 일으켜 세우며 정좌했다.

홍문식이 눈짓을 하자 우승지 김인겸이 먼저 말문을 열었다.

"야심한 밤에 다들 이렇게 모이시라고 한 것은 우리 남파(南派)의 앞날을 진지하게 한번 논의해보고자 함입니다. 다들 알고 계시겠지만 주상께서 날로 병세가 위중하시니 우리도 이제 대비책을 세워둬야 하지 않겠습니까? 여러 대감들께서 고견을 들려주시기 바랍니다."

김인겸의 말이 끝난 후 잠시 침묵이 흘렀다. 비록 병세가 위중하다고는 하나 주상이 아직 건재한 상황에서 후사를 논하는 것은 대역죄에 해당하는 일임을 다들 잘 알고 있었다.

침묵을 깨고 나온 사람은 좌장 홍문식이었다. 그는 임술정난을 주도한 사람으로, 강단과 지략을 겸비한 인물이었다.

"거두절미하고 단도직입적으로 얘기하지요. 임술년처럼 또다시 정변을 일으키자는 얘기는 아닙니다. 우승지 말마따나 주상이 반년 가까이 병석에 누워계시니 용상이 무주공산이나 마찬가집니다. 나라가 이래서는 안됩니다. 한시바삐 경복궁의 새 주인을 물색해 이 나라의 종사(宗社)를 우뚝 세워야 하지 않겠습니까?"

다시 침묵이 이어졌다. 그렇다고 홍문식의 말을 반대하는 건 아니었다. 이미 이심전심으로 공감하고 있어 사실상 결론은 내려진 상태였다. 문제는 실천 방법론을 두고 각자 머리를 짜고 있는 중이었다.

이들 가운데 재사로 통하는 형조판서 정우량이 입을 열었다.

"우선 짚고 넘어갈 것이 하나 있습니다. 주상의 용태가 구체적으로 어떤 정도인지를 먼저 알아야겠습니다. 주상의 건재 여부에 따라 우리가 취할 방책이 달라질 수 있기 때문입니다."

정우량의 지적은 맞는 말이었다. 주상이 있고 없고의 여부에 따라 취할 방안이 달라질 것은 당연했다. 궐내 사정에 밝은 우승지 김인겸이 말을 받았다.

"주상께서 사냥을 나갔다가 절벽에서 굴러떨어진 후 초기에는 다소 호전되는 듯하더니 지금은 의식이 거의 없는 상태입니다. 하루 중에 사람을 알아보는 시간은 채 이각(二刻)도 되지 않는 줄로 압니다. 사실상 사자(死者)나 마찬가지인 셈이지요."

여기저기서 쯧쯧~ 하며 혀를 차는 소리가 들렸다.

임금의 용태는 비밀이어서 왕실 사람들이나 어의, 승지 등 최측근 몇 사람만이 알고 있는 정도였다.

술이 덜 깬 듯한 병조판서 윤상도 한마디 거들고 나섰다.

"그래도 주상께서 우리들을 어여삐 여겨주셨는데 병세 위중하시다니 마음이 몹시 아픕니다. 다들 주상의 쾌차를…."

"자! 자! 지금 그런 감상조의 얘기나 나눌 때가 아닙니다."

다시 홍문식이 말을 자르고 나섰다. 아까부터 그는 말할 차례를 기다린 듯했는데 뭔가 복안을 하나 갖고 있는 듯했다.

헛기침을 한 차례 한 후 자리를 고쳐 앉더니 홍문식이 드디어 입을 열었다.

"앞서 얘기했듯이 시국이 시국이니만치 비상한 방책을 찾아내야 합니다. 그 길만이 우리 남파가 건재하는 길이며, 이 나라 종사를 온전하게 보존하는 길이오."

좌중은 홍문식의 입만 바라볼 뿐 아무도 나서는 자가 없었다.

그들 중에서 홍문식의 의중을 꿰뚫어 보는 자는 형판 정우량과 대사간 박희윤 둘뿐이었다.

곧이어 정우량이 말을 받았다.

"탁견이십니다. 현재로선 상책 중의 상책이라고 사료됩니다."

그러자 여태 한마디도 하지 않고 있던 이판 도병세가 나섰다.

"대체 무엇이 탁견이라는 말씀이십니까?"

"허허~."

홍문식은 이판을 쳐다보면서 너털웃음을 지었다.

그때 형판 정우량이 다시 나섰다.

"이판은 좌의정 대감이 하신 말씀의 뜻을 몰라서 그러시는 겝니까?"

"······?"

이판은 정우량을 빤히 쳐다보기만 할 뿐 대답이 없었다. 이판은 좌의정의 말뜻을 전혀 간파하지 못한 것이 분명했다.

결국 좌의정이 나설 수밖에 없었다.

"주상의 후사(後嗣)로 누가 있습니까?"

"없지요, 두 대군은 요절했으니 대가 끊긴 셈이지요."

"그렇다고 자식이 전혀 없는 것은 아니지요?"

"예? 그게 무슨 말씀이신지… 그럼 혜명공주?"

말끝에 이판은 혜명공주를 입에 담고는 적잖이 당황해 했다.

설마 혜명공주로 하여금 왕위를 잇게 한다?

다시 홍문식이 나섰다.

"집안의 대를 잇는 것은 마땅히 아들이어야 하지만 왕위까지 아들이 이어야 한다는 법이 있습니까?"

"그래도 그렇지요, 어찌 공주를…."

이판은 차차 목소리가 기어들어가더니 결국 중도에 말을 맺었다.

좌중에서 가장 나이가 어린 탓에 발언을 자제하고 있던 대사간 박희윤이 나섰다.

"좌상대감의 말씀은 일리가 있긴 합니다만, 만약 이를 공론화할 경우 대소신료들의 반대가 만만찮을 것으로 예상됩니다. 보다 정

교한 반박 논리를 개발해 둬야 할 줄로 사료됩니다."

"그렇소! 바로 그 점을 논의코자 이 야심한 시각에 우리가 모인 것이오. 다들 묘책을 내보도록 하시오!"

홍문식의 말이 끝나기가 무섭게 승지 김인겸이 다시 나섰다.

"임금을 뽑는 일은 무엇보다도 종친들의 의견이 가장 중요합니다. 만약 주상께서 승하하실 경우 현재로선 중전이 제일 우선권자인 셈이지요."

"그렇다면 우리로선 반가운 일이지요."

박희윤이 반색을 하고 나섰다.

두 사람의 대화를 지켜보고 있던 홍문식이 입가에 미소가 번졌다.

"그 점은 우려할 필요가 없소이다. 모이자귀(母以子貴)라고 했소. 일점혈육이 잘 되고 그로 인해 제 자신도 귀하게 되는데 그걸 마다할 어미가 세상에 어디 있겠소?"

홍문식의 말에 다들 고개를 끄덕였다.

그런데 그리 간단한 문제만은 아니었다. 남파 내에 중궁전과 친분이 있는 사람이 거의 없었기 때문이다. 친분은커녕 오히려 척을 지고 있었다.

순현왕후가 중전으로 간택되는 과정에서 남파는 반대론을 폈었다. 그 일로 중전은 남파에 대해 서운한 감정을 여태 거두지 않고 있었다.

당시 남파가 반대론을 편 것은 유명한 어느 술객(術客)의 예언 때문이었다. 그는 여주김씨 집안의 처녀가 중궁전을 차지하면 장차 후사를 놓고 문제가 생긴다고 했다. 이 문제가 한때 왕실에서도 논의되었으나 흐지부지되고 말았다. 돌이켜보면 그 술객의 예언은 적중한 셈이다.

이날 좌중에서 '여왕' 얘기는 한마디도 나오지 않았다. 그러나 사실상 혜명공주를 새 군주로 옹립하자는 데 의견일치를 본 것이나 마찬가지였다.

축시(丑時)경에 끝난 이날 심야모임의 결론은 두 가지였다. 하나는 북파(北派)의 공격에 대비한 반박논리 개발, 다른 하나는 중궁전에 특사를 보내 미리 손을 써두는 일이었다. 전자는 논리에 밝은 대사간 박희윤이, 후자는 인맥이 좋은 승지 김인겸이 맡기로 했다. 김인겸은 회운사 주지 태허스님과도 친분이 두터웠다.

숭현각(崇賢閣)

그 시각, 회운사 별채에도 불이 켜져 있었다.

회운사 경내의 여러 전각 가운데 숭현각(崇賢閣)은 그 존재가 특별했다. 임술년 회운사 중창불사 때 거금을 희사한 순현왕후의 공덕을 기려 세운 것으로, '숭현각'이란 이름도 여기에서 유래했다.

사찰 경내에 속인을 위한 건물을 짓는 것은 당시 불법(佛法)에서 금하고 있었으나 숭현각은 광조의 명으로 특별히 건립됐다.

숭현각은 회운사 사람들 사이에서도 비밀스런 공간으로 통했다. 평소 잡인의 출입이 금지돼 있어서 내부구조를 아는 사람은 손에 꼽을 정도였다.

숭현각의 손님은 순현왕후가 유일했다. 밤샘기도 차 들른 순현왕후는 더러 이곳에서 며칠씩 묵었다. 그럴 때면 주지스님이 밤늦게까지 말상대를 해주곤 했다.

왕비가 묵는 곳이다 보니 숭현각은 매우 화려했다. 겉은 단청으로 치장을 했으나 실내에는 응접실과 간이 욕실, 침실까지 갖추고 있었다. 한마디로 경복궁 교태전(交泰殿) 못지않았다.

좌의정 홍문식 일파가 목멱산에서 심야모임을 갖고 있던 바로 그 시각.

숭현각에서는 중년의 두 남녀가 정욕을 불태우며 뜨거운 밤을 보내고 있었다.

서로를 대하는 태도로 봐 둘은 오랜 세월을 함께 해온 사이 같았다. 그러나 자주 만나 정분을 나눌 수가 없었던지 무척이나 서로를 갈구하였다.

둘은 꼭 껴안은 채 한참 동안 서서 떨어질 줄 몰랐다.

"소희, 보고 싶어 죽는 줄 알았소!"

"대사님, 저두요!"

소희(素姬)는 민 상궁이 입궐하기 전 사가에서 사용하던 이름이었다.

민 상궁은 주지 태허스님을 '대사님'이라고 불렀다.

거우 의식을 되찾은 공주를 주지 처소에 혼자 남겨둔 채 이들은 이곳에서 밀회를 즐기고 있었다.

한참을 껴안고 있던 두 사람이 잠시 뒤 손을 풀었다. 그리고는 서로를 뚫어지게 바라보았다. 마치 상대를 자신의 눈에 넣기라도 하려는 것 같았다. 주지가 민 상궁을 바라보며 천천히 입을 열었다.

"이게 얼마 만이오? 그새 계절이 두 번 바뀌었소."

"날마다 대사님 생각에 제 가락지가 다 헐거워졌답니다."

둘의 목소리는 촉촉이 젖어 있었고, 눈빛은 정염(情炎)으로 이글거렸다.

한 번으로는 부족했던지 둘은 다시 서로를 힘껏 끌어안았다.

그 바람에 탁자 위에 놓인 촛불이 잠시 휘청거렸다.

이들의 포옹은 다가올 성애(性愛)의 전주곡에 불과했다.

대사는 민 상궁의 허리를 잡고 번쩍 들더니 바로 옆에 있는 탁자 위로 앉혔다.

얼떨결에 탁자 위에 앉혀진 민 상궁은 잠시 놀란 기색을 보이더니 이내 아무런 저항도 하지 않았다. 내심 바라던 바였다.

주지는 양손으로 민 상궁의 긴 머리칼을 어루만지기 시작했다. 민 상궁은 가볍게 고개를 움직이며 주지의 손길을 따라서 흐름을 타기 시작했다.

주지의 손은 이내 민 상궁의 귓불과 두 뺨에서 노닐더니 이윽고 턱 아래 목으로 옮겨갔다.

아~

그때 민 상궁의 입에서 저도 몰래 나지막한 신음이 터져나왔다.

상체가 가볍게 흔들리던 민 상궁은 두 손을 뻗어 주지의 허리를 가볍게 끌어안았다. 그리고는 목을 치켜들자 절로 입이 벌어졌다. 무언가 채워지기를 바라는 눈치였다.

주지는 알았다는 듯이 그 순간을 놓치지 않았다.

주지는 살짝 허리를 굽혀 민 상궁의 입술에 자신의 입술을 포개더니 이내 입속으로 자신의 혀를 밀어 넣었다. 그리고는 혀로 민 상궁의 입천장을 간질거렸다. 입속에서 혀와 혀가 서로 뒤엉켰다. 둘의 입에서 단 꿀이 솟았다.

아흐~ 아흑~

민 상궁은 연이어 신음을 토해냈다.

민 상궁의 입에서 뜨거운 기운이 터져나오자 그 열기에 주지도 후끈 달아올랐다. 아랫도리에서 불기둥 하나가 갑자기 솟아올랐다.

주지는 오른손을 아래로 내려 민 상궁의 당의(唐衣) 옷고름을 더듬거렸다.

그러자 민 상궁이 주지의 손을 덥석 잡으며 말했다.

"너무 급하십니다. 저는 아직…."

"난 더 이상 못 참겠소!"

"…."

민 상궁은 별 말이 없었다. 그녀 역시 이미 몸이 뜨거워지고 있었다.

주지는 능숙한 솜씨로 단숨에 민 상궁의 당의 저고리를 벗겼다. 목 아래까지 바짝 올려 동여맨 치맛단 위로 민 상궁의 가슴 윤곽이 드러났다. 아이에게 젖을 물리지 않아서인지 삼십 후반 치고는 여전히 풍만했다.

주지는 민 상궁을 번쩍 들어 종종걸음으로 침실로 들어갔다. 침실은 열두 폭 병풍으로 가려져 있어서 겉으로 봐서는 쉽게 눈에 띄지 않았다.

이윽고 둘은 2층을 쌓아 하나가 되었다.

이후 침실에서는 몇 차례 폭풍우가 휘몰아치다가 가라앉기를 반복했다. 간간이 여자가 우는 소리가 들리더니 그 소리는 다시 끙끙 앓는 소리로 바뀌었다. 애원과 절규, 감격과 희열이 뒤섞여 묘한 분위기를 연출했다.

그로부터 두 식경이 지나서야 두 사람이 병풍 앞에 모습을 드러냈다.

둘은 방 가운데 놓인 둥근 탁자에 마주하고 앉았다. 주지는 상당히 지친 모습이었으나 민 상궁은 아쉬운 기색이 역력했다. 그윽한 눈길로 민 상궁을 바라보면서 주지가 천천히 입을 열었다.

"술이나 한잔 합시다."

"저도 기다렸답니다."

민 상궁이 술잔을 채워 먼저 주지에게 건넸다. 주지는 곧장 잔을 비우고는 민 상궁에게 잔을 건넸다. 잔을 채우면서 주지가 말했다.

"우리 혜명이가 너무도 잘 자랐지요?"

"네?"

전혀 예상치 못한 말에 민 상궁은 흠칫 놀라 탁자에 잔을 떨궜다.

"뭘 그리 놀라시오? 여긴 우리 둘뿐인데."

"그래도 말조심 하세요! 낮말은 새가 듣고 밤말은 쥐가 듣는다 하지 않습니까?"

"알았소! 알았소!"

"오늘 보니까 이마, 귀까지 당신을 쏙 빼닮았더군. 커갈수록 당신 판박이야!"

그 말에 왠지 어깨가 으쓱해진 민 상궁이 다시 주지에게 술을 권하면서 말했다.

"어디 저만 닮았을까요?"

"허허~ 그거야 그렇지만…."

두 사람이 정담을 나누고 있던 그때였다. 아까부터 밖에서 숨을 죽인 채 두 사람의 얘기를 엿듣고 있는 사람이 하나 있었다. 무극이었다. 스승인 주지스님의 일거수일투족을 꿰고 있던 그였지만 이 얘기는 처음 듣는 것이었다.

혜명공주가 주지스님과 민 상궁의 딸이라니.

경천동지할 얘기였다. 무극은 도무지 믿어지지가 않았다. 그러나 눈앞에서 보고 들은 얘기니 인정하지 않을 수도 없는 노릇이었다. 사실이 아니고서야 어찌 감히 일국의 공주를 '우리 혜명이'라고 얘기할 수 있단 말인가. 기억하자니 불경스럽고 잊어버리자니 너무도 엄청난 사실이었다.

그때 방 안에서 주지의 목소리가 들렸다.

"밖에 누구냐? 무극이냐?"

갑작스런 물음에 당황한 나머지 무극은 잠시 대답을 머뭇거렸다. 주지가 다시 입을 열었다.

"이놈아! 물을 가져왔으면 냉큼 들어오지 않고 뭘 하느냐!"

"예! 예! 큰스님!"

무극은 서둘러 물병을 들고 방 안으로 들어섰다.

두 사람은 둥근 탁자를 사이에 두고 마주앉아 차를 마시고 있었다. 조금도 흐트러짐 없이 지극히 자연스러운 자세를 하고 있었다.

"공주님 일로 종일 수고하신 민 상궁 마마님께 차 한 잔 대접하고 있느니라. 물은 거기 두고 이제 가서 쉬거라!"

주지의 말이 끝나자마자 민 상궁이 끼어들었다.

민 상궁은 무극의 아래위를 훑어본 후 말을 꺼냈다.

"무극스님도 이제 총각티가 완연하군요. 속세 같으면 장가갈 나이가 됐죠?"

"아~암! 장가가고도 남을 나이죠. 올해 열 일곱이니!"

두 사람의 뜬금없는 얘기에 무극은 당황한 나머지 얼굴이 달아올랐다.

"저 부끄러워하는 표정 보세요. 호호~!"

민 상궁은 당황해 하는 무극이 귀엽다는 듯이 호호~ 하며 웃었
다.

"이제 그만 나가 보거라!"

"예, 스님! 그럼 소승 이만 물러가겠습니다."

숭현각에서 나와 방으로 돌아오면서 무극은 민 상궁의 웃음소
리가 귓전에서 떠나질 않았다. 절에 들어온 이후 처음 듣는 여자
의 웃음소리였다. 호호대며 웃던 민 상궁의 얼굴을 떠올리자 무극
은 왠지 가슴이 콩닥거리고 다리가 후들거렸다.

야합

늦가을 산사의 아침은 한적(閑寂)했다.

바쁜 일도, 찾는 이도 없어 적막하기조차 했다. 요란했던 매미
소리는 그친 지 오래요, 밤새 울어대던 풀벌레도 지쳤는지 기척도
없었다. 이따금씩 어디선가 까마귀 울음소리가 간간이 들릴 뿐이
었다.

아침예불을 마친 무극은 법당 앞에서 비질을 하고 있었다. 구월
초에 만들어 달포 넘게 마당을 쓸었으니 몽당비가 돼버린 것도 당
연했다. 느티나무의 잔잎을 쓸자면 두 번 세 번씩 비질을 해야만

했다.

법당 앞에서 이 광경을 지켜보고 있던 주지스님이 무극에게 한 마디 일렀다.

"아침공양 마치고 뒷산에 가서 싸리나무 한 짐 해오너라!"

비질에 열중하느라 무극이 미처 주지스님의 얘기를 듣지 못했다. 이내 주지스님의 불호령이 내렸다.

"야 이놈아! 내 말이 말 같잖으냐?"

고함소리에 놀라 무극이 두리번거리다가 주지스님과 마주쳤다.

"아침공양 마치고 싸리나무 한 짐 해오너라!"

"예, 큰스님!"

주지스님은 기분이 상했다는 듯이 휑하니 자리를 떴다.

그의 발길이 다다른 곳은 공주가 밤을 보낸 자신의 처소였다.

"으흠! 으흠!"

두어 차례 헛기침을 한 후 주지는 방문을 열고 들어섰다.

공주는 자리에서 일어나 옷매무새를 만지고 있었다. 민 상궁은 그 옆에서 공주의 머리를 빗어주고 있었다.

"공주마마! 간밤에 편히 주무셨사옵니까? 이제 기운을 좀 차리셨는지요?"

"예! 덕분에 많이 좋아졌습니다. 어젯밤에 큰 신세를 졌습니다."

안색이 돌아온 걸 보니 공주는 기운이 많이 회복된 듯했다. 목소리도 예전으로 돌아온 듯했다. 주지는 비로소 마음이 놓였다.

"신세라니요. 제가 잘 모시지 못한 탓이옵니다. 송구하옵니다!"

송구하다는 말에 공주는 몸 둘 바를 몰라 하며 '아닙니다!'를 연발했다.

주지는 민 상궁에게도 의례적인 투로 인사를 건넸다.

"민 상궁 마마님도 밤새 잘 쉬셨는지요?"

민 상궁은 겸연쩍은 표정을 애써 감추며 태연스럽게 대답했다.

"소인은 편히 쉬었습니다만, 스님께선 공주님께 방을 내주서서 잠자리가 불편하시지 않으셨는지요?"

"요사채에 빈 방이 있어서 거기서 하룻밤 유(留)했습니다."

주지와 민 상궁은 공주 몰래 슬쩍슬쩍 시선을 교환하며 눈치를 살폈다. 마치 도둑이 제 발 저린 꼴이었다. 말은 하지 않았지만 두 사람은 서로를 보자 간밤의 정사 장면이 눈앞에서 어른거렸다. 둘에겐 꿈같이 달콤한 시간이었다.

실로 반년 만에 서로를 품었으니 그럴 만도 했다. 광조가 사고를 당해 자리에 누운 후로 순현왕후가 통 외출을 하지 못한 때문이었다. 게다가 둘 다 매인 몸이어서 언제 또다시 만날 수 있을지 기약할 수도 없는 노릇이었다. 두 사람의 연모의 정은 갈수록 애가 탔다.

주지가 방문을 막 나서려고 하자 무극이 밖에서 문을 두드렸다.

"다들 아침공양 하러 오시랍니다."

"오냐! 막 가려던 참이다. 공주님 같이 가시지요!"

세 사람은 대웅전을 돌아 돌계단을 지나 공양간으로 들어섰다. 제일 안쪽에 공주와 주지스님의 겸상이 차려져 있었다.

공주 앞에는 송이죽과 지렁 반 종지가 놓여 있었다. 주지가 공양간에 일러 특별히 만든 것이었다.

"많이 드시고 어서 기운을 차리시옵소서!"

공주는 대답 대신 두 손을 모아 합장한 채 주지에게 절을 했다.

아침공양이 끝나자 무극은 창고에서 지게와 낫을 챙겨 나왔다.

"오는 길에 머루나 다래 있거든 좀 따오너라. 햇머루 맛이나 좀 보자꾸나!"

"예! 큰스님!"

대답은 시원하게 했지만 무극의 속마음은 좋지가 않았다. 사하촌 식솔들 말고도 절에 딸린 일손이 적지 않았다. 그럼에도 명색이 스님인 자신에게 온갖 잡일을 다 시키는 주지스님이 몹시 못마땅했던 것이다. 주지스님은 그때마다 '나무하고 마당 쓸고 뒷간 치우는 일도 다 수도(修道)니라!'라고 말하곤 했다. 무극은 그런 주지가 더 얄밉게 느껴졌다.

늦가을이 되면 싸리나무가 어른 엄지손가락 굵기 정도가 된다. 그 정도 굵기의 나무를 자르려면 낫이 잘 들어야 한다. 무극은 숫돌이 있는 공양간 옆 우물가로 향했다.

그때 공양간에서 민 상궁이 툭 튀어나왔다. 뜻밖에 무극을 만나자 민 상궁은 반가운 표정을 지으며 말을 건넸다.

"낫을 가시는 걸 보니 산에 가시나 봐요?"

"예! 싸리나무 하러 갑니다. 오는 길에 머루다래도 따고요."

"머루다래요?"

"네! 머루다래. 뒷산에 가면 천집니다."

민 상궁은 머루다래란 말에 귀가 번쩍 띄었다. 어릴 적 사가의 뒷산에서 동무들과 머루다래 따 먹으며 놀던 시절이 문득 생각났다.

"저도 따라가면 안 될까요?"

"네? 마마님이요?"

"얼른 공주님한테 말씀드리고 올 테니 잠시만 기다려주세요!"

민 상궁은 제멋대로 말을 뱉고는 주지의 처소 쪽으로 냅다 달렸다.

조선낫 두 자루를 다 갈 무렵 민 상궁이 무극 앞에 나타났다.

"공주님께 허락 받았어요. 제게 머루다래 많이 따 오라셨습니다."

그새 절 옷으로 갈아입은 민 상궁은 무극보다 한걸음 앞서 뒷산을 오르기 시작했다. 민 상궁의 뒤를 따르는 무극의 발걸음은 날아갈 듯이 가벼웠다. 무극은 자신이 지게를 지고 산을 오르고 있다는 사실도 까먹었다.

우거진 수풀을 헤치고 낫으로 나뭇가지를 쳐내면서 겨우 산 중턱에 다다랐다. 칡이 소나무를 칭칭 감고 있는 모습이 군데군데 보였다. 마치 두 사람이 뒤엉켜 씨름이라도 하는 모양새였다. 머루나무를 만나려면 정상 가까이 가야 한다.

"아직 멀었어요?"

뒤처져 있던 민 상궁이 앞서가던 무극을 불러 세웠다.

"이제 다 왔습니다. 조금만 더 힘내십시오!"

아니나 다를까 정상 근처에 도달하자 머루나무 군락이 나타났다. 어떤 놈은 머루나무인지 소나무인지 구분이 되지 않을 정도로 소나무 꼭대기까지 칭칭 감고 있었다. 크고 잘 익은 머루송이는 주로 꼭대기에 몰려 있었는데 그 높이가 얼추 어른 키 서너 배는 돼 보였다.

무극은 일단 지게를 벗어놓았다. 그리고는 나무에 오르기 전에 왼쪽 바지춤에 머루를 따 담을 자루를 하나 꿰찼다.

나무를 껴안고 막 원숭이처럼 나무를 오르려고 할 때였다. 어느새 뒤따라온 민 상궁이 뒤에서 무극의 엉덩이를 두 손으로 떠받쳐주었다. 쫙 편 민 상궁의 양손 열 손가락이 무극의 엉덩이를 감쌌다. 순간 찌릿찌릿한 전율이 무극의 전신에 퍼졌다.

민 상궁은 씨~익 웃으며 아무렇지 않다는 투로 말했다.

"총각스님 엉뎅이라 다르군요. 자, 어서 올라가세요!"

"네?"

잠시 혼란스러웠던 무극은 정신을 수습해 소나무를 오르기 시작했다. 소나무 꼭대기에서 머루를 따면서 무극은 이따금씩 아래의 민 상궁을 훔쳐보았다. 산을 올라올 때부터 왠지 모르게 가슴이 뛰기 시작하더니 이제는 쿵쿵거렸다. 그때 민 상궁이 무극을 올려다보면서 말했다.

"맛 좀 보게 머루 한 송이 던져줘요!"

무극은 씨알이 굵은 머루 몇 송이를 따서 아래로 던졌다. 그 중한 송이가 민 상궁의 얼굴 정중앙에 내리꽂혔다. 그러자 민 상궁은 악! 소리를 내며 그 자리에 주저앉았다.

덜컥 겁이 난 무극은 서둘러 꼭대기에서 내려왔다. 민 상궁은 고개를 푹 숙인 채 그 자리에 쪼그리고 앉아 있었다.

"마마님! 어디 많이 다치셨나요?"

"…"

"어디 봐요, 많이 다치셨나 보군요!"

잠시 뒤 민 상궁이 갑자기 고개를 들었다. 민 상궁의 이마랑 콧대 주변이 거무튀튀한 머루색을 하고 있었다. 그 모습을 보자 무극의 입에서 웃음이 절로 터졌다.

"하하하~."

바로 그때 민 상궁이 와락 달려들어 무극을 끌어안더니 까치발을 한 채 무극의 입술을 덮쳤다. 무방비 상태에다 순간적으로 일어난 일이어서 무극은 어찌해야 할지를 몰랐다. 어느새 무극의 몸이 조금씩 떨리기 시작했다.

잠시 후 무극의 가슴에서 놀던 민 상궁의 손이 서서히 아래로 내려오기 시작했다. 어느새 무극의 아랫도리에는 단단한 막대기 하나가 성이 난 채 하늘을 향해 솟아 있었다. 그때 민 상궁이 무극의 성난 남근을 콱 거머쥐었다.

흐억!

순간 무극은 등짝이라도 두드려 맞은 듯이 격한 소리를 토했다. 그 소리는 고통스러운 듯하면서도 고통 때문에 나는 그런 소리는 아니었다.

바로 그때 민 상궁이 무극을 빤히 쳐다보며 물었다.

"다 들었지요?"

"뭘요?"

"어젯밤에 저랑 태허대사님이 나눈 얘기요"

"일부러 엿들은 건 아니구요…."

바로 그때 민 상궁이 무극의 목을 끌어안으며 뒤편 칡덩굴 위로 자빠졌다. 다시 두 사람의 입술과 입술이 맞닿았다. 가슴과 가슴, 아랫도리도 2층집을 쌓은 듯했다.

무극은 저도 몰래 민 상궁의 입술을 더듬기 시작했다. 코와 혀끝에 달싹한 머루향이 진동했다. 어느새 무극의 손은 민 상궁의 가슴을 헤집기 시작했다. 누가 가르쳐준 것이 아니었다. 그건 열일곱 남자의 본능 같았다.

그러자 아래의 민 상궁이 가끔씩 허리를 뒤틀면서 가는 신음을 토해냈다.

아흐~ 아흑~

민 상궁은 이리저리 허리를 마구 뒤틀더니 때론 하체가 위로 솟구쳤다가 맥없이 가라앉기도 했다. 본인도 제 몸을 제 맘대로 어찌하지 못하는 것 같았다. 흐느낌같기도 하고 탄성(歎聲)같기도 한 괴성, 경련을 일으키듯 한 몸 떨림. 무극은 여체가 참으로 오묘하다는 생각이 들었다.

이날 두 사람은 야합(野合)을 통해 새로운 세계를 경험했다. 민 상궁이 무극에게 신세계를 열어줬다면 무극 역시 민 상궁에게 또 다른 감흥을 선사했다. 민 상궁이 총각을 경험한 것은 무극이 처음이었다.

어느새 사시(巳時)가 훌쩍 넘어 점심때가 가까워졌다. 해는 중천에 떠 있었다.

무극은 서둘러 머루를 따던 자루를 마무리했다. 다래는 생각도 나지 않았다.

산을 내려오면서 무극은 눈에 띄는 싸리나무 너덧 그루를 베어 지고 왔다. 싸리비 둘을 만들기에는 턱없이 부족한 양이었다. 주지스님한테는 산에서 다리를 헛디뎌 발목을 삐었다고 둘러대기로 했다.

그날 이후 무극은 한동안 한쪽 다리를 절뚝거렸다. 그 연유를 아는 사람은 절에서는 아무도 없었다.

급보

공주의 7일 기도 사흘째였다.

이른 아침부터 뒷산 중턱에서 까마귀 울음소리가 끊이지 않았다.

'무슨 안 좋은 일이라도…'

주지스님은 처소 툇마루에서 뒷산을 올려다보면서 혼자 중얼거렸다.

오시(午時)가 지날 무렵 절 아래 사하촌 쪽에서 요란한 말발굽 소리가 들려왔다. 한두 사람이 아닌 듯했다.

잠시 뒤 군졸 여럿이 일주문을 지나 경내로 들어섰다. 그 중 우두머리로 보이는 자가 주지스님을 찾아와 다짜고짜 물었다.

"공주님이 어디 계십니까?"

"무슨 일로…."

"전하께서 위급하십니다. 급히 공주님을 모셔오라는 중전마마의 명이 계셨습니다."

주지는 서둘러 공주의 숙소로 안내했다.

민 상궁과 재잘거리며 놀고 있던 공주가 갑작스런 방문에 놀라 일어났다.

"무슨 일이신지요?"

"공주님, 어서 짐을 챙겨 궐로 가셔야 할 것 같습니다. 전하께오서…."

주지의 말이 채 끝나기도 전에 공주의 두 눈자위가 붉어지기 시작했다.

"설마 아바마마께서…."

"아닙니다. 위중하신 상태라고 하옵니다. 어서 걸음을 재촉하시지요."

공주와 민 상궁은 군졸들이 가져온 마차를 타고 급히 회운사를 떠났다.

경복궁 향오문(嚮五門)을 지나자 강녕전(康寧殿) 앞에 내시와 상궁들이 줄지어 서 있었다. 계단을 지나 대전 대청으로 올라서자 상선(尙膳)이 달려왔다. 상선은 말 대신 가볍게 고개를 한번 끄덕이고는 이내 방문을 열어주었다. 공주는 그 자리에서 울음을 터뜨리며 방으로 들어섰다.

"아바마마! 아바마마!"

공주는 그대로 부왕 앞에 엎어져 큰소리로 통곡하기 시작했다.

"아바마마! 아바마마! 소녀 혜명이옵니다. 어서 일어나시옵소서!"

부왕 주위로는 중전을 비롯해 영의정, 좌의정, 도승지, 어의 등 예닐곱 명이 꿇어 엎드려 있었다. 그러나 공주는 이들을 전혀 의식하지 않은 채 목놓아 울었다. 부왕의 가없는 사랑을 받아온 공주였으니 그 애통함을 무엇으로 대신할 수 있겠는가.

"7일 기도를 끝내면 반가운 소식이…흑! 흑!"

감정에 복받친 듯 공주는 곁에 있던 중전의 품에 덥석 안기면서 또다시 울음을 터뜨렸다.

"어마마마! 어마마마!"

중전은 들썩이는 공주의 어깨를 두어 차례 두드리며 진정시켰다.

그때 미동도 않던 광조가 갑자기 상체를 꿈틀거리며 입맛을 다시기 시작했다. 목이 마르거나 아니면 무슨 할 얘기가 있는 것 같았다.

중전이 급히 다가가 광조의 손을 잡으며 말했다.

"전하! 정신이 좀 드시옵니까? 회운사에 기도 갔던 공주가 막 도착했사옵니다. 어서 눈을 좀 떠 보시옵소서!"

"아바마마! 저 혜명이옵니다."

공주도 곁에서 거들고 나섰다.

바로 그 순간 광조가 조금씩 눈을 뜨기 시작했다. 중전이 입에 물을 한 숟갈 떠 넣자 광조는 천천히 입을 다시며 반응을 보였다.

이때 어의가 급히 달려와 광조의 맥을 살폈다.

"마마! 전하의 맥이 살아나고 있사옵니다!"

"그래요?"

중전과 공주의 얼굴에 화색이 돌기 시작했다. 두 사람은 서로 말없이 바라보며 웃기만 했다.

몇 차례 물을 받아먹고서 광조는 차차 정신이 좀 드는 듯했다.

광조는 이불 속에서 손을 꼼지락거렸다. 뭘 만지고 싶다는 신호 같았다.

그러자 곁에 있던 중전이 냉큼 공주의 손을 잡더니 이불 속으로 밀어 넣어 주었다. 광조는 두어 차례 고개를 아래위로 끄덕였다. 공주를 알아본다는 눈치 같았다.

"아바마마!"

공주가 울음을 터뜨리자 방 안이 다시 숙연해졌다.

한참 동안 공주의 손을 잡고 있던 광조가 갑자기 시선을 이리저리 돌렸다. 누군가를 찾는 것 같았다. 영의정 이중한에게 이르자 광조의 시선이 움직이지 않았다. 이중한이 광조 앞으로 다가가 앉으며 말했다.

"전하! 신 영의정 이중한이옵니다. 하실 말씀이 계시오면 분부하시옵소서!"

"…"

광조는 아무 말이 없었다. 이중한이 다시 말을 이었다.

"지난 시절 전하를 곁에서 모실 수 있어 참으로 황감했사옵니다. 신 이중한, 대를 이어 성심을 다하겠나이다. 전하!"

이중한은 홍문관 출신으로 학문이 깊은데다 성품도 강직했다. 그러면서도 그는 파당을 짓지 않고 궐내 인사들과 두루 교류하여 조정 안팎에서 신망이 두터웠다. 광조가 공신도 아닌 그를 영상 자리에 발탁한 것도 바로 그 때문이었다.

"여 여, 영사앙!"

그때 광조가 가까스로 입을 열기 시작했다. 혼수상태에 든 지 근 반 년 만이었다.

"예! 전하! 하명하시옵소서!"

"우 우리, 혜 혜 혜명을 자알 부 부탁하오…"

"예, 전하! 분부대로 혜명공주님을 잘 받들어 모시겠사옵니다."

"…"

아무런 대답도 하지 않은 채 광조는 다시 자는 듯한 얼굴로 되돌아갔다.

이 한마디를 끝으로 광조는 숨을 거뒀다. 재위 20년, 임오년 시월 스무여드렛날이었다.

"아바마마!"

"전하!"

"전하!"

누가 먼저랄 것도 없이 동시에 터져나왔다. 통곡소리가 방 안에 가득했다. 그때 강녕전 지붕 위에서 누군가 큰소리로 외치는 소리가 들렸다.

상위복(上位復)!

그 소리는 세 차례나 이어졌다.

국왕의 승하를 만천하에 알리는 소리였다.

강녕전 앞마당에 부복해 있던 만조백관과 내명부 소속 궁녀, 나인들 모두 머리를 풀었다.

광조는 숙부 원산군(原山君)을 몰아내고 왕좌에 올랐다. 집권 초기에는 종친과 중신들의 반발이 컸다. 폐주가 문제가 많기는 했지만 엄연한 반정(反正)이라는 것이었다. 그러나 시간이 지날수록 그런 비판의 목소리는 점차 수그러들기 시작했다.

광조는 재위 중에 선정을 펴며 많은 업적을 남겼다. 안으로는 공신세력을 기반으로 과감한 개혁을 단행해 나라의 기강을 바로잡았다. 또 밖으로는 선대의 숙원이었던 북방의 오랑캐를 정벌해 강역(疆域)의 경비를 튼튼히 했다. 광조의 재위 20년은 전에 없던 태평성대를 구가했다.

성군 광조의 시대는 그렇게 막을 내렸다.

특사

저녁공양을 마친 태허스님은 서둘러 처소로 향했다. 초겨울의 산사는 유시(酉時)가 되자 금세 어두워졌다.

해가 지면 손님이 한 분 오기로 돼 있었다. 사흘 전에 서찰이 앞서 당도했는데 그 사유는 알 수 없었다.

"큰스님!"

밖에서 무극이 부르는 소리였다.

"알았다. 어서 안으로 뫼시어라!"

말이 끝나자 선비 차림의 한 처사가 방으로 들어섰다.

그는 먼저 스님 앞에 삼배를 올렸다.

"대사님! 그간 안녕하신지요?"

"먼 길 오시느라 고단하시지요. 어서 좌정하세요."

"예!"

"대소제절은 두루 평안하신지요?"

"대사님 덕분에 대소 간에 두루 무고합니다."

집안 얘기까지 거론하는 하는 걸로 봐 두 사람은 친분이 두터운 사이 같았다.

미리 준비한 차를 내놓으며 태허스님이 먼저 말문을 열었다.

"국상으로 황망한 중에 어찌 이 산중까지 걸음을 하신 겝니까?"

방문객은 남파 내에서 책사이자 마당발로 통하는 승지 김인겸이었다.

"스님의 고견을 경청하고자 실례를 무릅쓰고 이렇게 찾아뵈었습니다."

국상 중이어서 궁궐을 비울 수 없는 승지 신분임에도 야밤을 틈타 태허를 찾아온 걸로 봐 긴히 나눌 얘기가 있는 것 같았다. 김인겸이 먼저 본론을 꺼냈다.

"지금은 국상 중이라 다들 입을 다물고 있습니다만, 국상이 끝나면 곧바로 선왕의 후사 문제가 논의될 것입니다. 대사님께서 큰 역할을 해주셨으면 합니다."

"…."

짐작은 하고 있었지만 막상 얘기를 듣고 보니 당장은 입이 떨어지지 않았다.

"단도직입적으로 말씀드리겠습니다. 저희 남파에서는 혜명공주를 차기 임금으로 추대할 작정입니다. 정식으로 대사님께 도움을 청하는 바입니다."

굳게 다문 주지의 입가에 미소가 잔잔히 퍼져갔다.

"소승이 무슨 힘이 있겠습니까마는 다른 건 몰라도 그 일이라면 힘껏 도와야겠지요. 제가 뭘, 어떻게 하면 도움이 되는지요?"

"중전마마에게 서찰을 하나 보내주십시오."

"서찰이라 함은…?"

"대사님께서도 잘 아시다시피 간택 당시의 불미스런 일로 중전마마께서 여태 노여움을 푸시지 않고 계십니다. 대사님이 아니고서는…."

경위야 어떻든 김인겸 또한 그 일에 앞장섰던 사람으로서 송구한 마음을 갖고 있는 듯했다. 그는 하던 말을 다 하지 않고 끝냈다.

"그 일이라면 제가 조금은 힘이 돼드릴 수도 있을 것 같습니다."

"감사합니다. 대사님, 감사합니다."

김인겸은 연신 머리를 조아리며 감사를 연발했다.

본론 얘기가 끝나자 김인겸을 서둘러 자리에서 일어났다.

"그럼 소직(小職)은 이만 물러가겠습니다. 내내 강건하시옵소서!"

김인겸이 물러가자 주지는 서둘러 지필묵을 꺼내 챙겼다. 쇠뿔도 단김에 빼랬다고 말 나온 김에 끝내버릴 참이었다.

윗목의 벼루 위로 잉어연적에서 물방울이 똑! 똑! 떨어졌다. 주지는 천천히 먹을 갈면서 머릿속으로 서찰에 담을 내용을 그려보았다.

대략 이각(二刻)이 지났을까.

주지는 마침내 먹을 갈던 손길을 멈추었다. 그리고는 평소 자주 사용하는 세필을 찾아 손에 들었다. 서찰에 담을 내용이 많았기 때문이다.

소승 태허, 삼가 중전마마께 문안 여쭈옵나이다.

일기 고르지 못한 시절에 기체후일향만강(氣體候一向萬康) 하옵신지요. 혹여 국상 중에 마마의 옥체가 상하지나 않을까 늘 조바

심이 드옵니다. 바라옵건대 공주마마와 중전마마 두 분 부디 옥체를 보존하시옵소서.

아뢰올 말씀은 감히 후사(後嗣) 건이옵니다. 조만간 국상이 끝나면 왕실이나 조정 대소신료들이 이 문제를 본격 거론하고 나설 것이 분명하옵니다. 그리고 이 나라 종사를 생각하면 후사 문제를 무작정 뒤로 미룰 수만도 없는 일이옵니다.

작야(昨夜)에 승지 김인겸이 소승을 방문했었사옵니다. 마마께서도 아시겠사옵니다만 김인겸은 남파의 책사(策士)이옵니다. 그들은 중전마마와 손잡고 공주마마를 후사로 추대할 계획이라고 하옵니다. 간청 드리옵건대 그들에게 부디 하해와 같은 아량을 베푸시옵소서. 이는 모두 공주님의 앞날을 위해서이옵니다. 부디 구원(舊怨)은 다 묻어버리시옵소서….

이쯤에서 주지는 잠시 붓을 내려놓았다. 눈앞에 순현왕후와의 지난날이 주마등처럼 스치고 지나갔다. 항간에 이상한 소문이 돌아 중전 간택이 수포로 돌아갈 뻔했을 때 나서서 이를 수습한 사람이 바로 주지였다. 그 후 중전이 된 순현왕후는 주지 태허를 스승처럼 따르며 물심양면으로 도왔다.

두 대군을 잃고 방황할 때도 주지는 순현왕후의 곁을 지켰다. 급기야 민 상궁과 짜고 혜명공주를 생산해 바친 것도 순전히 왕후를 위해서였다. 혜명공주를 생각하면 주지는 은혜와 책임감이 교차했다.

이런 생각 끝에 주지는 다시 붓을 들어 서찰을 마무리했다. 말미에 자신의 수결(手決)을 한 후 단단히 서찰을 밀봉했다.

어느새 삼경이 가까웠다.

이튿날 아침, 주지는 무극을 불렀다. 선왕의 49재와 관련해 상의할 게 있으니 중전마마께 서찰을 전하고 오라고 했다.

중천의 해가 서산으로 기울 무렵 무극은 흥인지문(동대문)에 당도했다.

무극이 성문 안으로 들어가려 하자 문지기가 가로막고 나섰다. 당시 승려들의 도성 출입이 금지돼 있었다.

"회운사에서 온 무극이라 하오. 주지스님의 심부름으로 중전마마께 전할 서찰을 갖고 왔으니 중궁전에 기별을 넣어주시오."

무극이 내금위 군사의 안내를 받아 교태전 앞에 도착한 것은 땅거미가 내려앉을 무렵이었다. 기별을 넣어둔 때문인지 상궁이 그를 기다리고 있다가 내전으로 인도했다.

"무극스님! 먼 길 오시느라 얼마나 노고가 많으셨습니까?"

"중전마마! 소승 무극 문안인사 올립니다."

무극이 문 앞에 꿇어 엎드려 있자 일어나 가까이 오라고 중전이 말했다.

"그래, 주지스님은 강건하신지요?"

"예, 두 분 마마께 안부 전해드리라고 하셨습니다."

대답을 마치자 무극은 품에서 서찰을 꺼내 오른편에 앉은 제조

상궁에게 건넸다. 제조상궁은 이를 받아 중전에게 건넸다.

"서찰 심부름을 오셨군요!"

"예! 마마!"

순현왕후는 태허가 보낸 서찰을 천천히 읽어 내려가기 시작했다.

중간쯤에 다다르자 중전은 서찰을 접고서 제조상궁을 불렀다. 무극스님에게 저녁식사를 후히 대접하고 숙소를 마련해 드리라고 명했다.

무극이 내전에서 나가자 순현왕후는 다시 서찰을 읽기 시작했다.

남파에서 이 중전에게 화해의 손을 내밀었다?

혜명공주를 후사로 추대할 계획이니 구원을 묻어두라?

중전은 몹시 혼란스러웠다. 이십 년 넘게 원수로 지내온 남파 사람들을 하루아침에 용서하기가 쉽지 않았다. 그러나 공주를 위해서라면 궐내의 실세인 그들의 힘이 절실히 필요했다.

그때 문득 선각의 말이 중전의 머리를 스치고 지나갔다.

하나를 버리면 하나를 새로 얻게 되나니….

태허스님이 인편에 사신을 보내올 정도라면 이 길을 가는 것이 옳을 성싶었다. 어려운 고비 때마다 곁에서 지켜준 태허대사가 아니던가.

순현왕후는 앉은 자리에서 곧장 답장을 써내려갔다.

무극스님 편에 보내주신 서찰 감사히 받았습니다.

저희 모녀를 보살펴주신 대사님의 일구월심(日久月深)을 생각하면 그 은공을 무엇으로 갚아야 할지 모르겠습니다.

후사 건에 대한 대사님의 고견, 마음으로 받들겠사옵니다. 공주를 위한 길이라면 제 한 몸을 살라서라도 부처님 전에 바칠 각오입니다. 좌의정 편에 사람을 보내 소인의 뜻을 전해주시길 앙망합니다.

내내 강건하시길 기원합니다.

빈계토쟁

국상이 끝나자 예상했던 대로 후사 문제가 본격적으로 거론되었다.

옥좌를 오랫동안 비워두는 것은 큰 문제였다. 전례 없던 일이었다. 왕실과 조정의 안정을 위해서도 후사문제는 시급히 해결해야 할 과제임은 분명했다.

며칠 뒤 순현왕후가 대전(大殿)에서 조회를 열었다. 국상을 치르느라 고생한 신료들을 위무하고 궐내 기강을 다지기 위함이었다.

이날 조회에는 3정승은 물론 6조(曹)의 대신, 사헌부, 사간원, 홍문관 등 3사(司)의 우두머리들도 모두 참석했다. 용상에 앉은 중전이 좌우로 길게 늘어선 신료들을 내려다보며 천천히 말을 꺼냈다.

"여러 대소신료들과 함께 선왕의 국상을 무사히 마쳤습니다. 조정의 대소신료와 궐내 모든 이들에게 그 공로를 치하하는 바입니다."

"황공하옵니다. 중전마마!"

"황공하옵니다. 중전마마!"

북파의 2인자인 호조판서 김병돈이 먼저 얘기를 꺼냈다. 조정의 대소신료들이 다 모인 자리에서 못을 박아둘 속셈이었다.

"신 호조판서 김병돈, 중전마마께 아뢰올 말씀이 있사옵니다."

"예, 말씀해 보세요."

순현왕후는 조금도 당황하지 않은 채 자리를 고쳐 앉았다. 김병돈이 어떤 얘기를 꺼낼지는 중전도 대략 짐작은 하고 있었다.

"지금 중전마마께서 앉아 계신 그 자리의 새 주인을 하루바삐 결정해야 할 줄로 아옵니다. 왕실과 이 나라의 종사를 위해서도 후사 문제는 서둘러 매듭지어야 할 매우 화급한 일이라 사료되옵니다. 부디 통촉하여 주시옵소서!"

"…"

순현왕후는 곧바로 대답하진 않았다. 자신과도 관련이 있는 사안이어서 말하기가 조금은 조심스러웠다. 그러나 김병돈이 꺼낸 얘기에 어떠한 형태로든 의견표명을 하지 않을 수는 없었다. 왕후는 정공법이 좋겠다는 생각이 들었다.

"호판 대감의 말씀이 일리가 있다고 생각합니다. 국상으로 인해 한동안 옥좌를 비워뒀습니다만 이제 후사 문제를 정식으로 논의해야 할 때라고 생각합니다. 다들 말씀들 해보세요."

왕후는 가볍게 신료들에게 공을 넘겼다. 일단 관전한 후 입장을 정리할 요량이었다.

좌우로 늘어선 신료들은 서로 눈치만 볼 뿐 쉽게 나서는 자가 없었다. 그때 김병돈이 다시 나섰다.

"신 김병돈 감히 한말씀 더 올리겠사옵니다. 새 임금으로는 폐주 원산군의 손자 은성군(恩成君)을 추대함이 마땅할 줄로 사료되옵니다. 통촉하여 주시옵소서!"

순현왕후로서는 대략 짐작은 하고 있었던 일이다.

"은성군을요?"

"예! 중전마마!"

"올해 아홉 살인 은성군이 국사를 볼 수 있다고 보시는지요?"

종친 가운데 워낙 적임자가 없었다. 그러다 보니 올해 아홉 살짜리 은성군이 입에 오르내리게 된 것이다. 그러나 순현왕후는 은성군은 적임자가 아니라고 봤다. 그러자 김병돈이 또다시 나섰다.

"중전마마께서 수렴청정을 하시면 별 문제가 아닌 줄로 사료되옵니다."

북파는 중전에게 수렴청정을 미끼로 하여 '은성군 옹립'을 추진하였다.

"…"

중전은 아무 말이 없었다. '은성군 옹립'을 탐탁하게 여기지 않은 때문이었다. 잠시 대전에 침묵이 흘렀다.

침묵을 깨고 나선 것은 남파의 2인자 이조판서 도병세였다.

"신 이조판서 도병세 한말씀 올리겠사옵니다. 폐주의 손자를 왕위에 올리는 것은 당치 않사옵니다. 소신의 생각으로는 공주마마를 후임 임금으로 추대하는 것이 마땅하다고 사료되옵니다. 통촉하여 주시옵소서!"

혜명공주를 후임 왕으로 앉히자?

도병세의 말이 끝나자마자 이곳저곳에서 신료들이 웅성거리기 시작했다. 조선왕조 개국 이래 여왕은 한 사람도 없었다. 왕위는 당연히 대군이나 군이 잇는 것으로 생각돼 왔기 때문이다. 북파로서는 좋은 먹잇감이 생겼다고 생각했던지 곧바로 맹공이 이어졌다. 먼저 대제학 정병철이 나섰다.

"중전마마! 이판 대감의 말씀은 한마디로 궤변이옵니다. 공주를 왕위에 앉히는 것은 천부당만부당한 일이옵니다. 이는 이 나라 종사를 뒤흔드는 일이라 사료되옵니다."

이번에는 병조참판 남호연이 나섰다. 그는 율법에 밝았다.

"신 병조참판 남호연 한말씀 올리겠사옵니다. 이 나라 조선의 정사는 경국대전(經國大典)을 기둥으로 삼아 처리해오고 있사옵니다. 그런데 경국대전 그 어디에도 여왕을 언급한 대목은 없습니다. 이판의 말씀은 나라의 기강의 흔드는 대단히 위험한 발언이라 사료되옵니다."

북파에서 또 나서려고 하자 순현왕후가 나서서 제지하며 말을 끊었다. 그러면서 한마디했다.

"이왕 후사 얘기가 나왔으니 다양한 의견을 좀 더 들어봅시다."

남파와 내밀하게 거래를 해온 순현왕후는 남파 측에도 발언할 기회를 주고자 함이었다.

그때 형조판서 정우량이 나섰다. 그는 남파의 지략가로 통하는 인물로 홍문식의 의중을 가장 정확하게 꿰뚫어보고 있었다.

"신 형조판서 정우량 한말씀 올리겠사옵니다. 병판 말씀대로 경국대전에 여왕도 가(可)하다는 대목은 분명 없사옵니다. 그러나 여왕은 불가(不可)하다는 대목도 분명히 없사옵니다. 여왕 건은 한번 논의해 볼 만한 사안이라고 사료되옵니다. 통촉하여 주시옵소서!"

정우량의 말이 끝나자마자 북파 쪽에서 누군가 '선례가 없는 일'이라며 목소리를 높였다. 그러자 정우량이 다시 나섰다.

"신라 후기 때 선덕여왕을 시작으로 진덕, 진성 등 여왕이 세 분이나 나왔습니다. 우리 조선조에서 여왕이 나오지 말란 법은 없습니다. 그리고 선례라는 것은 언제든지 깨질 수 있는 것이옵니다. 부디 통촉하여 주시옵소서!"

북파도 밀리지 않기 위해 안간힘을 다 썼다. 남파가 선례가 없는 일을 들고 나왔으니 명분상으로는 유리한 위치에 있었다. 그러나 이를 밀어붙일 공격용 화살이 부족했다.

그때 북파 진영에서 누군가 "옛말에 '암탉이 울면 집안이 망한다.'는 말이 있다."며 비꼬듯 말했다. 그러자 남파 진영에서 '공주마마를 암탉이라니요?' 하며 목소리를 높였다. 이후 대전에서 빈계토쟁(牝鷄討爭), 즉 '암탉 논쟁'이 뜨겁게 이어졌다.

이를 놓칠 남파가 아니다. 남파의 1인자 좌의정 홍문식이 마침내 나섰다.

"중전마마! 대신 가운데 혜명공주님을 암탉이라고 비하하는 자가 있사옵니다. 이는 왕실을 모독한 행위로 중범으로 치죄함이 마땅한 줄로 아옵니다."

순현왕후는 이에 대해 별다른 말을 하지 않았다. 그러나 조정의 최고 실세인 홍문식의 이 한마디는 북파의 기세를 누르고도 남았다.

홍문식이 좌중을 한 바퀴 둘러본 후 다시 찬찬히 입을 열었다.

"후사 문제는 누구보다도 승하하신 선왕의 유지를 최우선적으로 고려해야 한다고 생각합니다. 선왕께서는 임종 시에 혜명공주님을 후임 임금으로 유언하신 바 있습니다. 이 자리에 계시는 대소신료들은 모두 선왕의 신하들로서 선왕의 유지를 받들어 혜명공주님을 옥좌에 추대하는 것이 마땅하다고 사료되옵니다."

홍문식이 선왕의 유언을 들고 나오자 북파도 함부로 반박하지 못했다. 여론은 서서히 남파 쪽으로 기우는 듯했다.

이때 순현왕후가 바로 앞에 서 있는 영의정 이중한을 향해 물었다.

"영상께서도 선왕의 임종 자리에 같이 계셨지요?"

중전의 이 말 속에는 '이제 영상 당신이 나서서 확인사살을 하고 얼른 논쟁을 끝내시오!' 하는 뜻이 담겨 있었다.

영의정 이중한이 처음으로 입을 열었다. 그는 평소 중립적 인사로 통했으며, 광조가 그 점을 높이 사 영의정에 중용한 인물이다.

"예, 말씀하신 대로 소신도 선왕의 임종 자리에 있었사옵니다. 그리고 선왕께서 소신에게 '혜명을 잘 부탁한다.'고 하명하신 바도 있사옵니다."

그러나 이중한은 여기서 말을 끝내고는 더 이상 얘기를 하지 않았다. 사실관계만 확인해주었을 뿐 자세한 설명은 곁들이지 않았다. 그러자 맞은편에 서 있던 좌의정 홍문식이 이중한에게 물었다.

"선왕께서 영상 대감에게 '혜명을 잘 부탁한다.'고 하신 말씀을 영상께서는 어떻게 받아들이고 계시는지요?"

"예, 저는 선왕께서 일점혈육인 혜명공주님을 잘 보살펴 드리라는 분부로 받아들였습니다. 그 분부가 공주님에게 왕위를 물려준다고 하신 말씀이라고 저는 생각하진 않습니다."

그러자 홍문식이 다그치듯 물었다.

"그때 영상 대감께서는 '대를 이어 성심을 다하겠나이다.' 분부대로 혜명공주님을 잘 받들어 모시겠사옵니다.'라고 대답하셨지요?"

"예, 그랬지요."

이중한의 대답이 끝나자 남파 진영에서 누군가 '배신자!'라고 말하는 소리가 들렸다. 선왕의 은총을 한 몸에 받은 그였으니 그런 말을 들을 법도 했다.

이날 조회는 갑론을박만 하다가 결론 없이 끝이 났다. 그러나 남파는 여왕 옹립 문제를 공개적으로 거론한 것만으로도 기선제압 효과가 있었다고 자평했다. 또 북파는 북파대로 남파의 공세에 맞서 나름으로 선방했다고 자부했다.

그로부터 며칠 뒤 영의정 이중한이 밤중에 잠을 자다가 돌연 사망했다. 고이 죽은 것이 아니라 자객의 칼을 맞고 비명횡사를 당했다. 짐작이 가는 데는 있었지만 뚜렷한 물증이 없어 누구도 이를 입에 올리지 못했다.

졸지에 발생한 이중한 횡사사건으로 인해 북파의 공세는 급속도로 약화되었다. 세상에 제 목숨보다 더 소중한 것은 없는 법이다.

황소 뿔

대전 조회가 열린 지 며칠 지나서였다.

야심한 시각에 홍문식의 별채에 다시 몇 사람이 모였다. 남파의 책사로 통하는 형조판서 정우량과 대사간 박희윤, 그리고 승지 김인겸 등 핵심 4인방이 모였다. 1차전에 이어 2차전에 대비해 뭔가 책략을 꾸미려는 모양이었다.

잠시 뒤 집사가 별채 문 앞에서 고했다.

"대감마님! 손님이 도착했사옵니다."

"안으로 뫼시어라!"

소립(小笠)을 쓴 오십대 후반의 남자가 방 안으로 들어섰다. 복장이나 행색으로 봐 사대부는 아닌 듯했다. 그러나 형형한 눈빛으로 봐 그는 범상한 인물이 아닌 듯했다.

"찾아게시옵니까? 소인 좌상대감께 문안인사 올립니다."

그는 홍문식 앞에 넙죽 엎드려 절을 올렸다. 홍문식과는 구면인 듯했다.

"그만 일어나시게!"

"예! 대감!"

그가 자리에서 일어나자 홍문식이 좌중에게 그를 소개했다.

"당대 제일가는 술객(術客)이오. 이제 한 식구니 다들 인사들 나누시오!"

남자는 벌떡 자리에서 일어나 세 사람에게 인사를 건넸다.

"노천(盧天)이라고 하옵니다. 잘 부탁드립니다."

"…"

정우량 등 세 사람은 앉은 자리에서 가볍게 고개만 끄덕인 채 목례를 했다. 홍문식이 세 사람을 향해 말을 꺼냈다.

"이 사람이 누군지 아시오? 중전마마 간택 당시 지금 논란이 되고 있는 후사 건을 처음 발설한 사람이오. 그 신통력이 놀랍지 않소?"

그제야 세 사람은 그의 존재를 알게 됐다. 세 사람은 말없이 고개를 끄덕였다.

홍문식이 노천을 바라보며 다시 입을 열었다.

"그간 어디서 무얼 하고 지내셨는가? 우선 그 얘기나 좀 들어보세!"

"예, 소인 같은 자들은 원래부터 정처(定處)가 없는 법입니다. 바람 부는 대로 물결치는 대로 그야말로 행운유수(行雲流水)입죠. 이 꼴에 세상의 온갖 근심걱정을 혼자서 다 안고 사는 양 시름에 젖어 살기도 합죠. 허허!"

말을 마친 노천은 다소 멋쩍다는 듯이 가볍게 웃었다. 형판 정우량이 나섰다.

"한양 말고 멀리 바깥세상 얘기 좀 들려주시구려!"

노천이 천천히 얘기를 꺼냈다.

"승하하신 선왕을 칭송하는 목소리를 곳곳에서 듣고는 조금은 놀랐습니다. 비록 정변으로 옥좌에 오른 임금이기는 하나 재위기간 동안 많은 업적을 쌓으신 것을 더 높이 평가하는 것 같았습니다. 비록 와석종신(臥席終身)하신 것은 아니나 그만하면 한 평생 잘 사신 것으로 봐야할 것 같습니다."

초반부터 얘기가 너무 무겁다고 생각했는지 홍문식이 나서서 화제를 돌렸다.

"바깥세상 사람들의 사는 얘기 치고는 거 너무 딱딱하구먼! 뭐 좀 재미난 이야기는 없는가?"

노천은 잠시 머리를 긁적이더니 마침내 얘깃거리가 하나 생각이 난 모양이었다.

"이태 전 충청도 공주에서 겪은 일입니다. 그 일대에서 소문난 만석꾼 집안에서 선대의 묘 자리를 하나 잡아달라고 부탁해서 한 번 들렀습죠. 그 집에서 며칠을 묵으면서 공주 일대의 산세를 둘러본 후 그런대로 괜찮은 터를 한군데 잡아주었습니다. 다행히도 집주인은 그 터를 아주 흡족해 하면서 은화 200냥을 사례금으로 내놓더군요. 그 돈으로 지금까지 버텨오고 있답니다….."

노천의 얘기가 채 끝나기도 전에 승지 김인겸이 채근하듯 물었다.

"진짜 얘기는 이제부터지요? 어서 본론으로 들어갑시다."

"승지 영감! 눈치가 빠르시군요. 허허!"

네 사람의 시선이 노천의 입가로 쏠렸다. 그러자 노천이 찬찬히 이야기보따리를 풀어내기 시작했다.

"그때가 아마 초봄이었던 것 같습니다. 그 집안 노복(奴僕)들이 사랑채 앞 양지녘에 옹기종기 모여 햇볕을 쬐고 있던 모습이 눈에 선합니다. 용무를 마친 저는 며칠 뒤 주인과 마당에서 작별을 고하고 있는 중이었습니다. 바로 그때 안채에서 잘 차려입은 한 낭자가 걸어 나오더군요. 몸종 같은 계집아이가 뒤를 따르는 걸로 봐 주인댁 따님 같았습니다. 집주인은 그 낭자를 보자 불러 세우더니 이쪽으로 오라고 하여 제게 인사를 시키더군요."

이번에는 대사간 박희윤이 짜증을 내며 독촉했다.

"노천 선생! 어서 핵심으로 들어갑시다. 이거 궁금해서 원….."

"아, 예! 이제 본론으로 들어갑니다. 그래서 저는 뜻밖에 마당에서 주인집 따님의 인사를 받게 되었지요. 훤칠한 키에 이목구비가 뚜렷하고 살빛이 맑은 게 한눈에 봐도 자태가 참 고왔습니다. 그런데 그 고운 자태에 검은 그림자가 하나 드리워져 있었습니다. 바로 단명운(短命運)이었습죠. 그것도 조만간 황소 뿔에 찔려 죽을 운명이었습니다. 저는 작별인사를 하다 말고 주인의 손을 잡고 사랑채로 이끌었습니다."

네 사람 모두 귀를 쫑긋 세우고 노천의 이야기에 귀를 기울였다. 이런 얘기는 노천 같은 사람 아니면 어디서도 들을 수 없는 진귀한 얘기였다. 노천은 더욱 신이 난 듯 목소리를 높였다.

"다짜고짜 제가 주인에게 말했습니다. '댁의 귀한 따님이 단명할 운입니다. 머잖아 황소 뿔에 찔려 세상을 하직할 상이니 부디 황소를 조심하시오!'라고. 그러자 집주인은 '우리 아이는 황소 곁에도 갈 일이 없다.'며 저를 이상한 눈으로 바라보더군요. 그래서 제가 다시 한번 더 집주인에게 '부디 내 말을 허투루 듣지 말고 따님을 조심시키라'고 당부하고는 그 길로 그 집을 나왔습니다."

네 사람은 가볍게 숨을 내쉬었다. 한눈에 그 사람의 운명을 내다보는 노천의 신통력에 다들 적잖이 탄복한 때문이었다. 이제 남은 것은 예언의 적중 여부. 홍문식도 그 결과가 몹시 궁금했던 모양이다.

"그래, 그대의 예언은 과연 적중했소?"

노천이 자세를 고쳐 앉으며 이야기의 대미를 시작했다.

"그해 가을 다시 공주에 갈 일이 있었습니다. 용무를 마치고 돌아오는 길에 그 집에서 하룻밤 신세를 질 요량으로 다시 들렀습죠. 집주인은 저를 보자마자 제 두 손을 덥석 잡더니 눈물을 쏟아냈습니다. 저는 지난 봄의 당부는 까마득히 잊고서 왜 그러시냐고 물었지요. 그랬더니 주인 왈, 제가 떠난 지 3일 만에 따님이 급사를 했다는 거였습니다."

어허~ 거 참….

좌중에서 탄식이 터져나왔다. 노천의 얘기가 다시 이어졌다.

"사연인즉 이랬습니다. 봄볕이 좋은 어느 날, 그 집 따님이 마루에 나와 햇볕을 쬐며 한가로이 귀를 후비고 있었습니다. 그런데 그때 갑자기 마당에 돌풍이 몰아치더니 집안을 쑥대밭으로 만들었다고 합니다. 처마 한 귀퉁이가 날아가고 마당에 있던 가재도구들이 이리저리 날리고 문짝도 몇이 떨어졌다고 합니다. 그런데 그 문짝 가운데 하나가 귀를 파고 있던 따님을 덮쳤습니다. 그 순간 그 따님이 들고 있던 귀 후비개가 귀를 찔러 따님은 그 자리에서 급사하고 말았습니다. 나중에 보니 그 귀 후비개 재질이 황소 뿔이었다고 합니다."

노천의 예지력에 네 사람 모두 입을 다물지 못했다.

운명이란 그 누구도 비켜갈 수 없는 걸까.

운명을 거스르는 자는 과연 어떻게 될까.

"타고난 운명은 인간이 어찌할 수가 없습니다. 제가 사전에 경고를 주었음에도 그 경고마저 비켜가는 법이거든요."

노천은 네 사람의 속내를 읽고 있다는 듯이 이 한마디로 얘기를
매듭지었다.

육임추간격

노천의 세상구경 얘기가 끝나자 집주인 홍문식이 술을 한 잔씩
돌렸다. 재미난 얘기 끝에 술이 한 순배 돌자 다들 친근감이 한결
더해졌다.

분위기가 무르익자 좌장 홍문식이 얘기를 꺼냈다.

"최근 영상 대감이 불미스런 일을 당한 후로 북파의 공세가 주
춤해지긴 했습니다만, 이걸로는 아직 안심하기엔 이릅니다. 이즈음
에서 확실히 대못을 박아둘 필요가 있습니다. 그래서 오늘 노천
선생을 특별히 초빙한 것이니 다들 허심탄회하게 얘기들 나눠봅시
다."

나머지 세 사람은 그제야 좌상이 술객을 초청한 이유를 알아챘
다. 좌상이 말한 '대못'이란 혜명공주가 운명적으로 임금 자리에
오르도록 돼 있음을 기정사실화해 두자는 것이었다.

노천의 얘기에 앞서 대사간 박희윤이 질문을 하나 던졌다.

"단도직입적으로 묻겠습니다. 혜명공주가 대운을 타고 난 분 맞
습니까?"

다들 궁금해 하던 내용이었으나 그 누구도 속 시원히 알지 못했

다. 노천의 입가에 잔잔한 미소가 번지기 시작했다.

"그렇습니다. 제대로 대운을 타고 난 분입죠. 임일(壬日) 인시(寅時)생인 혜명공주의 사주는 육임추간격(六壬趨艮格)에 해당합니다. 연해자평(淵海子平)에 따르면, 이 사주는 대귀(大貴)하여 대권을 장악한다고 나와 있습니다. 다만 신운(申運)을 만나면…"

"더 들을 것도 없습니다. 그만하면 됐습니다."

남파의 2인자인 이조판서 도병세가 노천의 말을 막고 나섰다. 이판은 홍문식을 뚫어지게 바라보더니 이윽고 한마디를 던졌다.

"이제 결론은 내려졌습니다. 그런데 새 시대를 예고하는 도참(圖讖)이 하나 필요하다고 사료되옵니다만."

도병세와는 이미 이 얘기를 나눴던 터라 홍문식은 가만히 듣고만 있었다. 곁에서 얘기를 듣고 있던 노천도 이 말의 뜻을 알아차렸다. 그러나 좌중의 막내인 승지 김인겸만은 이 말뜻을 모르는 듯했다. 그가 물었다.

"도참이라니요? 미래의 일을 미리 암시하는 예언 같은 것 말인가요?"

"그렇소!"

도병세가 짧게 대답했다. 이어 홍문식이 노천에게 물었다.

"자네 생각은 어떠신가? 도참이 적절하다 보시는가?"

"…"

노천은 말을 아꼈다. 방법론을 두고 좀 숙고할 필요가 있다고 봤던 것이다. 잠시 후 노천이 말문을 열었다.

"좌상 대감! 혹시 시참(詩讖)이라고 들어보셨는지요?"

"시참이라고 했는가?"

"예, 무심결에 지은 시가 훗날 현실과 꼭 맞아떨어지는 것을 시참이라고 합니다. 도참의 일종이라고 할 수도 있지요."

"예를 몇 들어주면 이해가 빠를 법하네만."

"인조 임금 때 홍명기라는 사람이 있었습니다. 어린아이 시절 종조모 유 씨가 업고 나갔더니 그가 '화락천지홍(花落天地紅)'이라는 시를 지었습니다. 유 씨는 홍명기가 재주가 있음을 직감했으나 '화발천지홍(花發天地紅)'이라고 하지 않은 것을 두고 그의 단명을 예견했다고 합니다. 아니나 다를까 홍명기는 평양감사 시절 병자호란을 만나 요절하였습죠."

옆에서 얘기를 듣고 있던 대사간 박희윤이 쩝! 쩝! 소리를 내며 별 신통찮다는 듯이 말했다.

"홍명기가 단명한 것이 어릴 때 지은 시 때문이라고 하는 건 견강부회 같소만…."

"정 그리 여기신다면 예화를 하나 더 들겠소이다. 인종 조에 사관(史官)을 지낸 안명세라는 사람이 있었습니다. 그가 아홉 살 때 부친이 산에서 진달래를 꺾어와 이를 연적에 끼워 놓고 그에게 시를 짓게 하였습니다. 그러자 안명세는 즉석에서 아래와 같은 시를 지어보였습니다."

杜鵑花一棋

來自碧山中
硯滴生涯寄
他鄉旅客同

진달래 꽃 한 떨기를
푸른 산중에서 꺾어 와
연적에 생애를 붙이니
타향의 나그네 신세와 같도다.

시 한 편을 감상한 후 노천이 다시 얘기를 이었다.

"아홉 살짜리가 지은 시 치고는 놀라운 것이었죠. 그런데 그의 부친은 이 시를 보고 괴로운 마음이 앞섰습니다. 왜일까요? 그는 아들의 미래가 왠지 순탄치 않을 것으로 내다봤기 때문입니다. 훗날 안명세는 을사사화(乙巳士禍)에 연루돼 목숨을 잃었습니다. 그때 그의 나이 만 서른이었습니다."

대사간 박희윤도 이번에는 별 말이 없었다. 제법 그럴 듯하게 들렸던 모양이다. 그런 박희윤에게 노천이 쐐기를 박아주었다.

"옛말에 '말이 씨가 된다.'고 했습니다. 이거 절대 빈말이 아닙니다. 왜인들은 고대부터 언어의 주력(呪力)을 믿어 왔는데 그들은 말에도 영(靈)이 있고, 말은 곧 현실로 일어난다고 믿었습니다. 이를 흔히 언령사상(言靈思想)이라고 합죠. 그러니 치자(治者)는 말을 잘 하는 법을 배워야 합니다."

노천의 일장훈시에 다들 주눅이 든 듯했다. 그러나 그렇다고 해서 기가 죽을 이들이 아니었다. 이조판서 도병세가 침묵을 깨고 나섰다.

"시참, 그거 참 그럴듯합니다만, 혜명공주가 쓴 시 가운데 그런 내용이 있는지 모르겠소이다. 만약 마땅한 게 없다넌 만사 허사가 아니오?"

그러자 노천이 냉큼 말을 받았다.

"달리 없다면 유언비어(流言蜚語)라도 하나 만들어내야지요. 그게 바로 술책(術策)인 게지요."

"그럼 혹 묘책이라도 있소?"

홍문식이 귀를 쫑긋 세우며 노천의 입을 빤히 쳐다보았다.

"제가 하나 생각해둔 게 있습니다만…."

"어서 말해보시게!"

홍문식이 다그치듯 하자 노천이 조심스럽게 입을 열었다.

"출초여제 구세영복(出初女帝 救世迎福)"
(처음으로 나온 여왕이 세상을 구하고 복을 맞이한다)

다들 뜻은 단박에 이해했다. 그러나 이를 뭐라고 평을 하는 데는 시간이 좀 걸리는 듯했다. 좌장 홍문식이 먼저 얘기를 꺼냈다.

"뜻도 알기 쉽고 우리가 담고자 하는 내용도 직설적으로 거론했으니… 이만하면 나는 괜찮다 싶소만 다른 분들 의견은 어떠시오?"

별달리 책잡을 대목은 없었다. 세 사람도 고개를 끄덕였다. 그러자 홍문식이 노천을 향해 물었다.

"그럼 활용 방안을 말해보시게나!"

"우선 저잣거리나 주막 같은 데서 사람들 입에 오르내리도록 만들어야 합니다. 단기간에 큰 효과를 보려면 사람을 사서라도 조직적으로 퍼뜨려야 합니다. 궐내로 소문이 들어가는 것은 시간문제입죠."

그로부터 꼭 이틀 뒤였다. 종로 피맛골 주막집 담벼락에 '出初女帝 救世迎福'라고 쓴 괴문서가 나붙었다. 길 가던 행인들이 그 앞에 모여서 웅성거리기 시작했다. 그들 가운데 누군가 큰 소리로 말했다.

여자 임금이 나와 세상을 구하고 복을 준대요!

그러자 이번엔 또 다른 몇 사람이 나서서 말을 받았다.

아니, 여자가 어떻게 임금이 된대?

그럼 혜명공주가 새 임금이 된다는 건가?

이튿날에는 광화문 앞 육조거리에도 괴문서가 나붙었다. 괴문서가 나돈 지 채 닷새도 안 돼 한양 저잣거리에서는 '여자 임금' 얘기가 회자되기 시작했다.

이 괴담은 불과 며칠 만에 구중궁궐에까지 소문이 들어갔다. 급기야 의금부가 나서서 탐문을 벌였으나 그 출처는 알 길이 없었다. 남파는 흐뭇한 미소를 지었다. 북파는 이번에도 뒤통수를 얼어맞은 꼴이 됐다.

49재

설달로 접어들면서 매봉산 회운사에도 어느새 겨울이 깊었다.

대웅전 왼편 은행나무와 일주문 옆 회나무는 어느새 마른가지뿐이었다. 뒷산의 소나무, 잣나무, 떡갈나무, 갈참나무도 점차 나신으로 바뀌어갔다. 뒷산 골짜기에서 불어오는 찬바람은 절을 휘감아 아랫마을로 내달렸는데 그 냉기가 하루하루가 더했다.

추위에 산짐승들도 깊은 산속으로 자취를 감추기 시작했다. 가을 한철 내내 절 마당에서 숨바꼭질하고 놀던 다람쥐, 오소리 같은 녀석들도 점차 보이지 않았다. 머잖아 눈이 펑펑 내리면 먹이 찾아 다시 절로 내려오려나.

그 무렵 선왕의 49재가 돌아왔다. 회운사는 회운사대로 궐은 궐대로 부산했다. 그새 몇 차례 궐에서 사람들이 나와 선왕의 49재 준비를 점검하고 갔다.

선왕과 순현왕후가 베풀어준 은덕을 생각하면 선왕의 49재는 결코 소홀히 할 수 없는 행사였다. 게다가 49재에 순현왕후와 혜명공주가 함께 참석하기로 돼 있어서 만반의 준비를 하느라 절 안팎이 소란을 떨었다.

주지 태허스님은 며칠 전부터 통 일이 손에 잡히질 않았다. 지난 번에 무극이 서찰 심부름을 갔다가 중궁전에서 받아온 답장 때문이었다. 놀랍게도 그 속에는 왕후가 49재에 참석했다가 회운사에서 며칠 묵어갈 예정이라고 쓰여 있었다.

이전에도 순현왕후는 회운사에 기도 드리러 왔다가 며칠씩 머문 적은 있었다. 그런데 다른 기도도 아닌 선왕의 49재에 참석했다가 며칠을 묵어간다는 게 주지로서는 쉬 납득이 되지 않았다.

이 중차대한 시기에 궐을 비우다니.

게다가 중전이 회운사에서 며칠을 묵어가겠다고 하니 이들의 보호자 격인 주지로서는 걱정이 되지 않을 수 없었다. 그러나 달리 어찌할 방도도 없었다. 주지는 일단 정성껏 맞이하기로 마음먹었다. 마음 한구석에서는 반갑기도 했다.

49재 하루 전날인 섣달 열아흐렛날 아침.

간밤까지만 해도 맑던 하늘이 새벽녘부터 희끄무레해지더니 어느새 눈발이 날리기 시작했다. 하필이면 삼한사온이 막 끝난 뒤여서 추위도 지독했다. 회운사 옆 도랑도 꽁꽁 얼어붙었다. 겨울은 사람의 마음조차 얼어붙게 한다.

아침예불을 마치고 나오던 주지는 후! 후! 입김을 내뿜으며 혀를 찼다.

하필 오늘 같은 날 눈까지 오다니….

늘 주지 곁을 지키고 있던 무극은 오늘따라 보이지 않았다. 일주문 앞으로 눈을 치우러 간 모양이었다. 낙엽이 끝났나 했더니 어느새 눈 치우는 일이 무극의 하루 일과가 되었다.

경복궁을 나선 왕후 일행은 오후 늦게야 회운사 일주문에 당도했다.

종일 일주문 앞을 서성이며 왕후 일행을 기다리고 있던 주지는 사하촌 들머리에 왕후 일행이 들어서자 그제야 마음이 놓였다. 주지는 미끄러운 눈길에도 불구하고 일주문 앞까지 내려가 왕후 일행을 맞았다.

"마마! 눈길에 무사하셨는지요? 소승 종일토록 애를 태웠사옵니다."

"그러게요, 하필 오늘 눈이 오는군요. 서설(瑞雪)인가요?"

종일 애를 태우며 기다린 주지와는 달리 왕후는 밝고 느긋해 보였다. 왕후는 뭔가 신이 난 듯한 표정이었다.

"마마께서 무사히 도착하신 걸로 봐 서설이 분명하옵니다. 자, 어서 드시지요!"

왕후는 제조상궁의 도움을 받으며 천천히 가마에서 내렸다.

바로 그때 뒤편 가마에서 혜명공주가 나와 곧장 주지에게로 달려왔다. 그 모양이 마치 주지 품에 안기기라도 할 것 같았다.

"스님! 소녀도 왔사옵니다! 그간 강녕하셨사옵니까?"

주지는 그제야 혜명공주가 왕후와 같이 온 사실을 깨달았다. 주지는 이내 공주에게로 다가가 공손하게 인사를 했다.

"공주마마! 소승 문안인사가 늦었사옵니다. 오시는 동안에 불편한 점은 없으셨는지요? 공주마마께서 오시기를 기다리고 있었사옵니다."

간단한 인사를 마친 일행은 절로 향했다. 그들 뒤로 백여 명의 군졸들과 수십 명의 상궁, 나인들이 줄지어 뒤따랐다.

왕후와 공주는 요사채 뒤편에 있는 주지의 처소로 향했다. 치소에는 서재가 하나 딸려 있어서 임시 접대공간으로 쓰기엔 딱 좋았다.

다들 채 몸을 녹이기도 전에 저녁공양이 도착했다. 겨울철 산사에는 해가 빨리 지는데다 어느새 시각이 그리 됐던 것이다. 주지가 공양을 앞에 두고 합장한 채 말했다.

"소찬이오나 많이 드시옵소서!"

"예! 스님!"

"예! 스님!"

문 밖에서는 바람소리가 요란했다. 휘휘 몰아치는 바람에 눈 사래기가 흩날린 듯 모래 이는 소리가 뒤섞여 있었다. 바람은 밤새도록 그치지 않을 태세였다.

바깥 날씨는 차가웠지만 방 안 분위기는 달랐다. 세 사람은 흩어졌던 가족이 모처럼 한자리에 모여 저녁식사라도 하듯이 오붓한 분위기였다.

먼저 공양을 끝낸 주지가 그윽한 눈으로 혜명공주를 바라보면서 얘기를 꺼냈다.

"이팔청춘이라더니 우리 공주마마께서 꼭 그렇습니다. 한겨울 추위에도 빠알간 두 볼이 마치 봄날 도화(桃花) 같사옵니다."

"정말 그렇습니까? 지난 번처럼 또 절 놀리시는 건 아니시지요?"

"놀리다니요? 감히 제가 어찌 공주님을 놀리겠습니까? 사실이 그렇습니다."

주지의 말에 공주는 활짝 웃으며 기쁜 표정을 지었다. 예쁘다는 말을 듣고서 기뻐하지 않을 여자가 어디 있으랴마는 공주는 유독 주지의 칭찬에 대해 즐거워했다. 바로 옆에서 이 장면을 지켜보고 있던 왕후는 빙그레 웃을 뿐 별 말은 없었다.

곧이어 무극이 차를 들고 들어왔다. 혜명공주와 눈이 마주치자 살짝 눈웃음을 지어보였다. 그러자 공주도 눈웃음으로 화답했다.

"날이 찹습니다. 차 한 잔으로 언 몸을 녹이시지요."

무극이 순현왕후에게 차를 권하며 인사를 건넸다.

"오늘 보니 무극스님이 더욱 의젓해 보이십니다. 그간 잘 지내셨는지요?"

"예, 중전마마의 은덕으로 소승은 무고하옵니다."

중전은 별로 말이 없고 듬직한 무극이 괜히 마음에 들었다. 출가한 몸이 아니라면 공주와 짝을 맺어줘도 손색이 없겠다고 생각했다.

이튿날 49재는 예정대로 엄숙한 가운데 치러졌다.

주지는 전날 상차림부터 이날의 의례 전 과정을 손수 맡아서 진행했다. 대웅전 한쪽에 별도로 마련한 제상에는 온갖 과일과 음식이 정성껏 차려졌다.

아침공양을 마친 후 곧이어 의식이 진행됐다. 먼저 일주문 밖에서 선왕의 영가를 맞아들여(侍輦) 영가를 쉬게(對靈) 한 후 불보살을 맞이하기 위해 영가를 목욕시켰다(灌浴). 이어 불법의 도량을 잘 수호하도록 모든 신중을 맞아들이고는(神衆作法) 불단에 공양을 올리고 법식(法食)을 베푼 후(上壇勸供) 영가를 대접하는 일반 제사의식(觀飮施食) 순으로 이어졌다. 불보살을 배웅하고 영가를 왕생시키는 봉송(奉送)으로 49재 의식은 전부 끝이 났다.

순현왕후와 혜명공주는 법당에서 하루 종일 의식을 지켜보았다. 저녁 무렵 의식이 끝나자 두 사람은 주지 옆에서 지장보살을 수도 없이 불렀다.

순현왕후 일행은 주지 처소에서 늦은 저녁공양을 했다. 종일 법당에서 의식에 참여하느라 피곤했던지 순현왕후는 공양을 마치자마자 연신 하품을 해댔다.

"곤하신데 서둘러 침수에 드시지요!"

주지가 앞장서서 순현왕후를 숭현각으로 안내했다. 혜명공주는 주지의 처소에 딸린 서재에서 민 상궁과 함께 묵도록 했다.

숭현각에는 미등이 하나 켜져 있었다. 순현왕후가 며칠 머물다 간다고 하자 무극이 낮에 방 청소를 해둔 것이다.

응접실 탁자에 두 사람이 마주앉았다. 왕후는 피곤한 기색은 그새 온데간데없이 밝은 표정을 지어보였다. 탁자 위의 찻잔을 들며 주지가 물었다.

"아니, 어떻게 손수 오실 생각을 다 하셨습니까? 궐이 걱정입니다.”

“걱정은요?”

“이 중차대한 시국에 두 분이 다 궐을 비우시면….”

주지의 말이 채 끝나기도 전에 왕후가 말을 끊었다.

“남파가 있잖습니까?”

“남파라니요? 그게 무슨 말씀이신지요?”

“좌상에게 궐을 맡기고 왔습니다. 요즘 그쪽과 사이가 좋아졌거든요!”

왕후는 궐을 비워도 아무 문제가 없다는 듯이 말했다. 혜명공주 옹립을 놓고 당대의 실세인 남파와 관계를 개선했으니 안심할 만도 했다. 양측의 관계개선에 다리를 놓은 것은 다름아닌 주지였다.

“다 스님 덕분입니다.”

이 말을 마친 후 왕후는 주지를 뚫어지게 바라보더니 이윽고 야릇한 눈길을 보냈다. 그들만의 어떤 신호 같았다.

모처럼 둘만의 공간이었다. 왕후가 먼저 입을 열었다.

“종일 법당에 서 있었더니 양쪽 종아리가 당깁니다. 좀 주물러주세요!”

말을 마친 왕후는 병풍 뒤 침실로 성큼성큼 걸어갔다. 그리고는 간이침대 위에 털썩 엎드렸다. 치마 위로 왕후의 엉덩이가 도드라졌다. 그를 보자 주지는 갑자기 작은 홍분이 일기 시작했다.

“아휴 시원해! 좀 더 위에도 주물러주세요!”

주지의 손이 정강이를 지나 마침내 허벅지까지 올라갔다. 그러자 왕후가 몸을 비틀며 간지럼을 타더니 갑자기 몸을 홱! 돌렸다. 누워서 천장을 바라보던 왕후가 물기어린 눈으로 주지에게 나지막이 말했다.

"안아줘요! 너무 오래 됐어요!"

대충 예상은 했지만 날이 날이니만치 주지는 적잖이 당혹스러웠다.

"마마! 49잿날이옵니다."

그러자 왕후는 뾰로통한 얼굴을 지으며 쏘아붙이듯 말했다.

"오늘 다 끝났잖아요!"

"…"

왕후는 침대에 그대로 반듯하게 누워 있었다. 주지가 어찌 해주지 않으면 꼼짝도 하지 않을 태세였다. 왕후는 순식간에 한 사람의 여인으로 돌변했다.

왕후가 너무 성급하게 나오자 주지는 난감했다. 어정쩡한 자세로 침대 곁에 서 있던 주지는 잠시 머뭇거리다가 결국 왕후에게로 다가갔다. 그리고는 왕후의 몸 위에 자신의 몸을 살포시 포갰다. 둘 다 옷을 입은 그대로였다.

"흐윽!"

순간 왕후가 뜨거운 입김을 토해냈다. 주지의 손길이 닿으면 신체의 어느 부위가 톡! 하고 터질 것도 같았다. 그새 왕후는 몸이 달아올라 있었다.

두 사람은 이미 오래 전에 몸을 섞은 사이였다. 왕후는 사가 시절 중풍으로 쓰러져 의식 불명인 부친의 완쾌를 기원하는 100일 기도를 드리러 온 적이 있다. 그때 너무 무리한 나머지 혼절하여 쓰러진 후 주지 처소에서 근 일주일 동안 휴식을 취했다. 그때 첫 통정(通情)을 한 이후 두 사람은 몇 차례 밀회를 가졌다.

　운명적으로 이루어질 수 없었던 두 사람. 그들은 애틋한 연정만을 가슴에 품고 살아가야만 했다. 그런 두 사람이 모처럼 둘만의 오붓한 시간을 갖게 됐으니 이때를 그냥 넘길 수야 없지 않은가. 왕후는 왕후이기 이전에 한 사람의 여인이었고, 주지는 승려이기 이전에 한 사람의 남자일 뿐이었다.

　주지는 찬찬히 왕후의 입술을 빨기 시작했다. 왕후는 가끔씩 가는 신음소리를 토해낼 뿐 눈을 감은 채 죽은 듯이 누워 있었다. 왕후는 주지의 애무를 몸으로 느끼면서 즐기고 있는 듯했다.

　이윽고 주지가 왕후의 가슴을 풀어헤쳤다. 40대 초반 여인의 가슴 치고는 탄력이 남아 있었다. 주지가 왕후의 젖꼭지를 만지작거리다가 살짝 비틀자 왕후는 악! 소리와 함께 상체를 일으키며 주지의 목에 매달렸다.

　"더 힘껏…."

　주지는 금세 알아차렸다. 주지는 왕후의 젖꼭지를 번갈아가며 힘껏 빨아대기 시작했다. 마치 배고픈 어린애가 어미젖을 사정없이 빨듯이.

　"으흐흑! 흑!"

왕후는 이내 자지러지면서 격한 소리를 토해내기 시작했다. 마치 남자 손을 타지 않은 숫처녀가 첫 경험을 하는 듯했다.

문득 주지는 바로 직전에 왕후가 '안아줘요! 너무 오래 됐어요!'라고 한 말이 생각났다. 주지는 그런 왕후가 안타까운 마음이 들었다.

주지와 모처럼의 정사로 황홀경에 빠진 왕후는 기쁨의 눈물을 흘렸다. 그리고는 주지에게 애원하듯 말했다.

"이제라도 우리 두 사람이 같이 살순 없을까요?"

"…"

주지는 왕후를 빤히 내려다보면서 아무 말도 하지 않았다. 준비되지 않은 것을 무책임하게 내뱉는 것은 정인(情人)에 대한 예의가 아니라고 생각했다.

이후 두 사람은 꼭 껴안은 채 한동안 아무 말도 하지 않았다. 왕후는 서러운 듯 계속해서 흐느껴 울기만 했다.

밀약

주지와 순현왕후가 밀회를 나누고 있을 바로 그 시각. 문밖에서 방 안을 염탐하는 그림자가 하나 있었다. 민 상궁이었다. 공주한테는 뒷간엘 간다고 둘러대고는 이곳으로 달려온 것이다. 민 상궁은 일전에 주지와 이곳에서 정사(情事)를 나눈 적이 있다. 두 사람은 주지를 가운데 놓고 삼각관계였다.

주지와 왕후의 밀회를 눈앞에서 목격하게 되자 민 상궁은 분노와 질투심이 솟구쳤다. 게다가 다른 날도 아닌 선왕의 49잿날에 두 사람이 밀회를 즐기는 것이 인륜적으로도 문제가 많다는 생각이 들었다.

숙소로 되돌아온 민 상궁은 쉬 잠을 이루지 못했다. 평소 순현왕후에 대해 가지고 있던 응어리가 가슴 속에서 이글거렸다. 왕후가 오늘의 위치에 있기까지는 민 상궁의 공로가 적지 않았다. 그러나 왕후는 민 상궁에게 응당한 보상을 해주지 않았다.

화류병을 심하게 앓은 부작용으로 선왕은 후사를 생산할 능력을 상실하였다. 이 일로 선왕은 큰 충격을 받았다. 그런데 당황한 쪽은 선왕보다 왕후였다. 대군이나 공주 하나 없는 왕후란 후궁들보다 못한 처지이기 일쑤였다.

결국 왕후는 사가의 먼 친척뻘인 민 상궁과 주지와 짜고 계책을 하나 세웠다. 민 상궁과 주지 사이에 아이를 낳게 한 후 이 아이를 왕후 자신이 낳았다고 속이기로 했다. 결국 그 계획은 실행에 옮겨졌고, 둘 사이에서 태어난 아이가 바로 혜명공주다.

제조상궁 자리는 줄 줄 알았는데….

민 상궁은 왕후를 대신해 아이를 낳아준 후 나름 기대감이 컸다. 후궁 자리에 오를 순 없다 해도 적어도 상궁의 우두머리인 제조상궁(提調尙宮)은 자신의 차지가 될 줄 알았다. 민 상궁은 자신이 그 정도의 보상을 받을 만한 공을 세웠다고 자부했다.

그러나 왕후는 민 상궁에게 혜명공주의 유모 격인 보모상궁을 맡기고는 중궁전에서 내쳤다. 왕후로서는 자신의 치부를 알고 있는 민 상궁을 곁에 두는 것이 부담스러웠던 것이다. 이 일로 민 상궁은 왕후에 대해 반감을 갖고 지내왔다.

그때 민 상궁의 눈앞에 갑자기 홍문관 이 교리(校理)의 얼굴이 어른거렸다. 이 교리는 민 상궁 외가의 먼 친척뻘로 북파의 일원이었다.

49재 사흘 뒤 왕후는 궁궐로 돌아왔다.

공주는 지독한 고뿔이 걸려 바깥나들이를 삼간 채 회운사에서 며칠 더 쉬었다 환궁하기로 했다.

왕후와 공주가 며칠 자리를 비웠으나 궐은 그저 평온하기만 했다. 조정의 실세인 남파가 군병(軍兵)까지 장악하고 있었으니 별 탈이 있을 리 없었다.

그날 저녁 좌의정 홍문식이 중궁전으로 왕후를 알현하러 왔다.

"중전마마! 선왕의 49재는 무사히 마치셨사옵니까?"

"예, 조정 신료들께서 염려해주신 덕분에 무사히 마치고 돌아왔습니다."

"재위 기간 중에 선정을 베푸신 선왕이시니 극락왕생하실 것이옵니다."

"그러셔야지요!"

왕후의 말투는 왠지 건성건성이었다. 왕후는 선왕과 20여년을 같이 살았지만 애틋한 정분 같은 것은 없었다. 간택 과정에 있었던 논란도 한 요인으로 작용했다.

"이제부터는 마마께서 국사를 챙기셔야 하옵니다. 소신들이 잘 보필하겠사옵니다."

"예! 예! 잘 알겠습니다. 숨이나 좀 돌리고 보십시다."

"예! 중전마마!"

왕후가 짜증 섞인 말투를 내뱉자 홍문식은 머쓱해 하며 중궁전에서 물러났다. 왕후는 회운사에서 주지와의 짧은 만남이 못내 아쉬웠다. 언제 또 그런 달콤한 밀회를 할 수 있을지 장담할 수 없는 일이었다.

그날 밤, 민 상궁의 수하인 박 나인이 비밀리에 홍문관으로 향했다. 박 나인의 품에는 비밀서찰이 한 통 숨겨져 있었다. 수신자는 이 교리(校理).

민 상궁은 왕후가 회운사를 떠나 대궐로 돌아올 때 박 나인에게 이 서찰을 써주면서 홍문관 이 교리에게 은밀히 전하라고 일렀다.

"민 상궁 마마님의 심부름을 왔습니다. 보신 후 즉각 조치를 취하시라고 전하라 하셨습니다."

"무슨 내용인지는 모르겠네만 아무튼 잘 알았네!"

집무실로 가서 몰래 민 상궁이 보낸 서찰을 꺼내 본 이 교리는 입이 쩍 벌어졌다.

선왕의 49잿날 왕후가 회운사 주지와 통정을 했다니.

벌어진 입을 채 다물지도 않은 채 이 교리는 서둘러 북파의 수장 우의정 김성조의 집으로 향했다. 김성조는 막 퇴청하여 사랑채로 들어서고 있었다.

"우상대감! 우상대감!"

이 교리는 주변을 의식하지도 않은 채 큰 소리로 김성조를 불렀다. 급하게 부르는 소리에 김성조는 방으로 들어서려다 말고 뒤돌아보며 말했다.

"자네가 이 시각에 웬일인가?"

"어서 안으로 드시지요! 화급하고도 중차대한 일이옵니다."

김성조는 이 교리에게 떠밀리다시피 해서 사랑채로 들어섰다. 두 사람은 서둘러 책상을 사이에 놓고 마주앉았다. 이 교리는 품속에서 민 상궁이 보낸 서찰을 꺼내 책상 위에 올려놓았다.

"경천동지할 내용이 담겨 있사옵니다. 어서 읽어보시지요."

김성조는 이 교리의 채근에 못 이긴 듯 찬찬히 서찰을 읽어 내려갔다. 서찰을 채 다 읽기도 전에 김성조는 두 눈을 부릅뜨고는 이 교리를 향해 물었다.

"누가 보낸 서찰인가? 믿을 만한 사람인가?"

"선왕의 회운사 49재 때 중전마마를 모시고 갔던 민 상궁이 보내온 것입니다. 저랑은 먼 친척뻘 되는 사람으로 믿을 만한 사람입니다."

그러자 김성조는 급히 수하를 시켜 호조판서 김병돈, 병조참판 남호연, 대제학 정병철을 급히 집으로 불러오도록 했다. 모두 북파의 핵심인물이었다.

한 식경이 지나자 세 사람이 다 모였다. 우상은 이들에게 민 상궁의 서찰을 보여주었다. 그러자 세 사람도 중전과 남파를 궁지로 몰 수 있는 호재라며 반색히였다. 문제는 이 호재를 어떻게 값지게 활용하느냐 하는 점이었다. 호판 김병돈이 먼저 나섰다.

"왕실을 욕보인 중전에게 사약을 내려야 합니다. 다른 날도 아닌 선왕의 49잿날 외간남자와 통정이라니요?"

격분한 김병돈은 연달아 혀를 차며 개탄해 했다. 대제학 정병철이 뒤를 이었다.

"사약까지는 몰라도 최소한 폐서인(廢庶人)을 시킨 후 혜명공주와 함께 궐에서 내쫓아야 합니다."

두 사람의 얘기를 듣고 있던 김성조가 입을 열었다. 표정이 그리 밝지만은 않았다.

"서찰 한 통 외에 달리 명백한 증좌(證左)가 있나요?"

"증좌라니요, 우상대감? 그 서찰이 바로 빼도 박도 못할 증좌 아닙니까?"

서찰을 제보한 이 교리가 열이 난 얼굴을 하며 주제넘게 나섰다.

"만약 두 사람이 아니라고 딱 잡아떼면 어떡할 텐가? 그리고 만약 국문(鞫問)이 가해지면 민 상궁이 목숨을 내놓기라도 할 텐가?"

방금 전까지만 해도 열을 올리던 이 교리는 어느새 입이 쏙 들어가고 말았다. 김성조의 말은 사실이었다. 그날의 밀회를 두고 왕후와 주지가 짜고 완강하게 부인할 경우 제3의 목격자가 없는 상황에서 장담하기 어렵다. 자칫 민 상궁이 무고로 역공을 당할 수도 있다. 그럴 경우 민 상궁은 목숨을 담보하기 어렵다. 호재임에는 분명하나 요리법을 두고 묘안이 쉽게 떠오르지 않았다. 그때 병조참판 남호연이 얘기를 꺼냈다.

"이 엄청난 일을 민 상궁이 꾸며냈다고 보긴 어렵습니다. 중전의 통정이 사실인 것은 분명해 보입니다. 다만 공개적으로 이를 거론했다가는 오히려 역공을 당할 수도 있는 만큼 은밀하게 거래하는 것이 상책이라고 사료됩니다."

옆에서 얘기를 듣고 있던 김성조가 남호연에게 물었다.

"대감이 말한 '은밀한 거래'란 어떤 것이오?"

"앞서 말씀드린 대로 여러 정황으로 미루어볼 때 이번 사건은 사실인 것이 분명해 보입니다. 옛말에 도둑이 제 발 저리다고 했습니다. 한번 찔러 보면 분명히 저쪽에서 뭔가 반응이 나올 것입니다. 그 일은 제게 맡겨주시지요."

이튿날 저녁 늦은 시각, 남호연은 직속 상급자이자 남파의 핵심 실세 가운데 한 사람인 병조판서 윤상의 집을 찾아갔다.

"영감이 어쩐 일로 제 집엘…?"

"병판대감 댁을 지나던 길에 술이나 한잔 얻어 마시고자 무턱대고 들렀습니다. 예고도 없이 들이닥친 소생의 결례를 용서해주시기 바랍니다."

"결례라니요? 이왕 오셨으니 술이나 한잔 나누십시다."

잠시 뒤 사랑채로 주안상이 들어왔다.

집주인 윤상이 남호연의 잔을 채우며 먼저 얘기를 꺼냈다.

"이 야심한 시각에 찾아오신 걸로 봐 긴히 하실 얘기가 있으신 듯 하오만…."

그러자 남호연이 즉각 답을 했다.

"대감께서 그리 말씀하시니 거두절미하고 말씀드리지요. 결론부터 말씀드리자면 남파와 북파가 같이 살 길을 찾았으면 합니다."

"말씀하신 뜻은 잘 알겠습니다만, 본론이…."

"예, 차차 소상히 말씀드리지요."

남호연은 운을 뗀 뒤 바로 말을 잇지 못한 채 잠시 뜸을 들였다.

"저… 차마 입에 담기도 민망한 얘깁니다만, 왕실에 대한 불경(不敬)을 무릅쓰고 감히 말씀드리겠습니다. 최근 저희가 충격적인 제보를 하나 접했습니다. 다름 아니라 선왕의 49재에 참석하셨던 중전마마께서 회운사 주지와 통정(通情)을 했다는 해괴하고도 놀랍기 그지없는 얘기이옵니다. 만약 이것이 사실이라면 대감께서는 이를 어찌 처리해야 한다고 보시는지요?"

윤상은 남호연의 뜬금없는 얘기에 적잖이 당황했으나 애써 표정을 감추었다.

"영감께서 누구로부터 그런 얘기를 들으셨는지는 모르겠소만, 만약 그게 사실이라면 놀라운 얘기 같소이다. 자세한 내용을 알지 못하는 저로선 더 이상은 드릴 말씀이 없소이다. 자! 자! 그런 복잡한 얘기는 그만하고 모처럼 저희 집에 오셨으니 술이나 한잔 하십시다."

윤상은 남호연의 잔을 채우면서 자신도 모르게 손이 떨렸다. 말은 그저 '놀라운 얘기'라고 표현했지만 사실은 덜컥 겁이 났다. 남호연의 얘기가 만약 사실이라면 중전과 혜명공주는 물론이요, 남파도 큰 타격을 입을 것이 불을 보듯 했다.

그날 밤 두 사람의 술자리는 그리 오래가지 않았다. 허리춤을 풀고 술 마실 만큼 둘 모두에게 한가한 그런 자리가 아니었다.

그로부터 며칠 뒤였다. 이번에는 병조판서 윤상이 병조참판 남호연의 집을 방문했다. 역시 지난 번처럼 밤늦은 시각이었다.

"지난 번의 답방이라도 하신 겝니까? 이 늦은 시각에 말입니다."

"듣자 하니 영감 집 술맛이 좋다고 하여 소문 듣고 왔소이다."

두 사람 모두 덕담으로 수인사를 나누었다. 술상이 들어오자 집주인 남호연이 먼저 술병을 들어 윤상에게 권했다.

"이 동네에서 제일가는 술 한잔 맛보시지요!"

"예, 기꺼이 받겠소이다. 허허~"

두어 순배 술이 돌도록 둘 가운데 누구도 본론을 꺼내지 않았다. 목마른 사람이 우물 판다는 격으로 결국 윤상이 먼저 말을 꺼냈다.

"단도직입적으로 말씀드리겠소이다. 남파의 입장은 이 나라 종사와 만백성들의 안녕을 위하여 중전마마의 불미스런 일은 묻어두었으면 합니다. 아울러 혜명공주의 후사 문제도 북파에서 대승적 차원에서 양보해주셨으면 합니다. 대신 혜명공주의 후임으로는 북파에서 밀고 있는 은성군을 추대하기로 쌍방 간에 밀약을 맺으면 어떨까 합니다. 저희는 이 방식이 서로가 사는 길이라고 판단했습니다. 북파에서 중전마마의 일을 거론한다고 해도 소기의 성과를 거두기가 쉽지 않을 것입니다. 저희도 나름의 방책을 갖고 있습니다. 이 일로 양 파가 맞서다 보면 결국 조정 내에 분란만 가중되고 서로 상처만 입게 될 것이 자명합니다. 북파에서 저희가 제시한 타협책을 신중히 논의하셔서 사흘 뒤 제 집에서 다시 뵙기로 하십시다. 그날은 우리 동네에서 제일 맛난 술을 제가 구해서 대접하리다. 그럼, 이만…."

윤상은 남파의 입장을 전한 후 총총걸음으로 남호연의 집을 나왔다.

사흘 뒤 남호연이 다시 윤상의 집을 찾았다. 그 시각, 그 자리에 두 사람이 마주앉았다. 손님이 오기로 예정돼 있었으므로 방 안에는 이미 술상이 차려져 있었다.

집주인 윤상이 남호연에게 첫 잔을 권하며 말문을 열었다.

"지난 번 영감 집 술맛이 기가 막히더이다. 이번에는 이 일대에서 제일 술맛이 좋기로 소문난 집의 술을 준비했소이다. 자, 한잔 맛보시구려!"

"예, 대감! 소생을 이리도 챙겨주시니 몸 둘 바를 모르겠습니다."

"별말씀을요, 따지고 보면 다 제 좋자고 하는 일이지요."

첫 인사가 이런 식이면 결과는 보지 않아도 짐작이 가고도 남는
다. 예상대로 남호연은 반가운 소식을 갖고 찾아왔다.

"병판대감! 반가운 소식을 전해드리게 돼 소생도 기쁘기 한량없
사옵니다."

"그래요? 거 듣던 중 반가운 얘깁니다."

윤상은 얼굴을 확 펴며 반색을 했다. 남호연이 얘기를 이었다.

"논의 끝에 저희 북파는 남파의 제안을 전적으로 수용하기로 결
정했습니다. 그 길만이 이 나라 종사와 만백성을 살리는 길이라고
판단했습니다. 앞으로도 양 파가 흉금을 터놓고 국사를 논의할 수
있기를 저희들은 바라고 있습니다. 일간 양 파의 원로들을 초대하
여 유쾌한 회합자리를 마련할까 합니다. 일정을 잡는 대로 다시
연락 올리겠습니다."

남호윤은 신이 난 듯 술술 얘기를 늘어놓았다. 그간 극한대립을
해오던 양 파가 오랜만에 화해 분위기를 조성한 것은 바람직한 일
이었다. 끝으로 윤상이 답사를 했다.

"다시 한번 북파의 지혜로운 결정에 감사드립니다. 북파의 원로
들에게도 사의를 전해주시기 바랍니다."

"예, 잊지 않고 전해 올리겠습니다."

이날 두 사람은 밤이 이슥하도록 술을 마셨다. 방 안에서는 두

사람의 호쾌한 웃음소리가 끊이질 않았다.

청솔가지

산사의 겨울밤은 그야말로 혹한이었다.

성난 겨울바람은 밤새 절을 휘몰아 갈겨댔다. 추위는 늘 바람이
몰고 다녔다.

섣달 초부터 얼기 시작한 땅은 이듬해 삼월이 돼서야 겨우 해동
하기 시작했다. 근 넉 달간 회운사는 얼음감옥이나 마찬가지였다.

공주의 고뿔은 좀체 차도를 보이지 않았다.

선왕의 49잿날 종일 냉랭한 법당에서 보낸데다 무엇보다도 잠자
리 때문이었다. 주지의 처소에 딸린 서재는 숙소로서는 적절치 못
했다. 평소 출입자가 없다 보니 실내에 온기도 없는데다가 온돌조
차도 시원찮았던 모양이다.

49재 이튿날부터 콜록거리더니 공주는 사나흘 째부터는 계속해
서 기침을 해댔다. 회운사 내에서 탕약에 밝은 지성스님이 도라지
와 모과를 챙겨와 연일 차를 달여 올렸다. 그러나 공주의 고뿔은
낫기는커녕 갈수록 더해 갔다.

잦은 기침과 식사를 제대로 하지 못하자 며칠 새 공주의 몰골이
말이 아니었다. 두 눈이 퀭하게 들어간데다 종일 누워서 지내다
보니 더욱 초췌한 모습이었다. 기침을 많이 한 탓인지 얼굴은 벌겋

게 달아올라 있었고 목소리도 정상이 아니었다.

공주 담당인 민 상궁은 걱정이 늘어졌다.

"마마! 어서 기력을 되찾으시옵소서!"

민 상궁은 반은 울먹였다. 그로서는 그러고도 남았을 것이다. 제 속으로 낳고도 이를 숨기고 살아야 하는 마당에 그 자식이 며칠째 저렇게 앓고 누워 있으니 그 심정이 오죽했겠는가.

"…"

공주는 벽 쪽으로 돌아누운 채 자고 있었다. 방금 전까지만 해도 기침을 심하게 해대더니 그새 잠이 든 모양이었다. 민 상궁은 가슴이 찢어지는 듯했다.

"으흠! 흠!"

아침공양을 막 마치고 발우를 정리할 무렵 밖에서 헛기침 소리가 들렸다. 굵은 목소리로 봐 주지 같았다.

잠시 뒤 주지가 무극을 데리고 방 안으로 들어섰다. 주지의 표정이 몹시도 어두워 보였다. 민 상궁이 자리에서 일어나 주지를 맞으면서 말했다.

"공주마마께서 차도가 없으십니다. 걱정이옵니다."

"예, 소승도 걱정입니다."

주지는 짧게 대답했다. 그러나 속마음은 민 상궁만큼이나 아프고 쓰렸을 것이다.

그때 문 앞에 서 있던 무극이 말했다.

"큰스님! 방에 냉기가 여전한 걸 보니 아무래도 굴뚝이 막힌 것 같습니다. 이참에 제대로 한번 뚫어줘야 할 것 같습니다."

주지는 무극의 말이 귀에 들어오지도 않았다. 죽은 듯이 자고 있는 공주를 그저 바라만 볼 뿐 마땅히 할 수 있는 것이 없었다. 무슨 약을 써야 효과가 있는 건지, 며칠 푹 쉬면 저절로 낫는 건지, 아니면 급히 궁궐로 사람을 보내 어의를 데려와야 할지 주지로 서는 판단하기가 힘들었다. 그때 무극이 방문을 나서면서 주지에 게 말했다.

"뒷산에 가서 청솔가지를 한 짐 해오겠습니다."

"알았다. 다녀오너라!"

주지는 '청솔가지'라는 말에 그제야 무극의 말뜻을 알아차렸다.

약도 약이지만 실내의 냉기가 문제인 듯했다. 평소 이곳을 숙소 로는 사용하지 않다 보니 아궁이가 막힌 모양이었다. 이럴 땐 청솔 가지로 세게 불을 때 아궁이를 뻥 뚫어 주는 게 최고다.

점심공양 무렵 무극이 지게에 청솔가지를 한 짐 해서 돌아왔다. 지게 끝에 매달린 검푸른 솔가지가 땅에 질질 끌렸다. 무극은 아 궁에 앞에 짐을 내려놓고는 곧바로 불을 지피기 시작했다.

잠시 뒤 굴뚝에서 시커먼 연기가 뭉클뭉클 솟아나오기 시작했 다. 그 연기는 마침 불어오던 골바람을 타고 이리저리 허공 속으 로 흩어졌다. 그 모양이 마치 풀어헤친 여인의 긴 머리칼처럼 어지 러웠다.

불을 때기 시작한 지 두어 식경이 지났을까. 마침내 방 안에 온 기가 감돌기 시작했다. 민 상궁이 방에서 나와 반색을 하며 아궁이로 달려왔다.

"스님! 방에 온기가 돕니다."

"그래요? 다행이군요!"

무극은 민 상궁과 눈이 마주치자 얼른 고개를 돌렸다. 지난 번에 머루 따러 뒷산에 갔다가 그곳에서 있었던 일을 생각하자 얼굴이 화끈거렸다. 그러나 민 상궁은 아무 일도 없었다는 듯이 태연하게 말했다.

"방 안에 온기가 돌면 공주마마께서 곧 쾌차하실 것입니다."

"그러서야지요."

무극은 민 상궁을 쳐다보지도 않고서 짧게 한마디 했다.

그러나 사실 무극의 속마음은 그렇지 않았다. 마음 한구석에서는 묘한 감정이 이리저리 돌아다녔다. 그러나 아직까지는 대놓고 감정표시를 할 만큼 단련되지 못한 상태였다. 그래서일까? 무극은 시선이 자꾸 민 상궁 쪽으로 향했다. 그때 민 상궁이 무극을 향해 나지막한 소리로 한마디 쏘아붙였다.

"스님! 할 말이 있으시면 말로 해보세요!"

"…"

당황한 나머지 무극은 아궁이에 불을 때다 말고 밖으로 뛰쳐나왔다.

해가 중천에 있는데도 대낮에 눈이 내리기 시작했다. 산중의 날씨는 아침나절이 다르고 점심나절이 다르다. 눈이 펑펑 내리다가도 갑자기 그치기도 하고 해가 쨍쨍 하다가도 갑자기 함박눈이 오기도 한다. 바로 지금처럼. 산중의 날씨는 마치 변덕스런 여자의 마음 같다고나 할까.

거짓말처럼 공주는 그날 밤부터 고뿔이 조금씩 가라앉기 시작했다. 무엇보다도 기침 횟수가 크게 줄었다. 그러자 얼굴에 열도 내리고 자자 안면(安眠)을 취하기 시작했다. 밤에 푹 자고 끼니를 제대로 챙겨먹자 공주는 금세 기운을 차렸다. 언제 아팠냐는 듯이 생글생글대며 대웅전 앞마당에서 무극과 눈싸움도 하였다.

"스님! 며칠 방 안에 갇혀만 지냈더니 마음이 답답합니다."

"그러셨지요? 꼬박 닷새를 갇혀 계셨사옵니다."

무극은 그런 공주가 안타깝다는 듯이 바라보며 맞장구를 쳐주었다.

"그럼 저랑 같이 일주문까지만 산보하고 와요!"

"꼭 일주문까지만입니다. 더 이상 멀리는 아니 되옵니다?"

두 사람은 사천왕문을 지나 일주문으로 천천히 걸어 내려가기 시작했다. 눈은 계속해서 내렸고 이미 땅바닥에는 반 뼘 가량 눈이 쌓여 있었다. 공주는 눈이 신기하기라도 하듯 연신 하늘을 쳐다보며 말했다.

"스님! 스님은 저 눈이 뭐였으면 좋겠습니까?"

"글쎄요?"

난데없는 질문에 무극은 얼른 답을 하지 못했다. 그러자 이번에는 무극이 공주에게 물었다.

"그럼 공주님께서는 저 눈이 뭐였으면 좋겠다고 생각하시옵니까?"

잠시잠깐의 머뭇거림도 없이 공주가 대답했다.

"쌀이나 목화였으면 좋겠사옵니다. 백성들이 밥 해 먹고 옷 해 입게요."

무극은 공주가 참 대견스럽다고 생각했다. 후일 이 나라의 군주가 되면 성군이 되겠구나 하는 생각이 들었다.

"마마! 부디 성군이 되시옵소서!"

"예? 절더러 성군이 되라구요?"

"예, 공주님! 말이 씨가 된다고 했습니다. 공주님은 반드시 이 나라의 성군이 되실 것이옵니다."

부왕이 승하한 후 임금 자리가 비어 있지만 공주는 그게 자기가 앉을 자리라고 생각해본 적은 없었다. 그런데 지난 번에 이어 이번에 다시 무극으로부터 왕위에 오르라는 얘기를 듣게 되자 공주는 자신도 모르게 고개를 갸우뚱거렸다.

정말 내가 임금이 될 수도 있을까.

전통적으로 왕위는 적자(嫡子) 승계가 원칙이었다. 그러나 공주는 자신이 대군이 아니라 공주라는 것말고는 아무런 문제가 없다고 생각했다. 누군가 들려준, 신라 왕조에는 여왕이 세 사람이나 있었다는 얘기가 문득 머리를 스치고 지나갔다. 그런 생각 끝에 공주가 무극에게 물었다.

"제가 왕이 되면 제 곁에서 저를 도와주시겠사옵니까?"

"소승이 무슨 도움이 되겠습니까마는 공주님께서 부르신다면 달려가서 미력이나마 보태겠사옵니다!"

"스님! 저랑 오늘 분명히 약속을 하셨습니다?"

"예! 약속드렸사옵니다!"

공주는 무슨 대단한 약속이라도 받아낸 듯이 기뻐하며 갑자기 깨금발로 이리저리 뛰어다녔다. 바로 그때 공주의 오른발이 삐끗하더니 경사진 눈길에 미끄러지면서 엉덩방아를 찧었다.

"어이쿠! 아야!"

무극은 얼른 공주 곁으로 다가갔다.

"공주마마! 괜찮으시온지요?"

공주는 땅바닥에 털썩 주저앉은 채 쉽게 일어나지 못했다. 눈에 미끄러지면서 순간적으로 오른쪽 발목이 접친 모양이었다. 공주는 땅바닥에 주저앉아서 무극만 빤히 쳐다보았다.

"얼른 제 등에 업히시지요!"

무극은 얼른 공주 앞에 등을 들이댔다. 이것저것 생각할 것도 없었다.

그러자 공주도 별로 사양하는 기색도 없이 곧바로 무극의 등에 업혔다.

따지고 보면 이번이 처음도 아니다. 지난가을 부왕의 쾌유를 비는 '7일 기도'를 드리러 왔다가 혼절하였을 때도 공주는 무극의 등 신세를 졌다.

무극은 공주를 업고서 오르막길을 조심스럽게 올라가기 시작했다. 미끄러운 눈길을 조심스럽게 걷느라 다리에 너무 힘을 줘서인지 금세 이마에 땀이 맺혔다. 사천왕문 문턱을 넘을 때는 무극의 두 다리가 휘청거렸다.

반면 등에 업힌 공주는 태평이었다. 무극의 넓은 등에 업힌 공주는 마치 애기처럼 기분이 좋은 모양이었다. 공주는 태어난 후 보모 민 상궁말고는 누군가에게 제대로 업혀보거나 안겨본 적이 없었다.

무극의 등에서 나는 살 냄새와 체온이 고스란히 공주에게 전해졌다. 생전 처음 맡아보는 타인의 체취, 그것도 남정네의 체취였다.

흐음~!

공주는 잠시 동안 무극의 풋풋한 살 냄새에 취해 있었다.

오르막을 오를수록 무극의 등에서 조금씩 땀 냄새가 나기 시작했다. 그러나 공주는 별로 개의치 않았다. 땀을 제대로 흘려 본 적이 없는 공주는 짭쪼름한 그 냄새가 사람 몸에서 난다는 게 신기하기만 했다.

그날 밤 공주는 잠자리에 들어서도 무극의 체취가 생각나 쉬 잠을 이루지 못했다. 평소 무극에게 가졌던 호감 정도와는 또 다른 것이었다.

잠시나마 무극의 등에 업혀 서로 살이 닿은 것이 이런 감정을 낳게 한 것 같았다. 공주는 이상야릇하면서도 기분이 참 좋았다. 공주는 무극 같은 오빠가 하나 있었으면 좋겠다고 생각했다.

공주는 열 살이 넘으면 혼인을 하는 것이 보통이었다. 그런데 선왕이 두 대군을 잃은 후 늦둥이 공주를 좀 더 오래 곁에 두고 싶다며 혜명공주의 혼인을 늦췄다.

예정대로라면 공주는 연내에 혼처를 정해 혼인을 올릴 예정이었다. 그런데 봄에 부왕이 사냥을 나갔다가 갑작스레 사고를 당하면서 공주의 혼인 얘기는 쑥 들어가 버렸다. 게다가 뒤이어 부왕의 승하로 공주의 혼인은 무기한 연기되고 말았다.

시냇가 버들은 물을 주지 않아도 잘 자라고 뒷산 밤송이는 벌이 쏘지 않아도 절로 벌어지는 법이다.

열다섯 살의 공주도 어느새 서서히 이성에 눈을 뜨기 시작했다. 그것은 지극히 자연스럽고 정상적인 현상이었다.

3부

애욕의 시간들

면류관

공주가 궁궐로 돌아온 지 며칠 뒤였다. 민 상궁이 밖에서 급히 들어와 고했다.

"마마! 중전마마께옵서 이리로 오시고 계시옵니다. 어서 채비를 하시옵소서!"

어마마마께서 갑자기 무슨 일로 예까지….

중전이 공주의 처소를 찾는 경우는 극히 이례적이었다.

서책을 보고 있던 공주는 얼른 일어나 옷매무새를 가다듬은 후 방문 쪽으로 걸어 나갔다. 바로 그때 중전이 방문을 열고 들어섰다. 공주는 선 자리에서 중전을 맞으며 인사를 올렸다.

"어마마마! 어인 일로 기별도 없이 갑자기…."

"우리 공주마마를 뵈러 왔소!"

중전의 표정은 매우 밝고 여유로워 보였다.

"공주! 공주는 앞으로 더욱더 학문에 열중하고 몸가짐을 바르게 하도록 하세요."

"예! 어마마마!"

며칠 만에 만난 두 사람은 서로를 쳐다보며 반갑게 웃었다. 평소에도 두 모녀는 사이가 원만했다. 회운사에 기도를 갈 때도 둘은 항상 같이 다녔다.

중전이 갑자기 공주 처소를 찾은 데는 공주와 관련해 무슨 중대한 일이나 화급한 일이 발생한 것이 분명했다.

"그런데 무슨 일로 갑자기…."

"공주!"

공주의 질문이 채 끝나기도 전에 중전이 말을 잘랐다. 그리고는 잠시 호흡을 고르더니 얘기를 이어갔다.

"공주! 공주는 조만간 이 나라의 지존이 되실 몸이니 그리 아세요!"

'지존'이라는 말에 공주는 깜짝 놀랐다.

"예? 지존이라니요?"

"예, 지존이지요. 공주께서는 조만간 즉위식을 갖고 옥좌에 오르실 겝니다."

"소녀 무슨 말씀이신지 통 모르겠사옵니다."

"예, 모르는 게 당연하지요! 민 상궁에게조차 단단히 입조심을 시켰으니 말이오."

중전은 후사 문제를 둘러싸고 그간 왕실과 조정에서 오갔던 얘기를 소상히 들려주었다. 그리고는 남파와 북파 간에 최종적으로 대타협이 이뤄진 내용 등에 대해서도 알려주었다.

"네~ 그러셨군요."

얘기를 다 듣고 난 공주는 그제야 알았다며 가는 숨을 내쉬었다.

"공주! 기쁘시지요?"

"아직 소녀는 뭐가 뭔지 잘 모르겠사옵니다. 부족한 소녀를 어마마마께서 잘 가르쳐주시리라 믿사옵니다."

"그야 물론이지요."

두 사람은 다시 서로를 바라보며 환히 웃었다.

그때 좌의정 홍문식이 남파 몇 사람과 함께 공주의 처소를 찾았다. 그들은 평소와 달리 공주 앞에 넙죽 엎드렸다.

"공주마마! 감축드리옵니다!"

"감축드리옵니다! 공주마마!"

"어서들 오세요! 이 모두가 좌상대감과 여러분들의 덕분입니다."

"황공하옵니다. 두 분의 공덕과 지하에 계신 선왕의 음덕 덕분이옵니다!"

좌상이 답례를 하자 옆에 있던 중전도 한마디 거들고 나섰다.

"말이야 바른 말이지 이번 일은 좌상대감과 남파의 원로 중신들이 애를 쓰신 덕분입니다. 공주는 임금이 돼서도 그 은공을 절대

잊으시면 아니 됩니다."

중전은 공주와 홍문식이 다 같이 있는 자리에서 확실하게 도장을 찍어둘 작정이었다. 게다가 최근 회운사에서 주지와의 밀회 건으로 남파에게 큰 신세를 졌으니 이것도 이참에 제대로 갚을 요량이었다.

"어마마마께서 하신 말씀 잘 알아들었습니다. 부디 명심하겠사옵니다."

"황공하옵니다. 공주마마!"

감사인사는 중전 대신 홍문식이 했다. 방을 나서기 전 홍문식이 한마디 더 보탰다.

"공주마마! 즉위식은 이달 스무아흐렛날로 예정하고 있사옵니다. 부디 옥체를 보전하시옵소서! 소신들은 이만 물러가겠사옵니다."

홍문식 일행이 물러간 후 곧이어 중전도 돌아갔다.

방 안에 혼자 남게 된 공주는 어안이 벙벙했다. 중전과 홍문식 일파가 갑자기 들이닥쳐 왕위에 오르라고 하니 일단은 당혹스럽기도 했다. 누군가 사전에 언질을 준적도 없고 이 일로 토론을 한 적도 없었다. 그야말로 아닌 밤중에 홍두깨 식이었다.

그때 공주의 뇌리를 스치는 사람이 하나 있었다. 무극이었다.

참, 무극스님은 내가 왕이 된다고 말씀하셨지? 그것도 한 번이 아니라 두 번씩이나. 그런데 무극스님은 그걸 어떻게 아셨을까? 참으로 신통한 분이서. 그런 분이 내가 왕이 되면 내 곁에서 나를 도와주신다고 하셨으니 참으로 고마운 분이지….

좌의정 홍문식이 다녀간 뒤 나흘째 되던 날이었다.

아침부터 경복궁 궐내는 행사 준비로 부산했다. 이날 인시에 근정전 앞에서 새 임금의 즉위식이 열리기로 돼 있었다.

섣달 하순, 바람은 차가웠지만 날씨는 청명했다. 근정전 용마루 위로 북악산의 주봉이 빼꼼이 올라와 있었다. 서쪽의 인왕산은 경복궁을 병풍처럼 둘러싼 채 바람막이 역할을 해주었다.

근정전 앞 단하에는 만조백관들이 예복차림으로 품계석 좌우로 정렬하였다. 이들은 새 임금이 등장하기만을 기다렸다.

마침내 묘시(卯時)를 알리는 고동이 울자 근정문에서 새 임금이 모습을 드러냈다. 예전 왕들과는 달리 그는 혼자였다. 그리고 조선왕조 첫 여왕의 등장이었다.

여왕은 아홉 개의 구슬을 꿴 줄이 매달린 면류관을 쓰고 있었다. 이 줄들로 인해 왕의 시야가 가렸는데 이는 악을 보지 말라는 의미를 담고 있다. 또 면류관 양옆에 달린 작은 솜뭉치는 왕의 귀를 막아 나쁜 말을 듣지 말라는 뜻이다.

여왕은 내시와 상궁들의 호위를 받으며 천천히 근정전으로 걸어오기 시작했다. 다들 숨을 죽이고 여왕의 등장을 지켜보고 있었다. 오른편에 자리를 잡고 있던 북파도 이 광경을 조용히 지켜보고 있을 뿐이었다.

답도(踏道) 앞에 다다르자 여왕의 눈에 봉황 두 마리가 들어왔다. 봉황은 용과 함께 왕을 상징하는 동물이다.

아! 이제 내가 정말 왕이 되는구나!

여왕의 입에서 작은 탄성이 터져나왔다. 정변이나 모반을 일으켜 왕위에 오른 것은 아니지만 혜명공주로서도 감회가 없지 않았다.

단상에 오르자 순현왕후가 자리에서 일어나 여왕을 맞았다. 이제부터는 공주가 아니라 새 임금으로 예대를 해야 한다.

"주상! 참으로 고우십니다. 이날을 충심으로 경하드립니다!"

"어마마마…!"

혜명은 더 이상 말을 잇지 못했다. 혜명은 단상 제일 앞에 마련된 좌석에 자리를 잡고 앉았다. 발 아래로 만조백관이 허리를 굽힌 채 서 있었다. 근정문 너머로 멀리 관악산 꼭대기가 희미하게 보였다.

즉위식은 대보(大寶) 전달, 대비의 전위교서(傳位敎書) 반포, 문무백관의 하례, 즉위교서 반포 순으로 진행되었다. 도승지가 순현왕후를 대리해 대보(옥새)를 전달하고 전위교서를 낭독했다. 이어 백관이 축하 표문을 올리는 순서가 되었다. 백관 대표로 먼저 좌의정 홍문식이 나섰다.

"신 좌의정 홍문식, 대소신료를 대표하여 새 주상전하의 즉위를 충심으로 감축드리옵니다. 바라옵건대 이 나라 종사의 주인이시요, 만백성의 어버이로서 부디 성군이 되시옵소서! 청출어람, 선왕을 뛰어넘는 위업을 부디 이루어 내소서!"

남파 수장에 이어 북파의 수장인 우의정 김성조가 뒤를 이었다.

"신 우의정 김성조, 새 주상전하의 등극을 충심으로 경하드리는 바이옵니다. 돌이켜보건대 선왕의 치세 20년은 보기드문 태평성대였사옵니다. 바라옵건대 주상전하께옵서도 태평성대를 일군 성군으로 후일 기록되시길 앙망하옵나이다."

좌우정승의 축하인사에 이어 새 임금의 즉위 인사말 차례가 되었다. 혜명은 천천히 자리에서 일어났다. 면류관의 아홉 줄이 가볍게 흔들거렸다. 마침내 새 임금이 된 혜명이 입을 열었다.

"태조 임금께서 처음 나라를 여시고 선왕께서 혼신을 다해 국사를 보시던 이 근정전 앞에 서니 감개무량합니다. 이 나라 조선은 대대로 적자 승계의 원칙을 지켜왔습니다만, 선왕의 적자가 모두 요절하면서 공주인 과인이 대업을 잇게 되었습니다. 이를 두고 왕실과 조정에서 논란도 없지 않았으나 대소신료들께서 현명한 결론을 내주셨습니다. 이제 오늘로 과인은 조선의 새 임금이 되었습니다. 선대에 이어 지속적으로 개혁을 단행할 것이며, 이를 위해서는 파격적인 인재등용이나 기구 신설 등 조직개편도 마다하지 않을 것입니다. 앞으로 대소신료 여러분들은 과인을 도와 태평성대를 여는 데 견마지로를 다해주기 바랍니다."

혜명의 즉위 연설이 끝나자마자 왼편 제일 앞줄에 섰던 홍문식이 큰 소리로 외쳤다.

"주상전하 천세!"

이에 참석한 다른 신하들도 다함께 홍문식을 따라 외쳤다.

"주상전하 천세!"

"주상전하 천세!"

바로 그때 궁중의 큰 잔치 때 연주되는 연례악(宴禮樂)이 궐내에 은은하게 울려퍼졌다. 이때를 기하여 칠화대(七花隊), 즉 일곱 명의 무용수가 꽃을 들고 단하의 무대에서 춤을 추기 시작했다. 궐은 마침내 축제 분위기가 되었다.

즉위식이 끝나갈 무렵 목멱산과 인왕산 건너편 산꼭대기에서 봉홧불이 올랐다. 새 임금의 탄생을 알리는 신호였다.

조선조 첫 여왕 '혜주(慧主)'의 시대는 그렇게 막이 올랐다.

제조상궁

즉위식 다음날 이조(吏曹)에서 방을 붙였다. 새 임금의 첫 인사였다.

1차로 핵심요직 몇 자리만 임명하였다. 궐 안팎의 이목이 쏠린 건 당연했다.

좌의정 홍문식 命 영의정(정1품)

우의정 김성조 命 좌의정(정1품)

이조판서 도병세 命 우의정(정1품)

이조참판 윤성노 命 이조판서(정2품)

승지 방기선 命 도승지(정3품)

홍문관 교리 김준명 命 좌부승지(정3품)

한성부 판관 안성재 命 우부승지(정3품)

보모상궁 민 씨 命 제조상궁(정5품)

정권이 바뀌었으니 분위기 일신을 위해 인사를 단행하는 것은 당연지사다. 그러나 혜주는 당장은 세력기반이 없어 상의할 사람이 마땅치 않았다. 결국 혜주는 대비 순현왕후의 자문을 받을 수밖에 없었다.

즉위식 당일 저녁 혜주는 대비전을 찾았다.

"주상! 오늘 즉위식 하시느라 힘드셨지요? 부디 옥체를 잘 보존하세요."

"예! 어마마마!"

대비는 대군도 아닌 공주가 왕위에 오른 것이 꿈만 같았다. 경위야 어쨌건 간에 새 임금이 된 혜명공주가 기특하고 대견스럽기만 했다. 이로써 대비는 한동안 권력을 유지할 수 있게 됐다.

"어쩐 일로 즉위 첫날 대비전을 다 찾아오셨습니까?"

대비는 만면에 웃음을 띠며 혜주를 반겼다.

"다름이 아니라 공석인 영상 자리도 그렇고…"

"아, 그리고 보니 인사 문제로 오셨군요!"

내심 대비도 기다리고 있었던 터였다. 대비로서는 봐줘야 할 사람이 적지 않았다. 주상이 찾아오지 않았다면 대비가 찾아가야 할 입장이었다.

"예, 조정 분위기 일신을 위해 속히 인사를 단행할 필요가 있어 보입니다."

"그래, 복안이라도 있소? 주상이 먼저 말씀해 보시구려!"

"당장은 없사옵니다. 어마마마께서 하교해 주시옵소서!"

주상의 이 말에 대비는 속으로 안도의 한숨을 내쉬었다. 혜명공주 옹립을 최종 확인한 후 대비는 홍문식 일파와 만나 인사 문제를 논의한 적이 있다. 이날 이조에서 발표한 내용이 바로 그것이었다.

우선 공석인 영의정 자리는 남파의 수장이자 궐내의 최고 실세인 좌의정 홍문식이 맡는 것이 순리였다. 그리고 좌의정 자리는 혜주 옹립에 동조해준 북파의 수장 우의정 김성조에게 돌아갔다. 김성조가 떠난 우의정 자리는 남파의 2인자이자 6조의 선임인 이조판서 도병세가 맡게 됐다. 그리고 이판 자리는 이조참판 윤성노를 내부승진시켰다. 논공행상에도 불구하고 나름으로는 위계를 감안한 인사여서 비교적 무난하다는 평가를 받았다.

반면 임금의 최측근인 승지 인사를 두고는 더러 말이 나왔다. 과도한 발탁인사라는 것이었다.

6승지 가운데 수장인 도승지는 선왕 시절부터 승지를 지내온 방기선을 발탁했다. 방기선은 이조와 예조 등을 거치면서 왕실 업무와 국사 처리에 오랜 경험을 쌓았다. 혜주가 정사를 익히는 동안 스승으로서 최적임자라는 평가를 받았다.

승지 5인 가운데 두 사람은 새로 임명됐다. 좌부승지에는 홍문관 교리 김준명을, 우부승지에는 한성부 판관 안성재를 임명했다. 두 사람 모두 두 단계 이상 특진을 한데다 김준명은 대비의 친정 조카요, 안성재는 태허대사의 사가 친척이라는 사실이 알려지면서 특혜인사 논란이 일었다.

민 상궁을 내명부 상궁들의 수장인 제조(提調)상궁에 임명한 것도 적잖은 파장을 가져왔다. 이로 인해 선왕과 대비 순현왕후를 보좌했던 고참 상궁들이 모두 일선에서 물러나게 되었다. 내명부에도 새 시대가 열린 것이다.

이날 오후, 새로 임명된 사람들이 대전(大殿)으로 혜주를 알현하러 갔다. 앞장을 선 영의정 홍문식이 제일 먼저 혜주에게 인사를 올렸다.

"신 영의정 홍문식 주상전하께 문안드리옵니다. 부족한 소신을 일인지하 만인지상의 자리에 발탁해주심에 그저 감읍할 따름이옵니다. 소신, 견마지로의 자세로 성심을 다해 전하를 받들어 모시겠나이다."

홍문식은 인사를 마치고도 바닥에 엎드려 일어날 줄 몰랐다.

"영상! 이제 일어나세요! 영상은 제게 부왕이나 마찬가지십니다."

어릴 때부터 홍문식을 자주 봐온 탓에 자신도 모르게 혜주 입에서 '부왕' 얘기가 나왔다.

"예, 전하!"

그제야 홍문식은 몸을 일으켰다. 그의 눈가에 눈물이 맺혀 있었다. 임술정난 때 목숨을 걸고 선왕을 도와 정권을 창출했고, 이제 다시 그의 후예를 새 임금으로 모시게 됐으니 그로선 감회가 없지 않았을 것이다.

이어 좌의정 김성조, 우의정 도병세, 이조판서 윤성노, 도승지 방기선 등이 차례로 혜주에게 인사를 올렸다. 이들은 혜주시대를 이끌어갈 핵심인사들이었다.

한 식경이 지나 다들 인사를 마치고 대전을 나서기 시작했다. 그때 혜주가 맨 뒷줄에 서 있던 민 상궁을 불러 세웠다.

"민 상궁!"

막 대전을 나서려던 민 상궁이 발길을 돌려 혜주 앞에 무릎을 꿇고 앉았다.

"마마! 아니 주상전하! 찾으셨사옵니까?"

"민 상궁이 아니라 이제부터는 제조상궁이라고 불러야겠지요?"

"주상전하! 소인 감격하여 할 말을 찾지 못하겠나이다!"

말을 마친 민 상궁은 감정이 복받친 듯 그 자리에서 울음을 터뜨렸다.

흐흑! 흑! 흑!

혜주가 왕위에 오른 것을 가장 기뻐한 사람 가운데 한 사람이 바로 민 상궁이었다. 혜주의 생모이면서도 신분을 속이고 이날 이때까지 보모상궁으로서 혜주의 수족 노릇을 해온 민 상궁이었다. 이제 그 혜주가 대전의 주인이 되었으니 민 상궁이 제조상궁이 되는 것은 지극히 당연한 이치였다.

대전 문 앞을 지키고 있던 대령(待令)상궁 둘이 들어와 민 상궁을 데리고 밖으로 나갔다. 울먹이며 대전을 나서는 민 상궁의 뒷모습을 지켜보면서 혜주는 왠지 가슴 한쪽이 저려왔다. 핏줄은 속이지 못하는 것인가.

그날 밤, 혜주는 밤늦게까지 대전에서 독대를 했다. 상대는 측근 중에서도 최측근인 민 상궁이었다. 둘은 대전 문 앞을 지키는 대령상궁조차 물리친 채 은밀한 대화를 나누었다.

"민 상궁! 우리 둘은 그간 한 몸처럼 지내왔소. 그러니 앞으로도 내 반쪽이 돼줘야 할 것이네!"

"예! 소인, 주상전하를 제 목숨처럼 받들어 모실 것이옵니다."

혜주는 그런 민 상궁이 마음 든든했다. 혜주는 자신의 주변에 민 상궁처럼 흉금을 터놓고 대화할 수 있는 남정네가 하나 있었으면 참 좋겠다는 생각이 들었다.

"민 상궁! 민 상궁처럼 내 속 얘기를 다 터놓고 얘기할 수 있는 그런 사람이 또 어디 없겠는가? 부녀자보다 남정네라면 더욱 좋겠네!"

"…"

혜주의 뜻밖의 질문에 민 상궁은 조금 당황스러웠다. 명색이 임금이면서도 복심(腹心)은 물론 말벗 하나 없는 게 딱해 보였다. 그때 문득 민 상궁 눈앞에 무극스님의 얼굴이 스치고 지나갔다. 민 상궁은 순간 옳다구나! 싶었다.

"전하! 한 사람이 생각이 났사옵니다."

"오! 그래? 그 사람이 누구냐?"

혜주는 반색을 하며 민 상궁의 입을 뚫어지게 바라보았다.

"예, 회운사의 무극스님이옵니다."

"무극스님?"

"예! 무극스님은 전하께서도 익히 잘 아는 분으로 심성이 자애롭고 불심이 깊어 전하께는 더없이 좋은 벗이 될 줄 아옵니다."

무극 두 글자가 나오자 혜주는 반가운 기색이 역력했다.

혜주는 문득 49재 때 회운사에서 눈길에 미끄러져 무극의 등에 업혔던 일을 떠올리며 혼자 빙그레 웃었다. 깊은 얘기를 오랫동안 나눈 적은 없지만 왠지 무극스님이라면 모든 걸 터놓고 얘기할 수 있을 성싶었다. 특히 무극은 자신의 등극을 예언한 인물이 아니던가. 혜주는 갑자기 무극에게로 빨려들어 가는 듯했다.

"그럼 무극스님을 어떻게 모셔오면 좋겠는가?"

"매월 초하룻날 태허대사를 초청하여 궐에서 법회를 개최하시옵소서. 그리하시면 무극스님을 궐에서 저절로 뵙게 될 것이옵니다."

"거 참 좋은 생각이네! 자네는 어떻게 그런 생각을 다 했는가?"

"황공하옵니다. 참, 전하! 소인이 한말씀 더 올리고 싶은 게 있사옵니다."

"뭐든 말해보게!"

"태허대사를 국사(國師)로 임명하면 어떨까 하옵니다. 대비마마께옵서도 어려운 일을 당하실 때마다 늘 대사께 상의를 드리곤 하셨사옵니다. 태허대사는 장차 전하께도 큰 도움을 주실 분으로 사료되옵니다."

"그 역시 좋은 생각이네!"

"성은이 망극하옵니다."

"참, 그런데 신료들이 이를 뭐라고 할지 모르겠네?"

"아마 숭유억불(崇儒抑佛) 운운하며 반대가 없진 않을 것이오나 전하께서 강하게 밀어붙이셔야 하옵니다. 이런 기회에 신료들에게 전하의 강단을 보여주시옵소서!"

"알았네, 내 꼭 그리 함세!"

사실 민 상궁의 관심은 딴 데 있었다. 태허와 무극 두 사람을 정기적으로 만날 수 있게 됐다고 생각하자 민 상궁은 기분이 날아갈 듯했다. 한 사람은 오랜 연인이요, 또 한 사람은 새로 마음에 두고 있던 터였다. 게다가 이들 두 사람 모두 혜주의 버팀목이 돼줄 것이라고 생각하니 더욱 마음이 든든했다.

국사

임오년이 가고 계미년 새해가 밝았다. 즉위 2년차의 혜주는 열여섯 살이 되었다.

정월 초하룻날 임금은 권농윤음(勸農綸音)과 망궐례(望闕禮) 등으로 바쁜 일정을 보내야만 했다.

권농윤음이란 임금이 조선 팔도와 사도(四都)의 노인과 관리들에게 새해에도 농업에 힘쓸 것을 당부하는 글을 반포하는 것을 말한다. 농경국가인 조선에서 농업은 국가의 근본이자 백성들의 주 생업이어서 권농윤음은 빼놓을 수 없는 중요한 의식이었다.

망궐례란 임금이 조정의 대소신료들을 모아 놓고 중국의 천자(天子)를 향해 새해인사를 올리는 것을 말한다. 개국 이래 중국과는 군신관계를 맺고 있어서 조선의 임금으로서는 불가피한 의례였다.

이 둘을 마친 후 임금은 선대 임금들과 공자에게 새해인사를 드리기 위해 종묘와 성균관에 행차했다. 또 새해인사차 찾아오는 종친들과 신료들을 만나 덕담을 나누기도 했다. 미시(未時) 무렵 도승지 방기선이 아뢰었다.

"전하! 대소 신료들이 신년인사차 뵙기를 청하고 있사옵니다."

"안으로 뫼시세요!"

대전 방문이 열리자 당상관(堂上官) 이상의 조정 대신들이 우르르 들어왔다.

제일 앞에 선 영의정 홍문식을 시작으로 다들 혜주 앞에 꿇어 엎드렸다. 대표로 홍문식이 새해인사를 올렸다.

"주상전하! 계미년 새해에도 이 나라 조정과 만백성의 국태민안(國泰民安)을 축원드리옵니다. 부디 옥체 강녕하시옵소서!"

"옥체 강녕하시옵소서!"

홍문식의 선창에 이어 신료 일동이 뒤따라 복창했다. 혜주가 답사를 했다.

"경들의 신년인사를 받고 보니 새해가 온 것이 실감이 납니다. 올 한 해도 국사에 매진해 주실 것을 부탁드리며, 경들의 가내에도 만복이 깃들기를 바랍니다."

"성은이 망극하옵니다."

"성은이 망극하옵니다."

이후 신료들은 다과를 들며 정담을 나누다가 신시가 채 안 돼서 일행들이 돌아갔다.

정월 초이튿날, 혜주의 일과는 여느 때와 다름없었다.

인시 무렵 기상하여 대비전에 아침 문안인사를 시작으로 하루 일과를 시작했다.

아침 경연(經筵)을 마친 혜주는 조반을 든 후 곧바로 조회를 열었다. 약식조회인 상참(常參)에는 대신들과 중요 아문의 당상관, 경연관, 승지, 사관 등이 참석한다. 매월 5일, 11일, 21일, 25일에는 정전(正殿), 즉 근정전에서 백관들이 참석한 가운데 정식조회를 여는데 이를 조참(朝參)이라고 부른다.

임금의 공식 일정은 아침마다 집무실인 편전(便殿)으로 나가 승지들로부터 국정 현안을 보고받는 것으로 시작된다. 이 자리에는 사관이 반드시 동석하였는데 임금은 상소문이나 공문서에 대해 결재를 하거나 비답(批答)을 내리기도 한다. 6조 등에서 파견된 윤대관(輪對官)들을 만나 대화하는 것이 그다음 차례다.

점심식사를 마치고 정오부터 오후 경연이 시작되었다.

경연에는 6승지를 비롯하여 홍문관 관원과 의정부 대신들이 참여한다. 초임 군주인 혜주로서는 학문을 익히고 정치적 안목을 키우는데 매우 유익한 자리다. 혜주는 하루 세 차례씩 한 번도 빼먹지 않고 경연에 참석했다. 궐내에서 혜주를 칭송하는 목소리가 솔솔 나오기 시작했다.

때가 연초이다 보니 이날 오후 경연에서는 신년 계획에 대한 얘기가 자연스럽게 나왔다. 홍문관 대제학 윤영찬이 먼저 얘기를 꺼냈다.

"전하! 대제학 윤영찬 한말씀 여쭙겠사옵니다. 계미년 새해는 전하께서 즉위하신 지 햇수로 2년차가 되는 해이옵니다. 영명하신 주상전하께서 새해에 어떤 시정계획을 구상하고 계신지 밝혀주시면 신 등이 정사에 큰 참조가 될 것이옵니다."

국정 파악도 제대로 끝나지도 않은 '수습 임금'인 혜주로서는 제대로 된 신년시책을 내놓기가 쉽지 않았다. 신료들이 혜주에게 어려운 질문을 던진 것은 혜주의 임기응변 능력과 임금으로서의 자질을 한번 떠보려는 것이었다.

신료들 가운데 혜주가 의지할 만한 사람은 부왕의 '정치적 동지'인 영의정 홍문식뿐이었다. 마침 바로 앞에 앉아 있던 홍문식과 눈이 마주쳤다. 혜주의 입장을 눈치챈 홍문식은 혜주를 바라보며 한 차례 고개를 끄덕였다. 너무 걱정하지 말고 한번 얘기해 보라는 신호 같았다. 이윽고 혜주가 얘기를 시작했다.

"조정에도 학식과 덕망이 뛰어난 신료들이 적지 않은 걸로 압니다만, 외부에서 저를 보좌해줄 국사(國師)를 한 분 초빙코자 합니다. 경들의 생각은 어떠하오?"

전혀 예상치 못한 발언이었다. 다들 혜주의 입으로 시선이 쏠렸다.

잠시 뒤 인사업무 주무책임자인 이조판서 윤성노가 혜주에게 물었다.

"송구하오나 전하께서 국사로 생각하고 계시는 분은 뉘시온지요?"

"회운사 태허스님을 마음에 두고 있습니다."

"…"

아무도 나서는 자가 없자 혜주가 다시 말을 꺼냈다.

"태조 임금 때 도선대사가 국사로 임명된 적이 있다고 들었습니다만…"

말을 꺼냈던 이판 윤성노가 멋쩍은 듯이 짧게 대꾸를 했다.

"그렇긴 하옵니다만…"

국사 얘기를 꺼낸 뒤부터 갑자기 분위기가 냉랭해졌다. 숭유억불 정책을 쓰고 있는 조선에서 승려를 국정에 끌어들인다는 게 아무래도 거부감이 있었던 모양이었다.

잠시 동안의 정적을 깨고 나서는 자가 있었다. 그는 조정에서 깐깐하기로 소문난 사간원의 차석 사간(司諫) 최성집이었다.

"전하! 신 좌간의대부(左諫議大夫) 최성집 한말씀 올리겠사옵니다. 이 나라 조선은 개국 이래로 숭유억불 정책을 펴오고 있사옵니다. 태조 대왕께서 개국에 공로가 크신 도선대사를 국사로 임명한 적은 있사오나 그것은 극히 예외적인 경우라 하겠습니다. 부디 통촉하여 주시옵소서!"

"통촉하여 주시옵소서!"

신료들은 하나같이 나서서 국사 초빙을 반대하였다. 예상은 했던 일이지만 혜주로서는 당혹스러웠다. 물러서자니 임금 체면이 말이 아니고 신료들과 맞서자니 당장은 실력이 따라주질 못할 것 같았다. 그렇다고 여기서 그칠 수도 없는 일이었다.

"예! 조선이 숭유억불 정책을 펴고 있다는 것은 과인도 잘 알고 있소. 그러나 선왕이나 대비께서도 절에 다니셨고, 사찰에서 종종 국태민안 기도를 올리고 있는 것도 엄연한 현실입니다. 이 점에 대해 경들은 어떻게 생각하시오?"

잠시 후 홍문관의 우두머리 영사(領事) 이종민이 앞으로 나서며 말했다.

"신 홍문관 영사 이종민 한말씀 올리겠사옵니다. 현실로 치자면 부인할 수 없는 일이오나 나라에는 엄연히 율법과 질서가 있사옵니다. 승려의 도성 출입도 금지하고 있는 만큼 국사 건은 거두어 주심이 마땅한 줄로 사료되옵니다. 통촉하여 주시옵소서!"

"통촉하여 주시옵소서!"

신료들은 또다시 앵무새처럼 복창했다.

이종민의 얘기를 듣고 있던 혜주는 문득 얼마 전 일이 떠올랐다. 무극이 태허스님의 심부름으로 서찰을 가지고 대비를 알현한 적이 있었다. 그럼 그것도 율법에 어긋난 일이란 말인가?

"영사께 하나 묻겠소. 지난 겨울 회운사 무극스님이 주지 태허스님의 서찰을 갖고 입궐해 대비마마를 알현한 적이 있소이다. 그럼 그것도 율법에 어긋난 일이오이까?"

혜주의 말꼬리가 갑자기 높아지더니 왼쪽 입술이 아래위로 꿈틀거리기 시작했다. 단단히 화가 난 듯했다.

혜주가 갑자기 곁에 있던 좌부승지 김준명에게 물었다.

"좌부승지! 경국대전(經國大典)에 승려의 도성 출입을 금하는 규정이 나와 있소?"

율법에 밝은 김준명이 곧바로 대답했다.

"없사옵니다. 경국대전에 그런 규정은 나와 있지 않사옵니다."

좌중은 순간 숨을 죽였다. 혜주가 의기양양한 태도로 큰 소리로 말했다.

"그럼 그동안 율법에도 없는 규정을 들이대며 승려들의 도성 출입을 금지시켰다는 얘기입니까? 명색이 율법과 질서가 있는 나라에서 어떻게 이런 일이 있을 수 있습니까? 입이 있으면 다들 얘기를 해보세요!"

이제 갓 왕위에 오른 열여섯 살 혜주 앞에서 아무도 고개를 들지 못했다. 혜주는 이번 기회에 신료들을 단단히 눌러놔야겠다고 생각했다.

"제가, 아니 과인이 연소(年少)하다고 경들이 지금 과인을 깔보고 있는 것이오? 영상! 말해보시오! 그런 것이오?"

혜주는 돌연 영의정 홍문식을 걸고 넘어졌다.

당황한 홍문식이 그 자리에 넙죽 엎드리며 말했다.

"황공하옵니다. 주상전하! 부디 소신들의 무례함을 용서하여 주시옵소서!"

"용서하여 주시옵소서!"

홍문식을 위시해 다들 혜주 앞에 엎드려 꼼짝도 하지 않았다. 잠시 뒤 혜주가 나지막이 목소리를 깔며 얘기를 꺼냈다.

"다들 일어나세요! 영상도 어서 일어나세요!"

신료들이 하나둘씩 자리에서 일어나 앉자 혜주가 찬찬히 얘기를 시작했다.

"율법이라는 것도 사람을 위해서 있는 것이요, 또 세상의 흐름을 쫓아서 시세(時勢)를 잘 반영해야 한다고 생각합니다. 태조 대왕 이래 선대에서 숭유억불 정책을 펴 왔으니 그 기조는 마땅히 지켜져야 합니다. 다만 불가의 가르침을 가벼이 여겨서는 안 될 것입니다. 과인은 회운사 주지 태허대사를 국사로 초빙하여 다가오는 봄부터 매월 초하룻날 궐에서 법회를 열 생각이니 다들 그리 아세요. 오후 경연은 여기서 마칩시다."

말을 마친 혜주는 곧바로 일어나 경연장을 빠져나왔다.

홍문식 이하 신료들은 어안이 벙벙한 자세로 그 자리에 얼어붙어 있었다. 그때 누군가 속삭이듯 말했다.

'열여섯 살이라고 우습게보다간 큰 코 다치겠습니다!'

그날 오후 파발군(擺撥軍) 둘이 주상의 친서를 휴대하고 회운사로 향했다.

별직

그날 밤, 영의정 홍문식의 사랑채에 너덧 사람이 모였다. 모두 남파의 핵심들이었다. 그 무리 속에는 술객(術客) 노천도 끼어 있었다.

술잔이 몇 순배 돌았으나 다들 침울한 분위기였다. 낮에 궐에서 있었던 일 때문이었다. 이를 전혀 알지 못하는 노천이 눈치 없이 불쑥 말을 꺼냈다.

"대를 이어 복락(福樂)을 누리고 계시는 대감들께서 어찌 이리 기운들이 없으신지요?"

"…."

아무도 대꾸하고 나서는 자가 없었다. 그러자 말석에 앉아 있던 노천이 자작을 하면서 혼잣말로 중얼거렸다.

"열여섯 살짜리라고 깔보다간 큰 코 다치지…."

그때 우의정 도병세가 버럭 화를 내며 쏘아붙였다.

"거 무슨 말 같잖은 소리요? 누가 큰 코 다친다는 거요?"

그런 도병세에게 지고 말 노천이 아니었다.

"오늘 궐에서 다들 큰 코 다치고 오신 거 아닙니까? 소생의 눈에는 다들 그렇게 보입니다만…."

"…."

낮에 궐에서 있었던 일을 다 알고서 말하는 듯하니 뭐라고 대꾸할 수도 없었다.

좌장 홍문식이 입을 열었다.

"주상이 열여섯 소녀가 아닙디다. 어디서 그런 강단이 나오는지 원…."

홍문식은 혜주의 저돌적인 태도에 충격을 받은 듯했다. 무엇보다도 장차 정치가 남파의 뜻대로 돼 나가긴 어렵겠다는 생각이 들자 홍문식은 마음이 답답해졌다.

"우상! 뭐 좋은 계책이 없겠소?"

"글쎄요! 저도 오늘 너무 당혹스런 일을 당해 아직도 제 정신이 아닙니다."

대사간 박희윤이 나섰다.

"오늘 주상께서 하교하시는 걸 보면서 장차 3사(司)가 바빠지겠다는 생각이 들더군요. 앞날이 걱정입니다."

3사란 홍문관·사헌부·사간원 등을 일컫는데 임금의 독주나 전횡을 간언하고 비판하는 일이 주 업무였다. 따라서 3사가 바빠진다는 것은 임금을 견제할 일이 많아진다는 얘기가 된다.

그때 형조판서 정우량이 노천을 힐끔 쳐다보며 말했다.

"책사 선생은 무슨 묘책이라도 없소이까?"

노천이 마치 기다렸다는 듯이 토해냈다.

"모든 병에는 치료약이 있는 법, 주상이라고 왜 처방이 없겠습니까?"

그 말에 다들 노천에게로 시선이 쏠렸다. 홍문식이 성급한 듯 말했다.

"어서 말해 보시구려!"

노천은 상 위에 있는 마시다 만 술잔을 비우고서 천천히 입을 열었다.

"지금 주상은 뭘 제대로 알고 하는 얘기가 아닙니다. 민 상궁이 주상 곁에서 매사를 조종하고 있다고 소문이 나 있소이다. 따라서 민 상궁을 확실히 우리 편으로 만들든지 아니면 민 상궁에 버금가는 인물을 주상 곁에 붙여놔야 합니다."

곁에 있던 홍문식이 무릎을 치며 말했다.

"탁견이오!"

사실이 그랬다. 당시 주상 곁에서 주상을 보좌하고 이끌어줄 사람은 민 상궁 하나뿐이었다. 주상이 태허대사와 무극을 끌어들이려고 하는 것도 바로 이 때문이었다.

형조판서 정우량이 다시 나섰다.

"영상대감! 제가 파악하기로 민 상궁은 북파와 가까운 걸로 압니다. 그렇다면 후자를 고민해 봐야할 줄로 압니다."

"…"

당장은 떠오르는 것이 없었던지 홍문식은 아무 대꾸도 하지 않았다. 그러자 형조판서 정우량이 재삼 나섰다.

"책사 양반! 처방을 내린 김에 이왕이면 치료약까지 지어주시구려!"

"허허!"

노천이 너털웃음을 짓자 홍문식이 노천에게 술을 권하면서 말했다.

"이미 우리는 한 배를 탄 몸이오! 어서 말씀해 보시구려!"

노천이 술잔을 비운 뒤 홍문식을 쳐다보며 말했다.

"그럼 소생을 주상 곁에 붙여주시오! 영상대감이라면 그게 가능하지 않겠소이까?"

"예? 선생을?"

"예! 저 노천 말입니다."

미처 생각지 못한 제안에 홍문식은 조금 당황스러웠다. 그러나 그게 남파가 사는 길이라면 회피할 수도 없었다. 잠시 후 홍문식은 결심이 선 듯했다.

"알았소! 내 한번 노력해보리다. 그런데 주상께 선생을 소개하면서 무슨 구실을 대면 좋겠소?"

"그거 있잖습니까? '출초여제 구세영복(出初女帝 救世迎福)'!"

"옳지! 그게 있었군!"

홍문식은 또다시 자신의 무릎을 쳤다.

이튿날 오후 경연이 끝난 뒤 미시경이었다.

영의정 홍문식의 발걸음이 대전으로 향했다. 한 사람이 그의 뒤를 따랐는데 그는 바로 노천이었다. 대령상궁이 혜주에게 고했다.

"전하! 영상대감이 뵙기를 청하옵나이다!"

"안으로 뫼시어라!"

홍문식은 절을 올린 후 주상 앞에 꿇어앉았다.

"조금 전에 경연에서 뵈었는데 그새 무슨 일이신지요?"

홍문식은 잠시 주저하더니 얘기를 꺼냈다.

"어제 국사 초빙 건으로 전하께 심려를 끼쳐드린 점 송구스럽사옵니다. 하해와 같은 아량으로 너그러이 받아주시면 감사하겠사옵니다."

"그건 어제 다 끝난 일이 아니오?"

"예, 그건 그렇사옵니다."

"그럼 달리 하실 말씀이라도 있으신지요?"

"예! 태허스님과 더불어 주상전하를 곁에서 모실 책략가(策略家)를 한 사람 소개해 올릴까 하옵니다."

"책략가라구요? 그게 누군가요?"

"예, 당대 최고의 술객 노천이라는 사람이옵니다."

"노천이라고 했소? 저는 금시초문이오만….."

노천이라는 이름에 대해 혜주는 고개를 갸우뚱거렸다. 아직 혜주의 나이가 어린데다 궁궐 안에만 갇혀서 살다 보니 모르는 게 당연했다. 그때 홍문식이 혜주 앞으로 다가가 자그마한 목소리로 말했다.

"전하! '출초여제 구세영복'을 기억하시는지요?"

"예! 기억하다마다요. 그것 때문에 과인이 임금이 됐다는 소문도 있더군요."

그러자 홍문식은 반색을 하며 얘기를 이어갔다.

"그것을 지어내 유포한 자가 바로 노천이옵니다."

"그래요? 그런 사람을 왜 이제야 제게 소개합니까?"

혜주는 반 역정을 내면서도 반가운 투로 말했다.

"전하! 노천 선생을 한번 만나보시겠습니까?"

"지금 어디 있소? 혹시 같이 오기라도 했소? 그럼 어서 들라 하시오!"

혜주는 마치 생이별한 님이라도 찾은 듯이 마음이 급했다. 홍문식이 대전 상궁에게 눈짓을 하자 방문이 열리면서 이윽고 한 남자가 모습을 드러냈다.

그는 방으로 들어와 혜주 앞에 큰절을 올리고는 엎드렸다. 혜주가 물었다.

"그대가 노천인가?"

"주상전하! 소인 노천 문안인사 여쭈옵니다!"

"이리 가까이 오시오! 가까이!"

노천은 홍문식과 나란히 혜주 앞에 자리를 잡고 앉았다. 뜻밖의 환대에 노천도 조금은 당황했다. 한동안 노천을 뚫어지게 바라보던 혜주가 마침내 입을 열었다.

"언젠가 그대를 만나게 되면 감사인사를 전하고 싶었소. 그대 덕분에 과인이 임금이 됐으니 이제 과인 곁에서 잘 보좌해주시오!"

"성은이 망극하옵니다. 주상전하!"

혜주가 이렇게 나오자 홍문식은 더 이상 나설 필요가 없게 됐다. 홍문식은 속으로 쾌재를 불렀다. 주상 곁에 심복을 하나 심어놓게 됐으니 한숨을 덜게 된 것이다.

이튿날 이조에서 추가로 인사발령을 냈다.

술사 노천 命 우별직(右別職·종2품)

별직(別職)은 기존에 없는 직제로 혜주의 어명으로 새로 만든 자리였다. 별직은 임금의 특별보좌 및 자문역으로 좌·우 두 자리를 두었다. 품계(品階)는 종2품 당상관으로, 육조의 참판(차관)과 동급이었다.

신설된 별직 자리를 두고 3사를 비롯해 조정에서 말들이 나왔다. 그러나 누구도 혜주의 기세를 꺾지는 못했다. 게다가 궐을 장악한 남파가 혜주의 뒤를 봐주고 있으니 두 말해 무엇 하랴.

간자(間者)

노천의 등장은 혜주에게 하나의 전기가 되었다. 민 상궁말고는 딱히 말상대가 없었던 혜주로서는 갈수록 노천을 의지하게 되었다. 특히 자신을 임금 자리에 올려준 일등공신이라고 생각하니 노천이 더없이 고맙고 든든하게 여겨졌다.

노천이 우별직으로 임명된 지 며칠 뒤였다.

해가 질 무렵인 신시경 혜주가 갑자기 노천을 편전으로 불러들였다.

"주상전하! 찾아계시옵니까?"

"우별직! 어서 오세요!"

방에는 간이 술상이 차려져 있었다. 혜주가 눈짓을 하자 대전 상궁이 다가와 노천에게 술을 따라 주었다.

"한잔 드세요! 이렇게라도 은인에게 감사인사를 하고 싶었소!"

"전하! 성은이 망극하옵니다! 백골이 진토되도록 전하를 받들어 모시겠나이다!"

"고맙소이다. 우별직이 내 곁에 있으니 얼마나 든든한지 모릅니다."

"망극하옵니다!"

오래 만난 사이는 아니었지만 두 사람 사이에는 보이지 않는 '믿음의 강' 같은 것이 흐르고 있었다. 그 강물은 혜주에게서 발원하여 노천에게 이르고 있었다. 혜주가 먼저 말문을 열었다.

"우별직! 내 궁금한 것이 하나 있소!"

"예, 전하! 하문하시옵소서!"

"그대의 본업이 술객(術客)이라 했소?"

"예! 세상 사람들이 소신을 그리 부르고 있사옵니다."

"그 술객이란 게 대체 무엇이오?"

혜주는 호기심이 가득한 눈으로 노천을 뚫어지게 바라보았다.

"부끄럽사옵니다만 굳이 말씀 올리자면 세상의 이치를 탐구하여 앞날을 내다보는 식견을 갖춘 자라고 할 수 있겠사옵니다."

"세상의 이치를 탐구하고 앞날을 내다본다면 지혜로운 자라야겠군요!"

"과찬이시옵니다. 소신은 그런 인물은 되지 못하옵니다."

"일전에 영상이 우별직을 과인에게 소개하면서 당대 최고의 술객이라고 치하하더이다. 빈말은 아니겠지요?"

"부끄럽사옵니다. 전하!"

"아무튼 잘 알았소이다. 예까지 오신 김에 과인 얘기를 좀 들려주시오!"

"무슨 말씀이시온지요?"

"듣기로 과인의 사주가 좀 특별하다고 들었소. 장차 과인의 앞날이 어찌 될지 궁금하니 속 시원히 좀 들려주시구려!"

혜주는 방 안에 있던 대전 상궁과 문 앞을 지키고 섰던 대령상궁을 모두 물리쳤다. 편전에는 혜주와 노천 두 사람만 남았다. 혜주는 만에 하나 노천의 입에서 비밀스런 얘기가 나올 것에 대비해 미리 조치를 취했다.

"자, 사람들을 모두 물리쳤으니 좀 더 가까이 와서 마음 놓고 얘기해 보시구려!"

노천은 혜주 앞으로 시니 길음을 당겨 앉았다. 두 사람은 책상

하나를 사이에 두고 손을 뻗치면 닿을 정도의 거리였다. 노천이 천천히 입을 열었다.

"전하! 전하께옵서는 군왕이 되실 사주를 타고나신 분이옵니다. 실지로 이렇게 옥좌에 오르셨구요. 다만 초년에 등극하신 여제(女帝)로서 넘어야 할 난관이 적지 않사옵니다. 부디 지혜롭고 충성스러운 자를 가까이 하시옵소서!"

"…"

혜주는 노천의 말을 듣기만 할 뿐 대답은 잠시 미루었다. 노천의 얘기가 계속됐다.

"고금의 역대 임금 가운데는 자리를 믿고 방심한 나머지 폐주(廢主)가 된 자가 적지 않사옵니다. 임금의 자리는 쟁취하는 것보다 지켜내는 것이 더 어려운 법이옵니다. 그래서 주변사람을 쉽게 믿어서는 아니 되옵니다. 정치란 내가 살기 위해서는 상대를 죽여야 하는 비정한 것이옵니다. 인심도 함부로 쓰시면 되레 독이 될 수도 있음을 명심하시옵소서!"

노천의 말이 혜주의 귀에 쏙쏙 들어가 깊숙한 곳에 박혔다. 그간 혜주에게 이런 얘기를 들려주는 사람은 아무도 없었다. 아침 점심 저녁 하루 세 차례나 열리는 경연에서는 늘 공자 왈 맹자 왈 하는 식이었다. 혜주는 이제 비로소 제대로 된 스승을 만났다는 생각이 들었다. 한동안 노천을 응시하던 혜주가 마침내 입을 열었다.

"우별직! 그간 어디서 뭘 하시다가 이제야 나타나셨소?"

혜주는 더 할 말이 남아 있었으나 이 말을 끝내고는 목이 멘 듯 잠시 말을 중단했다. 그리고 다시 혜주의 말이 이어졌다.

"졸지에 옥좌에 오르고 보니 사방을 둘러 봐도 내 사람 하나가 없소이다. 궐내의 실세인 남파는 권세 욕심만 차리는 기득권 세력일 뿐이오. 그렇지 않소이까?"

"예…."

노천은 말끝을 흐렸다. 남파의 천거로 입궐한 처지다 보니 혜주의 말에 맞장구를 치기가 좀은 머쓱했다. 그때 혜주가 작심한 듯이 한마디를 내뱉었다.

"우별직! 그대는 남파의 홍문식과 과인 중에서 누구에게 충성을 바치는 사람이오?"

순간 노천은 두 귀를 의심했다. 설마 주상이 이런 질문까지 하리라고는 전혀 예상치 못했다. 노천은 얼른 정신을 가다듬었다.

"전하! 어찌 그런 말씀을… 비록 남파의 천거로 전하를 뵙는 광영을 누렸사오나 이제 소신은 주상전하의 사람이옵니다. 믿어주시옵소서!"

이 말을 들은 혜주의 입가에 잔잔한 미소가 번지기 시작했다.

"그래야겠지요. 우별직은 이제 과인의 사람이오. 이 시각부터 우별직은 남파의 배신자가 되시오. 그 대신 이 시각부터는 과인의 충직한 신하가 돼 주시오!"

"전하! 성은이 망극하옵니다. 신 노천 신명을 다해 전하를 보필하겠나이다!"

두 사람은 마치 도원결의라도 하듯 했다.

채 한 식경도 안 돼 두 사람의 밀담은 남파의 수장 홍문식의 귀에 들어갔다. 남파가 몰래 심어둔 대전 상궁 하나가 일러바친 것이었다.

"뭐라구? 노천이 우릴 배신했다고?"

"예! 대감! 노천과 주상이 오늘 밤에 은밀히 만나 밀담을 나누었는데 그 자리에서 주상이 노천에게 남파를 배신하고 자기 사람이 돼 달라고 했다는군요."

"허허~ 나이어린 주상이 저리 삿된 것부터 배우시다니… 장차이 나라 종사가 걱정입니다."

홍문식과 함께 바둑을 두고 있던 대사간 박희윤도 혀를 차며 맞장구를 쳤다.

그때 밖에서 인기척이 들렸다.

"대감! 소생 노천이옵니다. 들어가도 되겠는지요?"

방 안의 두 사람은 서로 얼굴을 쳐다보며 꿀 먹은 벙어리 모양을 하였다. 호랑이도 제 말하면 온다더니 바로 그 짝이었다. 집주인 홍문식이 얼른 말했다.

"들어오시게!"

노천이 방문을 열고 들어섰다.

"어딜 그리 바삐 다녀오시는 겐가?"

홍문식은 노천을 쳐다보지도 않은 채 지나가는 말로 물었다. 그러나 노천도 너스레를 떨며 지나가는 투로 말했다.

"요즘 대감들께서 소생을 통 찾질 않으시니…."

"그렇다고 우릴 배신해?"

노천의 말이 채 끝나기도 전에 홍문식이 버럭 화를 내며 쏘아붙였다.

그렇다고 해서 기가 죽을 노천이 아니었다. 노천이 말했다.

"배신자는 또 배신을 하는 법이올시다!"

"그게 무슨 소린가? 누가 누굴 배신한다는 말인가?"

홍문식은 바둑판을 물리고는 정색을 하며 얘기를 시작했다. 주상에게 노천을 천거한 사람이 바로 홍문식이었으니 그가 화를 내는 건 당연했다.

"어쩔 수 없는 자리에서 배신을 강요당했습죠. 그런데 제가 그분을 배신한다면 결국은 원래 자리로 되돌아오는 것 아니겠습니까?"

홍문식은 어안이 벙벙한 채 할 말을 찾지 못했다.

신하가 임금을 배신한다?

자칫 말이라도 새 나간다면 목숨을 부지하기 어려운 노릇이다.

노천이 다시 얘기를 이었다.

"바람 부는 대로 물결치는 대로 살아온 몸입니다만, 의리도 알고 인정도 아는 놈이옵니다. 대감께서 소생을 그리 보셨다면 실망입니다. 그럼, 소생은 이만 물러가겠사옵니다."

말을 마친 노천이 자리에서 일어나자 홍문식이 노천의 바짓가랑이를 잡았다.

"노천! 왜 이러시오? 내 실언을 했소! 술이나 한잔 하십시다!"

대사간 박희윤도 나서서 말리자 할 수 없이 노천은 그 자리에 주저앉았다.

그새 술상이 들어오자 홍문식이 얼른 노천에게 술을 따르며 말했다.

"노천! 내가 경솔했소. 용서하시게!"

"…"

노천은 아무 말 없이 못이기는 체하면서 술잔을 받았다. 단숨에 잔을 비우고는 노천이 입을 열었다.

"지금 주상은 독 안에 든 쥐 꼴입니다. 그런데 여차하면 그 쥐가 고양이를 물 수도 있습니다. 남파에서 단단히 대비책을 세워둬야 할 것입니다. 그나마 소생이 주상의 신임을 한 몸에 받고 있으니 다행이라고 생각하십시오. 장차 소생이 간자(間者) 역할을 제대로 한번 해 보겠습니다. 주상의 말로(末路)를 잘 알고 있는 제가 주상 편에 줄을 설 수야 없는 노릇 아니겠습니까? 하하하!"

애기를 마친 노천은 한 바탕 껄껄 웃었다. 술객의 말을 범인이 다 알아들을 수는 없는 법이다.

엄밀히 말해 노천은 그 누구의 편도 아니었다. 시류에 따라 일시적으로 권력자에게 몸을 의탁할 뿐이었다. 그는 본디 자유인이었다.

대비전

혜주의 하루일과는 다람쥐 쳇바퀴 돌 듯했다.

따지고 보면 나날이 반복되는 일상(日常)이 다행한 일인지도 모른다. 일상이 비상(非常)이 되는 순간 나라는 혼란에 빠지고 백성들은 고통을 겪게 된다.

임금의 최고의 책무는 나라에 비상상황이 발생하는 것을 사전에 방지하는 것이다. 만약 비상한 일이 발생할 경우 관계 율법에 따라 일사분란하게 인적, 물적 자원을 투입해 조기에 수습해야 한다.

삼월 중순 어느 날. 오후 경연을 마치고 잠시 휴식을 취하고 있던 혜주에게 민 상궁이 다가와 대비전의 전갈을 고했다.

"전하! 대비마마께서 전하를 찾아계시옵니다."

"어마마마께서?"

"예! 그러하옵니다."

혜주는 민 상궁을 앞세우고 즉시 대비전으로 향했다. 아침저녁으로 문안을 드리긴 하지만 차 한잔 앞에 놓고 대화를 나눈 지는 제법 됐다. 봄은 이제 겨우 동구 밖에 다다랐는지 여전히 날씨가 쌀쌀했다.

"어마마마! 찾아계시옵니까?"

"어서 오세요! 주상!"

대비가 자리에서 일어나 환한 미소를 머금으며 혜주를 맞았다. 대비전 상궁이 내온 차 한잔을 마신 후 혜주가 먼저 얘기를 꺼냈다.

"어쩐 일로 소녀를 찾으셨는지요?"

"아, 별일 아닙니다. 국사로 다망하신 주상께 차 한잔 올리려고 모셨습니다."

"아, 예! 해동(解凍)하면 회운사에나 한번 다녀오시지요!"

혜주는 지나가는 말로 회운사 얘기를 꺼냈다. 그러나 대비는 기다렸다는 듯이 말을 받았다.

"안 그래도 회운사 얘기를 좀 하려던 참입니다."

대비는 입가에 미소를 띠며 얘기를 이어갔다.

"일전에 주상께서 태허스님을 국사로 초빙하기로 하신 걸로 들었습니다. 아주 잘하신 일입니다. 태허스님은 선왕 시절부터 사실상 국사 노릇을 해 오신 분입니다. 부디 주상께서 태허스님의 큰 가르침을 받으시길 바랍니다."

"예, 소녀의 생각도 어마마마와 똑같사옵니다. 꼭 그리 하겠사옵니다."

태허스님 얘기가 나오자 대비는 만면에 웃음을 띠었다. 자주 만나고 싶어도 그럴 수 없는 대비로선 이제 태허를 정기적으로 만날 수 있다고 생각하니 기쁠 만도 했다.

대비는 그런 주상이 제 속으로 낳은 자식보다도 더 마음에 드는 모양이었다. 연신 웃음 끝에 대비가 말했다.

"참, 듣자 하니 노천이란 자를 별직이란 자리에 앉혔다고 들었습니다. 그 사람은 대체 어떤 사람인가요?"

"예! 본업은 술객이라고 들었사옵니다. 앞날을 내다보는 신통력이 있는데다 제가 옥좌에 오르는 데 공로가 큰 사람이었습니다. 장차 제 스승으로 삼을까 하옵니다."

혜주의 말을 듣고 있던 대비의 표정은 그리 밝지가 않았다. '술객'이라는 말에 뭔가 가시라도 걸린 듯했다. 대비는 중전 간택 당시의 악몽이 되살아난 모양이었다.

"주상! 술객들의 말은 반은 흘려야 합니다. 그런 자들의 말놀음에 빠지면 절대 아니 됩니다. 부디 사람을 조심하세요. 일을 성사시키는 것도, 일을 망치는 것도 전부 사람입니다. 이 어미의 말을 부디 명심하세요!"

"예! 어마마마! 명심하겠사옵니다."

주상이 물러가자 대비는 급히 사람을 시켜 좌부승지 김준명을 수소문했다. 홍문관 교리 출신의 김준명은 이번 첫 인사에서 발탁됐는데 대비의 친정조카였다.

채 한 식경도 지나지 않아 김준명이 대비전에 도착했다.

"대비마마! 찾아게시옵니까? 신 좌부승지 문안드리옵니다."

"좌부승지! 어서 오세요!"

"예! 대비마마!"

"그래 새로 맡은 좌부승지 자리는 어떻습니까?"

"아직은 업무를 파악하고 있는 중이옵니다. 소직(小職)이 불민하여 대비마마께 누가 되지나 않을까 저어되옵니다. 부디 자주 하교(下敎)하여 주시옵소서!"

"무슨 겸손의 말씀을. 당당히 문과에 장원급제하여 출사하신 분이 불민하다니요? 우리 집안에 좌부승지만한 재사(才士)도 드물지요."

"과찬이시옵니다."

궐에서 사친(私親)을 만나자 대비는 매우 기분이 좋은 모양이었다.

한참 동안 집안 얘기로 이야기꽃을 피운 후 대비가 상궁들을 물리쳤다. 그리고는 좌부승지더러 가까이 당겨 앉으라고 했다. 뭔가 조용히 나눌 얘기가 있는 듯했다.

"좌부승지! 그대에게 물어볼 게 하나 있소!"

"예! 하문(下問)하시옵소서!"

"우별직에 임명된 노천이란 자가 대체 어떤 인물이오? 주상 얘기로는 술객이라고 하던데 믿을 만한 사람이오?"

김준명은 대비의 의중을 미처 파악하지 못했다.

"그러지 않아도 3사에서 별직 임명을 두고 말들이 많았사옵니다만, 주상전하께서 하도 의지가 강하시니 달리 나서서 문제 삼는 사람이 별로 없사옵니다. 그런데 그 사람은 무슨 일로…."

"좌부승지는 알고 있는지 모르겠소만 내가 중전으로 간택될 즈음 어떤 술객이 이상한 소리를 해서 내가 한때 곤경에 처했던 때가 있었소."

대비는 그때의 악몽을 떠올리며 얼굴을 찡그렸다.

"예! 소인도 나중에 들어서 알고 있사옵니다."

"그런데 그때 그 술객이 바로 노천 그 자가 아닌가 싶소. 좌부승지가 은밀하게 좀 알아봐 주세요!"

김준명은 그제야 대비가 자신을 부른 연유를 알게 됐다.

"제 직분으로는 알 수 없사오나 평소 잘 알고 지내는 의금부 도사(都事)를 통해 은밀하게 알아보겠나이다. 너무 심려치 마시옵소서!"

"나와 관련된 일이라 누구와 상의할 수도 없고… 그 일로 며칠 밤잠을 설쳤는데 좌부승지 덕분에 오늘부터는 두 다리 쭉 뻗고 잘 수 있겠군요."

대비는 비로소 굳었던 표정을 거두었다.

그로부터 며칠 뒤 좌부승지 김준명이 은밀하게 대비전을 찾았다.

"어서 오시오! 그래 내가 부탁한 것은 알아보았소?"

"예! 의금부를 통해 소상히 알아보았사옵니다."

"그래요? 어서 결과부터 들려주시오! 어서!"

대비는 김준명에게 다그치듯 물었다.

"대비마마의 예상이 적중했사옵니다. 노천이란 자는 당대 최고의 술객으로 그간 전국을 주유(周遊)하면서 유지들의 신수와 묘

자리를 봐주며 지내온 자였습니다. 대비마마께옵서 중전 간택을 앞두고 나돌았던 불경스런 언동은 바로 이 자가 지어낸 것이라고 하옵니다. 주상전하께서 이 일을 아신다면 어찌 처결하실지 모르겠사옵니다."

"…"

대비는 김준명으로부터 속 시원한 얘기를 듣고도 아무 말이 없었다. 대비는 오히려 김준명에게 입조심을 당부했다.

"좌부승지! 이 일은 우리 두 사람만 아는 일입니다. 절대 입 밖에 내선 아니 되며 특히 주상한테는 입조심을 해야 합니다. 아시겠소?"

"예! 중전마마! 꼭 그리 하겠나이다!"

대비의 갑작스런 입조심 당부에 김준명은 적잖이 당황했다.

김준명이 물러가자 대비의 오른쪽 입가 근육이 파르르 떨렸다. 뭔가 분노가 가슴 속에서 솟구쳐 이는 모양이었다.

대비가 며칠 전 주상을 불러 노천 얘기를 꺼낸 것은 일종의 경고 같은 것이었다. 대비는 이후로도 며칠째 잠을 이루지 못했다.

3인방

조선은 개국 이래 숭유억불 정책을 표방하였다. 하지만 민간에서는 불교가 여전히 교세를 떨치고 있었다. 심지어 궁궐은 물론

사대부 집안에도 불교신자가 적지 않았다. 다만 조정의 불교 억제 책으로 사찰들은 산속으로 밀려나는 등 교세는 갈수록 위축되기 시작했다.

사월 초하룻날, 예정대로 궐에서 법회(法會)가 열렸다. 이 법회는 혜주가 연초 경연에서 신료들과의 논쟁 끝에 얻어낸 전리품이다.

이른 새벽에 회운사를 출발한 태허스님 일행은 오후 미시 무렵 궐에 도착했다. 점심 경연을 마친 혜주는 진즉부터 태허 일행을 기다렸다. 법회 장소는 조회가 열리는 근정전으로 정해졌다.

용상에 혜주가 앉고 그 옆에는 대비 순현왕후가 자리를 잡았다. 그 뒤로 일월오악도(日月五嶽圖)가 병풍처럼 드리워져 있었다.

용상 바로 아래 태허스님의 설법 자리를 마련하고 주변에는 대소 신료들이 앉았다.

태허가 무극의 안내를 받으며 근정전으로 들어섰다. 혜주와 대비가 자리에서 일어나 예를 갖추자 신료들도 허리 숙여 태허에게 인사를 올렸다.

"스님! 먼 길 오시느라 고생 많으셨사옵니다!"

혜주가 먼저 인사를 건넸다. 곁에 있던 대비는 합장한 채 두어 차례 절만 올렸다.

자리에 도착한 태허가 혜주와 대비에게 인사를 올렸다.

"주상전하! 대비마마! 불민한 소승을 이렇게 불러주셔서 황공하옵니다. 위로는 두 분 마마, 그리고 이 나라 종사와 만백성의 평안을 빌고 또 빌 따름이옵니다."

"스님을 국사로 초빙한 것은 평소 나라를 걱정하고 백성을 사랑하는 스님의 대자대비하심을 여기 계신 여러 신료들이 함께 나누고자 함입니다. 부디 부처님의 공덕으로 온 나라가 평안하기를 바랍니다."

혜주는 여러 신료들 앞에서 태허를 칭송하는 얘기를 장황하게 늘어놓았다.

태허는 학승 출신으로 학문이 깊고 수도도 착실히 해 세간의 평이 비교적 좋았다. 게다가 순현왕후와의 인연도 있고 해서 태허는 선왕 시절에도 더러 궁궐을 출입한 적이 있다. 따라서 대소 신료들도 그를 함부로 무시하진 못했다. 신료들은 조용히 혜주의 말을 듣기만 했다.

근정전에서 법회를 갖기는 이번이 처음이었다. 성리학을 국가의 근본이념으로 삼고 있는 조선으로서는 파격적인 일이었다.

잠시 뒤 태허가 설법을 시작했다.

"태조대왕께서 이 나라 조선을 건국하신 이래 여러 왕조가 명멸(明滅)하였습니다. 조선이 개국한 이래 세종대왕, 성종대왕, 그리고 거년에 승하하신 선왕처럼 성군도 여러분 계셨으나 연산주처럼 폭군도 없지 않았습니다. 돌이켜보면 한 왕조의 성패는 임금도 임금이지만 곁에서 보필하는 대소신료들의 역할도 매우 중요하다고 생각됩니다."

태허는 잠시 말을 멈추고는 물을 한잔 들이켰다. 근정전에서 열린 사상 첫 법회이고 보니 태허도 약간은 긴장한 듯했다. 다시 태허가 말을 이어갔다.

"지금 조선은 개국 이래 처음으로 여왕을 임금으로 추대했습니다. 이를 두고 항간에는 기대와 우려가 교차하고 있는 것도 부인할 수 없는 현실입니다. 이는 주상전하께서 연소(年少)하신 탓도 있겠으나 소승이 보건대 이는 여왕에 대한 생소함이 더 큰 것으로 사료됩니다. 따라서 그 어느 때보다도 여기 계신 대소신료 여러분들의 충심어린 보필이 절실하다고 하겠습니다. 소승이 알기로 주상전하께서는 명민(明敏)하실 뿐더러 성정(性情) 또한 자애로운 분이십니다. 주상전하께옵서 후세에 성군으로 기록될 수 있도록 소승, 만백성과 함께 축원드리고 또 축원드리는 바이옵니다. 나무아미타불 관세음보살!"

말이 설법이지 정치연설이나 마찬가지였다. 이는 사전에 혜주와 태허 측이 상의한 것이었다. 태허의 얘기가 끝나자 혜주가 답사를 한마디했다.

"오늘 국사께서 들려주신 말씀을 금과옥조로 삼아 국사를 돌보는 데 더욱 힘쓰겠사옵니다. 앞으로도 자주 귀한 말씀을 드려주시길 앙망합니다."

"황공하옵니다. 주상전하!"

이때 혜주가 영의정 홍문식을 쳐다보며 물었다.

"영상께서는 국사의 말씀을 어떻게 들으셨는지요?"

미처 혜주의 질문을 예상치 못한 홍문식이 당황한 눈치로 한마디했다.

"오늘 국사께서 하신 말씀은 이 자리에 계신 여러 대소신료들이 가슴 깊이 새겨야 할 금언(金言)이라고 생각합니다. 앞으로 더욱 주상전하를 성심으로 받들어 모실 것을 맹세하옵나이다."

혜주가 법회 개최를 밀어붙인 데는 나름의 이유가 있었다. 궐 안팎에 신임이 두터운 태허를 통해 조정의 기율을 잡아보려는 것이었다. 홍문식의 말투로 봐 소기의 성과는 달성한 듯했다. 혜주의 입가에 보이지 않는 미소가 감돌았다.

법회가 끝나자 마침 저녁식사 때가 되었다.

혜주는 태허스님에 대한 감사의 표시로 경회루에서 특별만찬을 열었다. 낮에 법회에서 신료들에게 기합을 주었으니 저녁엔 연회로 기분을 풀어줄 참이었다.

이 자리에는 홍문식 등 3정승과 6조의 판서와 참판, 3사의 수장, 6승지 등 정3품 이상이 대거 참석하였다.

4월이 되자 경회루 주변에 꽃이 만발한데다 마침 장악서에서 흥겨운 가무를 준비하여 분위기가 한껏 고조되었다. 이날 연회는 술시가 가까워서야 끝이 났다.

태허와 무극의 숙소는 영추문 옆에 있는 객사에 마련됐다. 객사는 외국사신이 오면 머무는 곳이다. 대전에서 파견한 상궁 둘이 이들의 수발을 들었다.

두 사람이 접견실에서 차를 마시고 있을 때였다. 밖에서 인기척이 들렸다.

"스님! 안에 계시온지요? 대전의 김 상궁이옵니다."

"…"

대전 상궁의 돌연한 방문에 두 사람은 잠시 당황했다.

이 늦은 시각에 대전 상궁이 무슨 일로?

"일단 안으로 드시오!"

"예! 스님!"

김 상궁은 대비가 회운사에 기도 드리러 올 때 한두 번 만난 적이 있어 구면이었다.

"이 늦은 시각에 김 상궁이 어인 걸음이오?"

"주상전하께서 두 분을 조용히 모셔오라는 분부시옵니다."

"두 사람을?"

태허는 곁에 있던 무극을 힐끗 쳐다보았다.

"예! 두 분을 함께 모셔오라고 하셨사옵니다. 어서 가시지요!"

채 짐을 풀기도 전에 두 사람은 등롱(燈籠)을 든 김 상궁 일행을 따라 편전으로 향했다. 편전 앞에 도착하자 민 상궁이 나와 이들을 기다리고 있었다.

"대사님! 어서 오시옵소서! 주상전하께서 기다리고 계시옵니다."

두 사람은 대령상궁이 문을 열어주자 곧바로 편전 안으로 들어섰다.

황금색 보료 위에 앉아 있던 혜주가 일어나 이들을 반겼다.

"주지스님! 무극스님! 어서 오세요!"

태허가 자리에 앉자마자 물었다.

"종일 법회와 연회로 곤(困)하실 텐데 어인 일로 이 야심한 밤에…."

혜주의 시선은 아까부터 뒤쪽에 앉아 있는 무극에게 가 있었다. 법회 때 잠시 보고는 통 보질 못했기 때문이다. 혜주가 머쓱한 표정을 지으며 얘기를 꺼냈다.

"사실은 무극스님 건으로 좀 뵙고 싶었으나 혼자 모시기가 뭣해서…."

태허는 그제야 혜주가 두 사람을 부른 연유를 알아챘다. 혜주가 다시 말을 이었다.

"무극스님을 궐에 두시면 어떨까 싶습니다만…."

"무극을요?"

뜻밖의 얘기에 태허는 잠시 당황스러웠다. 태허는 혜주가 당돌하기도 하지만 한편으론 무섭게 느껴지기조차 했다. 그러나 그럴 만한 속사정이 있을 것이라는 생각에 혜주의 얘기를 들어보기로 했다.

"전하! 무극을 궐에 두시고자 하는 연유를 여쭈어 봐도 되겠사옵니까?"

"예! 다 말씀드리지요!"

혜주는 이왕 말이 나왔으니 터놓고 얘기해 볼 참이었다. 혜주가 마음을 터놓을 수 있는 사람은 궐내에서는 민 상궁, 궐 밖에서는 태허와 무극 정도였다.

"주지스님! 소녀 너무 외롭사옵니다. 답답하고 힘들 때 붙잡고 얘기 나눌 사람 하나가 없습니다. 요즘 같으면 임금 자리도 내려놓고 싶습니다. 차라리 평범한 집안의 도령과 혼인하여 여염집 아낙네로 살고 싶은 마음이 한두 번이 아니랍니다."

말을 마친 혜주는 금방 울음이라도 터뜨릴 기색이었다. 나이에 비해 당차보인다고 생각했는데 그게 아니었던 모양이다. 혜주의 가슴 한구석이 텅 빈 것 같았다.

그런 혜주를 보고 있노라니 태허는 갑자기 가슴 한구석이 저리기 시작했다. 그간 남몰래 간직해온 부정(父情)이 스멀스멀 기어 나오기 시작했다. 복잡한 감정을 억누른 채 태허가 단호한 목소리로 말했다.

"주상전하! 그리 하시옵소서! 무극을 곁에 두고 말벗으로 삼으시옵소서!"

태허는 즉석에서 결정을 내렸다.

지존의 자리가 고독하다는 것을 태허는 잘 알고 있었다. 게다가 올해 열여섯인 혜주가 누군가를 그리워할 나이가 됐음도 감안한 것이었다.

혜주는 금세 얼굴이 환히 밝아졌다. 혜주는 곧바로 자리에서 일어나 팔딱팔딱 뛰기라도 할 듯한 표정이었다.

"주지스님! 저랑 분명히 약속하신 겁니다?"

"예! 전하! 아예 이참에 무극을 궐에 두고 가겠습니다."

곁에서 두 사람의 얘기를 듣고 있던 무극은 아무 말이 없었다. 미처 마음의 준비도 하지 못한데다 혜주와 주지의 대화에 끼어들 입장도 되지 못했다. 그때 태허가 무극을 쳐다보며 말했다.

"무극아! 이제부터 너는 궐에서 주상전하를 잘 보필하도록 하여라. 알겠느냐?"

"예! 큰스님!"

무극은 일단 대답부터 했다. 물론 무극으로서도 싫지만은 않았다.

구석에서 이들의 얘기를 듣고 있던 민 상궁은 뭔지 모를 야릇한 표정을 지어보였다. 태허를 국사로 임명한 것이나 무극을 영입한 것은 전적으로 민 상궁의 계책이었다.

이튿날 이조에서는 왕명으로 2차 인사발령을 냈다.

승려 무극 命 좌별직(左別職·종2품)

우별직 노천이 책사라면 좌별직 무극은 임금의 대변자 겸 경호대장 격이었다. 군권 장악에 이어 책사와 신변안전까지 만전을 기함으로써 혜주는 왕권 강화의 첫 단계를 마무리했다.

좌·우별직과 민 상궁 등 세 사람은 궐내에서 혜주의 복심으로 통했다. 훗날 이들 세 사람의 권세가 하늘을 찌르자 사람들은 이들을 '3인방'이라고 불렀다.

일전불사

무극을 좌별직에 임명한 것을 두고 드디어 신료들이 폭발했다. 노천을 우별직에 임명한 것까지야 그렇다고 처도 승려를 궐내에, 그것도 종2품의 고위식에 앉힌 것은 천부당만부당하다는 것이었다.

깃대를 잡고 나선 곳은 사헌부와 함께 대간(臺諫)으로 불리는 사간원이었다.

사간원은 임금에 대한 간언(諫言), 대소 신료들에 대한 탄핵, 그리고 정치현안이나 고위직의 인사 문제 등에 대해 지금의 언론의 기능을 담당했다.

전횡과 독주가 판치던 전제군주시대에 간관(諫官)의 임무는 매우 중요시됐다. 따라서 간관은 학문이 뛰어나고 성품이 강직한 사람들 가운데서 엄선하였다. 이들을 특별히 화요직(華要職)으로 불렀는데, 교체 시에도 지방관으로 내쫓는 법이 없었다.

일진광풍의 서막은 사간(司諫) 최성집의 상소로부터 시작됐다.

아침 경연을 마치고 편전으로 들어선 혜주에게 도승지 방기선이 상소를 하나 바쳤다.

"전하! 사간 최성집의 상소이옵니다."

"상소라구요? 무슨 내용이오?"

"좌별직 임명 건에 대한 간언이옵니다."

좌별직이라는 말에 혜주는 순간 미간이 찡그려졌다. 별로 내키진 않았지만 혜주는 최성집의 상소를 읽어 내려가기 시작했다.

　…이 나라에는 지엄한 국법이 있고 대대로 전해오는 관례라는 것도 있사옵니다. 그런데 신분도, 능력도 알 수 없는 일개 승려를 종2품 당상관에 제수하신 것은 천부당만부당한 처사이옵니다. 지금이라도 명을 거두어주시옵소서. 만약 전하께서 이를 강행하신다면 장차 조정 신료들의 엄청난 반발에 직면하게 되실 것이옵니다….

　여기까지 읽다가 혜주는 상소 두루마리를 내던져버렸다. 반발을 예상은 했지만 막상 상소가 올라오자 혜주는 몹시 기분이 불쾌했다. 당장이라도 최성집을 불러들여 그와 논쟁이라도 한판 붙고 싶었다.
　그 많은 신료들 가운데 임금의 마음을 위무(慰撫)해줄 사람 하나가 없다니.
　임금이 말벗을 하나 곁에 두겠다는데 그걸 그리도 이해하지 못한단 말인가.
　임금의 심기를 그리도 살피지 못하는 이 자들은 대체 누구의 신하란 말인가.
　생각이 여기까지 미치자 혜주는 머리끝까지 화가 치밀었다. 곁에 서 있던 도승지 방기선을 뚫어지게 쳐다보며 혜주가 말했다.
　"우별직 노천을 어서 들라 하시오!"

"예, 전하!"

방기선은 서둘러 편전을 빠져나갔다. 혜주는 화를 참지 못한 듯 씩씩거렸다.

이각(二刻)이 지나 노천이 편전으로 들어섰다.

"전하! 찾아계시옵니까?"

"어서 오세요."

노천은 방 안 분위기가 냉랭함을 금세 눈치챘다. 혜주의 얼굴에는 아직도 화가 덜 풀린 기색이었다. 책상 옆에는 최성집의 상소가 나뒹굴고 있었다. 이윽고 혜주가 천천히 입을 열었다.

"우별직!"

"예, 전하! 하문하시옵소서!"

"우별직을 포함해 궐내의 대소신료들은 누구의 신하요?"

뜬금없는 질문에 노천은 조금 당황했다. 그러나 답을 늦출 수는 없었다.

"당연히 주상전하의 신하들이옵니다. 전하께서는 이 나라 조선의 주인이자 만백성의 어버이시옵니다."

혜주는 마음속으로 고개를 끄덕였다.

암! 과인은 이 나라의 주인이자 만백성의 어버이이고말고!

혜주는 맞장구를 쳐준 노천이 고마웠다. 아무리 생각해도 노천을 좌별직에 임명한 것은 잘했다는 생각이 들었다. 다시 혜주의 얘기가 이어졌다.

"우별직도 아시겠소만, 어제 좌별직을 임명한 걸 두고 신료들이 들고 일어날 모양이오. 사간 최성집이 저기 저렇게 상소를 올렸소이다."

그리고는 턱으로 절반 가량이 풀어진 채 방바닥에 뒹구는 최성집의 상소를 가리켰다. 못마땅한 표정이 혜주의 얼굴에 덕지덕지 붙어 있었다. 다시 노천 차례가 됐다.

"전하! 염려하지 마시옵소서! 누가 뭐래도 전하께서는 이 나라의 군주십니다. 전하께오서 마음만 잡수시면 이 나라에서 못하실 것은 아무것도 없사옵니다."

노천의 말에 혜주는 귀가 번쩍 뜨였다. 그의 말은 국법, 관례 운운하는 다른 신료들과는 분명 달랐다. 다시 혜주가 물었다.

"국법이 있고 관례가 있는데도 그게 가능합니까?"

"예, 가능합니다."

"그래요? 어디 설명 좀 해보시구려!"

혜주는 눈을 동그랗게 뜨고서 노천을 응시했다. 노천이 천천히 얘기를 꺼냈다.

"전하! 소직이 먼저 하나 여쭙겠사옵니다. 국법이나 관례라는 것이 어느 날 하늘에서 뚝 떨어진 것이옵니까?"

"그건 아니지요!"

혜주가 단번에 대답했다.

"바로 그것이옵니다. 국법이나 관례라는 것도 다 사람이 만든 것이옵니다. 그리고 한번 만든 것은 언제나 새로 바뀔 수도 있다는 얘기가 되옵니다. 또 전례가 없다면 새로 만들면 되는 것이옵니다. 그러면 그 이후로는 전례가 있게 되는 법이옵니다."

혜주는 노천의 얘기에 빨려 들어가는 듯했다. 혜주는 아무 반응도 보이지 않은 채 노천의 얘기를 듣기만 했다. 혜주의 귀에 노천의 얘기는 전부 옳은 얘기로 들렸다. 논리적으로도 한군데도 틀린데가 없었다. 노천의 말은 참으로 명쾌했다.

"우별직! 어찌도 그리 명쾌하시오? 과인이 속이 다 시원합니다!"

"부끄럽사옵니다. 전하!"

혜주는 만면에 웃음을 띠며 노천을 더 가까이로 오라고 일렀다.

"우별직! 그대가 과인의 곁에 있으니 참으로 마음 든든하오. 말이 나온 김에 하나 더 묻겠소!"

"예, 전하 하문하시옵소서!"

"이번 최성집의 상소 건을 어찌 처결하면 좋겠소?"

노천은 마치 정답을 손에 쥐고 있기라도 한 듯이 이내 대답을 했다.

"일단 무시하시옵소서! 전하께서 매사 비답(批答)을 하실 필요는 없사옵니다. 무시도 하나의 의사표시이옵니다. 그래서 비답 중에는 답을 내리지 않는 불윤비답(不允批答)이라는 것도 있사옵니다."

"오호! 그런 게 다 있었소?"

혜주는 매우 만족스런 표정을 지었다. 신이 난 듯했다. 혜주가 마지막으로 질문을 하나 더 했다.

"만약 끝까지 나서서 이 문제를 따지는 자가 있다면 어찌하면 좋겠소?"

"만약 그러한 자가 있을 경우 그 자가 소속된 부서를 타 부서와 통폐합하거나 아니면 그 자의 자리를 없애겠다고 한번 겁박해보시옵소서. 그러면 더 이상은 나서는 자가 없을 것이옵니다. 때론 겁박이 상책일 수도 있사옵니다. 신료들 앞에서 절대로 약한 모습을 보이시면 아니 되옵니다. 전하!"

때론 겁박이 상책일 수도 있다?

신료들 앞에서 약한 모습을 보이지 말라?

혜주는 대답 대신 고개를 여러 차례 끄덕였다. 백 마디 말보다 더한 공감의 표시였다.

그로부터 사흘 새 신료들의 상소가 다섯 통이나 올라왔다.

그러나 혜주는 아무런 비답도 내리지 않았다. 이를 보다 못한 도승지가 아침 강연을 마치고 편전으로 들어서는 혜주에게 고했다.

"전하! 상소를 올린 신료들이 전하의 비답을 애타게 기다리고 있사옵니다. 비답이 너무 늦어 혹여 전하께서 곤경에 처하시게 될까 저어되옵니다."

"…"

도승지의 말에 혜주는 즉답을 하지 않았다. 잠시 뒤 혜주가 말했다.

"금일은 주강(晝講) 대신 그 시각에서 특별조회를 열 것이니 그리 아시오!"

"예, 전하! 속히 신료들에게 연락을 취하겠사옵니다."

혜주는 마음속으로 일전불사를 각오한 상태였다. 민 상궁과 노천의 조언을 백분 활용할 계획이었다.

홍문식을 비롯해 중신들은 궐내 정치에 닳고 닳은 백전노장들이었다. 그러나 이들도 명분과 계책을 겸비한 혜주는 당해낼 재간이 없었다.

미시 경 근정전에서 특별조회가 열렸다.

용상에 앉은 혜주는 굳은 얼굴로 신료들을 찬찬히 훑어보았다. 분위기에 압도된 탓인지 신료들도 다들 굳어 있었다. 멀리 근정문 용마루에서 오월의 햇살이 옹알거렸다.

혜주가 먼저 말문을 열었다.

"경들이 올린 상소 잘 보았소. 근자에 좌별직 임명 건을 두고 말들이 많은 모양인데 어디 누가 한번 말씀을 해보세요!"

맨 먼저 상소를 올린 사간 최성집이 나섰다.

"전하! 신 최성집 한말씀 올리겠사옵니다. 상소문에서도 진언 드린 바 있사옵니다만, 이 나라에는 엄연히 국법이 있고 또 대대로 전해오는 관례가 있사옵니다. 그런데 그런 율법을 무시하고 무극이란 승려를 종2품 당상관에 제수하신 것은 천부당만부당하옵니다. 부디 통촉하여 주시옵소서!"

"통촉하여 주시옵소서!"

"예! 잘 들었소. 어디 또 다른 분은 없습니까?"

이때 사헌부 집의(執義) 강인국이 앞으로 나서면서 말했다.

"전하! 신 강인국 감히 한말씀 올리겠사옵니다. 역대 이 나라의 종사는 군신(君臣)이 함께 이끌어 왔사옵니다. 그러나 근자 주상전하께서 보위에 오르신 이후 그와 같은 조화가 깨지고 말았사옵니다. 이는 전하께서 신료들을 업신여기신 탓으로 사료되오며 장차 조정에 불화가 생겨나지나 않을까 두렵사옵니다. 부디 좌별직 임명 건은 거두어 주시옵소서!"

"거두어 주시옵소서!"

"…"

잠시 침묵하고 있던 혜주가 맨 앞에 서 있던 영상을 향해 물었다.

"영상도 그리 생각하시오?"

미리 논쟁을 예고한 자리여서 영의정 홍문식도 대답을 준비해 왔다.

"주상전하! 이 나라는 전하의 나라이옵니다. 그러나 이 나라의 종사를 원만히 하자면 국법이 바로 서고 군신 간에 굳건한 신뢰가 바탕이 돼야 하옵니다. 부디 그 점을 헤아려주시옵소서!"

애써 에둘러 표현했지만 내용은 앞선 두 사람의 얘기와 같은 것이었다. 혜주가 자세를 고쳐 앉으며 마침내 얘기를 꺼냈다.

"경들은 들으시오! 선왕께서 승하하신 뒤 과인이 임금에 추대돼

금일에 이르고 있소이다. 경들의 충성스런 보필과 하루 세 차례 경연에 들어 학문과 국정을 익히고 있습니다. 그럼에도 불구하고 부족한 것이 많아 과외로 학업도 쌓고 국사도 논할 겸 해서 별직을 2인 두었는데 그것이 그리도 못마땅하시오?"

잠시 동안 근정전에 침묵이 흘렀다.

이때 사헌부 장령(掌令) 이기환이 앞으로 나섰다.

"신 사헌부 장령 이기환 한말씀 올리겠사옵니다. 조정 각 부서의 직제와 정원은 경국대전에 뚜렷이 명시돼 있사옵니다. 부디 전하께서 전범(典範)을 보여주시옵소서! 통촉하옵나이다. 전하!"

이 대목에서 혜주는 노천의 말이 생각났다. 마침 잘 걸려들었다 싶었다.

"과인도 경국대전을 여러 차례 읽어서 대략은 알고 있소. 그런데 그 경국대전을 누가 만들었소? 사람이 만든 것 아니오? 그리고 경국대전이 대체 누굴 위해 존재하는 것이오? 영상이오? 아니면 사헌부요?"

"…"

혜주의 노기어린 얘기는 계속됐다.

"물론 지킬 것은 지켜야겠지만 그렇게 기존 제도와 규율에 얽매여서야 어디 좋은 사람을 발탁할 수가 있겠소? 과인이 듣기로 사헌부도 국초 이후 여러 차례 조직이 변경되었다가 세종조에 이르러 비로소 정착되었다고 들었소. 그리고 자꾸 정원(定員) 얘기를 하시는데 사헌부에 장령이 전부 몇 사람이나 되시오?"

"2인이옵니다."

정원 얘기를 꺼낸 장령 이기환이 답했다.

"그 자리에 2인이 꼭 필요하시오? 한 사람으로 줄이면 안되겠소?"

"…."

떡 본 김에 제사지낸다고 했던가. 혜주는 여기서 멈추지 않고 여세를 몰아붙였다. 이럴 땐 제일 우두머리를 걸고넘어지는 게 상책이다.

"영상! 의정부에 정승이 꼭 3인이 필요합니까? 그리고 3사(司)의 업무는 중복이 많다고 들었는데 한 부서로 통폐합하면 안되겠소? 그리 하면 조직도 간소화되고 인원도 줄어 국사를 보다 신속하게 처리할 수 있지 않겠소이까?"

졸지에 난데없는 질문을 받은 영의정 홍문식은 무슨 말을 해야 할지 몰라 크게 당황했다.

"전하! 당장 이 자리에서 답을 드릴 수 없음을 용서하여 주시옵소서!"

"좋소! 그럼 시한을 드릴 테니 신료들이 의논해서 과인에게 보고토록 하시오!"

"예, 전하! 분부대로 거행하겠나이다."

"차후로 이 건으로 상소를 올리는 자가 있으면 그때는 내 가만 있지 않겠소. 조회는 여기서 마치겠소!"

혜주는 좌별직 무극의 안내를 받으며 총총걸음으로 근정전을 빠져나왔다.

이날 신료들은 혹 떼려다 새로 혹을 붙인 격이 됐다. 자칫 하다간 제 자리 보전도 하기 어렵다는 생각을 하게 된 것이다. 이후로 조정 대신들은 하나같이 몸을 사리며 보신에 급급했다.

그 이튿날 이조에서 다시 방을 붙였다.

의금부 제조 이기호 命 의금부 도제조(都提調·정1품)
병조참판 남호연 命 병조판서(정2품)
검객 정윤수 命 내금위장(內禁衛將·종2품)

이 인사는 정치적 색깔을 드러낸 것이라고 해서 궐내에서 크게 주목을 끌었다.

우선 병권을 장악하기 위해 병조참판 남호연을 판서로 승진시켰다. 남호연은 원래 북파 사람인데 노천이 작업을 하여 혜주 사람으로 만들었다.

이어 현 검경(檢警)에 해당하는 의금부의 차석 이기호를 수장으로 내부 승진시켰다. 또 좌별직 무극의 천거로 당대 제일의 검객 정윤수를 임금의 경호대장 격인 내금위장으로 특별 채용했다.

비단 이뿐만이 아니었다. 중전이 없어 사실상 내명부의 수장격인 민 상궁은 대전과 편전의 내시와 상궁들을 전부 새사람들로 교체했다. 이로써 혜주는 핵심 권력집단을 전부 친위세력들로 꾸렸다. 이 작업을 성사시킨 주인공은 바로 '3인방'이었다.

남-북파

"허허! 이거 참! 이러다 이거 우리 다 죽게 생겼소이다."

"누가 아니랍니까? 열여섯이라고 깔보다가 패가망신하겠소이다!"

그날 밤 남파의 수장 홍문식의 사랑채에 십여 명이 모였다. 이 자리에는 북파의 영수 좌의정 김성조를 비롯해 북파 중진들도 여럿 참석했다.

방 가운데 술상이 차려져 있었으나 잔을 입에 대는 이는 별로 없었다. 술맛이 날 리 없었다. 다들 혀를 끌끌 차며 장탄식을 늘어놓았다. 좌의정 김성조가 먼저 말문을 열었다.

"병판이 그렇게 쉽게 팔려갈 줄 미처 몰랐습니다."

북파의 남호연이 병조참판에서 판서로 승진하면서 혜주의 친위 세력으로 변신한 것을 두고 하는 얘기였다.

우의정 도병세가 이를 거들고 나섰다.

"병판 한 사람이 문제가 아닙니다. 의금부, 내금위에 내시 상궁까지 전부 주상 사람들로 채워졌으니 주상은 이제 철갑옷을 두른 셈입니다. 장차 뭔 일이 일어날지 모르겠습니다."

대사간 박희윤도 끼어들고 나섰다.

"3사도 이제 허수아비가 될 날이 머잖아 보입니다. 3사를 통폐합해서 한 부서로 하면 어떻겠냐는 주상의 말씀을 듣고 하늘이 무너지는 줄 알았소이다."

좌의정 김성조가 다시 가세하고 나섰다.

"3사는 물론이요, 의정부의 3정승을 한 사람으로 하자는 얘기는 또 어떻구요? 나 참 기가 막혀서요."

남호연에게 병조판서 자리를 내주고 백수 신세가 된 윤상도 끼어들었다.

"다들 가만히 계시다가는 저처럼 졸지에 백수건달 되기 십상입니다. 무슨 조치가 필요해 보입니다. 안 그렇소이까, 영상대감?"

홍문식은 아무 말도 하지 않았다. 잠시 후 그는 조용히 집사를 불러 노천을 수배해 보라고 일렀다. 그러자 곁에 있던 우의정 도병세가 입을 삐죽거리며 나섰다.

"대감! 노천 그 자를 믿어도 되겠소이까? 조회 때 보니까 주상 곁에 거머리같이 찰싹 붙어서 노는 꼴이 가관입디다."

"좀 더 두고 보십시다."

홍문식은 짧게 말하고 말았다. 그만이 알고 있는 일이 있기 때문이었다.

"자! 자! 다들 탄식만 하지들 말고 묘책을 찾아봅시다."

집주인 홍문식은 분위기 전환을 위해 술을 한잔씩 돌렸다. 이어 북파의 수장 좌의정 김성조가 나서서 다시 술을 한잔씩 돌렸다. 성토 분위기가 좀 가라앉자 홍문식이 찬찬히 입을 열었다.

"다들 들으시오. 근자 주상의 언행은 주상 자신의 것이 아니올시다. 주상은 꼭두각시에 불과하오. 주상 곁에 있는 민 상궁, 무극, 노천과 같은 자들의 머리에서 나온 계책을 쓰고 있는데 불과하오. 그러니 무엇보다도 시급한 것은 그들을 주상 곁에서 떼놓는 일이라 생각하오. 어찌 생각하시오?"

"그렇사옵니다. 제 생각도 같사옵니다."

승지 김인겸이 영상의 말에 적극 동조하고 나섰다.

"영상대감 말씀에 동조만 할 게 아니라 묘책을 내보라고 하시지 않소?"

우의정 도병세가 김인겸을 다그치고 나섰다.

"소생도 아직 이렇다 할 만한 묘책이 없어 궁리 중에 있사옵니다."

타고난 책사가 아닌 담에야 묘책도 그냥 나오는 게 아니다. 식견과 경륜이 있어야 나오는 법이다. 간관(諫官)으로 잔뼈가 굵어 사간원 수장에 오른 대사간 박희윤이 찬찬히 입을 열었다.

"자고로 계책 중에서도 상책은 이간책이라고 했습니다. 3인방을 이간질시켜 스스로 떨어지도록 하는 것이 제일 좋을 줄로 압니다만, 딱히 묘책은 떠오르지 않는군요."

"이간책이라…."

좌의정 김성조가 말끝을 흐렸다. 잠시 뒤 김성조가 다시 말을 이었다.

"일전에 대비와 태허대사간의 불미스런 일을 우리 측에 제보한 사람이 바로 민 상궁이었습니다. 이 교리(校理)를 통하면 민 상궁과 선이 닿을 수도 있습니다만."

"…"

아무도 대꾸하는 자가 없었다. 신통찮다는 얘기다.

혜주가 즉위한 후 민 상궁은 보모상궁에서 정5품 제조상궁으로 승진했다. 사실상 내명부의 수장이 된 민 상궁이 무엇이 부러워 혜주를 배신하고 이쪽에 붙을 것인가. 실지로 그럴 가능성은 전혀 없었다.

"그렇다면 좌별직 무극이란 자는요?"

김성조가 좌중을 향해 질문을 던졌다. 대사간 박희윤이 나섰다.

"도긴개긴입니다. 무극은 회운사 주지 태허대사의 상좌 출신으로 대비나 주상과는 오래 전부터 인연이 깊은 사이입죠. 어쩌면 무극이 민 상궁보다 더 어려울지도 모르겠습니다."

남은 사람은 결국 노천 한 사람뿐이었다. 그때 홍문식이 문밖을 향해 말했다.

"여태 소식이 없느냐?"

"예, 대감마님! 아직 소식이 없사옵니다."

"알았다."

홍문식은 왠지 불길한 예감이 들었다.

불과 얼마 전에 노천이 찾아와 주상과의 사이에서 '간자(間者) 노릇을 제대로 해 보겠다.'고 제 입으로 말한 적이 있다. 그러나 그 이후로 노천은 한번도 자신의 집을 찾지 않았다. 그날 노천은 '배신자는 또 배신하는 법'이라고도 했다. 그렇다면 이번엔 다시 우리를 배신한 것인가?

밤이 이슥하도록 3인방을 떼어 놓을 묘책을 강구하였으나 뾰족한 수가 없었다.

그날 밤 노천은 끝내 모습을 드러내지 않았다.

곡차

그 시각 수라간 별실에서는 민 상궁이 좌우 별직 두 사람을 초청해 술자리를 갖고 있었다. 술시가 막 지났을 무렵 두 사람이 모습을 드러냈다.

"좌우별 영감! 어서 오시옵소서!"

"예!"

"예!"

궐내 사정에 어두운 두 사람은 어리둥절한 표정이었다.

"이곳은 수라간 별실이옵니다. 수라간 상궁들의 교육장이자 휴식처랍니다. 오늘 두 분을 위해 조촐한 술상을 마련했사오니 마음껏 드시기 바랍니다."

둥근 탁자 위에 세 사람이 자리를 잡고 앉았다. 그러자 절로 삼각점이 생겨났다. 민 상궁이 그 모습을 보고서 호호! 하고 웃더니 얘기를 시작했다.

"궐내에서 어떤 이들은 두 분과 저를 두고 3인방이라고 한다던데 혹시 그런 얘기 들어보셨나요?"

"…"

두 사람은 금시초문인 것 같았다.

"제가 괜한 얘기를 한 것 같습니다. 그럼 제 술이나 한잔 받으시지요!"

민 상궁은 먼저 연장자인 노천에게 술을 따랐다. 궐내에서, 그것도 제조상궁의 술잔을 받고 보니 노천은 기분이 묘했다.

노천의 잔이 차자 이번에는 민 상궁이 무극에게 잔을 내밀었다.

"여긴 속세이니 무별께서도 오늘은 곡차 한잔 하시지요!"

그즈음 궐에서 무극은 '무별'로 통했다. 무극 별직의 준말이다. 우별직 노천은 우별, 둘을 함께 부를 때는 좌우별이라고 불렀다.

분위기상 민 상궁의 술잔을 거절할 수가 없었다. 무극은 못내 겸연쩍어하다가 결국 술잔을 받았다. 두 사람의 잔이 차자 민 상궁이 말했다.

"어서 드시지요. 이 자리는 두 분을 위해 마련한 자리이옵니다. 주상전하께 말씀드려서 윤허를 받았사오니 마음 놓고 드셔도 무방하옵니다."

주상의 윤허를 받은 술자리라고 하자 노천은 갑자기 술맛이 동했다.

"그렇사옵니까? 그럼 오늘밤엔 한번 취해볼까 합니다. 허허!"

"예, 그리하시옵소서! 우별 영감!"

민 상궁은 노천에게 연거푸 석 잔을 권했다. 노천은 이제 겨우 목이 틔는 모양이었다. 헛기침을 두어 차례 하더니 노천이 말했다.

"전국을 주유하면서 처처(處處)의 술이란 술은 모두 맛을 봤습니다만, 오늘처럼 술맛이 좋기는 참 오랜만이올시다. 그런데 그게 비단 술맛 때문만은 아니겠지요?"

노천의 말에는 뼈가 있었다.

"우별 영감께서 그리 기분이 좋으시다니 소인도 매우 기쁘옵니다."

첫잔을 비운 무극에게 민 상궁이 다시 잔을 채우면서 물었다.

"무별께서도 곡차가 처음은 아니시지요? 회운사도 사람 사는 곳인데요."

"아닙니다. 소승은 곡차가 오늘 처음이옵니다."

무극의 말이 떨어지기가 무섭게 민 상궁은 호호~! 하며 웃었다. 민 상궁은 그런 무극을 골려줄 참으로 짓궂은 질문을 하나 던졌다.

"그럼 오늘 처음 맛보신 곡차 맛이 어떠하온지요?"

"시큼하고 텁텁한 것이… 뭐라고 표현하기 어렵군요."

"호호~!"

민 상궁은 두 손으로 입을 가리며 재미있다는 듯이 또 웃었다. 그때 노천이 민 상궁에게 술잔을 건네며 말했다.

"마마님도 한잔 받으시지요!"

"어머! 저는 술 못합니다. 궁인들은 음주를 삼가도록 돼 있사옵니다."

"오늘 이 자리는 주상전하의 윤허를 받은 자리라고 하지 않았소? 그러니 오늘밤은 예외로 치고 딱 한잔만 받으시구려!"

노천은 민 상궁에게 술잔을 떠맡기다시피 안기고는 잔을 채우기 시작했다.

"어머! 어머! 이러시면 아니 되옵…."

어느새 민 상궁의 잔에 술이 가득찼다. 노천은 무극과 자신의 잔도 차례로 채웠다. 그리고는 자리에서 일어나 일장 건배사를 늘어놓기 시작했다.

"천상에서 막 하강한 선녀 같은 민 상궁 마마님을 모시고 좌우별이 한자리에서 술잔을 마주하게 된 것은 전부 주상전하의 하해와 같은 음덕 때문이리오. 우리 세 사람 이 자리에서 도원결의 대신 곡차결의를 합시다. 자, 다함께 건배합시다. 건배!"

노천은 이미 술이 조금 오른 듯했다. 그는 술 한잔을 빌려 하고 싶은 애기를 하는 것 같았다. 노천이 잔을 비우자 무극과 민 상궁도 차례로 잔을 비웠다.

"무별 영감도 한말씀 하시지요!"

민 상궁이 옆구리를 쿡쿡 찌르자 할 수 없이 무극이 자리에서 일어났다.

"소승은 주상전하를 목숨처럼 받들어 모시라는 주지스님의 특명을 받았사옵니다. 아직 속세의 일은 서툰 것이 많으니 두 분께서 잘 보살펴주시길 부탁드립니다."

무극의 얘기가 끝나자 민 상궁 차례가 되었다.

"소인은 어려서 궐에 들어와 근 30년을 보냈사옵니다. 주상전하께서 태어나시자마자 보모상궁으로 임명돼 이 날까지 곁에서 모셔왔습니다. 소인에게 주상전하는 제 목숨과 같고 제 피붙이나 마찬가지십니다. 주상전하를 위해서라면 지금 당장이라도 제 목숨을 내놓을 각오가 돼 있답니다. 이렇게 가까이서 모시는 것만으로도 소인은 무한한 광영으로 여기며 남은 생도 주상전하와 함께 할 것이옵니다. 부디 두 분 별직 영감께서도 주상전하를 성심으로 받들어주시길 부탁드리옵니다."

얘기를 끝낸 후 민 상궁은 자리에서 일어나 두 사람에게 합장하며 절을 올렸다.

이어 다시 술잔이 돌았다. 술이 약한 민 상궁과 무극은 사양하였다. 그러나 노천은 술잔을 사양하지 않았다. 모처럼 흠뻑 취해보고 싶었던 모양이었다. 대장부가 자신을 알아주는 사람을 만난다는 것은 큰 행운이다. 노천은 혜주로부터 자신이 무한한 신뢰를 받고 있다고 생각하자 마치 천하를 얻은 듯했다.

다시 또 술잔이 두어 순배 돌았다. 그때 소피를 보러 간다며 자리에서 일어나려던 노천이 그 자리에 고꾸라지고 말았다. 많이 취한 모양이었다. 무극이 달려들어 일으켜 세우자 민 상궁이 밖으로 나가 당직 군졸 두 사람을 불러왔다. 군졸들은 노천을 들쳐업고 곧바로 숙소로 향했다. 무극이 그 뒤를 따르려 하자 민 상궁이 무극의 소매를 붙잡았다.

"스님! 꼭 드릴 말씀이⋯."

갑자기 당한 일이어서 무극은 조금 당혹스러웠다. 그러나 애원하는 듯한 민 상궁의 눈빛을 보자 손을 뿌리칠 수가 없었다.

연리목

무극은 민 상궁의 손에 이끌려 별실 안쪽의 또 다른 방으로 안내됐다. 그곳엔 작은 술상이 차려져 있고 구석엔 잠자리도 마련돼 있었다.

무극은 잠시 혼란스러웠다. 이를 눈치챈 민 상궁이 무극에게 말했다.

"여기는 제가 가끔 혼자서 머물며 쉬는 곳이랍니다. 주변에 아무도 얼씬거리지 못하도록 해 두었으니 안심하셔도 되옵니다."

민 상궁은 우선 무극을 안심시켰다. 그리고는 무극의 손을 잡고서 방 가운데 자리에 앉혔다. 맞은편에 앉은 민 상궁이 술잔을 채우면서 얘기를 꺼냈다.

"갑자기 이리로 모셔서 당혹스러우셨을 줄 압니다만 이런 자리가 아니면 말씀드릴 기회가 없기에 이렇게 결례를 무릅썼사오니 소인의 무례를 용서하여 주시옵소서."

"…"

전후사정을 알지 못하는 무극으로서는 할 말을 찾지 못했다. 그저 술잔을 받아 들고서 민 상궁의 얘기를 듣기만 할 뿐이었다. 술잔을 비운 뒤 무극이 물었다.

"소승에게 하실 말씀이란 게 대체 무엇이오?"

"…"

민 상궁은 곧바로 답을 하지 않은 채 다시 무극에게 술을 권했다. 그리고는 자기 앞의 빈 잔을 당겨 채운 후 이내 들이켰다. 술의 힘을 빌려서 할 말을 하려는 모양이었다. 민 상궁이 입을 열었다.

"스님! 주상전하께옵서 소인의 소생인 것은 알고 계시죠?"

"네?"

"지난 번 회운사에서 주지스님과 제가 숭현각에서 나눈 얘기를 스님께서 밖에서 다 듣지 않으셨나요?"

"…."

그랬다. 그날 밤 무극은 두 사람이 나눈 얘기를 문밖에서 다 엿들었다. 얘기 중에 두 사람은 혜명공주를 자신들의 소생이라고 말한 적이 있다.

"저어~, 그건 큰스님의 차 심부름을 하다가 본의 아니게 우연히 듣게 된 것입니다. 그 점 부디 오해하지 마시오."

"주지스님께서 일부러 그리 하신 것 같으니 무극스님을 탓할 생각은 없사옵니다. 자세한 경위는 다음 기회에 말씀드리기로 하겠습니다만, 이 말씀은 꼭 드려야겠습니다. 이 세상에서 이 사실을 아는 사람은 저희 두 사람과 대비마마, 그리고 스님까지 총 네 사람뿐입니다. 그러니 스님께서는 끝까지 비밀을 지켜주셔야 합니다."

얘기를 마친 민 상궁은 두 손으로 얼굴을 감쌌다. 속으로 흐느끼는 듯했다.

"예, 소승 꼭 그리 하겠사오니 그 점은 절대 염려하지 마시오!"

잠시 뒤 민 상궁은 두 손을 내려놓으면서 다시 말했다.

"소인, 스님에게 간곡한 청이 하나 있사옵니다. 부디 제 청을 들어주시옵소서!"

얘기를 마친 후 민 상궁은 무극을 뚫어지게 바라보았다. 그 청이 무엇인지는 모르지만 무극으로서는 거부할 수 없을 것만 같았다.

"무슨 내용인지 모르겠으나 일단 말씀이나 해보시지요."

민 상궁은 거두절미한 채 본론만 간단하게 말했다.

"주상전하를 스님의 여인으로 만드시옵소서!"

"예? 대체 그게 무슨 말씀이시온지…?"

무극은 제 귀를 의심했다. 이 나라의 임금인 주상전하를 내 여자로 만들라니. 무극은 민 상궁의 말을 이해할 수도, 납득할 수도 없었다. 살다 살다 세상에 이런 일이 또 있을까. 무극은 한동안 멍하게 앉아 있었다.

그때 민 상궁이 무극에게 다가와 앉으며 무극의 두 손을 감싸 쥐었다. 순간 무극의 몸에 찌릿한 전율이 느껴졌다.

"스님! 주상전하는 이미 혼기를 놓치셨사옵니다. 게다가 선왕의 3년상(喪)을 치러야 하므로 앞으로도 3년간은 혼인을 할 수도 없는 처지이옵니다. 주상전하께서는 이 나라의 임금이시나 따지고 보면 한 사람의 여인에 불과합니다. 올해 보령이 열여섯이시니 전하께옵서도 짝을 그리워하실 만도 하옵니다. 부디 스님께서 주상전하의 정인(情人)이 되시어 주상전하를 곁에서 지켜주시옵소서!"

"…."

잠시 동안 말을 잇지 못하던 무극이 마침내 얘기를 꺼냈다.

"마마님께서 하신 말씀, 저로선 쉬 납득하기 어려울뿐더러 또 저 혼자서 결정할 일도 아닌 것 같습니다. 일단 큰스님과 상의해보도록 하겠습니다."

그러자 민 상궁이 반색을 하며 말을 받았다.

"큰스님과는 이미 얘기가 된 것이옵니다. 그러니 그 점일랑은 조금도 염려하지 마시기 바랍니다."

이 말에 무극이 머쓱한 표정을 짓자 민 상궁이 서둘러 화제를 돌렸다.

"스님! 지난해 가을 저랑 회운사 뒷산에서 머루 따던 날을 기억하시는지요?"

"예, 기억하다마다요!"

그날 졸지에 두 사람이 산등성이에서 야합(野合)을 했으니 그게 잊힐 리 있겠는가. 대답을 하고 보니 무극은 쑥스러운 생각이 들었다. 민 상궁이 다시 말했다.

"그날 기분이 어떠셨는지요? 좋으셨사옵니까? 그게 바로 하늘이 남녀를 낸 까닭이요, 정한 이치랍니다."

무극은 자신도 몰래 아랫도리가 꿈틀거림을 느꼈다. 또 순식간에 얼굴이 달아오르고 방금 전까지만 해도 멀쩡하던 숨도 갑자기 가빠지기 시작했다.

민 상궁의 말 한마디에 몸 상태가 이렇게 달라지다니. 총각인 무극으로서는 그저 이상하기만 할 뿐이었다.

그때 민 상궁이 벌떡 일어나더니 무극 앞으로 다가갔다. 그리고는 갑자기 자신의 치맛자락을 걷어 올리더니 무극의 전신을 감쌌다. 무극이 놀라 벌떡 일어나려 하자 민 상궁이 그의 머리를 살포시 누르며 말했다.

"그냥 그대로 계시옵소서! 왕후장상, 장삼이사 할 것 없이 따지고 보면 다 여인의 아랫도리에서 태어났답니다. 그곳은 바로 우리의 고향과도 같은 곳이지요."

무극은 일어서려다 주춤하고는 도로 앉았다. 민 상궁의 말은 십년 절밥을 먹은 자신보다 더 깊이가 있었다. 그런 생각을 하자 무극은 마음이 푸근해졌다.

잠시 뒤 민 상궁은 치맛자락을 걷고서 무극 앞에 조용히 앉았다. 그리고 말했다.

"남녀가 교합(交合)하는 것은 부끄러운 것도, 죄를 짓는 것도 아닙니다. 자연의 이치요, 순리인 것입니다. 따라서 남녀의 교합은 아름답고 신성하기조차 한 것입니다. 이제 제 품에 한번 안겨보시옵소서. 어머니의 품과 다르지 않을 것이옵니다."

민 상궁은 오른쪽 무릎을 바닥에 꿇은 채 왼쪽 다리를 반쯤 일으켜 세웠다. 그리고는 양 손을 쫙 벌려 무극을 껴안을 자세를 취했다. 그러나 무극은 쉽게 다가가지 못했다. 그러자 민 상궁이 다시 채근하며 말했다.

"어서요!"

그제야 무극은 마지못해 민 상궁 앞으로 당겨 앉는 시늉을 했다. 그러자 민 상궁이 다가가 무극의 머리통을 와락 껴안았다.

"흐윽~!"

그 순간 무극이 흠칫 놀라며 몸을 움츠렸다.

"잠시 그냥 가만히 계서보시옵소서!"

"…."

무극의 코끝에 언젠가 한번 스친 듯한 냄새가 다가왔다. 여인의 살 냄새였다. 민 상궁 얼굴의 분내가 채 가시지 않아 적절히 향을 머금고 있었다.

그제야 무극의 눈에 들어오는 것이 하나 있었다. 바짝 올려 맨 치맛단 위로 볼록한 민 상궁의 가슴 둔덕이었다. 무극은 자신도 몰래 그 둔덕을 만져보고 싶었다.

그런데 그걸 어떻게 알아챘을까. 바로 그때 민 상궁이 왼손을 풀어 무극의 오른손을 잡더니 자신의 왼쪽 가슴 위로 가져갔다.

"한번 만져보시옵소서. 포근하고 따뜻한 어머니의 젖가슴 그대로일 것입니다."

무극은 손을 떼지 않은 채 잠시 그대로 두었다. 봉긋한 가슴이 한 손에 다 들어왔다. 민 상궁의 말 그대로 과연 포근하고 따뜻했다.

그러나 그것도 잠시였다. 어느새 두 사람은 호흡이 가빠지고 몸에서 열이 나기 시작했다. 바로 그 순간 누가 먼저랄 것도 없이 두 사람은 상대의 입술에 자신의 입술을 덮었다. 가히 본능적이었다.

둘은 서로 서서히 자리에서 일어나기 시작했다. 무극의 양팔은 민 상궁의 허리를, 민 상궁의 두 팔은 무극의 목을 감싸고 있었다. 어느새 둘은 하나가 되어 갔다. 마치 한 그루의 연리목(連理木)처럼.

가쁜 숨을 몰아쉬며 두 사람은 한동안 서로의 입술을 탐미했다. 두 사람의 입가에 타액이 흥건했다. 맞닿은 가슴은 서로가 느낄 만큼 요동치기 시작했다. 다리도 후들거렸다. 그때 무극이 오른손을 뻗어 민 상궁의 엉덩이를 더듬기 시작했다. 민 상궁은 한 차례 가볍게 경련을 일으키더니 가는 신음을 토해냈다.

"흐음~."

그때 민 상궁이 갑자기 양팔을 풀면서 말했다.

"오늘은 여기까집니다."

한창 몸이 달아오른 무극으로서는 민 상궁의 이런 태도가 몹시 당황스러웠다. 그때 민 상궁이 배시시 웃으며 말했다.

"앞으로도 시간은 많사옵니다. 차차 가르쳐드리겠사옵니다."

두 사람은 다시 술상 앞에 자리를 잡고 앉았다. 멋쩍어하는 무극에게 잔을 권하면서 민 상궁이 물었다.

"스님, 오늘은 어땠사옵니까? 기분이 좋으셨사옵니까?"

"…."

무극은 아무 말도 하지 않았다. 그러나 싫은 기색은 보이지 않았다. 민 상궁의 얘기가 이어졌다.

"속세에서는 학동들이 논어를 마치고 사춘기에 이를 때면 보정

(保情)이라는 것을 가르칩니다. 말하자면 남녀의 이치를 가르쳐 성인이 되는 길을 알려주는 셈이지요."

어려서부터 절에서 성장한 무극으로서는 그런 걸 알 리가 없었다. 그때 무극이 민 상궁에게 물었다.

"불가에 귀의한 소승이 그런 걸 배워서 무슨 소용이 있겠소?"

민 상궁은 시선을 아래로 떨군 채 잠시 동안 대답을 하지 않았다. 뭔가를 골똘히 생각하는 것 같았다. 얼마 후 고개를 들어 무극을 정면으로 응시하더니 다시 얘기를 시작했다.

"스님은 장차 환속하시게 될 것입니다. 그땐 꼭 필요한 것이지요."

"예? 제가 환속을요?"

"예, 머잖아 아마 그리 되실 것이옵니다."

내가 환속을 하다니….

무극은 민 상궁의 알 듯 말 듯한 말에 고개만 갸우뚱거릴 뿐 더 이상 자세한 것은 묻지 않았다.

그때 건춘문 인근 동십자각에서 인시를 알리는 쇠북 소리가 들렸다.

"이제 돌아가셔야 할 시간이옵니다. 어서 복장을 정제하시옵소서."

옷을 챙겨 입고 방을 나가려는 무극에게 민 상궁이 당부하듯 말했다.

"스님! 주상전하의 정인(情人)이 되시라는 제 말씀을 부디 명심하시옵소서. 그 길만이 우리 모두가 사는 길이옵니다. 그리고 틈나는 대로 여기서 저랑 방내학(房內學)을 학습하시는 것도 잊으시면 아니 되옵니다."

"예…"

무극의 대답은 시원하지가 않았다. 무극은 서둘러 방을 빠져나왔다.

아직은 미명이어서 사방이 어둑어둑했다. 무극은 두 다리가 후들거렸다. 몸에서는 아직도 전율이 채 가시지 않은 듯했다. 귓전에서는 민 상궁이 내뱉은 '환속'이라는 말이 환청처럼 울렸다.

난욕(蘭浴)

혜주는 목욕하기를 좋아했다. 여기엔 나름의 연유가 있다.

선왕, 즉 광조(光祖)는 어릴 적부터 유난히 몸에 종기와 부스럼이 많아 잔병치레가 잦았다. 왕위에 오른 후 광조는 충청도 온양에 있는 온궁(溫宮), 즉 온양행궁(溫陽行宮)을 자주 찾았다. 그럴 때면 광조는 중전과 두 대군, 혜명공주 등 왕실 전원을 동행해 며칠씩 묵어오곤 했다.

온양행궁은 그 크기가 6천여 평이 됐다. 한양의 대궐에 비할 바는 아니었으나 별궁으로서는 손색이 없었다. 왕이 병을 치료하고 정사를 돌보며 휴식을 취할 수 있는 집무실과 침실 외에도 홍문관과 사간원 등을 갖추고 있었다.

온궁사실에 따르면, 세종, 세조, 현종, 숙종 등이 온양행궁을 즐겨 찾았다. 이들은 왕비와 함께 자주 온양행궁으로 행차를 하였는데 고령의 임금 가운데는 온양행궁에서 거의 살다시피 했다. 왕과 왕비 가운데 몇 사람은 온양행궁에서 승하했다.

"전하! 탕욕(湯浴)을 하실 때가 되었사옵니다."

며칠째 밤늦게까지 만기친람(萬機親覽)하며 잠을 설친 탓에 혜주가 안색이 좋지 않았다. 이럴 때면 민 상궁은 혜주에게 탕욕을 권하곤 했다. 탕욕은 피로해소와 피부미용에 효과가 탁월했다.

"그러고 보니 욕탕에 든 지가 꽤 오래 됐군!"

"예, 그래서 탕욕을 준비해뒀사옵니다."

혜주는 충청관찰사가 올린 장계(狀啓)를 보고 있던 중이었다. 4월 중순 들어 충청도 일대에서 때 아닌 물난리가 극심하다는 장계가 연일 올라오고 있었다.

'물난리가 큰일이군….'

혜주는 혼잣말로 웅얼거리며 민 상궁을 따라 탕실로 향했다.

탕실 앞에는 대전 상궁 여럿이 도열해 있었다. 민 상궁이 말했다.

"별도의 지시가 있을 때까지는 누구도 탕실로 들어와서는 아니 되느니라!"

"예, 마마님!"

탕실 안에는 나무로 만든 큰 물통이 하나 있었는데 성인 한 사람이 들어가면 딱 좋을 크기였다. 통 둘레에는 대나무 조각이 촘촘히 띠처럼 둘러져 있었다.

"용포(龍袍)를 벗으시고 어서 탕으로 드시지요!"

"알았네!"

혜주는 민 상궁의 도움을 받아 용포를 벗기 시작했다. 하의는 대슘치마까지 무려 여섯이나 돼 탈의를 하는 데만도 제법 시간이 걸렸다.

이윽고 혜주가 실오라기 하나 걸치지 않은 알몸이 되었다. 어릴 적부터 알몸으로 목욕을 하던 버릇을 들여놔서 혜주는 임금이 돼서도 이 습관을 버리지 않았다. 혜주는 민 상궁을 쳐다보며 씨~익 웃더니 이내 탕으로 들어섰다.

혜주는 천천히 전신을 물속에 담갔다. 물통의 6부 정도 됐던 물이 혜주가 들어가자 9부까지 차올랐다.

잠시 동안 온몸으로 물을 느낀 후 혜주가 말했다.

"문득 아바마마 따라 온양행궁을 갔던 일이 생각나는구나!"

"예, 틈이 나실 때 한번 다녀오시지요."

"그래, 그래야지!"

혜주는 그때의 추억이 생각나는 듯했다.

"그런데 오늘따라 탕의 향내가 특별하구나!"

"예, 난초이옵니다."

"난초라구?"

"예, 올해 갓 피어난 난화(蘭花)를 몇 따서 풀었사옵니다."

"그래? 난초는 처음 같은데 무슨 특별한 이유라도 있느냐?"

"…"

민 상궁은 속내를 들킨 것 같아 즉답을 하지 못했다. 잠시 뒤 민 상궁이 말했다.

"중국 송나라 사람 도곡(陶穀)이 쓴 청이록에 '난은 비록 꽃은 한 송이가 피지만 그 향기는 실내에 가득차서 사람을 감싸고 열흘이 되어도 그치지 않는다.'고 했사옵니다. 무엇보다도 향이 제일이옵니다."

"향이 좋다는 것은 다 아는 일이고… 또 다른 뜻은 없는가?"

혜주가 민 상궁을 힐끗 쳐다보며 물었다. 잠시 머뭇거리던 민 상궁이 결국 얘기를 시작했다.

"충청도에서는 꿈에 난초가 대나무 위에 나면 자손이 번창하고 난초꽃이 피면 미인을 낳는다는 속신(俗信)이 전해오고 있다고 하옵니다."

"…?"

뜬금없는 민 상궁의 말에 혜주는 눈을 동그랗게 뜨고서 물었다.

"자손이 번창하고 미인을 낳는다고? 과인이? 아직 혼인도 하지 않았는데?"

혜주는 연달아 질문을 쏟아내며 의아한 표정을 지어보였다.

"차차 혼인도 하시고 생산도 하시게 될 것이옵니다."

"…"

그 말에 혜주는 일단 수긍을 하는 듯 더 이상은 묻지 않았다.

"등 쪽은 다 씻었사옵니다. 이제 소인을 바라보시옵소서!"

혜주가 민 상궁 쪽으로 몸을 돌려 앉았다. 겨드랑이 아래는 물속에 잠겨 있었는데 그 아래로 혜주의 가슴이 드러났다.

봉긋한 두 가슴은 삭은 밥공기를 엎어놓은 듯했다. 그 끝에 달린 연분홍 색깔의 젖꼭지는 꽃이 진 직후의 감 반만 했는데 욕통의 물이 출렁일 때마다 물속에 잠겼다 나타났다를 반복했다.

민 상궁은 잠시 혜주의 전신을 찬찬히 톺아보았다.

숱이 많고 검은 머리칼에 피부는 물이 오른 봄버들처럼 매끄러웠다. 피부는 삼[麻]나무 속살처럼 희었으며, 둔부는 그리 크지 않으면서도 넉넉했다. 세요(細腰)와 함께 가는 손목, 발목은 적절히 가냘파 보였으며, 음성은 물기에 젖은 듯해 색욕을 돋우기에 충분해 보였다. 게다가 개짐(생리대)을 통해 보건대 달거리도 고르고 상태도 좋았다. 열여섯 혜주는 어느새 여인이 되어 있었다.

민 상궁이 혜주의 목과 가슴을 씻는 동안 한 손으로 물장구를 치며 놀았다. 그때 혜주가 갑자기 난데없이 물었다.

"민 상궁! 과인은 언제쯤 혼인을 하게 될까?"

"예?"

"아마 당장은 못하겠지?"

혜주는 자문자답을 하였다.

"예, 당분간은 혼인을 하시는 것이 어려울 것 같사옵니다. 특히 선왕의 3년상 기간 동안에는 혼인이 금지돼 있사옵니다."

"…"

혜주는 마치 체념이라도 한 듯했다. 이 틈을 타 민 상궁이 말했다.

"빨리 혼인을 하시고 싶으시온지요?"

"그런 뜻이 아니라…."

혜주는 말끝을 흐렸다. 민 상궁은 그 속내를 알고 있었다.

"전하! 감히 외람된 말씀을 하나 올려도 되겠사옵니까?"

"말해보게!"

"꼭 혼인을 하셔야되겠사옵니까?"

"…?"

혜주는 대답 대신 민 상궁을 물끄러미 쳐다보았다.

"그럼 과인더러 혼인하지 말라고?"

"그게 아니옵니다. 그 대신 정인(情人)을 하나 두시옵소서!"

"정인을?"

"예! 그렇사옵니다."

정인이라는 말에 혜주는 귀가 솔깃해졌다. 서책에서 더러 정인에 관한 이야기를 읽은 적은 있다. 그런데 정인에 관한 이야기는 대개가 애달프고 가슴 아픈 것이 많았던 기억이 났다. 굳이 그런 사랑을 해야 할까 싶었다.

"가슴에 묻어두는 정인은 너무 아파!"

"아니옵니다. 곁에 두시면 괜찮사옵니다."

"곁에 둔다고?"

"예!"

민 상궁은 이제 본격적으로 무극 얘기를 꺼낼 때가 됐다고 판단했다.

물통 곁에 쪼그려 앉아서 혜주의 양팔을 씻겨주고 있던 민 상궁이 마침내 작심한 듯 무극 얘기를 꺼냈다.

"전하! 무별을 정인으로 삼으시면 어떻겠사옵니까?"

"무별을 정인으로?"

"예, 궐 안팎을 통틀어 봐도 무별만한 인걸이 없사옵니다. 건전한 육신을 가진 데다 전하에 대한 충성심은 둘째가라면 서러워할 것입니다. 또 무엇보다도 전하를 잘 알고 있으며, 전하의 앞날을 내다보는 신통력도 겸비하신 분이옵니다. 게다가 늘 곁에서 전하를 호위하고 있으니 따로 부를 필요도 없으며, 신분이 승려이니 타인의 오해를 피하기에도 안성맞춤이옵니다."

"…"

혜주는 듣기만 할 뿐 아무 말이 없었다. 당장 동의를 표한 것은 아니지만 그렇다고 민 상궁을 타박하거나 면박을 주지도 않았다.

미처 생각해보지 못한 일이지만 무별을 정인으로 두는 것도 나쁘지 않겠다는 생각이 들었다. 혜주의 마음이 흔들리는 듯했다.

민 상궁은 이즈음에서 분위기를 전환하는 것이 좋겠다 싶었다. 서둘러 혜주의 목욕을 마무리지었다.

"이제 다 됐사옵니다. 일어나시옵소서!"

두 식경 정도가 지나서야 혜주의 목욕이 끝났다.

혜주는 저녁 식사 후 저녁 경연을 물리고 곧바로 침실로 향했다. 그리고는 이내 깊은 잠에 빠져들었다. 며칠 과로한데다 목욕을 한 뒤여서 노곤했던 모양이었다. 민 상궁은 혜주가 곤히 잠든 모습을 지켜보면서 마음 한구석이 아려왔다.

방중술

그날 밤, 얼추 술시(戌時)가 다 되어 갈 무렵이었다.

민 상궁은 수하의 나인을 시켜 무극을 은밀히 수라간 별실로 청했다. 무극에게 본격적으로 방내학(房內學), 즉 방중술(房中術)을 가르칠 요량이었다. 혜주의 정인이 될 무극에게 체계적으로 방내학을 가르쳐 둘 필요가 있다고 생각했다. 남녀는 심신이 하나가 될 때 비로소 완전한 합일(合一)에 도달하게 된다.

일다경(一茶頃)이 지났을 무렵 무극이 나인을 따라 별실로 들어섰다. 민 상궁이 환한 표정을 지으며 반갑게 맞았다.

"무별 영감, 어서 오시옵소서! 기다리고 있었사옵니다!"

"예!"

무극은 짧게 답했다.

민 상궁은 우선 무극을 가운데 자리로 이끌었다. 둥근 탁자 위에는 예의 작은 술상이 차려져 있었는데 두 사람은 술상을 사이에 두고 마주앉았다. 좌우 벽에는 등잔불이 둘 매달려 있었다.

자리에 앉자마자 민 상궁이 잔을 권하면서 얘기를 꺼냈다. 술은 봄에 채취한 산딸기로 담근 술이었다.

"약주는 좀 느셨사옵니까?"

"예, 제법요!"

무극은 쑥스러운 듯이 오른손으로 뒤통수를 긁으며 멋쩍은 표정을 지었다.

"아닙니다. 술은 사랑의 묘약입니다. 적절히만 드신다면요."

무극의 잔이 가득찼다. 민 상궁이 배시시 웃으면서 말했다.

"제게도 한잔 주시옵소서. 그래야 저도 신명이 난답니다."

무극은 술병을 들어 민 상궁의 잔을 채웠다.

"세간에서는 이 술을 두고 복분자라고 부른다지요. 이 술을 마신 사람의 오줌줄기가 요강을 뒤엎었다고 해서 붙여진 이름이랍니다."

"…."

무극은 아무 대꾸도 하지 않았다. 그런 것을 알 리가 없었다.

"오늘은 정식으로 방내학(房內學)을 학습시켜 드릴 것이옵니다. 방내학을 흔히 방중술(房中術)이라고도 합니다만, 그건 옳지 않은 표현입니다. 단순히 성애(性愛) 기술만이 아니라 보신(保身)과 예(禮)까지 겸비하고 있기 때문이옵니다. 아시겠사옵니까?"

"예!"

무극은 짧게 대답했다. 민 상궁의 이야기가 다시 이어졌다.

"중국의 고전 성(性)의학서인 옥방지요(玉房指要)에서 '이화위귀

(以和爲貴)'라고 했습니다. 이는 남녀가 화합하여 서로 귀하게 되는 것을 말하는데 여기서 '화(和)'란 상대에게 매달리지도 상대를 매다는 것도 아닌 서로 얽히는 것으로, 둘로 나뉘어 있으면서도 하나가 되는 것을 말합니다. 따라서 남녀가 교합하는 것은 지극히 자연스런 이치인 것이지요."

잔을 든 채 고개를 끄덕이던 무극이 물었다.

"마마님께서는 어떻게 이런 내용에 밝으신지요?"

"궁금해 하실 줄 알았습니다. 보모상궁은 대군이나 공주의 양육은 물론이요, 어느 정도 성장하면 방내학도 학습을 시켜야 합니다. 그래서 보모상궁은 소녀경을 비롯해 옥방비결, 옥방지요, 동현자, 의심방, 현녀경 같은 성의학서에 통달해야 하며 필요시 실습을 통해 체험적으로 익히기도 한답니다."

"그러시군요."

그때 민 상궁이 오른쪽 벽의 등잔불 하나를 껐다. 그러자 방 안이 이전보다 어두워지면서 갑자기 묘한 분위기가 만들어졌다. 맞은편의 민 상궁은 흔들리는 불빛 속에서 이전보다 더 아름답고 신비로워 보였다. 무극은 한결 기분이 들뜨기 시작했다. 민 상궁이 본격적으로 얘기를 꺼냈다.

"남녀의 교합은 몸보다 먼저 마음을 여는 것이 중요합니다. 그를 위해서는 다정하면서도 그윽한 눈길, 속삭이듯 한 찬사, 그리고 한 잔의 술은 필수거니와 지금처럼 방 안의 등불 하나를 줄여 분위기를 만드는 것이 무엇보다도 중요하옵니다."

"그럼 다음 단계는 무엇이오?"

"이제는 몸으로 상대의 몸을 열 차례이옵니다."

말을 마친 민 상궁은 곧바로 자리에서 일어나 무극 쪽으로 다가왔다. 그리고는 무극의 등 뒤에서 무극의 목을 어루만지듯 감싸 안았다. 이어 양손으로 무극의 어깨를 어루만시면서 입술로는 무극의 양쪽 귓불을 살짝살짝 깨물었다. 간혹 귓속으로 콧김을 불어넣었는데 그때마다 무극의 몸이 움찔움찔했다. 그러자 민 상궁은 무극의 상의를 풀어헤친 후 옷 속으로 자신의 손을 쑤욱 집어넣었다. 무극이 또다시 움찔했다. 그때 민 상궁이 물었다.

"지금 기분이 어떻사옵니까?"

"황홀한 기분을 어쩔 줄 모르겠소이다."

"바로 이것이옵니다. 마음이 열리면 몸도 절로 열리는 법이옵니다. 지금 스님의 양대(陽臺)를 직접 한번 살펴보시옵소서. 이미 달라져 있을 것이옵니다."

무극은 사타구니에 오른손을 살짝 얹어보았다. 양대는 이미 쇳덩이처럼 단단해진 채 하늘로 향해 솟구쳐 있었다.

"남자가 그러할진대 상대인 여자도 매한가집니다. 남자와 여자가 서로 대칭으로 존재하다가도 교감을 할 경우 둘은 곧 하나가 되고 맙니다. 이는 서로 대칭한 하늘과 땅이 비[雨]로써 교감한 후 하나가 되는 것과 같은 이치입니다."

"이런 형식을 꼭 지켜야만 하는 것인가요?"

"그렇사옵니다. 남녀의 교합은 순서와 절차를 지켜야만 혼연일

체가 될 수 있으며 그럴 때만이 쾌감이 극에 달할 수 있사옵니다. 하늘에서 큰비가 내리려면 그에 앞서 먼저 먹구름이 몰려오고 바람이 불고 천둥 번개가 요란한 법입니다. 운우지락(雲雨之樂)은 절대 저절로 얻어질 수 없사옵니다."

"알았소, 그럼 다음 차례는 무엇이오?"

"이제 실습을 할 차례이옵니다."

실습이라는 말에 무극은 흠칫하며 놀라는 눈치였다. 비록 호감을 갖고는 있다고 해도 남녀가 정색을 하고 몸을 섞는다는 것이 왠지 조금은 부담스럽게 느껴졌다. 그때 민 상궁이 하나 남은 등잔불의 심지를 줄였다.

"수치심을 없애기 위해 불을 줄였사옵니다. 이제 옷을 벗으시지요. 저도 벗겠사옵니다."

말이 끝나기가 무섭게 민 상궁을 훌렁훌렁 옷을 벗기 시작했다. 이를 지켜보던 무극도 벽 쪽을 향해 돌아서서 옷을 벗기 시작했다.

무극이 옷을 다 벗은 후 돌아서자 민 상궁은 벽을 등지고 옆으로 누워 있었다. 희미한 불빛 아래로 민 상궁의 여체가 윤곽을 드러냈다. 방 안이 어두컴컴한 탓인지 피부는 더욱 희어보였으며, 그 와중에도 잘록한 허리선이 한눈에 들어왔다. 잠시 여체를 감상하고 있노라니 민 상궁이 나지막한 목소리로 그를 이끌었다.

"저를 마주보고 누우세요!"

"예!"

무극은 시키는 대로 민 상궁을 마주보고 누웠다. 본격적인 교합에 앞서 잠시 무슨 말을 하려는 것 같았다. 민 상궁의 얘기가 이어졌다.

"현녀경에 이르길, '무릇 교접을 하고자 함에 있어서는 남자가 사지(四至)를 거쳐서 여자를 구기(九氣)에 이르게 해야 하는 것이 도리'라고 했사옵니다. 여자는 구기에 이르는 과정에서 오징(五徵)과 오욕(五欲)을 거쳐 십동(十動)을 나타내는 것이 보통입니다."

"우선 사지(四至)가 무엇이오?"

어둠 속에서 맨몸의 무극이 물었다.

"사지란 옥경(玉莖), 즉 양대의 상태를 말하는 것으로, 양대가 성을 내지 않으면 화기(和氣)에 이르지 않으며, 성을 내도 크게 되지 않으면 기기(肌氣)가 이르지 않으며, 크게 되어도 단단해지지 않으면 골기(骨氣)가 이르지 않으며, 단단해져도 뜨거워지지 않으면 신기(神氣)가 이르지 않는다고 했사옵니다. 따라서 옥경이 성을 내는 것은 교합하고자 하는 표시이며, 크게 되는 것은 교접을 시작할 수 있음을 알리는 표시요, 단단해지는 것은 교접을 오래 지속할 수 있도록 하는 것이며, 뜨거워지는 것은 사정을 할 수 있도록 하는 것이옵니다. 이 네 가지 기(氣)에 도달해야 비로소 교접을 원만히 치를 수 있사온데 지금 스님의 옥경 상태가 어떠하온지요?"

말이 떨어지자마자 민 상궁은 한쪽 손을 뻗어 무극의 옥경을 만져보았다. 무극의 사타구니에는 뜨거운 불덩이가 여전히 솟아 있었다.

"충분히 사지에 이른 듯하옵니다."

"그럼 이제 이 양대를 어찌 해야 하는 것이오?"

무극은 마음이 급한 듯했다. 민 상궁이 어둠 속에서 눈을 반짝이며 말했다.

"이제는 사지에 이른 양대를 제대로 사용해야 할 때입니다. 동현자에 이르기를, '무릇 깊고 얕음[深淺], 빠르고 느림[遲速], 왼쪽 오른쪽[東西]의 변화는 수없이 많다. 마치 붕어가 낚시 미끼에 다가갈 때처럼 천천히 찌르는 수법이 있는가 하면 새가 바람을 만난 것처럼 재빠르게 찌르는 수법도 있다. 깊고 얕게 찌르고 빼고 왼쪽 오른쪽으로 혹은 빨리 느리게 그때그때 알맞게 한다.'고 했습니다. 남녀의 교합은 한없이 부드러우면서도 때론 성난 파도와 같이 거칠고 격정적이어야 하옵니다. 이렇게 하면 여자가 반응을 보이게 되옵니다."

"오징(五徵)이 바로 그것인가요?"

"그렇사옵니다. 오징이란 여자가 쾌감을 느끼면서 나타내는 다섯 가지 징후입니다. 옥방비결에서 소녀(素女)가 황제의 물음에 답하기를, 첫째, 여자가 얼굴색이 붉어지는 것은 서서히 교접을 시작해도 된다는 징후며, 둘째, 유방이 단단해지고 코끝에 땀이 나는 것은 서서히 옥경을 집어넣을 때임을 말하며, 셋째, 목이 마른 듯 침을 삼키는 것은 옥경을 서서히 움직여달라는 신호입니다. 또 넷째, 옥문이 미끌미끌해지는 것은 옥경을 서서히 깊숙이 넣어달라는 뜻이며, 끝으로 분비물이 엉덩이로 흘러내리는 것은 옥경을 서서히 뽑아내야 할 때임을 말하는 것입니다. 다시 말해 여자가 어떤 징후를 보일 때 옥경을 넣고 움직이고 빼고 할 것인지를 잘 해야 한다는 것인데 바로 그때를 잘 맞춰야 서로 절정에 다다를 수 있사옵니다."

"그럼 오욕(五欲)은 또 무엇이오?"

"오욕이란 교접 과정에서 여자가 바라는 다섯 가지 반응을 일컬음인데, 첫째, 여자가 숨을 몰아쉬는 것은 교접을 원한다는 표시요, 둘째, 입이 헤 벌어지고 코를 벌름벌름하는 것은 옥경을 어서 맞아들이고 싶어 하는 표시이며, 셋째, 남자를 힘껏 끌어안는 것은 절정이 임박했음을 알리는 표시입니다. 또 넷째, 여자가 땀으로 옷을 적시면 쾌감을 느끼기 시작했다는 징표이며, 끝으로 여자의 몸이 뻣뻣해지고 눈이 감기기 시작하면 쾌감이 절정에 달했다는 표시입니다. 이런 상태라면 제대로 된 합일을 이뤘다고 할 수 있겠사옵니다."

그때 민 상궁이 몸을 돌려 반듯하게 누운 후 다리를 벌리더니 다시 양 다리를 당겨 세웠다. 그리고는 무극에게 말했다.

"이제 제 위로 올라오시옵소서! 천천히 그리고 아주 부드럽게…."

"예!"

무극은 무릎을 꿇은 채 천천히 민 상궁의 몸 위로 자신의 몸을 포갰다. 그때 쇠말뚝처럼 단단한 양대가 민 상궁의 둔덕을 쿡! 하고 찔렀다. 순간 둘 다 흠칫하며 놀랐다. 그때 민 상궁이 나지막한 목소리로 말했다.

"이제껏 가르쳐 드린 대로 한번 해보시옵소서!"

무극은 잠시 당황한 듯하더니 먼저 민 상궁의 입술을 찾았다. 문득 지난 번 회운사 뒷산에서 민 상궁이 자신의 입술을 덮치던 기억이 났다. 무극은 민 상궁의 위아래 입술을 빤 다음 입속으로 혀를 밀어 넣어 잇몸과 입천장을 두루 섭렵했다.

이어 턱과 목을 거쳐 민 상궁의 왼쪽 젖꼭지에서 그의 입술이 멈췄다. 도톰한 젖꼭지를 가볍게 빠는가 싶더니 어느새 잘근잘근 깨물기 시작했다. 그러자 민 상궁이 앓는 소리를 하며 가는 신음 소리를 토했다.

"아으! 으으~"

그 소리를 듣자 무극의 아랫도리가 불끈불끈 거렸다. 그냥 그대로 뒀다간 양대가 터질 것만도 같았다. 무극은 오른손으로 양대를 거머쥐고서 옥문(玉門) 주변을 이리저리 휘젓고 돌아다녔다. 옥문 주변은 이미 옥수(玉水)로 끈적거렸다.

잠시 뒤 민 상궁이 입을 벌린 채로 코를 벌름거리기 시작했다. 뭔가 참기 어렵다는 듯이 몸을 마구 뒤틀어대기도 했다. 바로 그때 민 상궁이 애원하듯 말했다.

"어서! 어서 넣어주세요!"

그 말을 시작으로 무극이 양대를 옥문 속으로 서서히 밀어넣었다.

"으으으~"

그러자 민 상궁은 부들부들 몸을 떨면서 고통스런 표정을 지었다. 바야흐로 이제 본격적으로 양대를 사용할 때가 된 것이다.

무극은 동현자에서 이른 대로 하나하나 시험해 보기로 했다.

몇 번은 깊게, 몇 번은 얕게, 또 몇 차례는 빠르게, 몇 차례는 느리게. 여기에다 한번은 이쪽, 한번은 저쪽을 찔러보았다. 그때 마다 민 상궁은 각기 다른 반응을 보였다. 허리를 흔들다가 엉덩이를 돌리기도 하고 두 발을 들어 허리를 감기도 했다. 민 상궁의 하체는 마치 문어나 낙지 같은 연체동물처럼 유연하면서도 무극의 몸에 착착 달라붙었다.

그새 옥문 주변은 흥건하게 젖어 있었다. 민 상궁은 반쯤 눈을 감은 채 우는 소리를 끊이지 않고 냈다.

양대가 옥문을 나고 들기를 수차례 반복하자 어느 순간 민 상궁이 무극을 힘껏 끌어안으며 매달렸다. 무극은 기다렸다는 듯이 이때를 기해 양대로 옥문 깊은 곳을 수차례 강하게 찔러댔다. 그러자 민 상궁이 격한 소리를 토해내며 울부짖었다.

"으헉! 컥! 컥!"

그 순간이 지나자 갑자기 민 상궁의 몸이 뻣뻣해지더니 자신도 몰래 뜨거운 분비물을 마구 쏟아내기 시작했다. 온몸이 땀으로 흠뻑 젖은 민 상궁은 그만 축 늘어지고 말았다. 산 정상에 오른 후 이제는 구름 위를 노니는 모양이었다.

무극은 서서히 불구덩이에서 양대를 꺼내기 시작했다. 놀랍게도 양대는 아직도 하늘을 향해 뻣뻣이 고개를 치켜들고 있었다. 사정을 하지 않은 때문이었다. 무극은 그제야 민 상궁이 접이불루(接

而不漏, 교접하되 사정하지 말 것), 다접소설(多接少泄, 많이 교접할 경우 사정을 최소화할 것)을 누차 강조한 이유를 알아차렸다.

잠시 후 민 상궁이 깨어났다. 온통 땀으로 젖어 있었고, 얼굴은 여전히 불그스름했다. 아직도 흥분이 다 가시지 않은 모양이었다.

자리에서 일어난 민 상궁은 무극의 기세등등한 양대를 보자 놀라워하며 말했다.

"오상(五常)의 도리를 다하고 있군요. 참으로 귀한 양대를 가지셨사옵니다."

"오상이라니요?"

민 상궁의 말이 끝나자마자 무극이 신기하다는 듯이 물었다.

"옥방비결에서 소녀가 황제에게 아뢰기를, '무릇 옥경이 남에게 베풀려고 하는 뜻을 가지고 있는 것은 인(仁)의 소치요, 가운데가 비어 있음은 의(義)의 소치요, 끝에 마디가 있는 것은 예(禮)의 소치이옵니다. 또 생각이 있으면 일어나고 생각이 없으면 그만두는 것은 신(信)의 소치요, 일을 행함에 낮은 데로부터 우러러봄은 지(智)의 소치'라고 했사옵니다. 이는 양대가 흥분하는 경우를 다섯 가지 인륜도덕, 즉 인의예지신에 빗대 설명한 것으로, 그 본질은 교접을 해도 사정을 자제하라는 가르침을 담고 있사옵니다. 부디 네 번째 신(信)의 덕을 잘 갖추어 건강을 돌보시기 바랍니다."

이날 밤 두 사람의 교합은 얼추 축시가 끝날 무렵에야 막을 내렸다. 민 상궁은 환희에 차 있었고, 무극은 원기가 충만한 가운데 열락(悅樂)을 맛본 눈치였다.

무극은 이후로도 몇 차례 더 민 상궁을 만나 방중술을 익혔다. 전희(前戲)의 기술, 각종 체위 활용법, 정기(精氣) 강화법, 양생술 등이 그것이다.

기청제(祈晴祭)

사월 중순부터 오락가락하던 비는 5월 들어서도 계속됐다.

모내기를 끝낸 백성들은 하마하마 하고 비가 그치기를 기다렸다. 그러나 비는 좀체 그치지 않았다.

오월 중순 들어서는 국지적 호우나 폭우로 돌변하였다. 장소는 물론이요, 시도 때도 가리지 않았다. 전라도 해남 땅끝마을에서부터 함경도 경성에 이르기까지, 아침이고 저녁이고 연일 퍼부어댔다. 유례 없는 일이었다. 마치 하늘에 구멍이라도 뚫린 듯했다. 가뭄 때문에 온 나라가 애를 태운 적은 자주 있었지만 비 때문에 근심하기는 수십 년 만의 일이었다.

강이 범람하면서 주변 민가의 피해가 특히 컸다. 대동강의 범람으로 평양의 절반이 잠겼으며, 낙동강 하구는 아예 물바다가 돼버렸다. 도성 밖의 한강도 마찬가지였다. 마포 일대가 범람하여 만리재 입구까지 물이 차올랐다. 숭례문 앞 남지(南池)도 못물이 넘쳐 이 일대 주민들이 대피하기도 했다.

궁궐도 피해를 입었다. 북악산이 산사태가 나는 바람에 경복궁

북문 신무문의 담벼락까지 토사가 쌓여 출입을 하지 못할 정도가 됐다. 또 자하문 계곡에서 시작해 광화문 앞 육조거리를 에둘러 청계천으로 빠지던 도랑이 넘쳐 한동안 인마(人馬)의 출입이 통제되기도 했다.

심지어 비 때문에 파발(擺撥)도 끊어졌다. 개성, 평양을 거쳐 의주까지 가던 서발(西撥)은 벽제에서, 대구를 거쳐 동래에 이르던 남발(南撥)은 남태령 고개 넘어 과천에서 발이 묶였다. 수해로 곳곳에 길이 끊기고 물이 불어 강을 건널 수 없었기 때문이다. 물난리로 전국이 마비가 되다시피 했다. 가히 온 나라가 난리법석이었다.

오월 하순 어느 날, 대소신료들이 모인 가운데 편전에서 어전회의가 열렸다. 잇따른 물난리 피해상황을 점검하고 민심동요를 방지하기 위한 대책회의였다.

혜주는 침통한 얼굴로 신료들을 맞았다.

"어서들 오세요."

"전하, 찾아계시옵니까?"

"두 달째 비가 계속되고 있는데 이 일을 어떡하면 좋습니까?"

"…."

다들 묵묵부답이었다. 답을 알고 있었다면 벌써 조치를 취했을 일이다.

"답답들 하십니다. 어서 말씀들을 좀 해보시라구요!"

혜주는 짜증을 내며 대신들을 둘러보았다. 그러다가 공조판서 장일서와 눈이 마주쳤다.

"치산치수는 공조(工曹) 관할이지요? 공판! 한말씀 해 보세요!"

장일서가 앞으로 당겨 앉으며 답했다.

"선하! 송구하옵니다. 공조에서 최선을 다하고는 있으나 워낙 극심한 자연재해다 보니…."

"그만두세요!"

혜주는 장일서의 말이 끝나기도 전에 말을 잘랐다.

"누가 그런 얘기 듣고 싶답디까? 대체 공조의 대책이 뭐예요? 뭐?"

혜주는 목소리를 높이며 역정을 냈다. 편전에 모인 신료들은 아무도 고개를 들지 못한 채 부복하여 머리를 조아렸다. 이럴 때면 혜주는 늘 무리 중의 우두머리인 영의정 홍문식을 걸고 넘어졌다.

"영상! 영상은 요즘 잠이 오고 밥이 넘어가십니까?"

"…."

홍문식은 즉답을 하지 못했다. 그렇다고 가만 있을 수도 없었다.

"전하! 송구하옵나이다. 3정승이 연일 머리를 맞대고 논의 중이오나 딱히 묘책을 찾지 못해 노심초사하고 있사옵니다. 참으로 송구하옵나이다."

홍문식은 연신 머리를 조아리며 고개를 들지 못했다. 그런 홍문식을 혜주도 더 이상은 나무라기가 좀 뭣했던지 따지지 않았다.

그때 두 번째 줄 맨 앞에 앉은 관상감(觀象監)의 수장인 영사(領

事) 이인호가 혜주의 눈에 들어왔다.

"그러고 보니 이 영사가 거기 계셨군요. 어디 말씀 좀 들어봅시다. 이 망할 놈의 비는 대체 언제쯤이면 그칠 것 같소?"

이인호가 머리를 조아리며 답했다.

"전하! 송구하옵니다만, 이번 큰비는 고래로 유례가 없던 일이라 저희 감(監)으로서도 예측이 불가한 줄로 아뢰옵니다."

"예측이 불가하다?"

"예, 전하! 송구하오나 그러하옵나이다."

갑자기 혜주는 보료를 쥐어짜듯 거머쥐었다. 머리끝까지 화가 난 듯했다. 뭔가 손에 잡히면 당장 집어던지기라도 할 기세였다. 혜주가 노기어린 말투로 말했다.

"대체 관상감은 뭐하는 곳이오? 이럴 때 쓰자고 만든 조직 아니오? 그런데 전례가 없어서 예측이 불가하다? 허허~."

혜주는 기가 차다는 듯이 헛웃음을 두 차례 지었다. 그리고는 이조판서 윤성노를 향해 말했다.

"이판! 관상감 영사 이인호를 즉각 파직하시오! 그 후임엔 관상감 정(正) 우천식을 임명토록 하시오!"

"예, 전하! 분부대로 거행하겠나이다."

이 말이 떨어지자마자 이인호는 혜주를 향해 삼배를 올린 후 편전에서 물러갔다. 오월 하순 초여름 날씨에도 불구하고 방 안에는 냉랭한 기운이 엄습했다.

잠시 침묵이 흐른 후 영의정 홍문식이 다시 말을 꺼냈다.

"전하, 송구하오나 아뢰올 말씀이 한 가지 있사옵니다."

"예, 뭐든 말씀해 보세요!"

화가 조금은 풀린 듯 혜주가 차분해진 목소리로 말했다. 물론 영의정 홍문식은 함부로 막 대할 수 없는 인물이기도 했다.

"기청제(祈晴祭)를 한번 올리면 어떨까 싶습니다만⋯."

"기청제라구요? 그것이 무엇이오?"

"기우제의 반댓말로 흔히 지우제(止雨祭)라고도 부르옵니다. 날이 개기를 비는 제사이옵니다."

"기청제라⋯ 그런데, 선례가 있소? 하도 다들 선례, 선례 하니 하는 말이오!"

"예, 있사옵니다. 삼국시대나 고려시대는 물론이요, 조선 개국 이래 태종조나 세종조 연간에도 기청제를 지낸 사례가 더러 실록에 나와 있사옵니다."

"그래요? 태종조나 세종조에서도 기청제를 지냈단 말이지요?"

"예! 그러하옵니다."

"좋소이다. 예조(禮曹)에서 날짜를 한번 잡아보세요!"

"예, 전하! 성은이 망극하옵나이다!"

"성은이 망극하옵나이다!"

기청제는 입추가 지나서도 장마가 계속돼 그해 흉년이 예상될 때 날이 개기를 빌던 제사로 '영제(禜祭)'라고도 불렀다. 주로 음력 칠, 팔월에 가장 많이 지냈는데 예외적으로 오월 하순에 지내는 경우도 없지 않았다.

기청제는 관례에 따라 도성의 4문, 즉 숭례문, 흥인지문, 돈의문, 숙정문 앞에서 지냈다. 그래도 비가 그치지 않자 3차에 걸쳐서 다시 제사를 지냈다. 민간에서도 용하다는 무당 여럿이 나서서 기청제를 지냈다. 그러나 이 역시 소용이 없었다.

두 달이 가깝도록 비가 그치지 않자 항간에는 유언비어가 나돌기 시작했다. 임술정난 때 죽은 충신들의 원혼들 때문이라느니, 대궐에 중이 등장해서 그렇다느니, 심지어 난데없이 여왕이 즉위해서 그렇다고도 했다. 사람들은 삼삼오오 모여 입방아를 찧기 시작했고, 마침내 민심은 동요하기 시작했다.

그러나 딱히 마땅한 방책이 없던 혜주로서는 속수무책이었다. 그저 무심한 하늘만 탓을 할 뿐이었다.

정인(情人)

물난리로 골머리를 썩은 탓인지 혜주가 갑자기 두통을 호소했다. 종일 뒷머리가 지끈거리고 어지러워서 글을 읽을 수가 없을 정도라고 했다.

어의는 국사(國事)가 너무 과중한 탓이라며 며칠간이라도 조용한 곳에서 휴식을 취해야 한다고 강권했다.

혜주가 며칠째 침전에서 나오지 않자 의정부 대신들이 침전으로 들이닥쳤다.

"주상전하! 의정부 대신들이 뵙기를 청하옵나이다."

"뫼시어라!"

영의정 홍문식을 비롯해 좌의정, 우의정 3인이 침전 입구에 엎드렸다.

"전하의 환우가 염려돼 결례를 무릅쓰고 이렇게 침전으로 찾아뵈었나이다. 어서 쾌차하시옵소서!"

"어서 쾌차하시옵소서!"

"괜찮소이다!"

혜주가 가까스로 자리에서 일어나 앉으며 말했다. 기세등등한 모습은 그새 어디로 가고 가는 기침까지 해댔다. 그때 홍문식이 말했다.

"전하! 밤늦게까지 만기친람(萬機親覽)하시느라 무리하신 탓이옵니다. 국사는 소신들에게 맡기시고 회운사에서 며칠 휴식을 취하시옵소서!"

회운사라는 말에 혜주는 귀가 번쩍 띄었다. 그걸 어떻게 알았을까 싶었다.

"회운사요?"

"예, 회운사라면 전하께서 휴식을 취하시기에 부족함이 없을 것이옵니다."

회운사는 혜주가 어릴 때부터 다닌데다가 주지 태허는 국사요, 그의 상좌 무극은 좌별직으로 혜주의 신변 경호를 총책임지고 있으니 혜주에게 휴식처로는 그만한 데가 없었다. 홍문식은 혜주의 그런 속마음을 훤히 꿰뚫고 있었다.

"영상이 그리 권하시니 그럼 회운사에서 너덧새 쉬었다 오리다. 궐은 영상과 두 정승대감께 맡기고 가니 잘 부탁드립니다."

"예, 전하! 성은이 망극하옵니다."

이날 오후 민 상궁이 나인 둘을 데리고 회운사로 향했다. 민 상궁은 혜주가 닷새간 머물 자리를 사전에 살피러 간다고 했다.

이튿날, 우중에도 불구하고 혜주는 회운사로 향했다.

임금의 행차인 만큼 행렬이 요란했다. 앞뒤로 수백 명의 군사들이 호위하고 한가운데 혜주가 탄 옥가(玉駕)가 자리했다. 옥가 전면과 좌우에는 구슬이 여럿 달려 있는데 옥가가 움직일 때마다 구슬이 흔들거렸다.

무극은 옥가 왼쪽에서, 내금위장 정윤수는 오른쪽에서 옥가를 호위하며 걸었다. 혜주는 가끔씩 옥가의 왼쪽 문을 열어 무극의 거동을 엿보곤 했다. 이들 두 사람은 마치 고향으로 달려가는 듯한 기분이었다.

우중에도 불구하고 이들의 회운사 행은 다행히 별 문제가 없었다. 한강을 건너지 않아 도강할 필요가 없었고, 이날따라 비도 약하게 내렸다.

신시 경 혜주 일행이 회운사 입구에 도착하자 날씨마저 갰다.

태허대사가 일주문 앞에까지 마중을 나와 있었다. 옥가가 멈추고 혜주가 내리자 태허가 달려와 인사를 올렸다.

"주상전하! 우중에 먼 길 오시느라 얼마나 노고가 많으셨사옵니까?"

"회운사에 도착하니 날씨마저 개는군요. 이곳은 역시 좋은 땅인가 봅니다."

"황송하옵니다. 전하!"

혜주는 태허의 안내로 일주문을 들어섰다.

주변 산은 물론 일주문 옆 회나무도 녹음으로 한껏 푸르렀다. 계곡에서 쏟아지는 맑고 신선한 내음이 혜주의 코를 찔렀다.

'회운사로 오길 참 잘했구나!'

혜주는 신이 난 듯 혼잣말로 중얼거렸다.

시나브로 걷는 사이 일행은 사천왕문에 도착했다. 여기서부터는 오르막이 심하다.

그때 갑자기 혜주가 두통을 호소하며 자리에 주저앉았다. 며칠 동안 기동을 하지 않아 기력이 많이 쇠잔해진 탓 같았다.

"전하! 괜찮사옵니까?"

태허가 달려가 혜주를 부축하며 물었다.

"갑자기 두통이…."

그러자 태허는 옆에 있던 무극에게 일렀다.

"어서 주상전하를 업어서 뫼시어라! 숭현각으로 가자!"

"예! 큰스님!"

무극은 재빨리 혜주를 업었다. 무극의 등에 업힌 혜주는 축 늘어졌다.

숭현각에 다다르자면 가파른 사천왕문 언덕을 지나 다시 대웅전을 지나야 한다. 무극은 있는 힘을 다해 숭현각까지 혜주를 업고 갔다.

한 식경이 지나서야 혜주는 자리에서 일어났다.

"이제 정신이 좀 드시옵니까?"

"예, 많이 좋아졌사옵니다."

"저녁공양은 미음을 준비했사옵니다. 좀 드시고 기운을 차리옵소서!"

저녁공양이 끝나자 태허는 무극을 불렀다.

"오늘 밤은 네가 전하를 곁에서 모시도록 하여라. 닷새 동안은 숭현각 일대에는 잡인의 출입을 일체 금지시켜야 하느니라!"

"예! 큰스님!"

무극은 내금위장 정윤수에게 외곽 경비를 맡긴 후 숭현각으로 들어섰다.

혜주는 자는 듯이 침상에 누워 있었다.

"전하! 침수 드셨사옵니까?"

무극의 목소리에 혜주가 반색을 하며 자리에서 일어났다.

"더 누워 계시옵소서! 오늘밤은 소인이 곁에서 전하를 모시겠사옵니다."

"아니오, 이제 괜찮소!"

혜주는 환자답지 않게 환한 미소를 띤 채 무극을 쳐다보며 말했다.

"이리 좀 가까이 오세요! 무극, 아니 무별!"

혜주가 갑자기 정색을 하자 무극은 당황스러웠지만 곧 혜주 가까이로 다가갔다.

"전부 다 일부러 그리 한 것입니다."

"…?"

뜬금없는 이 말에 무극은 어리둥절했다.

"단둘이 있고 싶어서요!"

갈수록 태산이라더니, 무극은 혜주의 말을 도무지 알 수가 없었다. 일부러 그리한 것은 뭐며 단둘이 있고 싶다는 것은 또 무슨 얘기인가? 그때 혜주가 다리를 쭉 뻗고 침상에 엎드리면서 말했다.

"궐에서는 통 걷질 않다가 아까 좀 걸었더니 종아리가 당깁니다."

잠시 멍하니 서 있던 무극은 그제야 혜주에로 다가갔다. 그러나 선뜻 혜주의 몸에 손을 대지는 못했다. 그때 혜주가 말했다.

"오늘밤은 제 곁에서 저를 모신다면서요? 절 모신다는 분이 지금 뭐하세요?"

"예! 분부 받들겠사옵니다."

무극은 혜주의 발바닥부터 시작해 발가락, 종아리, 복숭아뼈, 발목 등을 차례로 주무르기 시작했다. 한 줌도 채 안 되는 종아리가 천생 여자였다. 열여섯 혜주의 살에서 나는 풋풋한 내음이 무극의 코끝을 간지럽혔다.

"으음~."

그새 잠이 든 듯한 혜주가 무의식중에 가는 신음소리를 냈다. 그 순간 무극은 저도 몰래 아랫도리가 움찔거렸다. 민 상궁한테서 방내학을 공부한 뒤로 갑자기 민감해진 것 같았다.

그때 혜주가 몸을 일으켜 돌아누웠다. 혜주는 조금도 어색하지 않은 태도로 침상에 반듯이 누운 채 무극을 바라보며 말했다.

"아까 제가 한 말 이해하셨어요?"

"네?"

"단둘이 있고 싶다고 한 말 말이에요."

아프다고 한 것도, 어의 얘기도 전부 거짓이라니.

무극은 혜주로부터 믿기 어려운 얘기를 듣고 뭐라 할 말을 찾지 못했다.

그러자 혜주가 다시 말을 이었다.

"요즘 민 상궁한테 방내학을 배우고 있다면서요?"

"그걸 전하께서 어찌…."

"그건 제가 먼저랍니다. 열두 살 때부터 배웠으니 벌써 사년 째인걸요? 호호~."

말을 하고 보니 쑥스러웠던지 혜주는 얘기 끝에 웃음을 흘렸다.

"참, 민 상궁한테 다른 얘기 들은 건 없나요?"

"예?"

무극은 혹시 '정인(情人)' 얘기가 나오지나 않을까 조마조마했다.

그때 혜주가 일어나 침상 모서리에 걸터앉으면서 물었다.

"민 상궁이 절 더러 무별을 정인으로 삼으라는데 어찌 생각하세요?"

혜주 입에서 기어이 정인 얘기가 나오고 말았다. 무극은 어찌할 바를 몰라 안절부절 못했다.

"전하! 참으로 송구하옵니다. 그 말씀은 부디 거두어주시옵소서!"

무극은 곧바로 바닥에 무릎을 꿇고서 두 손을 모았다. 한참 동안 이 모습을 지켜보던 혜주가 말을 꺼냈다.

"실은 그거 제가 민 상궁에게 부탁한 것입니다. 그러니 이제 일어나세요."

혜주는 거짓말을 했다. '정인'을 제안한 사람은 민 상궁이었다. 이런저런 상황을 검토한 끝에 혜주는 결국 무극을 정인으로 삼기로 결정했다. 둘 다 홀몸이니 여차하면 혼례를 올릴 생각도 했다. 혜주는 허울 좋은 껍데기보다는 속이 꽉 찬 알짜배기를 선택한 것이었다.

잠시 후 혜주가 침상에서 내려와 무극을 일으켜 세웠다.

"무별! 이제부터 무별은 저의 정인이옵니다. 단, 우리 세 사람만 아는 비밀이니 그리 아세요!"

"…"

말을 마친 혜주가 갑자기 무극의 허리를 당겨 껴안았다. 무극은 흠칫 놀라며 물러서려고 했으나 혜주가 놔주질 않았다.

"처음도 아니잖아요! 벌써 저를 세 번씩이나 업었으면서…"

그러고 보니 오늘까지 무극은 혜주를 세 차례나 업어준 적이 있다. 혜주는 시선을 떨구고서 잠시 그 일을 회상하는 듯했다.

"그때마다 기분이 다 달랐어요. 어떤 때는 포근했고, 어떤 때는 듬직했고, 그리고 오늘은 기분이 참 좋았어요."

민 상궁이 들려주길, 마음을 열어야 몸이 열린다고 했다.

혜주의 다정스런 한마디에 무극은 자신도 모르게 몸이 달아오르기 시작했다. 혜주도 얼굴색이 붉은 걸 보니 이미 흥분한 것 같았다. 그때 다시 혜주가 말했다.

"계속 이렇게 서 있기만 하실 거예요?"

"네?"

혜주는 두 팔을 뻗어 무극의 목을 꼭 껴안았다. 이제 때가 된 듯했다. 무극은 혜주를 번쩍 안아서 침상 위에다 뉘었다. 그리고 그 위로 천천히 자신의 몸을 포갰다. 혜주는 두 눈을 꼭 감은 채 무극을 받아들였다. 처음으로 정인을 품어 안는 것이었다.

"무별! 언제나 내 곁에 있어줘야 해요!"

"예! 전하! 꼭 지켜드리겠나이다!"

무극은 천천히 혜주의 입술을 더듬기 시작했다. 그러자 혜주가 신음을 토해냈다.

"으음~."

무극은 서두르지 않았다. 민 상궁의 가르침대로 해보기로 했다.

혜주 역시 방내학을 익힌 몸이어서 보채지 않았다. 두 사람이

극도의 쾌감에 이르기 위해서는 순서와 절차에 따라야 함을 잘 알고 있었다.

입맞춤이 끝나자 무극은 혜주의 용포를 벗기기 시작했다. 아래위 근 열이 넘는 옷가지를 다 벗겨내자 비로소 혜주의 하얀 속살이 드러났다. 복과 봉긋한 가슴 주위는 이미 달이 올라 있었다. 무극은 혜주의 목을 지나 가슴으로 입술을 옮겨갔다. 가볍게 젖꼭지를 빨기도 하고 더러는 깨물기도 했다. 혜주가 몸을 뒤틀면서 신음을 토했다.

"아으~ 아윽~."

그날 밤, 숭현각에서는 혜주의 앓는 소리가 밤새 끊이지 않았다.

그 시각, 민 상궁도 태허의 처소에서 모처럼 둘만의 밀회를 가졌다.

회운사의 오월의 마지막 밤은 그렇게 뜨겁게 달아올랐다.

4부

참극의 말로

두물섬

비는 유월 들어서도 국지적으로 큰비를 내려 곳곳에 피해를 입혔다. 비 피해가 가장 큰 지역은 경기도 일대였다. 한양 이북의 고양, 의정부, 양주 일대는 물론이요, 이남의 광주(廣州), 양근(양평), 여주, 이천도 예외는 아니었다.

그중에서도 광주 일대가 가장 심했다. 남한강과 북한강이 만나는 이수두(二水頭·두물머리)인데다 주변 일대가 산악이어서 완충지대가 없었기 때문이다.

유월 초부터 광주목사(廣州牧使)의 장계가 연일 올라왔다. 광주목 산하 양근 지방 일대의 강물 수위가 나날이 올라가고 있다며 조정의 조치를 촉구하는 내용이었다. 이 일대는 예전부터 수위 변동이 극심했다. 장계의 골자는 대략 아래와 같다.

一, 이수두 지역 수위 상승으로 두물섬 주민 백여 명 고립 상태

二, 섬 주민 구조용 대형 선박 혹은 뗏목 긴급 투입 요망

三, 구조인력 투입 및 이재민 보호시설과 예산 긴급 지원 요망

도승지 방기선은 장계를 검토한 후 치산치수(治山治水) 주무부서인 공조(工曹)로 이첩했다.

장계를 이첩 받은 공조는 내부회의를 거쳐 선공감(繕工監)으로 다시 이첩했다. 선공감은 공조의 산하 기관으로 토목 및 영선(營繕)에 관한 사무를 관장하였다. 최종적으로 장계를 이첩 받은 선공감은 자체 회의 끝에 이는 경기도 관찰사가 처리할 일이라며 각하시켰다.

며칠 뒤 광주목사의 장계가 다시 빗발쳤다. 날로 상황이 악화되고 있으니 조정에서 사람을 파견해 현지를 답사한 후 즉각 조치를 취해달라는 것이었다.

도승지 방기선은 다시 이를 공조로 이첩하였다. 이에 공조는 연이은 물난리로 사람들이 모두 밖에 나가 있어서 일손이 없다며 이를 묵살했다.

광주목사 하일도는 지푸라기라도 잡는 심정으로 병조판서 앞으로 급히 서찰을 냈다.

…본관의 휘하 양근의 이수두(二水頭)가 날로 수위가 높아가고 있습니다. 주변지역의 침수피해가 우려됨은 물론이요, 강 가운데

섬 주민들의 안전이 몹시 화급한 실정입니다. 현재 두물섬에는 총 이십여 호(戶)에 백여 명의 백성들이 살고 있사온데 이번 물난리로 한 척 있던 나룻배마저 떠내려가 주민들이 고립된 상황이옵니다. 병부(兵部)에서 군선(軍船)이라도 투입해 속히 백성들을 구조해주시길 앙망합니다. 만약 때를 놓친다면 그들은 전부 수장될 것이 분명하오며, 그럴 경우 지역민심은….

때마침 병조판서 남호연은 선친 탈상(脫喪)이라며 휴가를 얻어 자리를 비웠다. 이 서찰은 '친전(親展)'으로 온 것이어서 다른 사람은 개봉할 수가 없었다. 결국 이 서찰은 남호연이 돌아올 때까지 그의 서랍에서 묵히고 말았다.

하일도는 다시 도승지 방기선 친전으로 서찰을 보냈다. 방기선은 사태의 심각성을 파악하고 영의정 홍문식을 급히 찾아갔다.

"영상 대감! 광주목사 하일도의 장계에 따르면, 이수두의 섬 주민 백여 명이 고립될 위기에 처했다고 합니다. 뭔가 조치가 시급해 보입니다."

"그래요? 거기가 원래 그런 곳이긴 합니다만, 올해는 좀 심한 모양이구려!"

홍문식은 대수롭잖다는 반응을 보였다. 그러자 방기선이 재차 홍문식에게 조치를 촉구했다.

"대감! 올해는 상황이 특별한 모양입니다. 하 목사 얘기로는 매우 화급해 보입니다."

"그러면 공부(工部)와 상의해 보세요, 전 오늘 바쁜 일이 좀 있어서…."

홍문식은 바쁜 일이 있다면서 서둘러 자리를 떴다.

다급해진 방기선은 휴식 차 회운사로 떠난 혜주에게 연락을 취해보기로 했다. 그날 오후 방기선은 긴급파발을 보내 혜주에게 상황을 보고한 후 혜주의 명을 받아오라고 지시했다.

신시 무렵 파발군(擺撥軍)이 회운사에 도착했다. 그는 도승지 방기선이 급파한 경위를 설명하고 혜주를 알현할 것을 요청했다. 그러나 숭현각 외곽 경비를 담당하고 있던 내금위장 정윤수는 누구도 들이지 말라는 어명이 있었다며 혜주 알현을 허락하지 않았다. 파발군은 결국 방기선이 보낸 서찰만 전달하고 궐로 돌아갔다.

내금위장 정윤수는 휴식 중인 혜주에게 심려를 끼칠 수 있다고 판단해 서찰을 보고하지도 않았다.

유월 초닷새, 양주 일대에는 간밤에 이어 아침부터 또다시 비가 내렸다.

광주목사 하일도가 등청(登廳)하자마자 공방(工房)이 와서 고했다.

"영감! 급히 나가보셔야 할 것 같습니다. 오늘이 고비가…."

"고비라고 했는가?"

"예! 현장을 다녀온 사람들의 보고를 보면 그렇사옵니다."

"알았네! 다들 어서 채비를 하게!"

하일도는 우중에 육방관속(六房官屬)을 대동하고 서둘러 이수두로 향했다.

광주목(牧) 관아에서 현장까지는 그리 멀지 않았다. 길목마다 부서진 민가와 침수된 전답이 즐비했으며, 도랑이란 도랑은 전부 범람해 곳곳에 길이 유실된 상태였다. 평소 자애로운 목민관으로 칭송을 받아온 하일도는 가슴이 미어졌다.

대체 이 일을 어찌하면 좋을꼬.

퇴촌을 지나자 멀리 이수두가 눈앞에 들어왔다. 말이 강이지 그것은 거대한 호수와도 같았다. 그 호수 한가운데 작은 점 같은 두물섬이 희미하게 보였다. 마음이 급해진 하일도는 말고삐를 당기며 채찍질을 했다.

두물섬 근처에 도달하자 인근 마을사람들이 나와서 발을 동동 구르고 있었다.

"나으리! 이 일을 어찌하면 좋사옵니까? 저기 저 사람들 다 죽게 생겼습니다요!"

"목사 영감께서 어서 저들을 좀 구해주시옵소서!"

강물은 인근 용마산, 정암산 자락을 사람 키 몇 길만큼이나 차오른 상태였다. 예전에도 강물이 범람해 두물섬이 침수된 적은 있었지만 이 정도까지는 아니었다. 그러나 올해는 분명 달랐다. 사월부터 비가 줄기차게 내리기 시작한데다 근래 폭우가 잦아지면서 수위가 급속히 높아졌다.

오월 중순경 두물섬에 한 척 있던 나룻배가 급류에 휩쓸려 떠내려갔다. 보고를 받자 하 목사는 걱정이 늘어났다. 주민들의 발과 같은 나룻배가 없다면 그들은 섬에 갇힌 처지나 마찬가지 아닌가.

하 목사는 서둘러 대체용 배를 수소문했으나 마땅치가 않았다. 경기도 관찰사에게 대책마련을 호소했으나 그는 보내줄 배는 있지만 이미 물살이 거세져 배를 현지로 이송할 형편이 되질 못한다고 했다. 그렇다고 하 목사가 나서서 병부의 군선(軍船)을 융통해올 처지도 되지 못했다.

대안으로 생각해낸 것이 바로 뗏목이었다. 하 목사는 관아의 공방에 지시해 간이 뗏목을 만들도록 지시했다. 이 없으면 잇몸으로 산다고 나룻배가 유실된 후 그나마 뗏목으로 주민들이 왕래를 하며 지냈다. 그런데 그 뗏목마저 며칠 전 급류에 떠내려가면서 그날 이후 주민들은 완전히 고립된 상태가 돼버렸다. 정 급한 경우 두물섬 청년들이 목숨을 걸고 헤엄을 쳐서 나와 볼일을 본다고 한다.

문제는 두물섬이 코앞에서 수몰위기에 직면해 있다는 점이다. 이십여 호 가운데 물가의 십여 호는 이미 침수된 상태이며, 가축이나 가재도구도 대부분 유실됐다. 두물섬 사람들은 죄다 미처 떠내려가지 않은 집의 지붕에 올라가 구조 되기만을 기다리고 있었다. 하 목사와는 지호지간(指呼之間)이어서 그들의 구조요청 소리가 선연하게 들렸다.

"살려주세요! 살려주세요!"

바로 그 순간 남은 열 채 가운데 한 채가 물속으로 사라져갔다.

그 집 지붕 위에서 구조를 기다리던 주민 예닐곱 명도 함께 물속으로 사라졌다. 그러자 그 집 인근에서 주민들의 울음소리와 구조 요청 소리가 뒤범벅이 돼 울려퍼졌다.

"살려주세요!"

"제발 좀 살려주세요!"

그러나 그 누구도 이들을 구하기 위해 나서지 않았다. 배는 커녕 뗏목 하나도 없는데다 물살이 점차 거세지면서 상황이 악화되었다.

그때 또다시 집 한 채가 사람들 눈앞에서 물속으로 가라앉았다. 지붕 위에 올라가 있던 주민 대여섯 명도 함께 물속으로 사라졌다.

"저런! 저런!"

"아이구! 이를 어째!"

인근 동네 사람들은 발을 동동 구르며 그저 탄식만 할 뿐 속수무책이었다.

눈앞에서 주민들이 죽어가는 상황을 지켜본 하 목사의 눈에서 눈물이 쏟아졌다. 평소 주민들의 생사여탈권을 행사해온 자신이 이런 상황에서 아무 도움도 줄 수 없다는 사실이 도무지 믿어지지가 않았다.

두물섬은 이날 가옥은 물론 섬 전체가 통째로 수몰되었다. 주민 가운데 청년 네 사람은 상류에서 떠내려 온 나무토막을 붙잡고 헤엄쳐 나왔다. 이들을 뺀 주민 구십여 명은 이날 강물에 모두 수장

되었다. 인근 주민들은 그 전 과정을 지켜보았다. 주민들의 분노는 하늘을 찌르고도 남았다.

두물섬 참사는 관리들의 무사안일이 빚은 예고된 인재(人災)였다.

참사 직후 관아로 돌아온 하 목사는 즉시 궐에 사람을 보내 상황을 보고하였다. 동시에 인근 회운사에 머물고 있던 혜주에게도 이 소식을 급히 전했다.

상황이 상황인 만큼 내금위장 정윤수는 무극을 통해 혜주에게 이를 보고하였다. 그러나 혜주는 밤이 되도록 아무런 하교(下敎)도 내리지 않았다.

그날 밤, 혜주는 숭현각에서 무극과 함께 꿈 같은 시간을 보냈다. 혜주는 그날 이후 이틀 밤을 더 숭현각에 머물렀다.

인재(人災)

혜주가 닷새간의 휴식을 마치고 궐로 돌아왔다.

두통이 씻은 듯이 나은 것은 물론이요, 몸도 한결 가벼워진 것 같았다.

혜주는 아침 경연부터 쾌활해 보였다.

"영상! 그간 별고 없으셨는지요? 덕분에 푹 쉬었다 왔습니다."

평소와 달리 혜주가 먼저 영상에게 인사를 건넸다.

"예, 전하! 전하께서 쾌활해 보이시니 소신이 다 기분이 좋사옵니다."

"그리 보이십니까? 며칠 쉬었더니 좋아진 모양입니다."

상참(常參)을 마친 후 혜주가 편선으로 들자 도승지 빙기선이 기다리고 있었다.

"전하! 쾌차하신 용안을 뵈니 소신 기쁘기 한량없사옵니다!"

도승지의 인사말에 혜주는 기분이 무척 좋았다.

"그래, 그간 별일 없었지요?"

"예….'

도승지는 말끝을 흐렸다. 그러자 혜주가 물었다.

"아니, 무슨 일이 있었나보군요? 주저하지 말고 얘기해 보세요!"

빙기선은 잠시 주춤거리다가 얘기를 꺼냈다.

"저…, 한강이 범람해 광주목 관하 마을주민들이 여럿 목숨을 잃었사옵니다."

빙기선의 말이 끝나자마자 혜주가 말을 받았다.

"아, 그 일 말인가요? 나도 보고받은 바 있어요. 그 정도면 뭐 그리 큰일 아닙니다."

혜주는 두물섬 참사를 대수롭지 않게 받아들였다.

빙기선은 혜주가 평소와는 좀 다르다고 느꼈지만 일단 넘어갔다. 그리고는 며칠 새 발생한 크고 작은 일들을 자세히 보고하였다.

오후 미시 경 내금위장 정윤수가 급히 편전으로 들어 무극을 찾았다.

"무별 영감! 홍인지문 밖에 경기도 광주 고을 백성들이 몰려와 농성을 벌이고 있다고 하옵니다. 제가 한번 살펴보고 오겠사옵니다."

돌아가려던 정윤수를 붙잡고 무극이 물었다.

"대체 무슨 일이랍니까?"

"아마 두물섬 수몰사고 때문이 아닌가 싶습니다만…."

보고를 마친 후 정윤수는 이내 자리를 떴다. 무극은 문득 회운사에서 정윤수가 보고한 내용이 생각났다.

마을 주민들이 몰살했다면 좀 시끄러워질 텐데….

성 밖 농성 건은 의금부를 거쳐 의정부에도 보고되었다. 신시 경 혜주 귀에도 이 사실이 들어갔다. 혜주는 급히 편전으로 신료들을 소집했다.

얼마 뒤 의정부 3정승을 비롯해 3사(司), 형조판서, 의금부 도제조 등 관계자들이 모두 모였다. 다들 약간은 긴장한 모습이었다. 혜주가 먼저 말문을 열었다.

"홍인지문 밖에 경기도 광주 고을 백성 수십 명이 몰려와 농성 중이라는 데 어찌된 일입니까?"

"광주목 관하 두물섬에서 발생한 수재민 사건 때문인 것 같사옵니다."

의금부 도제조 이기호가 나서서 짧게 답했다.

그리고는 다들 말이 없자 혜주가 도승지에게 말했다.

"사고 당일 광주목사가 보낸 장계가 있다는데 그 내용을 한번 읽어보세요!"

"예, 전하!"

도승지는 광주목사가 유월 초닷새 날짜로 보낸 장계를 읽어내려가기 시작했다.

…이날 오시 경부터 강물이 급속히 불어나 두물섬 가옥을 하나씩 삼키기 시작해 채 두 식경도 안 돼 남은 가옥 열 채가 모두 수몰되고 말았습니다. 이로 인해 주민 백여 명 가운데 청년 네 명은 헤엄쳐 나왔으나 나머지 주민은 전원 수장되고….

도승지는 여기까지 읽다가 중단했다. 참혹한 얘기가 이어졌기 때문이다.

편전은 침묵에 사로잡혔다.

마을주민 대다수 백여 명이 몰살했다는 말에 다들 경악을 금치 못했다. 그때 혜주가 침묵을 깨고 나섰다.

"회운사에서 당일 저도 그 보고를 받았습니다만, 저로선 도저히 납득하기 힘듭니다. 청년들은 헤엄쳐 나왔다는데 다른 사람들은 뭐 했나요? 물가에 사는 사람들이 헤엄도 하나 못 치나요? 그리고 섬에 사는 사람들이라면 평소부터 물난리에 만전을 기했어야지요."

불호령이 내릴 것으로 예상했던 영의정 홍문식은 제 귀를 의심했다.

"전하! 그래도 너무나 많은 백성들이 희생됐사옵니다."

"그건 그렇지요만…."

너무 심했다고 생각했던지 혜주는 한걸음 물러섰다.

북파의 수장 좌의정 김성조가 거들고 나섰다.

"듣자 하니 이번 참사는 전형적인 인재(人災)라고 들었습니다. 광주목사 하일도가 일찍부터 사고를 예상하고서 공조와 경기도 관찰사, 그리고 심지어 병조판서에게까지 도움을 요청하였으나 어느 한군데서도 도움을 주지 않았다고 합니다. 그 연유를 소상히 밝혀 치죄(治罪)함이 마땅하다고 사료되옵니다. 통촉하여 주시옵소서!"

"통촉하여 주시옵소서!"

김성조의 말을 경청하고 있던 혜주가 잠시 뒤 도승지에게 물었다.

"좌상대감 말씀이 전부 옳습니까? 다른 얘기는 없습니까?"

도승지 방기선이 혜주에게 답했다.

"좌상의 말씀이 그른 것은 아니오나 해당부서들은 그 나름의 변명을 하고 있사옵니다. 공조의 경우 연일 계속된 물난리로 사람들이 현장에 나가 있어서 여력이 없었다고 하며, 경기 관찰사는 배를 구해놓고도 한강 물살이 거세 이송을 하지 못했다고 하옵니다. 그리고 병조판서는 당시 선친 탈상이어서 휴가를 내고 자리를 비운 상태였다고 하옵니다."

"그랬군요. 좌상! 방금 도승지 얘기 들으셨지요?"

"예…, 전하!"

김성조는 기어들어가는 듯한 목소리로 대답했다.

혜주는 평소와는 확실히 달랐다. 영의정 홍문식을 비롯해 대소 신료들은 이날 혜주의 발언에 고개를 갸우뚱거렸다. 그때 혜주가 다시 나섰다.

"무고한 백성들이 희생된 것은 안타까운 일이지만 그렇다고 백성들이 성 밖에 몰려와 농성을 벌이는 것은 곤란합니다. 도제조, 백성들의 요구사항이 뭐랍디까?"

의금부 도제조 이기호가 답했다.

"의금부에서 파악한 바로는 이번 사고를 사전에 방지하지 못한 해당부서 관리들에게 책임을 물어 징계를 요구하는 한편 희생자에 대한 위로금 지급과 위령비 건립을 요구하고 있사옵니다."

"…."

다들 아무 말이 없었다. 요구사항이 과도하다고 생각한 모양이었다.

잠시 후 이조판서 출신의 우의정 도병세가 말문을 열었다.

"앞서 도승지의 보고처럼 관계자들이 실책을 한 것은 전혀 없었사옵니다. 이번 사고는 전적으로 천재(天災)일 뿐입니다. 따라서 백성들의 그 같은 요구는 무리하다고 사료되옵니다."

이에 사간원의 사간(司諫) 최성집이 반박하고 나섰다.

"인력과 물자가 제한된 상황 하에서는 일의 우선순위, 화급을 잘 판단하는 것이 매우 중요합니다. 그런 점에서 볼 때 이번 참사는 관의 불찰이 적지 않다고 사료되옵니다. 따라서 희생자 유가족들을 위무하고 국가 재정이 허락하는 한에서 적정한 위로금을 지급하는 것은 타당하다고 사료되옵니다."

이날 회의는 결론을 내리지 못한 채 끝났다.

그런데 그날 저녁 종로 피맛골 일대에 괴벽보가 등장했다.

'백성 없이 나라 없고, 백성 없이 임금 없다.'

의금부는 즉각 벽보를 붙인 사람을 수배했으나 도무지 범인의 행방을 찾질 못했다.

그날 밤, 혜주는 우별직 노천을 편전으로 불러 독대를 했다.

혜주가 단도직입적으로 물었다.

"두물섬 수몰사고를 두고 항간에 말들이 많습니다. 이 일을 어찌 하면 좋습니까?"

노천은 이미 질문을 예상했다. 그래서 답변 또한 준비돼 있었다.

"전하! 전하께서는 이 나라의 주인이시며 만백성의 어버이시옵니다. 백성이 나라의 근간인 것은 사실이오나 그렇다고 해서 임금이 백성들에게 끌려 다녀서는 아니 되옵니다. 나라를 다스리다 보면 무고한 백성들이 희생되는 경우가 왕왕 있습니다. 전쟁이 바로 그 대표적인 예라고 할 수 있는데 때론 수천, 수만 명이 목숨을 잃기도 합니다. 소신이 보기에 이번 두물섬 사고는 분명 천재(天災)입니다. 두 달 넘게 비가 내린데다 두 줄기의 강물이 한 곳으로 보이다 보니 물이 갑자기 불어날 수밖에 없었사옵니다. 이런 상황에서 마을이 수몰되고 그 마을 백성들이 수장된 것은 불가피한 일이었사옵니다. 그러한 즉 전하께옵서는 너무 심려하지 마시옵소서. 극단적으로 말하자면 백성들은 마구간 누렁소나 뒷간의 똥돼지들과 같은 존재입니다. 그들은 나면 죽고 죽으면 또 태어나는 법이옵니다. 부디 성심을 군건하게 보지(保持)하시옵소서."

노천은 마치 기다렸다는 듯이 청산유수처럼 얘기를 풀어놓았다. 그 나름으로는 논리도 정연하고 설득력도 있었다.

노천의 말이 끝나기를 기다렸다는 듯이 혜주가 곧바로 얘기를 꺼냈다.

"우별직! 우별직은 어찌도 그리 매사에 명쾌하시오? 속이 다 시원하구려! 암튼 과인은 앞으로 우별직만 믿고 밀고 나가겠소!"

"성은이 망극하옵니다. 전하!"

연좌농성

두물섬 참사는 그 후유증이 적지 않았다.

유월 하순경 근 석 달 만에 비가 그쳤다. 비가 그치자 두물섬 인근 백성들이 상경하여 농성에 가담했다. 여기에 흥인지문 성 밖의 백성들도 여럿 가세하고 나섰다. 날이 갈수록 농성자는 늘어갔다. 많을 때는 이백 명을 훨씬 넘겼다.

여기에는 몇 가지 계기가 있었다. 우선 광주목사 하일도의 갑작스런 사직 때문이었다. 하일도는 참사 이전부터 사고에 대비해 각고의 노력을 쏟았다. 그러나 조정의 비협조로 허사로 돌아가고 대형 참사가 발생하자 사직서를 냈다. 그는 평소 백성들로부터 칭송을 받아오던 인물이었다.

사태가 커지자 조정은 서서히 긴장하기 시작했다.

아침 경연을 다녀온 의금부 도제조 이기호는 휘하의 지사(知事), 도사(都事)들을 소집했다. 사헌부와 형조에서 명이 떨어지기 전에 미리 챙겨볼 요량이었다. 이기호가 먼저 얘기를 꺼냈다.

"지난 번 괴벽보 건은 어찌 되었는가?"

"아직 해결하지 못했사옵니다. 야심한 밤에 붙인 것이어서…."

"알았네! 참, 홍인지문 앞에 농성자가 갈수록 늘고 있다는데 사실인가?"

선임자인 지사 한만송이 답했다.

"예, 하 목사가 사직한 이후로 사람들이 갑자기 늘고 있사옵니다. 많은 날은 이백 명도 넘는다고 하옵니다."

"…"

이기호는 앞으로 전개될 사태가 걱정이 됐다.

불난 데 기름을 끼얹는 격으로 농성자 한 사람이 농성 현장에서 사망하는 사고가 발생했다. 근 열흘 넘게 밤낮으로 농성한데다 칠월의 무더위에 일사병까지 걸리고 만 것이다. 그의 시신은 거적때기에 덮인 채로 며칠째 농성장 한 귀퉁이에 방치돼 있었다. 이 때문에 농성장 근처에만 가도 시체 썩는 냄새가 진동했다.

농성장 사람들은 서서히 분노하기 시작했다. 소문은 불과 며칠새 선국으로 퍼졌다. 그러자 다시 사람들이 모이기 시작했다. 우선 숭례문, 돈의문(서대문) 등 4대문 밖의 백성들은 물론이요, 광주(廣州) 인근의 용인, 여주, 이천에서도 사람들이 모여들었다. 날씨가 좋은 날은 오륙백 명이 운집했다.

군중 가운데 누군가의 선창으로 다함께 외쳤다.

"백성 없이 나라 없고, 백성 없이 임금 없다!"
"백성 없이 나라 없고, 백성 없이 임금 없다!"

그 소리는 흥인지문을 넘어 종묘 인근까지도 들렸다. 궐 안팎의 민심은 서서히 동요하기 시작했다. 나라가 백성들의 목숨을 저리도 가벼이 여긴다면 누가 군역을 하고 세금을 낼 것인가. 백성들은 이 같은 근본적인 문제에 회의를 품기 시작했다. 무슨 민란이라도 날 것 같은 분위기가 조성됐다. 세상이 흉흉해지자 종로 일대에서는 철시(撤市)하는 전(廛)이 하나둘씩 생겨났다.

사태가 급속도로 악화된 것은 유생들이 참여하면서부터였다.

칠월 초아흐렛날 밤, 성균관 유생들의 우두머리인 장의(掌議) 이용선은 간부 유생 십여 명을 긴급 소집해 재회(齋會)를 열었다. 이용선이 말을 꺼냈다.

"다들 알고 계시겠지만 지금 흥인지문 밖에서는 수백 명의 백성들이 모여서 두물섬 참사를 두고 조정을 성토하며 항의농성을 벌이고 있습니다. 청년 식자들이 이를 방관하는 것은 도리가 아니라고 생각합니다만."

색장(色掌) 서준기가 나섰다.

"도리가 아니고 말구요. 백성은 나라의 근본인데 한두 사람도 아닌, 한 마을의 백성 대다수를 몰살시킨 것은 그 어떤 이유로도 용납할 수 없습니다. 이제라도 우리 성균관 유생들이 나서야 할 것입니다."

다른 색장 박신철도 거들고 나섰다.

"이번 참사는 예고된 인재라고 들었습니다. 관리들의 무사안일과 무책임한 태도를 이번 기회에 바로잡아야 합니다. 제2, 제3의 두물섬 참사를 막기 위해서라도 반드시 그리해야 할 것입니다."

이날 재회에 참석한 간부 유생들은 하나같이 농성 참가를 적극 찬성했다. 그러자 장의 이용선이 말했다.

"오늘 재회의 결론은 모아진 것 같습니다. 그럼 권당과 공관 일정은 언제로 정하면 좋겠소이까?"

색장 서준기가 다시 나섰다.

"이왕 의견이 모아졌으니 권당은 내일 저녁부터 실시하고 공관은 사태를 봐가면서 결정하는 것이 좋을 줄로 생각됩니다."

"좋소! 다른 의견이 없으면 그리 하도록 합시다."

성균관 유생들은 성균관에서 전원 합숙을 했다. 저녁식사 때 방명록에 이름을 적게 돼 있었는데 일종의 출석부나 마찬가지였다. 수업거부에 해당하는 '권당(捲堂)'은 바로 이 저녁식사를 거부하는 것을 말하는데 이를 시작으로 시위가 시작됐다. 또 시위가 전개되면 유생들이 성균관을 비우게 되는데 이를 '공관(空館)'이라고 했다.

이튿날 저녁, 장의 이용선을 필두로 성균관 유생 백여 명이 무리를 지어 성균관 신삼문(神三門)을 나섰다. 근래 드문 일이었다. 이들은 숭교방(崇敎坊·명륜동)을 지나 창경궁, 종묘를 거쳐 종로로 들어섰다. 그때 종로거리의 시전(市廛) 상인들은 철시로 이들의 의거에 화답했다.

유생들의 최종 목적지는 광화문 앞이었다. 이곳 육조(六曹)거리에 거적때기를 깔고서 무기한 연좌농성을 벌일 계획이었다.

유시 반경, 유생들이 광화문 앞에 도착했다. 장의 이용선이 앞으로 나와 무리를 향해 말했다.

"오시느라 다들 수고했소. 이제부터 우리는 이곳에서 연좌농성에 돌입할 것이오. 주상전하의 비답(批答)이 있을 때까지 여기서 한발짝도 움직이지 않을 것이오. 조정과 만백성들 앞에 우리 성균관 유생들의 의기를 보여줍시다. 다들 그리 하시겠소?"

"동참이오!"

"동참이오!"

즉석에서 찬성하는 목소리가 여기저기서 터져나왔다. 성균관 유생들의 연좌농성은 이날 밤부터 시작되었다.

이 소식은 의금부를 통해 즉각 의정부와 형조, 그리고 혜주에게 보고되었다.

그 무렵, 편전에서도 몇 사람이 모여 밀담을 나누었다.

혜주를 비롯해 좌·우 별직, 그리고 의금부 도제조 이기호 등 모두 네 사람이었다. 궐내 최고의 핵심 실세들이었다. 혜주가 먼저 얘기를 꺼냈다.

"급한 일로 야심한 시각에 모이시라고 했습니다. 성균관 유생들이 광화문 앞에서 연좌농성에 들어갔다는데 장차 이 일을 어찌하면 좋겠습니까? 왠지 좀 불안한 생각이 들어서요."

의금부 도제조 이기호가 먼저 대답했다.

"근래 드문 일이긴 합니다만, 아직 이렇다 할 만한 일은 발생하지 않았사옵니다. 좀 더 두고 보시옵소서!"

"유생들 연좌농성은 율법에 따른 것인가요?"

"율법에 규정된 것은 아니오나 오래 전부터 관례로 허용돼온 일이옵니다."

이번에는 혜주가 우별직 노천에게 물었다.

"우별직! 유생들이 필히 비답을 달라고 할 텐데 어찌하면 좋을지요?"

노천은 이 날도 답이 준비된 상태였다.

"전하! 비답을 내리지 마시옵소서! 일전에 말씀 올린 대로 비답

중에는 답을 내리지 않는 불윤비답(不允批答)이라는 것도 있사옵니다."

"참, 그러셨지요! 그걸 미처 생각해내지 못했군요."

노천이 다시 얘기를 이어갔다.

"전하! 한말씀 더 올릴 것이 있사옵니다."

"예, 뭐든 말씀해보세요! 우별 말씀이라면 팥으로 메주를 쑨대도 내 믿겠소!"

"망극하옵니다. 전하! 다름이 아니오라 전하께서는 이 나라의 지존이시옵니다. 그러니 대소 신료나 백성들을 만나는 것을 극도로 자제하시옵소서. 앞으로 도승지 이외에는 3정승을 포함해 그 누구든 전하를 알현할 경우 좌별 영감을 통하도록 명을 내리시옵소서. 또 보고 역시 대면보고 대신 문서로 보고를 하도록 체제를 바꾸시옵소서. 덧붙여 경연도 하루 한 차례만 참석하시는 것이 좋을 줄로 사료되옵니다. 지존께서는 권위와 위엄을 보이셔야 하옵니다. 부디 통촉하여 주시옵소서!"

"듣고 보니 그렇구려! 내 꼭 그리 하겠소! 좌별 영감도 들으셨지요?"

말을 마친 혜주는 가운데 있는 무극을 바라보았다.

"예, 전하! 분부대로 하겠사옵니다."

편전의 심야밀담은 술시 반경이 돼서야 끝이 났다. 혜주는 편전을 나서는 세 사람의 뒷모습을 바라보면서 마음 든든하게 여겼다. 방문 앞에 서 있던 민 상궁 입가에는 잔잔한 미소가 고여 있었다.

이튿날 아침 경연을 마친 후 혜주는 향후 임금 알현은 반드시 좌별직 무극을 통할 것, 대면보고 대신 문서보고로 바꿀 것, 그리고 경연은 하루 한번 참석하겠다고 통보했다. 전날 밤 노천이 일러준 그대로였다.

이에 대해 신료들은 의아한 표정을 지으며 납득하지 못하는 눈치였다. 그러나 조회나 어전회의가 아니라 경연을 파하는 자리여서 흐지부지되고 말았다.

이간책

칠월 열닷새. 성균관 유생들이 연좌농성에 들어간 지 닷새째였다.

한낮의 날씨는 찌는 듯했다. 그늘 하나 없는 뙤약볕 아래서 유생들은 서서히 지쳐가기 시작했다.

그러나 궐에서는 닷새가 지나도록 아무런 반응을 보이지 않았다. 사태가 장기화될 조짐을 보였다.

장의 이용선은 극한 수단을 쓰기로 마음먹었다. 그를 시작으로 유생들은 관(冠)을 벗고 상투를 풀어헤쳤다. 마치 수레에 실려 형장으로 끌려가는 죄인 꼴을 하였다.

유생들에게 의관정제는 기본 중의 기본이다. 그럼에도 이들이 이런 행동을 취한 데는 다 까닭이 있었다. 즉, 임금이나 조정이 잘

못을 인정하고 받아들이든지 아니면 자신들을 함거(轞車)에 실어 형장으로 보내라는 강력한 의사표시였던 것이다. 이는 도끼상소에 버금가는 극한 행동이다.

이 소식이 전해지자 곳곳에서 수군대기 시작했다.

유생들이 목숨을 걸고 농성하는데 주상이 너무한 거 아닌가?

이런 조정을 믿고 백성들이 어찌 발 뻗고 살 수 있겠나?

이거 이러다 어디서 민란이 일어나는 거 아닌지 모르겠네!

사태가 심각하다고 여긴 도승지는 혜주에게 이를 즉각 보고하였다. 이에 대해 혜주는 별다른 하교가 없었다. 대신 미시까지 '3인방' 회의를 소집하라고 했다.

미시가 되자 3인방이 편전으로 모였다. 혜주는 조금 불안한 기색을 보였다. 혜주가 먼저 말을 꺼냈다.

"유생들이 탈관(脫冠)에 상투도 풀어헤쳤다고 합니다. 반가(班家)의 자제들인 성균관 유생들이 이래도 되는 겁니까?"

혜주는 씩씩거리면서 의금부 도제조 이기호에게 말했다.

"도제조! 그 자들을 당장 다 잡아들이세요!"

"…"

"아니, 왜 아무 답이 없나요?"

이기호가 답했다.

"전하! 그건 곤란하옵니다. 부디 체통을 지키시옵소서!"

"체통이라뇨? 그 자들로 인해 과인은 이미 체통을 다 잃고 말았습니다. 그런데도 지금 과인이 체통 생각하게 됐습니까?"

"연좌농성하는 유생들을 강제로 해산시킨 군주는 연산군뿐이옵니다. 부디 통촉하여 주시옵소서!"

연산군이라는 말에 혜주는 나오던 말이 쏙 들어가고 말았다. 연산군이 폭군으로 소문난 것은 혜주도 잘 알고 있었다. 혜주는 자신이 폭군이 되고 싶지는 않았다. 그런 생각을 하면서 혜주는 우별직 노천을 힐끗 쳐다보았다.

"우별직! 무슨 계책이 없겠소?"

노천이 천천히 입을 열었다.

"하나 있긴 하옵니다만…."

"하나라도 좋소! 어서 말해 보시오!"

혜주는 노천에게 맡겨둔 것 달라는 식으로 다그쳤다. 체통을 지키라는 얘기까지 들은 마당에 혜주로서는 더 이상 체면을 차리고 할 것도 없었다.

"전하! 자고로 계책 중에서도 상책은 이간책이라고 했습니다. 며칠만 말미를 주시면 소신이 해결해보겠나이다."

"그러니 우별직이 무슨 수가 있다 이 말씀이지요?"

"네, 그러하옵니다."

"방책을 갖고 있다니 더 이상 묻지 않겠소. 아무튼 빠른 시일 내에 저들을 내 눈앞에서 치워주시오!"

"송구하옵니다. 주상전하!"

혜주는 노천이 말한 이간책이라는 게 뭔지 궁금했지만 참기로 했다.

그날 밤, 노천은 평복으로 갈아입고 성문을 나섰다. 그가 찾아
간 곳은 돈의문 밖 안산(鞍山) 자락에 있는 작은 기와집으로, 이
집에는 성균관 색장(色掌) 서준기의 부모가 살고 있었다. 집안 형
세로 보아하니 노비 몇을 둘 형편도 못돼 보였다.

"안에 계시오?"

"이 시각에 뉘시오?"

초로의 여인이 방문을 빼꼼 열고서 밖을 내다보았다.

"실례가 많소이다만 바깥양반은 안 계시오?"

그때 안에서 쉰 목소리가 대답했다.

"뉘신데 이 야밤에 나를 찾소?"

노천은 주인의 안내로 방 안으로 들어섰다. 집주인에게 읍(揖)
을 한 후 노천이 자리에 앉았다. 그리고는 서로 통명성을 했다.

"저는 노천이라 합니다. 일전에 대구엘 갔다가 달성 서씨 집안의
상(相)자 호(昊)자 어른을 만나 뵌 적이 있는데 그때 이 댁과 육촌
간이라고 들었습니다. 사실인지요?"

"맞습니다. 그 분이 제 육촌 형님입니다. 저는 서상준이라고 합
니다."

집안 얘기를 나누자 두 사람은 금세 친근해졌다. 서상준이 물었
다.

"그런데 어쩐 일로 이 시각에…"

"자제분 일로 고심이 크실 줄로 압니다. 다 잘 될 터이니 너무
상심하시지 마시기 바랍니다."

"안 그래도 외아들 하나 있는 게 저러고 있으니…."

"집안 형편은 어떠신가요?"

"보시다시피 형편이랄 것도 없습니다. 피죽으로 겨우 연명하고 있지요."

그때 노천이 품속에서 작은 꾸러미를 하나 꺼내 서상준 앞에 디밀었다.

"얼마 되지 않지만 살림에 도움이 되셨으면 합니다."

꾸러미를 열어본 서상준이 깜짝 놀라 입을 다물지 못했다. 그 속에는 금화 스무 냥이 들어 있었다. 서상준은 평생 처음 구경하는 큰돈이었다. 서상준이 물었다.

"이러시는 연유가 무엇이오?"

"단도직입적으로 말씀드리리다. 자제분을 광화문 농성장에서 빠지게 해주십시오. 방법은 어른께서 위독하다고 전갈을 보내 자제분을 댁으로 유인한 후 댁에 머물게 해주시면 됩니다. 만약 자제분이 나서서 유생들의 농성을 자진 해산시켜 준다면 추가로 금화 일백 냥을 더 드리고 아울러 자제분의 벼슬길도 보장하겠소이다. 이제야 말씀드리지만 소생은 궐에서 주상전하를 가까이서 모시고 있소이다. 이 나라 종사와 주상전하를 위해 제 청을 꼭 들어주실 것으로 믿고 이만 물러갑니다. 그럼."

이튿날 아침, 색장 서준기가 본가에서 온 급한 전갈을 받고 서둘러 농성장을 떠났다. 그의 부친이 몹시 위독하다고 했다.

지칠 대로 지친 데다 총무격인 서준기가 빠지자 농성장 분위기가 가라앉기 시작했다. 그런데 그다음 날은 다른 색장 박신철이 추가로 귀가했다. 박신철은 그의 모친이 위독하다고 했다.

장의 이용선은 뭔가 이상하다는 생각이 들었지만 달리 확인할 길이 없었다.

연좌농성이 열흘째가 되도록 궐에서 비답이 내려오지 않았다. 여기에다 색장 두 사람이 빠진 후 농성단은 힘을 잃고 말았다.

그 무렵 농성단 내에서 자진해산 얘기가 솔솔 나왔다. 이만하면 할 만큼 했으니 그만 해산하자는 해산파와 고통을 겪고 있는 민초들과 끝까지 함께해야 한다는 강경파 둘로 나뉘었다. 해산파는 색장 서준기를 따르던 무리였으며, 강경파는 장의 이용선을 따르던 사람들이 주축이었다.

이 문제를 놓고 농성장에서 이틀째 토론이 벌어졌다. 그러나 결론은 쉽게 나지 않았다. 양측 모두 나름의 명분을 갖고 있었기 때문이다.

그런데 토론 과정에서 격론이 일면서 양측은 갈등의 골이 깊어졌다. 이로 인해 해산파들이 자진해산함으로써 유생들의 농성은 결국 열사흘 만에 막을 내렸다.

편전에서 이 소식을 전해들은 혜주는 회심의 미소를 지었다. 혜주는 그 날 노천을 은밀히 불러 금화 오백 냥을 특별상금으로 하사했다.

괴벽보

어느새 계절은 구월로 접어들었다.

처서를 지나자 아침저녁으로 서늘한 기운이 감돌았다. 들판에는 나락이 누런빛을 띠기 시작했다. 석 달여에 걸친 비 때문에 나락농사가 걱정이 많았다. 그러나 예년에 비할 바는 아니나 들판에서는 어김없이 오곡이 탐스럽게 영글어 갔다.

성균관 유생들의 연좌시위는 막을 내렸으나 백성들의 연좌시위는 계속됐다. 의금부의 탄압이 전혀 없진 않았으나 대놓고 하진 못했다. 그들 가운데는 두물섬 희생자들의 친인척도 몇 끼어 있었다.

두 달여에 걸친 농성으로 백성들도 지쳐 있었다. 그러던 차에 농성장에 희소식이 하나 전해졌다. 사고 당일 두물섬에서 헤엄쳐 살아나온 생존자 네 명이 농성에 합류한 것이다. 이들은 수장된 희생자들의 시신을 수습하고 장례를 마치고 오는 길이었다. 이들을 보자 농성장은 삽시간에 눈물바다로 변해버렸다. 그러나 이들의 합류도 시들해진 농성장 분위기를 되살리기에는 역부족이었다.

구월 중순 들어 가을걷이가 시작되면서 농성은 소강국면으로 접어들었다. 농성장엔 사람들도 몇 되지 않았으며, 두물섬 참사는 차차 세간에서 잊히기 시작했다.

그때 또다시 불을 댕긴 사건이 하나 터졌다. 괴벽보 때문이었다.

문제의 괴벽보가 발견된 곳은 사람들의 발길이 잦은 종로 시전 거리였다. 그것도 한 장도 아닌 십여 장이 동시에 발견됐다. 사람들은 다시 웅성거리기 시작했다.

괴벽보에는 누군가 의도적으로 두물섬 수몰사고를 조장했다고 했다. 그 승거로 누군가 두물섬 나룻배를 묶어뒀던 동아줄을 예리하게 자른 흔적이 발견됐다는 것이었다. 마을 전체에 달랑 한 척뿐인 나룻배를 그리 했다면 그건 누군가 주민들을 수장시키려고 작정한 것이나 진배 없다.

그러나 의금부는 이에 대한 진상조사는커녕 이기호 도제조 이하 전 관속이 총동원돼 범인 검거에만 혈안이 되었다. 그러나 보름이 지나도록 실마리조차 잡지 못했다.

그 와중에 시월 초 또다시 괴벽보가 나붙었다.

이번에는 경복궁 코앞인 광화문 앞 육조거리였다. 신출귀몰한 범인의 행적보다도 더 놀라운 것은 새로 나붙은 벽보의 내용이었다.

'어린 여우가 중놈과 궐에서 놀아나고 있다.'

'어린 여우'란 누구를 지칭하는 것일까. 혜주를 두고 한 것임을 알 만한 사람들은 다 알았다. 그리고 그 소문은 그리 오래지 않아 전국으로 퍼졌다.

궐로도 소문이 퍼지자 대궐이 발칵 뒤집혔다. 그러나 아무도 이를 혜주에게 보고하지 못했다. 당사자인 무극은 물론이요, 3인방 가운데 하나인 노천조차도 엄두를 내지 못했다. 근래 들어 혜주는 날로 성격이 날카로워졌다. 그런 혜주에게 이런 내용을 보고한다는 것은 섶을 지고 불속으로 뛰어드는 것과 같았다.

혜주가 벽보의 내용을 알게 된 것은 그로부터 얼마 후 대비전을 다녀온 뒤였다.

성이 잔뜩 난 얼굴을 한 혜주는 편전으로 들어서자마자 도승지 방기선을 급히 찾았다. 곧이어 방기선이 영문도 모른 채 급히 편전으로 들어섰다.

"전하! 찾아계시옵…?"

"도승지는 다 알고 있었지요?"

방기선의 인사가 채 끝나기도 전에 찢어질 듯한 목소리로 혜주가 말했다. 방기선은 전후사정을 전혀 모르고 있었다.

"전하! 무슨 말씀이시온지요?"

"이제는 도승지까지 나를 속일 셈이오?"

"…"

도승지가 자신의 말뜻을 미처 눈치 채지 못했다고 여겼던지 혜주는 결국 벽보 얘기를 꺼냈다.

"육조거리에 나붙은 벽보, 그 벽보를 왜 과인한테는 보고하지 않았소?"

방기선은 그제야 혜주가 화를 낸 이유를 알아챘다. 방기선은 일단은 둘러대는 게 상책이라고 판단했다.

"지금 의금부에서 범인을 찾고 있는 중이옵니다. 범인이 잡혀 실상이 파악되면 그때 자세히 보고를 드리려고 하던 중이었사옵니다. 송구하옵니다. 전하!"

방기선의 말도 그른 것은 아니었다. 게다가 방기선이 그 자리에서 벽보 내용을 낱낱이 얘기하지 않고 두루뭉실하게 넘긴 것이 외려 고맙다 싶기도 했다.

혜주는 고개를 숙인 채 잠시 동안 아무 말도 하지 않았다.

대전의 상궁과 내시 전원을 교체하고 입단속을 시켰는데 대체 어떻게 이런 소문이 날 수 있단 말인가. 낮말은 새가 듣고 밤말은 쥐가 듣는다더니 그게 사실인가.

방기선을 내보낸 후 혜주는 우별직을 불러들이라고 명했다.

마침 근처에 있었던지 노천이 금세 편전으로 들었다. 혜주는 상궁들을 물린 후 노천에게 가까이 당겨 앉으라고 말했다. 혜주가 먼저 얘기를 시작했다.

"잇따른 벽보가 왠지 불길한 기분이 듭니다. 현 시점에서 과인이 무슨 조치를 취해야 좋겠소?"

혜주는 긴장한 기색이 역력했다. 요즘 들어 부쩍 잦아졌다. 노천이 답했다.

"세상이 뒤숭숭해지면 괴벽보 같은 게 등장하기 마련이옵니다. 마치 음지에서 곰팡이가 피는 것과 같은 이치옵니다. 곰팡이를 없애려면 햇볕을 쬐면 되듯이 괴벽보가 사라지게 하려면 그 토양이 되는 뒤숭숭한 세상을 없애버리시면 되옵니다."

혜주는 노천의 말뜻을 알 듯 말 듯 했다.

"알아듣기 쉽게 좀 쉬운 말로 얘기해보세요!"

"예, 알겠사옵니다. 우선 이번 광화문 괴벽보는 두물섬 수몰사고로 흉흉해진 민심이 돌출한 사례라고 여겨지옵니다. 따라서 속히 두물섬 사고 건을 매듭지을 필요가 있사옵니다. 경위야 어쨌건 민심수습을 위해 공조판서와 경기관찰사, 선공감 제조(提調)를 파직시키시옵소서. 그리고 이번에 비난의 주대상이 됐던 선공감을 폐지하고 대신 공조 직할로 공역서(工役署)를 신설하시옵소서. 일반 백성들에게는 조삼모사(朝三暮四)도 때론 효과가 있사옵니다. 끝으로 사직한 광주목사 하일도에게도 일말의 책임을 물어 그 직을 파직시키는 것이 마땅할 줄로 사료되옵니다."

"…"

혜주는 눈을 껌뻑이며 한동안 노천의 얘기를 되씹었다. 그때 노천이 다시 얘기를 이었다.

"사실 드릴 말씀이 하나 더 있사옵니다만…."

노천은 일부러 말끝을 흐렸다. 혜주의 촉구를 받고서 말할 작정이었다. 노천이 천천히 얘기를 꺼냈다.

"송구하오나 무별에 관한 얘기이옵니다. 괜찮겠사옵니까?"

노천은 돌다리를 두드리는 심정으로 다시 한번 더 확인을 받았다.

"괜찮소, 뭐든 말씀해 보세요!"

"무별의 거처를 궐 밖으로 옮기고 소문이 가라앉을 때까지 당분간 궐 출입을 금지시키는 것이 어떨까 싶사온데, 전하의 성심은 어떠하시온지요?”

노천은 자신이 결론을 내리기보다는 혜주가 결정하도록 자연스럽게 유도했다.

혜주는 즉답을 미룬 채 잠시 생각에 빠졌다. 이윽고 혜주가 말했다.

“그리하세요!”

썩 내키지는 않았지만 혜주는 노천의 제안을 수용하기로 했다. 무극과의 일로 입에 오르내리는 것이 부담스러웠다. 게다가 노천이 한번 뱉은 말을 도로 집어넣게 할 수도 없었다. 다만 혜주가 이같은 결정을 내린 데는 다 생각해 둔 게 있었다.

“황송하옵니다. 전하! 성은이 망극하옵니다!”

이로써 우별직 노천은 궐내 최고의 실세가 되었다.

이튿날 이조에서 또다시 방을 붙였다.

공조판서 장일서 命 파직
경기 관찰사 홍정식 命 파직
선공감 제조 이기환 命 파직
광주목사 하일도 命 파직

이밖에 공조 산하의 선공감을 폐지하고 대신 공조 직할로 공역서(工役署)를 신설한다는 교지도 함께 내려졌다. 악화된 여론 때문에 선공감을 폐지시켰으나 그 업무는 신설되는 공역서에서 고스란히 떠맡기로 했다.

무극이 짐을 싼 것을 아는 사람은 궐내에서 극소수에 불과했다. 무극은 이튿날 돈의문(서대문) 밖의 한 민가로 거처를 옮겼다. 소문이 잠잠해질 때까지 당분간 궐 출입을 금하라는 지시도 함께 내려졌다.

이날 밤 늦게 민 상궁이 무극의 처소를 찾았다.

"무별 영감! 당분간 참고 지내시라는 주상전하의 명을 가지고 왔습니다."

"알았소이다!"

무극은 쏘아붙이듯 퉁명스럽게 말했다. 사전에 한마디 상의도 없었던 데 대해 무극은 기분이 좋지 않았다.

무극은 당장 회운사로 돌아가고 싶은 생각이 굴뚝같았지만 주지 스님의 불호령이 겁이 나 당장은 참기로 했다.

그러나 한편으로는 답답한 궐을 벗어나는 것이 속 시원하기도 했다. 무극은 머잖아 자신 앞에 펼쳐질 일을 전혀 감지하지 못했다.

단설형(斷舌刑)

두물섬 참사는 사람들의 기억에서 서서히 잊혀졌다.

일상에 바쁜 사람들은 제 일 아니면 대개 그때뿐이다. 그를 탓

할 일만은 아니다.

조정의 책임자 징계, 희생자에 대한 위로금 지급이나 위령비 건립 등 주민들의 요구는 제대로 받아들여지지 않았다. 조정에서는 공조판서 등 관계자 몇 사람을 파직시키고 선공감을 폐지하는 것으로 사태를 마무리지있다.

두물섬 주민들은 물론이요, 연좌농성 참가자들도 피해가 컸다. 농사철에 농사를 제대로 돌보지 못한 것은 물론이요, 이 일로 의금부에 불려 다니느라 큰 곤욕을 치렀다. 농성장에서 군졸들과 마찰을 빚었던 몇 사람은 의금부에 불려가 곤장을 맞거나 투옥되기도 했다. 의금부는 힘없는 백성들 편이 아니라 늘 힘 있는 자들의 앞잡이 노릇을 했다.

무극이 돈의문 밖으로 거처를 옮긴 지 한 달 정도 지나서였다.

하루는 누군가 밤늦게 무극의 방문을 두드리는 소리가 들렸다. 민 상궁이 나인 하나를 데리고 마당에 서 있었다.

"잠시 드릴 말씀이 있어서 찾아뵈었습니다."

"들어오시오!"

오랜만에 두 사람이 마주앉았다. 반가우면서도 조금은 멋쩍기도 했다. 어색한 분위기를 바꾸기 위해 민 상궁이 먼저 얘기를 꺼냈다.

"지내시기 불편하시죠?"

"뭐, 조금….."

무극은 말을 아꼈다. 현 상황이 좋다고 하기도 그렇고, 투정을 하기도 그랬다. 그때 민 상궁이 무극에게 말했다.

"전하께오서 무별 영감의 새 거처를 알아보라 하셨습니다. 어제 인왕산 자락에 있는 인수암에 새 거처를 마련해 뒀사오니 조만간 그리로 옮기시지요."

"네? 인수암요?"

"예! 빈 암자인데다 외진 곳이어서 혼자 조용히 지내시기엔 적절할 것이옵니다."

"…"

며칠 뒤 무극은 인수암으로 거처를 옮겼다. 궐까지는 불과 한 식경이면 닿을 수 있는 가까운 거리였다.

무극이 거처를 옮긴 그다음 날 술시 경이었다.

한 무리의 사람들이 은밀하게 경복궁 영추문을 빠져나갔다. 변복 차림의 그들은 혜주와 민 상궁, 그리고 검객 출신의 내금위장 정윤수였다.

정윤수의 안내로 세 사람은 옥인마을을 거쳐 오르막길을 오르기 시작했다. 얼마 지나지 않아 이들은 인수암에 도착했다. 인수암 앞에는 큰 암벽이 있어 외부에서는 그 존재가 잘 드러나지 않았다.

"으흠! 으흠!"

정윤수가 헛기침을 두어 차례 하자 방문이 열리면서 무극이 모습을 드러냈다.

"뉘신지요?"

주변이 어두운 탓에 무극은 이들을 알아보지 못했다.

"무별 영감! 민 상궁이옵니다. 주상전하를 뫼시고 왔사옵니다."

주상전하라는 말에 무극은 일행 앞으로 다가와 살피더니 곧바로 땅바닥에 엎드렸다.

"전하! 이 야심한 시각에 예까지 어인 일이시온지요?"

"여기서 이러지 말고 안으로 드십시다!"

혜주가 앞장서서 암자로 들어가자 무극과 민 상궁도 그 뒤를 따랐다. 방 안에는 작은 불상과 촛불이 켜져 있었고 책상에는 읽다 만 불경이 한 권 놓여 있었다.

"그새 달포가 지난 것 같습니다. 그간 잘 지내셨나요?"

"예, 전하! 소신은 무고하오나 전하께서는 강녕하시온지요?"

"예, 덕분에…."

혜주는 말을 하려다 마는 눈치였다. 그때 옆에 있던 민 상궁이 슬며시 자리에서 일어나 밖으로 나갔다. 민 상궁이 암자에서 제법 멀어졌을 무렵 혜주가 무극 쪽으로 바짝 당겨 앉더니 갑자기 무극을 덥석 껴안았다.

"무별! 보고 싶었소! 너무 보고 싶었소!"

"…."

무극은 아무 말도 하지 않은 채 가만히 있었다.

"궐에서 나가시게 해서 서운하신 모양인데 그땐 어쩔 수 없었소.

그래서 제가 이렇게 찾아오지 않았습니까?"

울먹이듯 한 혜주의 목소리는 반쯤 젖어 있었다. 그런 혜주의 목소리를 듣자 무극도 마음이 풀어졌다. 그제야 무극이 양 팔을 뻗어 혜주를 끌어안았다.

"소승도 전하가 뵙고 싶었사옵니다."

"무별~."

혜주는 무극을 더 힘껏 껴안았다. 그러자 무극의 몸이 서서히 반응을 보이기 시작했다. 마음이 열리자 몸이 열리기 시작한 것이다. 마침내 무극이 자신의 입술로 혜주의 입술을 더듬기 시작했다. 혜주는 가벼운 신음소리를 토해냈다.

"아~."

용포 대신 평복 차림이어서 옷을 벗기기가 한결 수월했다. 어느새 무극은 혜주를 나신으로 만든 뒤 자신도 알몸이 되었다. 그리고는 혜주를 바닥에 뉘었다. 혜주는 죽은 듯이 숨을 죽였고, 밖에서는 낙엽 구르는 소리가 났다.

무극은 사자가 새끼 사슴을 다루듯 혜주의 몸 구석구석을 찬찬히 탐색하기 시작했다. 무극의 손이 옆구리에 다다르자 혜주는 갓 잡은 생선처럼 몸을 팔딱거렸다. 혜주의 몸은 이미 달아올라 있었고, 가끔씩 양 다리를 꼬며 무극을 애타게 기다렸다.

마침내 무극이 혜주의 나신 위에 자신의 몸을 포갰다. 하늘을 향해 솟구친 무극의 양대(陽臺)가 수풀을 헤집고 계곡 속으로 진격하기 시작했다. 그때 혜주가 '아으~' 하면서 짧게 탄성을 쏟아냈다. 혜주도 이미 몸이 열린 상태였다.

이틀에 한 번 꼴로 정사를 나누던 두 사람이 달포 동안 만나지 못했으니 오죽했으랴. 그날 밤 두 사람은 다섯 차례나 정상을 오르내렸다. 혜주는 반 초죽음 상태가 됐다.

두 사람의 방사(房事)는 해시가 넘어서야 끝났다.

궐에서 가까우면서도 타인의 이목을 피하기엔 인수암만한 곳이 없었다. 그날 이후 혜주는 사흘에 한 번 꼴로 심야에 이곳을 찾았다.

며칠 후, 아침 경연을 마치고 편전으로 들어서는 혜주에게 도승지가 급히 달려왔다.

"전하! 전하…!"

도승지는 혜주를 부르기만 할 뿐 할 말을 하지 않았다.

"대체 무슨 일이오? 얘기를 해보세요!"

"전하! 궐 밖에 또 괴벽보가 대량으로 나붙었다고 하옵니다. 황송하옵니다."

"또요? 또 괴벽보란 말이오?"

간밤에 무극과 인수암에서 뜨거운 시간을 보내고 온 혜주였다.

"그래, 그 내용이 대체 어떤 것이오?"

도승지는 대답 대신 의금부에서 수거해온 괴벽보를 혜주에게 내밀었다.

'어린 여우가 중놈과 궐 밖에서 놀아나고 있다.'

궐 밖에서 무별을 만난 사실을 대체 어떻게 알았을까. 혹 내 주변에 첩자라도 있단 말인가? 그렇다면 누구? 무별? 민 상궁? 정윤수?

이런 생각을 하자 혜주는 갑자기 두려운 생각이 들었다. 자칫하면 쥐도 새도 모르게 죽을 수도 있다는 생각이 들었다. 괴벽보를 든 혜주의 손이 저도 모르게 떨렸다. 혜주는 두 손으로 괴벽보를 꽉 움켜쥐며 어금니를 깨물었다.

이번엔 반드시 혼줄을 내주고 말 테다!

자리로 돌아온 혜주는 도승지에게 의정부 3정승과 형조판서를 불러들이라고 명했다. 잠시 뒤 홍문식 등 3정승과 형조판서 정우량이 편전으로 들어섰다. 정승들과는 오랜만에 대면하는 자리였다.

"전하! 찾아계시옵니까?"

"어서들 오세요!"

이들이 자리를 잡고 앉자 혜주가 앞뒤 설명도 없이 쏘아붙이듯 말했다.

"일국의 임금을 이렇게 갖고 놀아도 되는 겁니까? 이거 이래도 되는 겁니까?"

"…"

네 사람은 서로 얼굴을 쳐다보며 의아한 표정을 지었다. 영의정 홍문식이 물었다.

"전하! 대체 무슨 일이시온지요? 소신은 통 알 수가 없사옵니다."

그때 혜주가 구겨진 벽보를 홍문식 앞으로 내밀었다. 홍문식 등은 그제야 그 상황을 알아챘다. 그러사 홍문식 등은 비로 머리를 조아렸다.

"송구하옵나이다! 전하!"

"송구하옵나이다! 전하!"

혜주는 이들을 내려다보며 다시 말을 이었다.

"다들 말씀들만 그렇게 하실 게 아니라 이번에 뭔가 강력한 조치를 취해주세요. 임금이 괴벽보에 저렇게 조롱감이 돼서야 나라의 기강이 서겠습니까? 그것도 있지도 않은 사실을 가지고 말입니다."

도둑이 제 발 저리다더니, 혜주는 자신도 몰래 '사실' 운운했다. 그때 형조판서 정우량이 나서서 물었다.

"전하! 어찌 하면 좋겠사옵니까? 하교하여 주시옵소서!"

그러자 기다렸다는 듯이 혜주가 말을 받았다.

"이처럼 거짓을 말하거나 벽보를 붙이는 자는 혓바닥을 자르도록 하시오!"

"예?"

혓바닥을 자르라는 말에 정우량이 깜짝 놀라 고개를 들면서 말했다.

"전하! 경국대전에도 그런 법은 없사옵니다!"

"전하! 그런 법은 없사옵니다!"

네 사람 모두 나서서 '단설형(斷舌刑)'은 불가하다고 맞섰다.

그러나 이왕 말을 꺼낸 이상 이들에게 지고 말 혜주가 아니었다. 혜주가 다시 나섰다.

"교수형이나 능지처참도 처음부터 존재하진 않았을 것이오. 그러나 이 역시 필요에 따라 언젠가부터 율법으로 정했듯이 단설형(斷舌刑)이라고 율법으로 정하지 못할 게 뭐가 있겠소? 더 이상 긴 얘길랑 하지 마시고 형조에서 당장 신설토록 하세요!"

혜주는 할 얘기를 마친 후 옆으로 홱 돌아앉았다. 그러자 3정승도, 형조판서도 감히 어찌하지 못했다.

이튿날 형조에서는 거짓말을 하거나 허위사실을 써서 벽보를 붙이는 자는 단설형, 즉 혀를 자르겠다고 공포했다. 저잣거리에서는 단설형을 두고 수군대기 시작했다. 사람들은 '제2의 연산군이 나왔다.'고 말하기도 했다.

이날 밤 혜주는 민 상궁을 무극에게 보내 당분간 인수암을 찾지 않겠노라고 전했다. 그리고 무극에게는 한동안 외부출입을 자제하라고 일렀다. 무극의 거처를 새로 옮기는 문제에 대해서는 별말이 없었다.

정탐서(偵探署)

무려 석 달간이나 내린 비로 그해 농사는 볼 것도 없었다. 나락 농사는 예년의 7할에 불과했다. 백성들은 다가올 한 해 동안의 양식 걱정을 하게 되었다.

급기야 쌀값이 폭등하고 매점매석이 횡행하면서 민심이 흉흉해졌다. 그 와중에 항간에 괴소문이 떠돌면서 민심은 더욱 사나워지기 시작했다.

내수사에서 쌀을 다 사들여 싸전에 쌀이 없다는구먼!

중놈과 놀아나는데도 비자금이 필요한가?

내수사(內需司)란 임금의 재산을 관리하는 부서다. 임금의 공식적인 업무활동에 따른 경비는 조정에서 거둔 세금으로 충당했다. 그러나 임금도 별도의 개인재산을 갖고 있었다. 말하자면 비자금인 셈이다. 임금은 이 자금으로 결혼해 출궁한 공주나 대군, 그 외 왕족들에게 생활비를 보태주기도 하고 신료들에게 상을 내리기도 했다. 또 개인적으로 사찰의 불사(佛事)에 시주를 하거나 국가가 재난을 당했을 때 기부금을 낼 경우 모두 이 자금을 사용했다.

괴벽보에 이어 이번엔 괴소문이라니.

의금부가 바빠진 건 당연했다. 의금부 도제조 이기호는 긴급 지사·도사 회의를 소집했다.

"항간에 괴소문이 나돌면서 민심이 걷잡을 수 없이 흉포해지고 있소. 유언비어 살포자를 즉각 추포하시오. 주상전하께서 아시는 날이면 불벼락이 떨어질 것이오!"

궐내는 물론 궐 밖으로도 탐문이 시작됐다. 종로 시전이나 마포 나루터 일대는 물론 사람들이 많이 드나드는 주막집이나 기생집에도 도사들을 파견했다. 도사 가운데 일부는 변복차림을 하였다.

탐문을 시작한 지 사흘째 되던 날, 의금부 도사가 의심스러운 자를 하나 붙잡았다. 홍인지문 근처 유명한 주막집에서였다. 그는 종로 싸전에 쌀을 대던 경기도 여주의 쌀 거간꾼 최 아무개였다. 보신각 맞은편에 있는 의금부 마당에서 추국(推鞠)이 시작됐다. 유언비어 날조 및 살포죄는 왕명으로 엄벌토록 돼 있는 만큼 의금부 수장 이기호가 나섰다.

"죄인이 괴소문을 날조한 자인가?"

"아니옵니다."

"의금부 도사가 현장을 목격하고 추포해 왔는데도 거짓을 고할 텐가?"

"소인은 그저 들은 얘기를 몇 마디 했을 뿐이옵니다. 억울하옵니다."

"처음 그 괴소문을 들은 곳이 어디인가?"

"잘 기억은 나지 않습니다만, 어느 주막집에서 들은 것 같사옵니다."

그때 의금부 도사가 또 다른 자를 하나 추포해 왔다. 그는 마포 나루터에서 싸전을 하는 백 아무개라고 했다.

"그 자도 이리로 데려 오너라!"

"네, 도제조 영감!"

혐의자 두 사람은 한자리에서 추국을 받게 됐다. 그때 늦게 붙잡혀온 백 아무개가 자리에서 벌떡 일어나더니 말했다.

"바로 저자이옵니다. 며칠 전 쌀 거래 문제로 종로 싸전에서 만났을 때 저자한테서 문제의 괴소문을 처음 전해 들었사옵니다. 저자가 바로 그 괴소문을 지어낸 것이 분명하옵니다."

"아니옵니다. 저는 그저 들은 얘기를…."

여주의 쌀 거간꾼 최 아무개는 끝내 괴소문의 출처를 대지 못했다. 결국 그는 괴소문을 지어낸 범인으로 최종 결정이 났다.

이기호는 도승지를 통해 혜주에게 이 사실을 보고했다. 보고를 받은 혜주는 잠시 동안은 아무 말이 없었다. 이윽고 혜주가 말했다.

"법대로 하세요!"

"예, 전하! 분부대로 거행하겠나이다!"

며칠 뒤 의금부 앞마당에서 괴소문 날조자에 대한 형 집행이 시작됐다.

마당 한가운데 십자형틀에는 죄인 최 아무개가 묶인 채 엎디어 있었다. 이기호가 나서서 죄인의 신원을 최종 확인한 후 말했다.

"죄인은 허위사실을 지어내 유포한 혐의로 단설형(斷舌刑)에 의거해 형을 집행한다."

이기호의 말이 끝나자마자 의금부 나장(羅將) 둘이 작두를 들고 나타났다. 이들은 죄인 최의 얼굴 앞에 작두를 대령했다. 잠시 후

이기호의 명이 떨어졌다.

"형 집행을 준비하라!"

그러자 네 사람이 최에게 달려들었다. 한 사람은 최의 등에 올라타 최의 고개를 뒤로 확 제쳤다. 한 사람은 최의 입을 벌렸으며, 또 한 사람은 최의 입에 손을 넣어 헛바닥을 강제로 끄집어냈다. 그리고 마지막 한 사람은 작두를 맡았다. 그때 이기호가 마지막으로 말했다.

"집행하라!"

"예!"

이기호의 말이 떨어지자 작두를 맡은 장령이 두 손으로 작두 손잡이를 힘껏 아래로 내렸다.

"악!"

순간 최 아무개가 비명을 질렀다. 작두 양날에는 피가 홍건하게 묻어나왔다. 그 순간 멀리서 이를 구경하던 사람들은 고개를 돌렸다. 이 소문은 삽시간에 궐 안팎으로 퍼졌다.

괴소문을 퍼뜨린 최 아무개가 혀가 잘렸대!

이제 함부로 임금 욕하다간 혀가 남아나지 않겠군!

혀 잘릴 사람이 한양 도성에 아마 한둘이 아닐걸?

이튿날 혜주가 참석한 가운데 아침조회가 열렸다.

전날 있은 단설형 집행 탓인지 분위기가 얼어 있었다. 옥좌에 앉은 혜주가 신료들을 내려다보면서 비로소 말을 꺼냈다.

"다들 들어서 아시겠지만 어제 유언비어 날조자에게 단설형을 집행했습니다. 이는 율법의 엄중함을 보여준 것입니다. 이 나라 조선은 법치가 바로 선 나라입니다. 차후에라도 그런 자가 나온다면 한 치의 아량도 베풀지 않을 것입니다."

누구도 나서서 입을 떼는 자가 없었다. 혜주가 다시 얘기를 이어갔다.

"임금을 능멸한 죄는 죄 중에서도 가장 큰 죄입니다. 그럼에도 항간에서 임금을 도마 위에 올려놓고 입방아를 찧는 자들이 끊이지 않고 있으니 과인으로서는 도저히 용서할 수 없습니다. 일이 터질 때마다 의금부에서 나서서 죄인을 추포할 게 아니라 이번 기회에 아예 전담부서를 하나 만들었으면 합니다. 영상은 어찌 생각하시오?"

혜주는 또 영의정 홍문식을 걸고 넘어졌다. 영의정이 반대하지 않으면 무사통과인 셈이다. 사헌부, 사간원, 홍문관 등 3사(司)는 그 기능을 포기한 지 이미 오래됐다.

"전하! 정 그러시오면 전하 뜻대로 하시옵소서!"

이런 상황에서 홍문식도 혜주의 기세에 눌려 어찌 할 수가 없었다.

"영상이 과인의 뜻을 그리도 잘 헤아려주시니 고맙소이다."

"성은이 망극하옵니다! 전하!"

"성은이 망극하옵니다! 전하!"

혜주는 새 기구의 개략(槪略)을 미리 준비한 듯했다. 혜주가 도승지에게 눈짓을 주자 도승지 방기선이 두루마리를 펴 준비해온 내용을 읽어나갔다.

"새 기구는 유언비어 유포를 사전에 방지하기 위해 민정을 사찰하고 유언비어 날조자 및 유포자 추포를 주요 임무로 한다. 명칭은 정탐서(偵探署)로 하며 소속은 주상 직속으로 한다. 수장인 서장(署長)은 정2품에 보하며, 그 휘하에는 형조와 의금부 경력 10년 이상의 자 50인 가량을 둔다. 정탐서는 익월 초하루부터 활동을 개시한다."

도승지의 낭독이 끝나자 혜주가 먼저 말을 꺼냈다.

"어떻습니까? 이만하면 이제 유언비어는 확실히 사전에 예방할 수 있지 않겠소? 안 그렇소? 영상?"

홍문식은 얼떨결에 대답을 했다.

"그러하옵니다. 전하!"

"좌상도 한말씀 해보세요!"

이번에는 좌의정 김성조를 걸고 넘어졌다. 김성조는 미리 답을 준비한 듯했다.

"예, 전하! 내용이 알차게 잘 준비된 걸로 사료되옵니다."

궐내 야당 격인 북파의 수장이 겨우 이런 정도였다. 3사 모두 허리를 숙인 채 머리를 드는 자가 아무도 없었다. 혜주는 만면에 미소를 띠며 조회를 마쳤다.

그날 밤, 좌의정 김성조의 집에 북파의 몇 사람이 은밀하게 모였다.

홍문관 대제학 정병철이 먼저 얘기를 꺼냈다.

"이젠 이런 모임도 하기 어려울 것 같습니다. 말이 유언비어 사찰이지 우리 북파도 눈엣가시처럼 여기고 있을 것입니다. 궐내는 이제 위험합니다. 차후로는 날을 잡아 궐 밖에서 은밀히 만나야 할 것 같습니다."

좌의정 김성조가 답했다.

"내 생각도 같네. 우리 집에서의 모임은 오늘로 끝일세. 다들 그리 알게!"

"예, 대감!"

이들은 술 한잔도 나누지 않고 서둘러 모임을 마쳤다.

단골 주막집

괴문서 사건 이후로 혜주는 한동안 무극을 찾지 않았다. 무극이 머물고 있는 인수암에서 내려다보면 경복궁은 발아래 지호지간(指呼之間)이었다.

무극은 한 달 넘게 무료한 나날을 보내고 있었다. 찬 기운을 머금은 늦가을 바람이 인수암을 감쌀 때면 무극은 외로움을 견디기 어려웠다. 회운사 시절이 그립고 그때가 좋았다는 생각이 들 때가 한두 번이 아니었다. 그러나 당장은 회운사로 돌아갈 수도 없고 그렇다고 궐로 들어갈 수도 없었다.

십일 월 중순 달 밝은 어느 날 초저녁 무렵이었다. 궐에서 나와 인수암으로 향하는 발길이 하나 있었다. 그는 혜주의 신임을 한 몸에 받고 있는 우별직 노천이었다. 한 식경 정도 지나서 그는 인수암에 도착했다.

"무별 영감 계시오?"

"…."

"노천이 왔수다!"

노천이라는 말에 무극은 방문을 홱 열어 제겼다. 문 앞에는 영락없는 노천이 서 있었다. 그는 빙그레 웃으며 말했다.

"한번 들른다는 게 이렇게 늦어서 죄송하게 됐수다. 암튼 들어가서 얘기나 좀 하십시다."

"여긴 어떻게 알고 오셨습니까?"

"내가 누구요? 천하의 노천 아니오? 민 상궁한테 물어서 알아냈으니 걱정 마시오!"

민 상궁이 알려줬다는 말에 무극은 일단 안심이 되었다.

"전하께서는 강녕하신지요?"

"예, 강녕하십니다. 그런데 무별이 궐에 안 계시니 전하께서 통 기운이 없어 보이십니다. 무별께서 어서 궐로 돌아오셔야 할 텐데…"

"…."

둘 사이에 잠시 침묵이 흘렀다. 그때 노천이 무극의 손을 잡으며 말했다.

"자하문(창의문) 밖에 내가 봐둔 주막이 하나 있으니 거기 가서 술이나 한잔 하면서 회포나 풉시다."

"이 모습으로요?"

"그건 아니지요, 어서 평복으로 갈아입으세요!"

무료하던 차에 무극은 노천의 제안이 귀에 솔깃했다. 둘은 자하문으로 이어진 오솔길을 따라 산길을 걸었다. 달빛은 휘영청 밝았으며, 풀벌레소리가 온 산에 가득했다.

두 식경 정도 지나 둘은 북악산 서북쪽 자락에 있는 한 자그마한 주막에 도착했다. 이십대 초반으로 보이는 주모가 나와서 반갑게 맞았다.

"어서 오시옵소서! 방을 치워뒀습니다."

주모의 태도로 봐 노천의 단골주막 같았다. 둘은 본채 뒤편에 있는 별채로 들어섰다. 방 안에는 이미 술상이 차려져 있었다.

"앉으시오! 여긴 내가 이전부터 더러 다니던 주막이오!"

무극은 서서 이리저리 방 안을 둘러보았다. 산골 주막집 치고는 비교적 정갈했다. 낯 모르는 과객이 묵는 방이 아니라 단골이 가끔씩 찾는 그런 방 같았다.

"방 구경은 이제 그만하고 술이나 한잔 받으시구려!"

그 말에 무극도 자리를 잡고 앉았다. 노천이 무극에게 술을 따르며 말했다.

"나 같은 건달이야 천하가 내 집이요, 온 계집이 다 내 마누라지요. 허허!"

말을 마친 노천은 껄껄 웃더니 무극 앞에 자기 잔을 내밀었다.

"오늘 밤은 여기서 마음껏 마셔봅시다."

술이 두어 순배 돌고 난 즈음 밖에서 주모의 목소리가 들려왔다.

"안주를 새로 만들어왔사옵니다."

"어! 주모도 들어오시게!"

방문이 열리면서 주모가 반찬 대접 몇을 쟁반에 받쳐 들고 들어왔다. 벽에 걸린 호롱불 아래로 주모의 얼굴이 드러났다. 빼어난 미인은 아니지만 피부가 곱고 이목구비가 또렷했다. 노천이 먼저 말을 꺼냈다.

"집안 동생뻘인데 이 근처 암자에서 공부를 하고 있소. 정신집중한다고 머리를 다 깎았다누만. 동생 안 그런가?"

"아, 예!"

무극은 얼떨결에 대답을 했다. 주모는 무극을 힐끗 훔쳐보더니 그 모양이 우습다는 듯 입을 다문 채 속으로만 웃었다.

다시 서너 순배 술이 돌자 주모가 자리를 비켜주었다. 둘이 할 얘기가 있다는 걸 눈치를 챈 듯했다. 주모가 나가자 노천이 무극의 잔을 채우며 말했다.

"궐내 사정이 매우 좋지 않습니다. 최근 괴소문 사태 이후 주상 전하의 심기가 몹시 불편하십니다. 어명으로 유언비어 유포자들의 혀를 자르는 단설형이 제정됐는데 최근 한 사람이 의금부에 추포돼 혀가 잘렸소. 게다가 유언비어를 단속하겠다며 정탐서라는 전담부서를 신설했는데 이를 두고 신료들이 말이 많소이다. 당분간 무별은 궐로 돌아오시기 어려우실 겝니다. 오늘 제가 이 집으로 모시고 온 것은 무료할 때 가끔씩 들러 술이나 한잔하면서 객고(客苦)도 풀고 세월을 보내기 바라는 뜻에서요."

조용히 노천의 얘기를 듣고 있던 무극이 물었다.

"그 세월이 얼마나 걸릴 것 같소?"

"태풍도 열흘 이상 가는 법이 없소이다. 시간이 지나면 궐이 다시 조용해질 테니 그때까지는 죽은 듯이 세월을 보내시오. 그게 전하와 무별 두 분 모두에게 이롭지 싶습니다. 이건 전하의 부탁이 아니라 순전히 내 생각이니 달리 오해는 하지 마시오!"

"…"

그때 노천이 주모를 부르자 주모가 냉큼 달려왔다. 노천이 주모에게 말했다.

"나는 일이 있어서 먼저 가봐야 하니 내 아우를 잘 모시도록 하게!"

말을 마친 노천은 자리에서 벌떡 일어서더니 품에서 꾸러미 하나를 꺼내 주모 앞에 던졌다.

"금화 오십 냥일세. 내 아우의 반 년 치 술값이니 그리 알게! 나올 것 없네!"

노천은 뒤도 돌아보지 않고 휭하니 방에서 나갔다. 방 안에는 무극과 주모 두 사람만 남았다. 초면에 약간 서먹한 분위기였지만 주모가 이내 분위기를 바꿨다.

"집안 아우님이라고 하셨나요? 어찌 보면 두 분이 닮은 듯도 하군요."

주모는 무극의 잔을 채우면서 의례적인 인사말을 한마디했다.

"예, 그렇지요."

"저도 한잔 주세요!"

뜻밖의 주문을 받고 무극은 잠시 당황했다. 무극이 주모의 잔을 채웠다.

"조실부모 하고 동생 둘을 키우다 보니…."

잔을 비운 주모는 고개를 푹 숙인 채 작은 소리로 흐느끼는 듯했다. 그런 모습을 보자 무극도 마음이 짠해졌다.

"…."

무극이 자작을 하려고 술병을 당기자 주모가 덥석 무극의 손을 잡으며 말했다.

"주막에 오셔서 자작이라니요. 제가 한잔 더…."

주모는 이내 무극의 잔을 채웠다. 무극이 잔을 비우자 안주를 집어 무극의 입에 넣어주었다. 호롱불빛 아래 주모의 얼굴이 볼그레하게 달아올라 있었다. 제법 술이 오른 듯했다. 그때 주모가 자리에서 일어섰다.

"잠시 소피를 좀…."

방문 쪽으로 나가던 주모가 갑자기 비틀비틀거렸다. 순간 무극은 반사적으로 일어나 주모를 얼른 껴안았다. 제법 취기가 오른 주모는 무극의 품에 안겨 가만히 있었다. 당황한 무극은 주모를 안아 방바닥에 뉘었다. 헝클어진 저고리 사이로 주모의 하얀 가슴이 호롱불빛에 빛났다. 주모의 얼굴 위로 잠시 혜주의 얼굴이 어른거렸다. 그러자 무극은 애써 혜주를 지워버렸다.

잠시 뒤 주모가 깨어나 자리에 앉았다.

"분위기에 취한 탓인지 제가 과음을 했나 봅니다. 무례했다면 용서하십시오."

"괜찮소! 대신 술이나 한잔 더 따라주시오!"

이날 두 사람은 초면에 운우지정(雲雨之情)을 나눴다. 주모가 만족스런 표정을 지으며 무극에게 말했다.

"공부하시는 분이라더니 공부는 안하시고 밤일만 하시나 봐요?"

주모는 남자가 처음은 아닌 듯했다. 그러나 말솜씨며 교태가 밉지 않았다. 다시 한 바탕 폭풍이 휘몰아친 후 무극이 주모에게 말했다.

"그대가 임금보다 낫구려!"

"예? 임금이라니요?"

"그런 게 있소! 허허!"

그날 이후 무극은 가끔씩 이 주막엘 들러 객고를 풀었다.

그로부터 한 달 뒤쯤인 12월 중순 어느 날 밤.

혜주는 민 상궁과 내금위장 정윤수의 안내를 받아 은밀하게 인수암을 다시 찾았다. 괴벽보 사건 이후 근 석 달만이었다. 무극을 만날 생각을 하니 혜주는 궐을 나설 때부터 가벼운 흥분이 일었다. 민 상궁이 한 발 앞서 인수암에 도착했다.

"무별 영감! 민 상궁이옵니다."

"…."

방 안에서 아무런 대답이 없었다. 민 상궁이 다시 한번 고했다.

"무별 영감! 저 민 상궁이옵니다."

"…."

그래도 방 안에서 아무런 인기척이 없었다. 정윤수가 나서서 방문을 살펴본 후 말했다.

"방문이 잠겨 있사옵니다. 무별 영감께서 어디 외출을 하신 것 같사옵니다."

"대체 이 야심한 시각에 어디를…"

혜주가 실망한 듯 말을 하다가 말았다. 그때 민 상궁이 나섰다.

"전하! 무별께서 혼자 지내시기 고적(孤寂)하여 근처에서 바람을 쐬러 나가셨나 보옵니다. 예까지 오셨으니 잠시 기다려보심이 어떨까 싶사옵니다만."

"알았네!"

혜주는 퉁명스럽게 말했다. 혜주는 마루에, 두 사람은 입구에서 무극을 기다렸다.

그러나 두 식경이 지나도록 무극은 타나나지 않았다. 초겨울 산바람 소리만 요란한 채 멀리서 짐승소리가 간간이 들렸다. 할 수 없이 민 상궁이 먼저 얘기를 꺼냈다.

"전하! 그냥 돌아가시지요. 무별 영감에게 무슨 사정이 있는 것 같사옵니다."

이날 혜주는 결국 허탕을 치고 말았다. 인왕산 중턱 언덕길을 내려오면서 혜주는 내내 한마디도 하지 않았다. 단단히 화가 난 모양이었다.

그날 밤도 무극은 자하문 밖 주막에서 주모와 밀회를 즐기고 있었다.

미행, 그리고 폭로

이튿날 아침, 혜주는 내금위장 정윤수를 편전으로 급히 불렀다.

"전하! 찾아계시옵니까?"

"어서 오세요!"

정윤수가 자리를 잡고 앉자 혜주가 나지막한 목소리로 말했다.

"인수암에 사람을 보내 무별의 동정을 좀 살펴보세요."

"예, 전하! 당장 오늘밤부터 내금위 군졸을 풀어 동태를 살펴보겠나이다."

"무슨 소식이 있으면 즉각 보고하세요!"

"예, 전하! 그럼 소신은 이만 물러가겠사옵니다."

편전에서 물러나온 정윤수는 즉시 내금위 군졸들을 소집했다.

정윤수는 이들 가운데 동작이 재빠른 몇 사람을 선발하여 3개조로 나눠 인수암을 주야로 감시토록 하였다. 그리고는 이들에게 철저한 입단속을 당부했다.

감시 닷새째 되던 날 아침이었다. 정윤수가 출근하자 야간감시를 했던 군졸이 기다리고 있다가 달려와 밤사이 상황을 보고했다.

"어젯밤 술시 경 무별 영감께서 평복으로 갈아입고서 인수암에서 나와 자하문 밖 한 주막으로 들어가셨습니다. 밤새 그곳에서 주모와 술을 마신 후 거기서 밤을 지내우고 새벽 인시 경에야 인수암으로 되돌아오셨사옵니다. 주막에서 두 사람이 주고받은 대화내용으로 봐 두 사람은 상당히 가까운 사이이며, 무별 영감께서 이미 여러 차례 그곳 출입을 하신 것으로 사료되옵니다."

여왕의 남자가 바람을 피우다니.

정윤수는 이 사실을 어떻게 보고해야 할지 걱정이 앞섰다. 혜주의 성격을 감안할 때 완충장치가 필요하다는 생각이 들었다. 정윤수는 일단 민 상궁을 만나보기로 했다.

아침 경연이 끝난 후 정윤수는 대전 상궁을 통해 민 상궁을 은밀히 만나 자초지종을 설명했다. 그러자 민 상궁도 도무지 믿기 어렵다는 반응을 보였다. 그러나 어명이니 보고하지 않을 수도 없는 노릇이었다.

그날 일과가 끝날 무렵 정윤수는 무거운 발걸음으로 편전을 찾았다.

"신 내금위장 정윤수, 전하의 어명을 받잡고 찾아뵈었나이다."

"어서 오세요!"

혜주는 보고내용을 전혀 짐작하지 못한 채 밝은 얼굴로 정윤수를 맞았다.

"그래, 무별이 그날 어디엘 갔었다고 합디까?"

"…."

"망설이지 말고 속 시원히 얘기해 보시구려!"

"전하! 송구하오나 당일 무별 영감이 출타한 곳은 알지 못하오나 지난 번 하명하신 이후로 의금부 군졸들을 풀어 무별 영감의 동태를 살펴본바…."

정윤수는 말을 하다 말고 머리를 땅에 처박았다. 혜주가 물었다.

"살펴본바, 그래서요?"

"…."

정윤수는 그래도 말을 잇지 못했다. 그러자 혜주가 짜증난 듯이 말했다.

"내금위장! 무슨 말을 하다가 말고 그래요? 어서 말해보세요!"

더 이상 피할 도리가 없었다. 결국 정윤수가 입을 열었다.

"전하, 말씀드리기 송구하오나 무별 영감께서 자하문 자락의 주막을 자주 출입하고 있다고 하옵니다."

"주막집을요?"

"예! 전하!"

"그럼 거기서 더러 유(留)할 때도 있답디까?"

"예, 그런 줄로… 아옵니다."

순간 혜주의 얼굴색이 흙빛으로 변했다. 화가 날 때면 늘 그랬듯이 혜주의 왼쪽 윗입술이 여러 차례 경련을 일으켰다. 창밖으로 시선을 돌린 채 혜주가 단호하게 말했다.

"그만 나가보세요!"

"예, 전하!"

정윤수는 서둘러 편전을 빠져나왔다. 정윤수는 등짝에서 식은 땀이 흘렀다.

잠시 후 민 상궁이 혜주를 찾았다. 혜주는 그때까지도 진정이 되지 않은 듯했다.

"전하! 고정하시오소서!"

"뭐라구? 지금 날더러 고정하라구?"

혜주는 목소리를 높이며 민 상궁에게 쏘아붙였다. 민 상궁에게 반말을 한 것부터가 정상이 아니었다. 보모시절 이후 민 상궁에게 반말을 한 것은 처음이었다.

"전하! 목소리가 너무 크시옵니다."

"내가 지금 그런 거 눈치 보게 생겼나? 일국의 임금을 정인으로 둔 자가 어찌 감히 외간 여자와 통정을 한단 말인가? 그것도 여염집 부녀자도 아닌 주막집 주모와…."

"전하! 편전 안팎에 눈과 귀가 여럿 있사옵니다. 말씀을 삼가하…."

"듣기 싫다! 물러가라!"

혜주는 곧장 자리에서 홱! 돌려 앉았다. 민 상궁 쪽으로는 시선도 주지 않았다. 전례 없던 일이다. 결국 민 상궁도 편전에서 물러나왔다.

그날 밤, 혜주는 노천을 불렀다. 근사에 노천은 혜주의 헤결사 노릇을 하였다. 이제 혜주가 믿고 의지할 사람은 노천 하나뿐이었다. 혜주는 노천에게 저간의 사정을 간단히 설명하였다.

"우별! 대체 무별을 어찌 처결하면 좋겠소?"

"…"

노천은 즉답을 하지 않았다. 잠시나마 혜주를 진정시켜야겠다고 생각했다. 혜주는 안절부절 못했다. 질투심과 배신감이 극에 달해 속이 타는 모양이었다.

"어서 한말씀 해보시구려!"

그때 노천이 찬찬히 입을 열었다.

"일단 궐 밖으로 내치시옵소서! 눈에서 멀어지면 마음도 멀어지고 분노도 차차 가라앉는 법이옵니다."

"그렇지요? 그게 옳지요?"

나중 일은 차치하고라도 일단은 배신에 대한 대가를 치르게 하고 싶은 것이 혜주의 속마음이었다. 노천은 그걸 훤히 꿰뚫어보고 있었던 것이다.

"이왕이면 내일 당장 내치시옵소서!"

"알았소! 우별 얘기를 듣고 나니 속에 체증이 다 내려간 듯하군요!"

"황송하옵니다. 전하! 그럼 소신은 이만…."

노천이 물러가자 넓은 편전에는 다시 혜주 혼자 남게 되었다.

혜주는 상념에 사로잡혔다. 그리 오래되진 않았지만 무극을 정인(情人)으로 삼아 지내온 날들이 주마등처럼 스쳐갔다.

회운사 시절부터 두 사람은 서로 호감을 갖고 있었다. 급기야 민 상궁의 권유로 무극을 정인으로 삼아 곁에 두고 지내왔다. 그런데 그것도 이 밤으로 모두 끝이다. 그런 생각을 하게 되자 혜주는 갑자기 눈물이 쏟아졌다.

이튿날 해질 무렵, 무극은 인수암에서 짐을 꾸렸다. 암자를 나서기 전 무극은 법당에 향을 피우고 부처님 전에 꿇어 엎드렸다.

'대자대비하신 부처님! 부디 소승의 우매함을 꾸짖어 주시옵소서! 그간 속세에서 지은 죄 평생을 두고 참회하고자 속세로 돌아갈까 하옵나이다!'

무극은 삼배를 올린 후 법당을 나섰다.

무악재를 휘돌아온 겨울 찬바람이 무극의 두 뺨을 때렸다. 건너편 북악산, 저 멀리 목멱산이 비웃듯이 바라보고 서 있었다. 북악 아래 경복궁을 바라보자 회한이 밀물처럼 밀려왔다. 무극은 잠시 동안 넋을 잃고서 경복궁을 바라보았다.

회운사 대신 일단 고향으로 갈 참이었다. 돈의문을 빠져나와 무극은 성벽을 따라 숭례문 쪽으로 걸었다. 한강 나루터에서 배를

타고 강을 건넌 후 과천-수원을 거쳐 안성으로 갈 작정이었다. 한
강을 건너 과천 언저리에서 하룻밤 묵어가기로 했다.

숭례문을 지나 한강 나루터로 가던 중이었다. 누군가 뒤를 따르
는 자가 있었다. 무극이 가던 발길을 멈춘 채 선 자리에 섰다.

"뉘신데 이 사람의 뒤를 따르시오?"

그때 40대 중반의 남자가 무극 앞에 나와 인사를 하며 말했다.

"결례를 용서하여 주시옵소서! 저는 좌상대감 댁의 집사이옵니
다. 스님을 꼭 뫼셔오라는 대감의 분부를 받고서 따르던 중이었사
옵니다."

"…"

"금일 술시 경 궐 밖의 모처로 뫼시라고 하였사옵니다."

막 해가 지고 땅거미가 몰려오기 시작했다. 신시가 지난 지 얼
마 되지 않은 시각이었다. 술시라면 아직도 시간이 제법 많이 남
아 있었다. 그때 집사가 말했다.

"근처 어디 주막에서 저녁 요기를 하고 가시면 어떻겠사옵니
까?"

"그리 합시다!"

두 사람은 숭례문 밖 남지(南池) 인근에 있는 주막집에서 저녁식
사를 했다.

식사 후 집사의 안내로 무극이 도착한 곳은 서빙고 인근에 있는
좌의정 김성조의 별장이었다. 김성조를 비롯해 북파의 핵심들이
여럿 모여 있었다. 이곳은 북파의 성 밖 비밀회합 장소 같았다.

"어서 오시게!"

대제학 정병철이 일어나 무극을 맞았다.

"예!"

좌의정 김성조도 한마디 거들었다.

"그간 마음고생이 심했을 줄로 아오. 부담 갖지 마시고 술이나 한잔 하시구려!"

방 안에는 작은 술상이 마련돼 있었다. 김성조가 먼저 무극에게 술을 권했다. 북파와는 평소 약간의 교류가 있었던 터여서 자리가 그리 부담스럽진 않았다.

북파의 2인자 호조판서 김병돈이 말문을 열었다.

"무별께서 대궐에서 어떻게 지내 오셨는지 우리는 다 알고 있습니다. 그러나 무별을 탓 하려는 건 아닙니다. 어찌 보면 무별 영감도 하나의 희생물인 셈이지요."

"…."

대제학 정병철이 나섰다.

"주상을 탄핵을 할까도 생각했습니다만, 두 분 모두 홀몸이어서 참았습니다. 물론 그렇다고 해서 문제가 없는 것은 아니지요만…."

새로 북파에 가담한 예조참판 우병선도 거들고 나섰다.

"이제사 하는 얘기지만 그간 논란이 됐던 괴벽보는 전부 북파에서 붙인 것이오. 이런 말씀을 드리는 것은 이제 북파는 무별과 한 배를 탔다는 얘기올시다."

"자! 자! 그런 얘기 그만하고 술이나 한잔 더 합시다."

김성조가 다시 무별에게 술을 권했다. 잔을 채운 후 김성조가 말했다.

"아무리 생각해봐도 이 나라 종사가 걱정입니다. 백성들이야 군주나 힘 있는 자들을 썹고 하는 게 사는 낙인데 그걸 법으로 틀어막겠다니. 주상은 이세 폭군의 길로 들이섰습니다. 대체 어디서 그런 씨가 나왔는지⋯ 쯧쯧!"

무극은 입이 간질간질했다. 이참에 다 털어놔버릴까?

그때 호판 김병돈이 다시 나섰다.

"항간에는 주상이 선왕의 씨가 아니라는 소문도 있습니다. 요새 주상이 하는 태도를 보면 그 소문이 헛소문만은 아닌 듯 싶습니다. 무별 영감은 혹 그런 소문 들어보지 못하셨는지요?"

김병돈의 갑작스런 질문에 무극은 잠시 흠칫했다.

"아, 예! 저는⋯."

무극이 말을 끝내기도 전에 대제학 정병철이 말을 막고 나섰다.

"산사에 계시던 분이 그런 얘기를 어디서 들었겠소? 그나저나 그런 얘기 잘못 옮기다가 단설형을 당할지 모르니 다들 입조심하시오. 이젠 제 입 갖고 말도 못하게 생겼소이다. 거 참!"

단설형(斷舌刑) 얘기가 나오자 무극도 치가 떨렸다.

차라리 목숨을 거둬가는 건 몰라도 세상에 작두로 사람의 혀를 자르다니. 무극도 이제 더 이상은 안되겠다 싶은 생각이 들었다. 무극이 자리를 고쳐 앉았다.

"여기 계신 여러분께 소승이 한 가지 고백할 것이 있사옵니다."

이 말에 좌중의 시선이 다들 무극에게로 모아졌다.

"주상전하는 선왕 전하의 소생이 아니옵니다."

"예? 그럴 리가요? 그게 사실이요?"

성격이 급한 대제학 정병철이 무극의 말을 막고 나섰다. 잠시 뒤 무극이 얘기가 계속됐다.

"분명한 사실이옵니다. 주상전하는 제 은사이신 태허스님과 민 상궁의 소생이옵니다. 두 분이 회운사 숭현각에서 밀담을 나누시면서 '우리 혜명이'라고 얘기하시는 걸 소승이 똑똑히 들은 적이 있사옵니다. 그리고 언젠가 민 상궁이 제게 직접 그런 얘기를 한 적도 있사옵니다. 부처님께 맹세하는 바입니다."

"…"

아무도 말이 없었다. 쉬 믿을 수가 없는 얘기였다. 만약 그게 사실이라면 혜주의 즉위는 원천무효가 되는 셈이다. 한동안 방 안에는 정적이 감돌았다. 이윽고 좌의정 김성조가 천천히 입을 열었다.

"어려운 말씀을 해주셔서 고맙소이다. 머잖아 오늘 말씀이 귀하게 쓰일 때가 있을 것이니 좀 더 기다려 봅시다."

"그럼 소승은 이만 물러가겠사옵니다."

무극이 자리에서 일어나려 하자 김성조가 붙잡고서 물었다.

"어디로 가시는 길이오?"

"예, 일단 안성 사가로 가서 신변정리를 좀 할까 합니다."

그때 김성조가 문갑에서 꾸러미 하나를 꺼내 무극 앞에 놓았다.

"얼마 안 되지만 노자에 보태 쓰시오. 때가 되면 다시 연락하리다!"

잠시 후 무극은 김성조의 별장을 나왔다. 속 얘기를 하고 나니 시원하면서도 한편으로는 씁쓸했다. 한겨울 밤바람이 서빙고 넓은 뜰을 지나 한강 쪽으로 내달렸다.

시나브로 내린 눈은 이느새 온 천지를 백색으로 뒤덮어 버렸다.

대가뭄

갑신년 새해가 밝았다. 즉위 3년차를 맞은 혜주는 열일곱 살이 되었다.

무극이 떠난 후 그 빈자리는 컸다. 혜주는 성화가 늘고 군소리가 많아졌다. 툭하면 민 상궁에게 욕지거리를 해대며 화풀이를 하곤 했다.

혜주는 밤늦게 침전에서 혼자서 술을 마시는 날이 잦아졌다. 그런 다음날이면 아침 경연에 빠지거나 조회를 거르기 일쑤였다. 어떤 때는 며칠씩 침전에서 두문불출하기도 했다. 국정을 우려하는 목소리가 곳곳에서 터져나왔다.

갈수록 불면증이 심해 몇날며칠씩 잠을 이루지 못하기도 했다. 그럴 때면 고통을 해소하기 위해 양귀비를 더러 입에 대기도 했다. 그 때문인지 갑자기 혜주에게 전에 없던 정신착란 증상이 생겨났다. 한번은 대전 조회 때 좌의정과 우의정을 혼동해 얘기하는 바람에 신료들 입에 오르내리기도 했다. 궐에는 웃음이 사라지고 긴장과 불안감만이 팽배했다.

바깥세상도 크게 다르지 않았다. 마치 쥐 죽은 듯이 고요했다. 정탐서가 궐 안팎을 뒤지고 다니며 백성들의 일거수일투족을 감시하였다. 함부로 입을 잘못 놀렸다가는 혀가 잘릴 판이니 백성들은 주막에서조차 말을 아꼈다. 속이 부글부글 끓었지만 다들 꾹 참고 지내는 수밖에 달리 도리가 없었다.

삼월 초, 한양에서 때 아닌 호랑이 소동이 빚어졌다.

북악산에서 호랑이가 떼로 출몰해 인근 마을의 가축들을 씨를 말렸다. 그 중 몇 마리는 경복궁으로 뛰어들기도 했다. 자칫 호환(虎患)이 우려되는 상황이었다.

급기야 금군(대궐 수비대)에서 군졸들을 풀어 호랑이 사냥에 나섰지만 좀체 잡히지 않았다. 주로 야심한 밤에 출몰하는데다 험준한 산기슭을 이용하는 바람에 군졸들의 접근이 쉽지 않았다. 예전에도 이런 일이 더러 있긴 했지만 이번처럼 떼로 나타나 마을을 습격하는 경우는 처음이라고 했다.

연초부터 괴이한 일이 발생한 것을 두고 세간에서는 불길한 징조라는 얘기들이 나돌기 시작했다. 갑신년 봄은 그렇게 불안하게 시작됐다.

사월 하순부터 남도에서부터 서서히 못자리 작업이 시작됐다.

그런데 제때 내려야할 비가 오지 않아 백성들이 애를 태웠다. 천수답은 비가 오지 않으면 끝장이다. 하마하마 올까 기다리던 비는 오월 중순이 돼서도 아무런 소식이 없었다.

작년엔 물난리로 법석을 떨더니 금년엔 가뭄이란 말인가.

백성들은 하늘만 쳐나볼 뿐 달리 뾰족한 수가 없었다. 가가호호 온 식구들이 나서서 함지박에 우물물을 퍼 나르는 등 부산을 떨었지만 조족지혈에 불과했다. 그 너른 논을 함지박물로 적실 수는 없는 노릇이다.

결국 궐에서도 가뭄을 두고 편전에서 어전회의가 열렸다. 3정승과 6조, 3사가 모두 모였다. 혜주가 먼저 말을 꺼냈다.

"가뭄이 심한 모양인데 이를 어찌 하면 좋겠소?"

"…"

나서서 말하는 자가 없었다. 폭우가 오는 것도 날이 가문 것도 따지고 보면 하늘이 하는 일이니 뭐라고 할 건 아니다. 그저 하늘의 처분만 바랄 뿐이었다. 신료들이 말이 없자 혜주는 짜증이 나는 모양이었다.

"뭐라고 말들 좀 해보세요! 다들 입 뒀다 뭐하는 거요?"

할 수 없이 영의정 홍문식이 또 나설 수밖에 없었다.

"신료들도 걱정을 하고 있습니다만, 달리 뾰족한 수가 없어서 노심초사하고 있사옵니다."

"노심초사만 할 게 아니라 무슨 뾰족한 수를 찾아야 할 게 아니오?"

"…."

새로 임명된 치산치수 주무책임자인 공조판서 하영수가 입을 열었다.

"작년 겨울에는 눈이 적게 내려 저수지도 수량이 적은데다 봄비가 내리지 않아 이미 마른 저수지도 적지 않사옵니다. 전하께서 손수 기우제라도 한번 지내시면 어떨까 싶사옵니다만."

혜주가 양 미간을 찡그리며 퉁명스럽게 말했다.

"작년에는 기청제는 지내더니 이번엔 기우젭니까?"

"천재(天災)를 당하면 군주가 부덕의 소치로 여기고 하늘에 치성을 드리는 것이 고래로부터의 관례이옵니다."

"부덕의 소치요? 그럼 내가 덕이 없단 말이오?"

'부덕의 소치'라는 말이 귀에 거슬렸던 모양이다. 혜주는 정색을 하고는 공조판서를 노려보며 말을 이었다.

"하늘이 하는 일을 과인인들 어찌 하겠소? 과인이 구름을 불러서 비를 내리게 한다는 무슨 용이라도 된답디까?"

"송구하옵니다. 전하!"

공조판서 하영수는 연신 머리를 조아리며 백배사죄했다. 어전회의장은 마치 찬물을 끼얹은 듯했다. 별 뾰족한 얘기가 나오지 않자 혜주는 서둘러 회의를 마쳤다.

장질부사(장티푸스)가 발생한 것은 유월 하순경이었다.

시작은 마포 나루터에서였다. 사월 하순부터 전국적으로 가뭄이 시작된 이래 온 나라가 목이 탈 지경이었다.

유월 하순 들어서부터 날씨가 더워지면서 문제가 생겨났다. 나루터 주변에 버려진 생선 찌꺼기들이 고온에 금세 부패되었다. 나루터 주변은 생선 썩는 냄새로 진동했다. 게다가 날씨가 더워지자 인부들은 십밖에서 잠을 자기 일쑤였다.

그러던 어느 날 나루터 인부 오가(吳哥)가 오한과 두통을 호소했다. 주변사람들은 오뉴월에 무슨 오한이냐며 오가가 꾀병을 부린다고 핀잔을 주었다. 그러나 그게 아니었다. 며칠 뒤 오가는 구토와 설사를 시작했다. 그때까지만 해도 사람들은 오가가 뭘 잘못 먹었거니 하며 대수롭잖게 여겼다.

그로부터 다시 며칠이 지나자 오가는 고열에 복통과 함께 피부 발진이 시작됐다. 얼굴을 비롯해 온 몸에 장미진, 즉 장미 모양의 발진이 퍼지기 시작했다. 사람들은 그제야 사태가 심각함을 알아챘다. 나루터로 왕진을 나온 의원은 오가의 병명이 상한병(傷寒病), 즉 장질부사라고 했다.

문제는 전염이었다. 근 열흘 가까이 병명을 모르고 지내면서 그와 접촉한 사람 다수가 오가한테서 옮고 말았다. 7월 초부터 마포 일대에서 옮은 자가 하나둘씩 나타나기 시작했다. 그들은 하나같이 고열에 복통을 호소했으며, 하루 이틀이 지나자 장미진을 보이기 시작했다.

장질부사가 돈대!

마포 나루터에서 역병이 시작됐대!

역병 소문은 마포 나루터 일대로 번지기 시작했다. 사대문 안으로 퍼지는 건 시간문제였다. 게다가 마포 나루터를 오가는 고깃배를 통해 서해안과 한강 주변으로 입소문이 나기 시작했다. 흥인지문 밖의 약령시(藥令市)에서는 역병에 좋다는 약재가 은밀하게 대량으로 거래되고 있다는 소문도 들렸다.

대가뭄도 끝나기 전에 역병이라니.

저잣거리의 인심은 사나워지고 민심은 갈수록 흉흉해지기 시작했다.

그러던 중 첫 발병자인 오가(吳哥)가 발병 스무 날 만에 죽고 말았다. 오가는 객지에서 나루터 품삯일 하러 올라온 몸이었다. 주변에 피붙이 하나 없는 몸이다 보니 그의 시체를 수습하겠다고 나서는 자가 없었다.

오가의 시체는 고기 창고 헛간에 대엿새 동안 방치됐다. 무더위에 시체 썩는 냄새가 진동하자 이를 견디지 못해 동료 인부 몇이 나섰다. 그들은 새벽녘에 헛간으로 가서 오가의 시체를 수습한 후 인근 야산에 묻었다.

혜민서에서 나와서 챙겨봐야 하는 거 아냐?

혜민서(惠民署)는 일반 백성들의 질병 치료를 관장하던 부서로 사람들이 혜민서를 입에 올리는 건 당연했다. 그러나 그때까지도 혜민서는 움직이지 않았다. 왕진을 나갈 인력이 모자란데다 약재를 구입할 자금이 부족하다는 이유에서였다. 결국 마포 역병자들은 자체적으로 해결할 수밖에 없었다.

사태가 심각해진 것은 오가가 죽은 지 근 열흘이 지나서였다. 인부 등 열댓 명이 한꺼번에 사망한 것이다. 이들은 모두 오가한테 전염된 사람들이었다. 나루터가 발칵 뒤집혔다. 사망자들의 시체를 한군데 모아 놓자 목불인견이었다. 그들 가운데는 현지 주민도 대여섯 명이나 됐다. 밤이 되면 그들의 가족들의 곡소리가 나루터 일대에 울려퍼졌다.

"아이고! 아이고!"

집집마다 빨랫줄엔 병자의 옷가지들이 주렁주렁 내걸려 있었다. 어떤 집에서는 대문 앞에 새끼줄을 쳐놓고서 외부인의 출입을 금하였다.

한 여름철에 발병한 장질부사는 이웃동네로 곧 전염되기 시작했다. 인근 만리재를 비롯해 사대문 인근으로까지 번지기 시작했다. 마포의 고깃배가 오가는 김포, 강화, 양주 일대에서도 역병 소식이 들리기 시작했다. 그리고 며칠 뒤엔 사망자가 발생했다는 소식이 들려왔다.

장질부사

칠월 하순경이 되자 역병이 절정에 달했다. 마포 주변에는 동네마다 시체들이 넘쳐났다. 자고 일어나면 만리재 언덕에는 새 무덤이 수십 개씩 생겨났다. 소문에 더러는 야밤에 배로 시신을 한강

물에 버린다고도 했다. 김포 나루터 근처에서는 시신 태우는 냄새 때문에 주민들이 입으로 숨을 쉰다고도 했다.

졸지에 마포 주변이 역병 동네로 변해버리자 발길이 뚝 끊어졌다. 평소 같으면 나루터를 꽉 메우고 있던 고깃배며 나룻배도 몇 보이지 않았다.

궐을 향한 백성들의 분노와 원망의 목소리가 하늘을 찌르기 시작했다.

백성들 다 죽어 나가는데 이게 나라냐?

높은 놈들 몇 죽어봐야 그때나 정신 차리려나?

정탐서에서는 일찍부터 마포의 역병 소식을 파악하고 있었다. 그러나 정탐서장 마기천은 일부러 혜주에게 보고를 하지 않았다. 혜주의 심기를 불편하게 하고 싶지 않았기 때문이었다. 심지어 정탐서는 지방의 수령들에게 역병과 관련한 장계나 상소를 올리지 못하도록 압력을 넣기도 했다.

이 같은 궐의 분위기를 간파한 혜민서 역시 적극적으로 역병 예방이나 치료에 나서지 않았다. 인력이 모자란다거나 예산이 부족하다는 건 모두 핑계였다. 몇 해 전에 혜주의 두 오라버니가 역병으로 졸지에 죽자 선왕은 특별지시를 내려 혜민서를 대폭 보강토록 했다.

그러나 사태가 악화되면서 드디어 궐내에서도 역병 환자가 생겨났다. 내금위 군졸과 나인 몇이 고열과 복통을 호소하기 시작했다. 내금위 군졸 가운데는 몇은 마포 인근 만리재에 살고 있었다.

혜민서가 바삐 움직였다. 진찰 결과 궐 밖에서 한창 번지고 있는 장질부사로 판명되었다.

혜민서 수장인 제조(提調) 오명식은 영의정 홍문식에게 급히 보고하였다. 홍문식은 곧바로 3정승 회의를 소집했다.

"역병이 돌고 있다니 대체 어찌된 일이오?"

홍문식의 질타에 혜민서 제조 오명식은 머리를 긁으며 말했다.

"지난 유월 하순경 마포 나루터에서 처음 발병했습니다만…."

오명식의 말이 채 끝나기도 전에 홍문식이 책상을 치며 격노했다.

"유월 하순이라면 벌써 한 달이 다돼 가는데 뭘 하다가 이제 보고하는가?"

"저, 그게…."

"자네 목이 열댓 개나 되는가? 이래놓고도 살기를 바라는가?"

"송구하옵니다. 영상 대감!"

"그래, 궐내 사정은 어떤가?"

"내금위 군졸과 나인 몇이 장질부사에 걸린 듯하옵니다."

"허허! 이거 또 난리가 나겠구먼!"

홍문식은 어이가 없다는 듯이 몇 차례 혀를 차더니 곧장 자리에서 일어났다.

"지금이라도 주상전하를 찾아뵙고 이실직고하게. 다함께 대전으로 갑시다!"

3정승과 혜민서 제조 오명식은 곧바로 대전으로 향했다. 맨 뒤에서 따라오던 오명식은 도살장으로 끌려가는 개돼지 꼴을 했다.

대전에 도착하자 대령상궁이 고했다.

"전하! 3정승이 뵙기를 청하옵니다!"

"안으로 뫼시어라!"

방문이 열리자 네 사람은 안으로 들어섰다. 혜주는 낮잠을 자다 일어난 듯했다.

"어쩐 일이시오? 한꺼번에 이렇게…."

"전하! 급한 일이 있어 이렇게 찾아뵈었사옵니다."

영의정 홍문식이 상기된 얼굴로 혜주에게 고하였다.

"급한 일이라니요? 남쪽에서 왜구라도 쳐들어왔단 말이오?"

"그건 아니오나 도성 안팎에 역병이 번지고 있사옵니다. 대책 마련이 시급한 실정이옵니다."

"역병이라고 했소? 그리고 도성 안팎이라면 궐 안에도 이미 발병자가 있다는 얘깁니까?"

"송구하오나 그렇사옵니다. 궐내에도 이미 발병자가 여럿 나왔사옵니다."

홍문식의 말이 끝나자마자 혜주가 찢어지는 듯한 목소리로 말했다.

"그걸 왜 인제 보고합니까? 과인이 역병에 걸리기라도 하면 영상이 책임질 거요?"

책임질 거냐는 말에 홍문식은 잠시 어안이 벙벙했다.

임금이라는 자가 백성들은 안중에도 없고 오직 자신의 안위만 걱정하다니.

감정을 가라앉힌 후 홍문식이 찬찬히 말했다.

"전하! 지금은 그런 것을 따질 때가 아니옵니다. 역병의 확산을 막는 데 다함께 지혜를 모아야 할 때라고 사료되옵니다."

홍문식의 이 말에 혜주는 더 열이 뻗친 듯했다.

"그런 것을 따질 때가 아니라고요? 그럼 영상은 과인이 역병에 걸려도 관계없다는 그런 말씀이오? 그런 것이오?"

생사람을 잡아도 유분수지, 혜주는 생트집을 잡아 홍문식을 몰아붙였다. 그러나 당황한 홍문식이 나서서 급히 사태를 수습하였다.

"어찌 그런 황송한 말씀을 하시옵니까? 이 나라의 지존이신 전하께서 역병에 걸리신다면 이 나라 종사가 무너지옵니다. 혹여 농(弄)으로라도 그런 말씀은 하지 마시옵소서! 소신의 망발을 용서하여주시옵소서!"

홍문식이 머리를 조아리며 백배사죄하자 그제야 혜주는 화가 좀 풀린 듯했다.

"영상께서 그리 말씀하시니 내 마음을 풀겠소. 그래, 역병이 대체 왜 생겨났소?"

혜민서 제조 오명식이 나서서 발병 경위를 설명했다.

"유월 하순경 마포 나루터에서 처음 시작됐사옵니다. 발병원인은 나루터 주변이 정결치 못한 데서 비롯한 걸로 보이며…."

"그래, 발병자 중에 혹 죽은 사람도 있소?"

"……"

나서서 대꾸하는 자가 아무도 없었다. 홍문식이 오명식에게 눈짓을 하자 그때서야 오명식이 나섰다.

"송구하오나 사망자가 더러 있사옵니다."

"그래요? 그 숫자는 얼마나 됩니까?"

"마포 일대를 비롯해 경기도 전역에서 그 수가 오백이 넘사옵니다."

오백이라는 말에 혜주는 눈이 휘둥그레졌다. 오십도 아닌 오백이라니.

"뭐요? 오십도 아니고 오백이라고요? 그간 혜민서는 대체 뭘 했소? 두 오라버니가 승하하신 후 선왕께서 혜민서를 대폭 보강했다고 들었는데 그 많은 사람들이 대체 뭘 하고 있었단 말이오?"

"전하! 소신을 죽여주시옵소서!"

오명식은 방바닥에 꿇어 엎드린 채 머리를 들지 못했다.

"암! 죽어야겠지요. 무고한 백성들을 그리도 많이 죽여 놨으니 누군가는 그 책임을 지고 죽어야겠지요!"

혜주는 자신의 책임은 조금도 없다는 식이었다. 문제가 터지면 늘 아랫사람에게 모든 책임을 전가했다. 혜주에게는 사람을 부리고 누르는 권한만이 있을 따름이었다.

일순 대전에는 긴장과 공포가 엄습했다. 당사자를 앞에 놓고 죽여주겠다고 하니 떨지 않을 사람이 누가 있겠는가.

혜주는 오직 자신의 안위가 걱정이었다. 벌써 궐내에도 발병자가 나왔다고 하지 않은가. 혜주가 오명식에게 물었다.

"책임문제는 나중에 또 따지기로 하고, 궐내 사정을 소상히 말해 보시오!"

오명식이 고개를 들면서 말했다.

"궐내 내금위 군솔과 나인 몇이 장질부사에 걸린 것으로 확인됐 사옵니다. 현재 혜민서에서 어의(御醫)와 상의하며 긴급히 대책을 마련 중에 있사옵니다."

"대책이고 뭐고 간에 일단 그 자들을 궐에서 빨리 내보내도록 하시오!"

"예, 전하! 속히 분부 받들겠사옵니다!"

혜주는 마음이 급한 듯했다. 졸지에 두 오라버니를 잃은 후 역 병이라면 호환보다도 더 무서워했다. 혜주가 영의정 홍문식을 쳐 다보며 말했다.

"영상! 나는 역병이 무섭소. 앞으로 당분간 경연이나 회의는 중 단하시오. 역병이 사람들 사이에서 전염이 된다고 하니 사람들이 모이는 것을 전면 금지시키세요!"

"예, 전하! 어명을 받들겠사옵니다."

이후 혜주는 대전 내관이나 상궁들을 모두 물리쳤다. 또 대전 이나 침전 출입은 민 상궁 한 사람으로 제한시켰으며, 대면보고나 알현은 일체 금지시켰다. 혜주는 역병 뒤처리를 혜민서에 전부 맡 긴 채 대전에서 두문불출하였다.

역병환자를 조기에 격리시킨 결과 다행히 궐에서는 사망자가 나오지 않았다.

그러나 궐 밖은 사정이 달랐다. 혜민서가 나서서 치료와 예방작업을 벌이긴 했지만 이미 너무 늦은 상황이었다. 발병지인 마포를 비롯해 김포, 강화, 양주 일대에서는 사망자가 속출했다.

혜민서는 서둘러 간이벽온방(簡易辟瘟方)의 처방대로 웅황(雄黃)가루를 참기름에 개어 환자들의 콧구멍에 바르는 등 손을 썼다. 그러나 이미 상태가 위중한 자들은 약도 듣질 않았다. 상태가 심한 사람들은 죽을 날만 기다릴 뿐이었다.

처서가 지나 더위가 한풀 꺾이면서 역병이 고개를 숙이기 시작했다. 새로 발병하는 자가 급속히 줄었으며, 사망자도 차차 줄기 시작했다.

구월 초, 혜민서에서 집계한바 사망자는 이천이 넘었다. 과거에도 역병이 돌아 사망자가 더러 나왔지만 이번처럼 숫자가 많지는 않았다.

도끼상소

항간에서는 나라에서 생목숨을 죽게 만들었다며 원성이 자자했다. 발병초기에 환자를 격리시키는 등 당국의 초기대응이 부실했다고 지적했다. 지난 번 두물섬 참사처럼 이번 역병 역시 예고된 인재(人災)라는 것이었다.

다시 벽보가 나붙었다. 장소는 마포 나루터 어물전 담벼락이었다.

'백성을 보전치 못하는 무능한 군주는 물러나라!'

임금과 조정의 무능을 질타하는 매서운 글귀였다. 제 목숨을 걸지 않고서는 감히 함부로 할 수 없는 거사였다.

벽보를 붙인 자를 검거하기 위해 정탐서와 의금부가 합동으로 대대적인 조사에 나섰다. 마포 일대 가가호호를 방문해 탐문을 벌였으며, 며칠 새 마포 나루터를 드나든 고깃배와 상선을 추적해 탑승자 전원에 대해 대면조사를 벌였다.

정탐서장 마기선으로부터 '벽보' 건을 보고받은 혜주는 격노하면서 하루 속히 범인을 검거하라고 명했다. 그러나 범인의 행적은 오리무중인 채 좀체 붙잡히지 않았다.

그때 광화문 육조거리 마당에 이상한 정경이 펼쳐졌다. 유생으로 보이는 한 젊은이가 머리를 산발한 채 거적때기 위에 앉아 있었는데 그의 옆에는 도끼가 하나 놓여 있었다. 이른바 지부상소(持斧上疏), 즉 도끼상소를 하고 있는 것이었다.

그는 성균관 유생들의 자치회인 재회(齋會)의 간부를 맡고 있는 색장(色掌) 서준기였다. 우별직 노천의 회유공작으로 지난 번 유생들의 연좌농성을 좌절시켰던 장본인 바로 그 서준기였다. 지난 번 일로 양심의 가책을 느껴오던 그가 속죄 차원에서 이렇게 나선 것이었다.

그는 즉석에서 장문의 상소문을 써서 궐로 보냈다.

…전하께옵서는 이 나라의 주인이시며 만백성의 어버이시옵니다. 그러나 전하께옵서 즉위한 이래 이 나라는 하루도 태평할 날이 없었사옵니다. 특히 거년(去年)에 발생한 두물섬 참사로 백 명에 가까운 주민들이 수장되었으며, 금년 역병으로 이천 명이 넘는 무고한 백성들이 불귀의 객이 되었사옵니다. 이 모두는 조정이 무능한 탓으로 빚어진 인재(人災)이며, 게다가 사후조치 또한 백성들의 원성을 사고도 남음이 있사옵니다. 예부터 무능한 군주는 죄악이라고 했사옵니다. 주상전하! 이제 옥좌에서 물러나시옵소서. 그 길만이 이 나라 종사를 지켜내고….

상황이 상황인 만큼 서준기의 상소는 즉각 혜주에게 전달됐다. 내용도 자세히 알지 못한 채 도승지 방기선으로부터 서준기의 상소문을 건네받은 혜주는 상소문을 찬찬히 읽어 내려가기 시작했다. 본론에 다다를 무렵 혜주가 갑자기 두 눈을 치켜뜨더니 부르르 떨기 시작했다.

과인더러 옥좌에서 물러나라고? 이러고도 살아남기를 바랄 것인가?

혜주는 안면 근육을 씰룩거리며 옆에 있던 도승지에게 물었다.

"이 자가 대체 누구요? 뭐하는 작자요?"

"성균관 유생이옵니다."

"성균관 유생이라면 국비로 학업을 닦는 자인데 임금에게 물러 나라니…."

혜주는 끓어오르는 분함과 배신감을 참지 못히는 듯했다. 당장이라도 서준기를 붙잡아 들여 주리를 틀 태세였다. 그러나 일전에 유생들의 항의시위는 관례상 묵인한다는 말을 들은 터여서 더 이상 어찌 하지는 않았다. 혼자 속으로만 처분을 내릴 뿐이었다.

오냐, 네가 죽기를 각오했다 이거지? 죽여주마!

혜주는 노천을 급히 불러오라고 명했다. 이럴 때면 혜주는 늘 노천과 상의를 하곤 했다. 노천의 명쾌하고도 강경대처 주문이 마음에 쏙 들었던 것이다.

잠시 후 노천이 편전으로 들어섰다.

"우별직, 어서 오세요!"

"전하! 찾아계시옵니까?"

혜주는 인사도 받지 않은 채 바로 본론으로 들어갔다.

"광화문 앞에 도끼가 등장했다지요? 이 일을 어찌 처리하면 좋겠소?"

노천은 단호한 어조로 잘라 말했다.

"전하! 대역죄이옵니다. 엄벌로 다스리옵소서!"

"그렇지요?"

혜주는 반색을 하며 노천의 말에 맞장구를 쳤다. 군더더기 없이 명쾌하게 결론을 내려주는 노천이 혜주는 마음에 들었다. 노천은 할 말이 남은 듯했다.

"그 자를 참형에 처한 후 숭례문 앞에 효수(梟首)토록 명하시옵소서! 군왕의 지엄함을 만백성들에게 보여주셔야 합니다."

"알았소!"

그 시각 서준기는 뭔가를 열심히 쓰더니 막 붓을 내려놓았다. 그리고는 다 쓴 종이를 거적때기 위에 펼쳐놓았다. 옆에서 이를 지켜보던 사람들은 벌벌 떨며 가까이 가는 것조차 두려워하였다. 서준기가 종이 위에 쓴 것은 '주상의 실정(失政) 및 국기문란 7개 죄목(罪目)'이었다. 서준기는 이미 죽을 각오를 한 몸이었다.

一. 법적 근거도 없이 별직, 정탐서 등을 만들어 국법을 농락한 죄
二. 적법한 절차 없이 단설형을 제정하여 권한을 남용한 죄
三. 조선조의 국정방침인 숭유억불 정책을 위반한 죄
四. 두물섬 참사를 사전에 막지 못하고 사후처리를 소홀히 한 죄
五. 내수사 쌀 매점매석 의혹 사건의 재수사를 막은 죄
六. 혜민서의 역병 예방 및 사후조치를 소홀히 한 죄
七. 궐내에 정인(情人)을 끌어들여 음사(淫事)를 일삼은 죄

'7개 죄목(罪目)'은 삽시간에 입에서 입으로 전해졌다. 육조 거리와 종로 시전(市廛) 일대에서는 삼삼오오로 모여 수군대기 시작했

다.

전부 다 옳은 소리만 골라서 했구먼!

이런 난세에도 올곧은 유생이 살아 있었네!

소문은 금세 궐로도 전해졌다. 도승지는 즉각 이를 혜주에게 보고하였다. 혜수는 화가 머리끝까지 난 듯했다.

"이 자가 죽기를 각오했다고? 지금 당장 잡아들이시오!"

"예, 전하!"

도승지는 의금부에 서준기를 즉각 잡아들이라는 어명을 전달했다. 의금부 도제조 이기호는 나장 20명을 이끌고 나가 서준기를 붙잡아 의금부 옥사에 일단 가뒀다.

서준기가 의금부에 끌려갔다는 소문이 나자 성균관 유생들이 들고일어났다. 유생들의 우두머리인 장의(掌議) 이용선이 긴급 재회(齋會)를 소집했다.

"상소 중인 유생을 붙잡아가는 법은 없소! 이건 절대 좌시할 수 없소이다!"

"옳소! 우리 목이 잘릴지언정 주상의 이 같은 망동을 용납할 수 없소!"

성균관 유생 이백여 명은 그날 밤으로 서준기가 앉았던 그 자리를 대신 메웠다. 이 소식은 다시 궐로 전해졌고, 보고를 받은 혜주는 격노했다.

"그 자들도 다 잡아들이시오!"

"전하! 이 문제는 3정승과 먼저 상의를 하심이 옳을 줄로 사료되옵니다."

도승지의 말에 혜주는 멈칫 하더니 고개를 두어 번 끄덕였다.

"알았소. 3정승을 급히 들라 하시오!"

곧이어 영의정 홍문식 등 3정승이 대전으로 들어섰다. 혜주가 먼저 얘기를 꺼냈다.

"대역죄인 서준기를 잡아들였다며 성균관 유생들이 광화문 앞에서 또 연좌시위를 벌인다고 합니다. 이들도 다 잡아들일 계획인데 경들은 어찌 생각하시오?"

혜주는 3정승과 논의를 하려는 게 아니라 이미 결정을 다 내려놓고 통보하는 식이었다. 영의정 홍문식이 자리를 고쳐 앉으며 얘기를 꺼냈다.

"전하! 그것만큼은 불가하옵니다. 성균관 유생들은 장차 이 나라를 짊어지고 갈 동량지재들이옵니다. 그들을 죄인 취급하는 것은 이 나라의 앞날을 막는 것과 같사옵니다. 부디 자비를 베푸시옵소서! 전하!"

"…"

혜주는 아무런 대꾸도 하지 않은 채 듣고만 있었다. 그러자 이번에는 좌의정 김성조가 나섰다.

"전하! 태조대왕 이래로 이 나라 조선은 선비를 귀(貴)히 여겨 왔사옵니다. 어떠한 경우에라도 유생들의 언로를 막아서는 아니 되옵니다. 통촉하여 주시옵소서!"

우의정 도병세는 혜주의 눈치를 살피더니 아무 말도 하지 않았다.

그러자 영의정 홍문식이 다시 나섰다.

"연좌농성하는 유생들을 강제로 해산시켜 잡아들인 임금은 폭군 연산군뿐이옵니다. 부디 통촉하여 주시옵소서, 전하!"

마치 사전에 입이라도 맞춘 듯이 정승 셋이 한목소리를 냈다. 그러나 이들의 간언이 혜주의 귀에는 하나도 들어오지 않았다. 이미 결론을 내려놓은 상태여서 그들의 말은 오히려 귀에 거슬리기만 할 뿐이었다.

잠시 입을 닫고 있던 혜주가 뭔가 작심한 듯 입을 열었다.

"경들과는 얘기가 통하지 않는군요. 연산군이 시위 유생들을 붙잡아 들인 데는 다 그럴 만한 이유가 있었을 것이오. 대역죄는 국법에 참형에 처하도록 명시돼 있지요? 이 건은 국법에 따라 과인이 알아서 처결할 터이니 그리 알고 다들 물러들 가세요!"

3정승은 더 이상 반박할 말을 찾지 못해 대전에서 물러났다. 앞서 나오던 영의정 홍문식이 혀를 차며 혼잣말로 중얼거렸다.

'이제 이 나라 종사가 끝장이 나려는가 봅니다.'

'…'

이튿날 오전, 연좌시위를 벌이던 성균관 유생 이백 명이 전부 의금부로 끌려갔다. 그 중 절반 가량은 의금부 나장들에게 두들겨 맞아 피가 낭자했다.

이날 정오 경, 성균관 유생 둘이 숭례문 밖 사형장에서 목이 잘렸다. 도끼상소를 하면서 주상의 '7개 죄목'을 공표했던 서준기가 그 한 사람이요, 나머지 한 사람은 유생들을 규합하여 연좌시위를 주동한 장의(掌議) 이용선이었다.

의금부는 이들의 잘린 머리를 긴 장대에 매달아 숭례문 성벽에 매달았다. 형을 집행한 지 얼마 되지 않아 그들의 머리통에서 피가 뚝! 뚝! 떨어졌다. 성문을 드나들면서 이 광경을 지켜본 사람들마다 한마디씩했다.

폭군 연산주가 되살아났군!

이래놓고도 만백성의 어버이라 할 것인가.

선비가 죽으면 나라가 망한다고 했거늘….

상가(喪家) 모의

그해 가을걷이가 끝난 십일월 초순이었다.

영의정 홍문식과 좌의정 김성조가 전격적으로 사의를 표명했다. 국정 실패에 따른 도의적인 책임을 지고서였다. 두 사람은 사직서를 들고 편전으로 들었다. 홍문식이 먼저 사직의 변을 밝혔다.

"전하! 신 영의정 홍문식, 이제 자리에서 물러나고자 하옵니다. 심신이 쇠약하여 정신이 맑지 못한데다 주상전하를 제대로 보필하지 못한 죄 태산보다도 더 크옵니다. 부디 윤허하여 주시옵소서!"

김성조가 뒤를 이었다.

"전하! 신 좌의정 김성조, 소신 역시 이제 물러가고자 하옵니다. 젊고 유능한 인재들을 등용하시어 그들로 하여금 전하를 더욱 더 잘 보필할 수 있도록 하시옵소서!"

두 사람의 얘기를 가만히 듣고 있던 혜주가 얘기를 꺼냈다.

"정 그러시다면 그리들 하세요!"

미리 예상을 하고 있었다는 듯이 혜주는 이들의 사의를 즉석에서 수용했다. 혜주로서는 뭔가 대안을 마련해 놓고 있었던 모양이다.

아니나 다를까 그다음 날 바로 이조에서 방을 붙였다.

우의정 도병세 命 영의정(정1품)

예조판서 허욱 命 좌의정(정1품)

대사헌 장찬호 命 우의정(정1품)

이조판서를 거쳐 직전까지 우의정을 지낸 도병세는 혜주가 집권한 후 승진가도를 달렸다. 그는 눈치가 빠르고 시류에 편승하는 처세의 달인으로 불렸다.

예조판서 출신의 허욱은 자기주관이 뚜렷하지 않아 평소 각종 회의에서 발언하는 것을 본 사람이 거의 없을 정도였다. 또 대사헌 출신의 장찬호는 사헌부를 비롯해 3사(司)를 망친 주범이라는 비난을 사온 인물이었다.

이로써 의정부 3정승은 '처세와 침묵의 달인'들로 구성됐다.

이로부터 한 달 정도 지난 십이월 초순, 영의정을 지낸 홍문식의 부음이 전해졌다. 평소 지병이 있던데다 고령으로 천수를 다한 것이다. 그의 나이 만 72세. 홍문식은 임술정난(壬戌靖難) 때 앞장서서 광조(光祖)를 도운 인물이다. 선왕은 물론 혜명공주를 후사로 옹립하는 데도 앞장섰으니 대를 이어 충성을 다한 셈이다.

　홍문식의 사망으로 임금은 물론 조정에서도 며칠 정사를 쉬었다. 당시 관례는 3정승을 비롯하여 정1품 이상의 관료가 사망하면 사흘, 정이품 이상의 정경(正卿) 벼슬을 지낸 관리가 사망하면 이틀, 판윤(判尹·시장)을 지낸 사람의 경우 하루 동안 조정의 업무를 쉬도록 했다.

　목멱산(남산) 자락에 있는 홍문식의 집에는 문상객들의 발길이 줄을 이었다. 생전에 당대 최고의 실세였던데다 그만하면 인품도 무난했다는 평이었다.

　문상객 속에는 북파의 영수이자 좌의정을 지낸 김성조를 비롯해 북파의 중진들도 여럿 끼어 있었다. 자연스럽게 상가에서 남·북파 간의 만남이 이루어졌다.

　홍문식에 이어 남파의 1인자가 된 전 병조판서 윤상이 먼저 인사를 건넸다. 윤상은 호상(護喪)을 맡고 있었다.

　"차운 날씨에도 불구하고 걸음을 해주셔서 감사드립니다."

　"무슨 말씀을! 당연히 영상대감 문상을 와야지요!"

　김성조는 먼저 빈소에 들러 조문을 했다.

　조문을 마치고 나오자 윤상이 빈소 앞에서 기다리고 있었다.

"이곳에도 정탐서 사람들이 여럿 깔렸습니다. 별채에 사람들이 모여 있으니 거기로 가시지요!"

김성조는 윤상의 안내로 안채 뒤에 있는 별채로 걸음을 옮겼다. 윤상은 집사에게 별채 주변을 철저히 감시하라고 일러두었다.

별채에는 남파의 중진들이 여럿 모여 있었다. 김성조 일행이 방으로 들어서자 다들 일어나 인사를 했다.

"좌상대감! 그간 강녕하신지요?"

"예, 다들 오랜만에 뵙습니다."

다들 자리를 잡고 앉았으나 상가여서인지 별로 말들이 없었다. 잠시 후 윤상이 남파를 대표해 먼저 얘기를 꺼냈다.

"좌상대감 이하 문상을 와주신 북파 대감들께 먼저 감사드립니다. 저희 남파를 이끌어주신 영상대감께서 훌쩍 떠나시니 그 빈자리가 너무도 큽니다. 이제 여기 계신 분들이 다함께 그 자리를 메워주셔야 할 것입니다."

"흠! 흠!"

김성조가 헛기침을 두어 차례 하고서 작심한 듯 말을 꺼냈다.

"지금 조정은 사실상 영상께서 연 것이나 진배 없지요. 그러나 요즘 조정이 돌아가는 꼴을 보노라면 울화가 치밉니다. 영상께서 이런 꼴을 보자고 목숨을 거신 건지… 아마 마지막까지 편히 눈을 감지 못하셨을 거외다!"

"…"

김성조의 말에 한동안 좌중엔 침묵이 흘렀다. 잠시 후 형조판서 정우량이 침묵을 깨고 나섰다.

"지금 이 나라는 정상이 아닙니다. 법도 없고 질서도 없습니다. 주상의 말이 곧 법이요, 질서인 셈이죠. 그렇다고 나서서 따끔하게 말하는 사람도 하나 없습니다. 목이 하나밖에 없는 탓이지요. 그러나 무슨 수를 써서라도 이제는 바로잡아야 합니다."

이번엔 북파의 대제학 정병철이 나섰다.

"글 읽은 사람으로서 요즘처럼 부끄러운 때가 일찍이 없었소이다. 당장이라도 벼슬을 던지고 낙향하고 싶지만 지금은 자리를 지켜내는 것만으로도 일익(一翼)을 담당한다고 믿고 있소이다. 저도 이제는 뭐든 하겠소이다. 오늘 이 자리에서 서로 흉금을 터놓고 진지한 대화가 오가기를 기대합니다."

그때 김성조가 좌중을 둘러보며 무겁게 입을 열었다.

"다들 뜻이 그러하시다면 나도 한마디 하겠소. 이 나라 종사와 만백성을 위해서도 주상을 빨리 끝내는 게 좋을 듯합니다. 말하자면 혁명(革命)이지요. 다들 동의하신다면 논의를 진행시켜 보리다."

마침내 김성조의 입에서 혁명 얘기가 나왔다. 다들 긴장하는 분위기가 역력했다. 그러나 이미 상황은 시위를 떠난 화살과도 같았다. 이 자리에 참석한 것만으로도 역적모의에 가담한 셈이 된다.

북파의 소장파인 예조참판 우병선이 김성조를 거들고 나섰다.

"좌상대감께서 앞장서신다면 소생은 목숨을 걸고 뒤를 따르겠사옵니다. 구체적인 방안을 하교하여 주시옵소서!"

그때 남파의 소장파인 승지 김인겸이 말을 받았다.

"소생도 좌상대감을 기꺼이 따르겠사옵니다. 제게도 소임을 맡겨 주시옵소서!"

굳었던 김성조의 얼굴이 비로소 펴지면서 입가에 가는 미소가 돋아났다.

"다들 동의해 주시니 고맙소이다. 이는 이 나라를 살리고 만백성을 도탄에서 구해내는 일이며, 나아가 우리가 사는 길이오."

남파의 윤상이 김성조를 옆에서 거들고 나섰다.

"이 정도로 얘기가 모아졌으니 제가 두 가지를 제안하겠소이다. 하나는 양 파간의 연락책을 두되 남파는 대사간 박희윤 영감을, 북파는 대제학 정병철 영감으로 정했으면 하오이다. 또 하나, 이 시각 이후부터는 궐 밖의 좌상대감 별장에서 시회(詩會)를 가장해 모임을 가졌으면 하는데 어떻소이까?"

다들 윤상의 의견에 찬동하였다. 첫 시회는 신년 교례회를 겸해 정월 초닷샛날 미시(未時)에 열기로 정했다.

이날 모인 사람들은 헤어지기 전에 시회 모임 개최에 찬동한다는 서명을 했다. 말하자면 '혁명결의서'이자 배신을 방지하기 위한 일종의 신표(信標) 같은 것이었다.

한겨울 얼음장 속에서도 미나리 새싹이 움트듯이 혜주의 폭정 끝에서 새 기운 하나가 돋아나기 시작했다.

시회(詩會)

대가뭄과 역병으로 온 나라가 부산을 떨었던 갑신년이 가고 을유년(乙酉年) 닭띠 해가 밝았다. 즉위 4년차를 맞은 혜주는 열여덟 살이 되었다.

정월 초하룻날, 혜주는 예년처럼 권농윤음(勸農綸音)을 발표하고 망궐례(望闕禮)를 가졌다. 망궐례 이후에는 조상신과 공자에게 인사를 드리기 위해 종묘와 성균관을 찾았다. 또 오후에는 새해인사차 찾아온 종친들과 신료들을 대전에서 만났다. 영의정 도병세가 신료들을 대표해 새해인사를 올렸다.

"주상전하! 을유년 새해에도 이 나라 종사의 주인이시자 만백성의 어버이이신 전하의 옥체 강녕하심을 천지신명께 기원하옵나이다!"

혜주는 만면에 웃음을 띤 얼굴로 도병세의 인사에 화답했다.

"고맙소이다. 경들 덕분에 과인이 정사를 별 탈 없이 펴나갈 수 있소. 새해에도 경들의 충정에 힘입어 태평성대를 이룩하고 싶소이다."

"성은이 망극하옵니다!"

"성은이 망극하옵니다!"

이날 대전에서는 모처럼 웃음소리가 끊이지 않았다.

그로부터 나흘 뒤인 정월 초닷샛날 미시 경이었다.

서빙고 인근에 있는 김성조의 별장에 하나둘씩 사람들이 모여들기 시작했다. 은퇴한 좌의정 김성조가 신년 인사를 겸해 마련한 시회에 참석하는 사람들이었다. 그들 중에는 우별직 노천도 끼어 있었다.

참석자 중에 어떤 이는 술병을 꿰차고 오기도 하고, 시필묵을 담은 작은 함을 들고 오는 이도 있었다. 겉으로는 영락없는 시회 (詩會) 모임이었다.

미시가 되자 별장 본채에서 가야금 반주에 '태평성대가(太平聖代歌)' 노랫소리가 흘러나왔다.

금년에도 풍년 거년에도 풍년 연년세세 풍년일세!
이고을도 방긋 저고을도 방긋 고을마다 웃음일세!
얼씨구나 좋다 지화자 좋다 태평성대 만만년일세!
둥기당당 둥당당! 둥기당당 둥당당! 둥기 둥당당!

정초에 신나는 노랫가락이 김성조의 별장을 에워쌌다. 김성조는 노래 잘하는 기생 몇을 일부러 불렀다. 시회 개최에 앞서 좌중의 흥도 돋울 겸 이 자리가 유흥(遊興)의 자리임을 보여주기 위함이었다. 몇 사람만 모여도 정탐서가 살피고 다니는 판국이니 달리 도리가 없었다.

기생들의 노랫가락이 끝나자 기생들이 좌석의 술잔을 채우기 시작했다.

그때 집주인이자 좌장 김성조가 일어나 건배사 겸 새해 덕담을 한마디 했다.

"을유년 새해를 맞아 이 나라 조정과 여기 오신 모든 분들의 가내 두루 평안하시길 기원합니다. 새해 닭띠 해에는 암탉이 알을 쑥쑥 낳는 그런 한 해가 되기 바라며 아무쪼록 오늘 시회가 즐겁고 유쾌한 자리가 되었으면 합니다. 자, 한잔들 드십시다!"

김성조의 건배사가 끝나자 여기저기서 술잔 권하며 덕담을 나누느라 방 안이 시끌벅적했다.

그때 기생 하나가 가야금을 뜯기 시작했다.

둥기둥당 둥당당~

그러자 마치 이를 기다리기라도 했다는 듯이 누군가 그 가락에 맞춰 '청산리 벽계수야' 시조를 읊기 시작했다.

청산~리~ 벽계~수야 수이~감을 자랑~마라~

이일도~ 창해~ 하면 다시~ 오기~ 어려우니~

명월~이이 마안~공산 하니 쉬어~간들 어떠리~

가야금 연주에 시조 창(唱)까지 곁들이자 분위기가 무르익기 시작했다. 누가 봐도 이날 모임은 영락없는 유흥 자리로 보였다.

그때 인근에서 별장을 지켜보던 시선이 둘 있었다. 그들은 정탐서 서원(署員)들이었다. 그 중 선임인 듯한 자가 말했다.

"이만 가세! 거 청산리 벽계수야 시조는 언제 들어도 좋구먼!"

"저 연세에도 풍류를 즐기시니 참 보기 좋군요. 어서 서(署)로 복귀하시죠!"

두 사람은 이내 자리를 떴다. 이들은 정탐서로 복귀해 김성조의 별장 모임은 신년 맞이 시회를 겸한 유흥 자리라고 보고했다.

한바탕 놀이가 끝나자 기생들이 별장을 빠져나갔다. 김성조는 서둘러 자리를 정리하였다. 언제 떠들고 놀았냐는 듯이 좌중엔 금세 긴장감이 감돌기 시작했다. 김성조가 먼저 말문을 열었다.

"금년에는 우리가 명운을 걸어야 할 것이외다. 그간 양 파간에 연락책을 통해 긴밀히 협의한 내용을 공표하겠소이다."

좌중은 김성조의 입에 시선을 박은 채 다음 말이 떨어지기를 기다렸다.

"주상을 끌어내리기 위해서는 우선 궐내의 군권을 장악해야 하며, 그다음은 거사 당일 주상의 친위대인 내금위를 무력화시키는 것이 가장 중요하외다. 병조판서 남호연은 본디 북파 사람이오. 우별직 노천이 회유하여 주상의 사람이 됐으나 시류에 밝은 사람이니 그는 마음만 먹으면 언제든지 다시 우리사람으로 만들 수 있소이다. 이 일은 북파에서 책임지도록 하겠소. 내금위는 수장 정윤수만 제거하면 그만일 것이오. 정윤수는 거사 당일 출근길에 쥐도 새도 모르게 처치할 계획이오."

"…"

다들 숨을 죽인 채 김성조의 얘기에 귀를 기울였다. 그의 얘기가 계속됐다.

"거사일은 사월 초파일로 정했소. 이날 회운사 연등행사에 참석하는 주상의 옥가를 중도에 습격하여 주상의 신병을 확보할 것이오. 소기의 목적을 달성하기 위해서는 우별직 노천을 통해 이날 옥가 행렬을 최소화시키도록 주문할 필요가 있소이다."

그때 방문 쪽 가까이에 앉아 있던 노천이 나지막한 소리로 말했다.

"알겠사옵니다. 소생, 최선을 다해 소임을 다하겠사옵니다."

그다음 얘기는 남파의 대표 격인 윤상이 이어갔다.

"주상의 신병이 확보되면 영의정 도병세 주재 하에 임시조회를 열어 주상의 '실정(失政) 9개항'을 발표한 후 곧바로 탄핵에 들어갈 것이오. 도병세 역시 시류를 읽는데 촉이 빠른 사람일뿐더러 자족할 줄도 아는 사람이니 설득하는 데 별 무리가 없을 것이오. 도병세는 본디 남파 사람이니 그를 회유하는 일은 제가 직접 맡겠소이다."

이때 남파의 막내 승지 김인겸이 물었다.

"주상의 '실정 9개항'은 구체적으로 어떤 내용인지요?"

"지난 번에 참수당한 유생 서준기가 공표한 7개항에다 둘을 보탰소. 하나는 서준기 같은 올곧은 유생을 척살한 죄, 그리고 마지막 하나는 그간 극히 몇 사람만 알고 있던 내용이오만 이 자리에서 처음으로 공개하겠소이다."

윤상은 잠시 얘기를 멈추었다가 다시 시작했다.

"다들 놀라지들 마시오. 주상은 선왕의 소생이 아니오. 회운사 주지 태허와 민 상궁의 소생이라는 사실이 밝혀졌소이다. 믿을 만한 증인까지 확보해 뒀으니 그 점은 안심하시오!"

증인이 있다는 말에 다들 주위를 두리번거렸다. 승지 김인겸이 나시 물었다.

"그 증인이란 자가 대체 누군가요?"

윤상은 잠시 지체하더니 결국 대답했다.

"좌별직을 지낸 승려 무극이외다!"

이 사실을 처음 알게 된 남파 사람들은 놀란 나머지 입을 다물지 못했다.

윤상이 마무리 발언을 했다.

"주상의 출생의 비밀을 폭로하는 자리에는 당사자인 태허와 민 상궁, 그리고 대비도 함께 할 것이오. 만에 하나 이들이 부인할 것에 대비해 승려 무극도 대기시켜 둘 것이오. 우리의 계획이 성공할 경우 조정은 임시로 여기 계신 좌상대감께서 맡을 것이오. 그리고는 적절한 시점을 봐 은성군을 후사로 옹립할 것이며, 한동안 대리청정(代理聽政) 체제를 유지할 계획이오. 제 얘기는 여기서 마칩니다."

윤상의 얘기가 끝난 후에도 한동안 아무도 말을 하지 않았다. 만에 하나 거사가 실패라도 할 경우 본인은 물론이요, 삼족이 살아남기 어렵다는 것쯤은 다들 알고 있었다.

마지막으로 좌장 김성조가 나섰다.

"혁명이란 목숨을 내놓아야만 하는 일이외다. 임술정난 때도 많은 사람들이 목숨을 걸었지요. 죽기를 각오하면 살 것이요, 반대로 죽기를 두려워한다면 그 자는 반드시 죽게 될 것이오. 우리가 탄 배는 이미 포구를 떠났소이다. 이제는 거친 풍랑과 싸워 이기는 길만이 우리가 살 길이오. 하늘이 우리를 반드시 도울 것이라 믿소!"

김성조는 자리가 파하기 전에 참석자 모두에게 역할을 분담시켰다. 일을 성사시키기 위해 필요한 일이기도 했지만 각자에게 임무를 맡겨 무리에서 이탈하지 못하도록 묶어두기 위한 방책이었다.

이날 시회는 유시(酉時) 경에야 끝이 났다.

거사, 막전막후

사월로 접어들자 봄기운이 완연했다. 북악산 곳곳에 두견화가 울긋불긋 피어났다.

궐내에도 봄의 생기가 돌았다. 노천은 혜주와 함께 경회루 나들이를 나섰다. 경회루 주변 버들이 물이 올라 연두색 잎을 앞을 다퉈 틔우고 있었다.

"전하! 봄이 한창이옵니다. 마치 전하를 닮은 듯하옵니다."

"어머! 저기 멀리 북악에 두견화도 피었군요!"

집권 4년 만에 몰라보게 변모했지만 열여덟 혜주는 소녀다운 면

모도 없지 않았다. 봄꽃에 취해 들떠 있는 혜주에게 노천이 다가가 말했다.

"전하! 초파일이 멀지 않사옵니다. 회운사 연등회 법회에 한번 다녀오시옵소서. 태허국사께서 편찮으시다는 소문이 있사온데 병문안을 겸해서 말이옵니다."

회운사, 태허국사 얘기를 꺼내자 혜주는 반색을 했다.

"그러고 보니 작년에는 한 번도 다녀오질 못했군요. 올 초파일에는 꼭 한번 다녀와야겠습니다."

"소신이 전하를 뫼시겠사옵니다!"

"좋아요! 같이 가십시다."

분위기가 무르익었다 싶자 노천이 작심한 얘기를 꺼냈다.

"전하! 이번 회운사 연등회 법회 참가 행렬은 단출하게 꾸려서 가시는 게 좋을 듯싶사옵니다. 내금위와 금군들이 대거 동원되다 보니 궐이 텅텅 빈 듯한데다 백성들의 눈도 있고 해서 드리는 말씀이옵니다."

"그래요? 그렇다면 우별직이 알아서 꾸리도록 하세요!"

"성은이 망극하옵니다. 당일 소신이 전하를 곁에서 모시고 갈 것이옵니다."

노천은 혜주의 어명이라며 내금위장 정윤수에게 초파일 회운사 법회 참배 행렬을 최소한의 규모로 줄이라고 지시했다.

이튿날 북파의 2인자 호조판서 김병돈은 퇴청 후 돈의문 인근에 있는 병조판서 남호연의 집을 찾아갔다. 사랑채에서 손자와 바둑을 두고 있던 남호연이 김병돈을 반갑게 맞았다.

"어쩐 일로 호판이 제 집을 다 찾아주셨소이까? 어서 드시지요!"

"요 앞을 지나가던 길에 병판 댁이 생각나 통고도 없이 불쑥 쳐들어왔소이다. 무례를 용서하시구려!"

"무례라니요? 이게 얼마만입니까?"

"궐에서도 요즘 병판 뵙기가 아주 어렵습디다?"

"별말씀을요, 그러셨다면 오늘 제가 벌주를 한잔 내겠습니다."

그새 술상이 차려나오자 두 사람은 술잔을 주고받으며 그간의 회포를 풀었다.

술잔이 몇 순배 돌자 눈치가 빠른 남호연이 먼저 얘기를 꺼냈다.

"뭔가 제게 하실 말씀이 있으신 걸로 보입니다. 저간의 정리(情理)로 봐 이 자리에서는 비밀을 지켜드릴 테니 터놓고 말씀하시지요!"

남호연이 이렇게 나오자 김병돈은 살짝 당황했다. 그러면서도 남호연이 옛정을 생각해 준다니 다행이다 싶기도 했다. 김병돈은 일단 남호연의 속을 떠보기로 했다.

"요즘 궐 생활이 어떠시오? 심간(心肝)은 평안하신지요?"

"잘 아시면서 그리 물으십니까? 병부(兵部)에는 별일은 없습니다만, 주상전하의 심기가 저리도 널뛰듯 하시니 장차 이 나라의 앞날이 걱정이옵니다."

시세에 밝은 남호연이니 세상을 내다보는 눈은 매우 정확했다.

김병돈은 한걸음 더 나아가 보기로 했다.

"이 나라 종사와 백성을 생각하는 신료라면 그런 생각을 왜 하지 않겠습니까? 그렇다면 세상이 좀 바뀌어야 하지 않겠소이까? 병판은 어찌 생각하시오?"

이 말에 남호연은 주춤하는 듯 즉답을 하지 못했다. 그의 심중에 갈등이 자리하고 있음을 눈치챈 김병돈은 속마음을 털어놓기로 했다. 김병돈은 남호연의 두 손을 덥석 잡으며 말했다.

"병판대감! 나를 의금부에 신고해도 좋소이다. 그런데 그에 앞서 긴히 드릴 말씀이 하나 있소이다. 지금 나라꼴이 정상이라고 보시오? 병판 말씀대로 주상의 심중이 저리도 널뛰듯 한데 병판인들 언제까지 그 자리를 보전할 수 있다고 보시오? 우리 다시 손잡고 세상을 한번 바꿔봅시다."

"…"

남호연은 김병돈의 말을 듣기만 할 뿐 대답은 하지 않았다. 김병돈은 이즈음에서 서로 간에 주고받을 것을 분명히 하기로 했다.

"먼저 병판께 부탁드릴 것은 유사시 병판께서 궐 안팎의 병력을 장악해주시오. 그러면 우리는 병판의 자리보전을 약속하겠소이다."

남호연은 순간적으로 머릿속에서 계산을 하는 듯했다. 잠시 후 그가 말했다.

"좌장이 누구신가요? 그리고 주상의 후사는 누굴 마음에 두고 계신지요?"

"전 좌의정 김성조 대감이 좌장이며, 후사는 은성군을 생각하고 있소이다."

김성조가 총대를 멨다는 말에 안심이 되는 모양이었다. 마침내 남호연이 결심한 듯 말했다.

"좋소이다! 따르겠소! 제 소임을 일러주시지요."

"고맙소이다. 자세한 것은 거사에 즈음해 다시 연락드리겠소이다!"

바로 그 시각, 홍문식의 사망으로 남파의 수장에 오른 전 병조판서 윤상은 영의정 도병세의 집을 찾았다. 남파 출신의 도병세는 이조판서와 우의정을 거쳐 영의정에 올랐다. 남파 내에서는 윤상보다 선임이었으며, 나이도 세 살 위였다. 둘은 동향 출신이어서 사석에서는 형님아우 하고 지내는 사이였다.

"어허! 아우님이 우리 집엘 다 어쩐 일이시오?"

"백수 아우, 출세한 형님에게 술 한잔 얻어먹으러 왔소이다!"

술잔이 몇 차례 돌자 윤상이 먼저 말을 꺼냈다.

"일인지하 만인지상(一人之下 萬人之上)의 자리에 오르신 형님이시옵니다. 부디 명예를 소중히 하시옵소서!"

이 한마디에 도병세는 윤상의 속셈을 다 읽은 듯했다. 그가 말했다.

"이만 물러나라는 얘긴가?"

"그렇사옵니다. 그만 물러나 주시옵소서! 형님!"

두 사람의 얘기는 예상대로 간단히 끝났다. 도병세는 거사가 성공하면 당일 미시 경 임시조회를 긴급 소집해 주상을 비롯해 죄인들을 탄핵할 수 있는 자리를 만들어주겠노라고 약속했다. 탄핵상소는 호조판서 김병돈이 맡기로 했다.

사월 초파일, 마침내 거사 당일이 밝았다. 이날은 혜주가 회운사 연등회 법회에 가는 날이기도 했다.

무극이 궐을 떠난 후 혜주의 신변경호를 책임진 내금위장 정윤수는 아침 일찍 집을 나섰다. 숭례문 밖 시오리 거리에 살고 있던 그는 말을 타고 다니곤 했다.

그의 말이 숭례문 근처에 다다랐을 때였다. 어디선가 낡은 손수레 하나가 나타나 그의 앞을 막았다.

"누구길래 감히 내금위장의 길을 막느냐?"

정윤수의 호통에도 불구하고 손수레는 꿈쩍도 하지 않았다. 그러자 정윤수는 등에서 칼을 뽑아 내리칠 기세였다. 바로 그때 정윤수의 등 뒤에서 누군가 둔기로 그의 머리통을 내리쳤다. 움푹 들어간 정윤수의 뒤통수에서 울컹울컹 하고 피가 쏟아졌다. 정윤수는 곧바로 말에서 굴러떨어져 그 자리에서 즉사하고 말았다.

묘시가 되자 광화문 앞에 혜주가 타고 갈 옥가(玉駕)가 마련됐다. 그 주위로 옥가를 경호할 내금위 군졸 30명이 대기하였다. 내금위 부장(副將) 한영수는 아까부터 정윤수를 기다리고 있었다.

오실 때가 지났는데….

그때 이십대 초반의 한 사내가 한영수를 찾았다.

"무슨 일이오?"

"소인은 내금위장 영감집의 종놈이옵니다. 영감께서 오늘 아침에 갑자기 토사곽란을 일으켜 기동을 못하신다고 소인더러 전하라 하셨사옵니다."

"알았으니 돌아가거든 영감께 얼른 쾌차하시라고 전해주시오!"

바로 그때 혜주가 민 상궁과 노천의 안내를 받으며 광화문 앞으로 걸어 나왔다. 기다리고 있어야 할 정윤수가 보이지 않자 노천이 부장 한영수에게 물었다.

"내금위장은 어딜 가셨는가?"

"아니옵니다. 아침에 갑자기 토사곽란을 일으켜 기동을 못하신다고 하옵니다."

노천은 거사가 시작됐음을 알아챘다. 노천은 곧장 혜주에게 다가가 말했다.

"전하! 내금위장 정윤수가 아침에 토사곽란을 일으켰다고 하옵니다. 소인과 내금위 부장 한영수가 전하를 뫼시고 가겠사옵니다. 이제 곧 출발하시지요!"

검술이 뛰어난 정윤수가 빠졌다는 말에 혜주는 조금 불안한 생각이 들었다. 그러나 노천이 동행한다는 말에 그나마 안심이 되었다.

묘시 반경 혜주가 탄 옥가가 광화문을 출발했다. 진시 반경 옥가는 흥인지문을 지나 계속 동쪽으로 향했다.

사시 반경, 옥가가 답십리를 지나 동쪽 언덕으로 올라섰다. 멀리 우측으로 아차산이 눈에 들어왔다. 4월초 온 산하는 신록과 환희의 새 기운으로 넘쳐났다.

바로 그때 갑자기 어디선가 복면을 한 괴한 삼십여 명이 옥가 앞에 나타났다. 선두에서 옥가를 이끌던 한영수가 괴한들을 향해 소리쳤다.

"웬 놈들이냐? 여기가 어딘 줄 알고 감히 길을 막고 나서느냐? 대역죄인으로 추포하기 전에 냉큼 길을 비키거라!"

괴한들은 꿈쩍도 하지 않았다. 그러자 이번엔 노천이 나섰다.

"네 놈들 눈엔 이 옥가가 보이지도 않느냐? 이 옥가에는 이 나라의 주인이신 주상전하께서 타고 계시니라. 목숨이 아깝거든 어서 썩 물렀거라!"

노천의 말을 듣기는커녕 괴한들은 옥가 쪽으로 서서히 다가오기 시작했다. 그러자 한영수가 급히 행렬 가운데 옥가 쪽으로 다가서면서 외쳤다.

"주상전하를 뫼시어라!"

바로 그때 괴한 가운데 우두머리인 자가 외쳤다.

"쳐라! 군졸들은 모조리 다 죽여라!"

이윽고 양측 간에 칼싸움이 벌어졌다. 괴한들의 칼솜씨가 보통이 아니었다.

옥가 안에서 이 광경을 지켜보고 있던 혜주는 겁에 질린 채 꼼짝도 하지 않았다. 노천이 혜주에게 다가가 안심시켰다.

"전하! 너무 염려하지 마시옵소서! 설마 저들이 전하를 어찌 하겠사옵니까?"

"…"

채 한 식경도 안 돼 상황이 끝이 났다. 항복한 군졸 둘을 뺀, 한영수를 포함해 내금위 군졸 전원이 죽임을 당했다. 살아남은 자는 혜주, 노천, 민 상궁과 상궁 다섯, 그리고 가마꾼 등 채 스무 명도 되지 않았다.

괴한들은 비로소 칼을 거두었다. 우두머리인 듯한 자가 옥가 쪽으로 다가왔다. 그는 노천에게 힐끔 눈짓을 한 후 큰 소리로 말했다.

"지금 즉시 주상전하를 모시고 궐로 돌아갈 것이니 그리들 아시오!"

출발 전에 괴한들은 미리 준비해온 의금부 군졸 복장으로 갈아입었다. 그들 가운데 네 명은 우두머리의 지시로 회운사 쪽으로 급히 달려갔다.

병부의 조례(朝禮)는 대개 아침경연이 끝난 직후인 진시 반경부터 열렸다.

병조판서 남호연이 입장하면서 조례가 시작됐다.

"전하께서 연등회 참석차 오늘 아침에 회운사로 행차하시었소.

궐이 빈 데다 날씨도 좋으니 오늘은 체력단련을 겸해 인왕산으로 행군을 나갈 것이오. 금군을 최소한의 병력만 남기고 전부 산행준비를 하도록 하시오!"

"예, 대감! 분부 받잡겠나이다!"

사시(巳時)가 되자 남호연을 필두로 병부의 참판과 참의, 금군대장 등 예하 간부들이 모두 모였다. 근정문 앞마당에 금군 삼백 여 명이 집결했는데 전체 병력의 구할에 해당했다. 출발에 앞서 남호연이 궐내 수비 병력의 우두머리에게 말했다.

"영상대감이나 내 지시 없이는 절대로 병력을 이동시켜서는 아니 되느니라!"

"예, 병판대감! 명심하겠사옵니다!"

일행은 영추문을 빠져나와 사직단을 돌았다. 무악재 방면으로 인왕산에 오를 작정이었다. 이쪽은 자하문 쪽보다 경사가 급해 오르내리는 데 시간이 많이 걸린다.

사시가 끝나갈 무렵 남호연 일행은 인왕산 중턱에 도착했다. 바위틈 곳곳에 피어난 연분홍 두견화가 봄바람에 한들거렸다. 무악재 방면 너럭바위 주변에는 노란 개나리가 흐드러지게 피어 있었다. 그 모습이 마치 노랑 물감을 흩뿌려 놓은 듯했다.

발아래로 궐이 한눈에 들어왔다. 궐내에는 개미새끼 하나 보이지 않았다. 남호연은 혼자 빙그레 웃으며 속으로 말했다.

'좌상대감! 내 소임은 다 했소이다!'

오시 경, 주상이 탄 옥가가 흥인지문에 당도했다.

"멈추시오!"

금군이 옥가 행렬을 막고 나섰다.

"주상전하께서는 회운사로 행차하시었는데 무슨 일이오?"

노천이 나서서 말했다.

"주상전하께서 중도에 갑자기 복통을 일으켜 급히 되돌아오는 길이오. 어서 길을 비키시오!"

수비병은 노천을 알아보고 길을 비켜주었다.

오시 반경, 옥가는 다시 광화문에 도착했다. 노천이 나서서 설명을 하자 옥가는 이내 궐로 들어섰다. 노천은 괴한 우두머리에게 혜주를 침전에 연금시킨 후 철저히 감시하라고 지시했다.

출생의 비밀

미시 경이었다. 영의정 도병세가 임시조회를 긴급 소집했다. 갑작스런 조회 소집에 육조(六曹)와 3사(司)가 술렁이기 시작했다.

"주상전하께서도 출타중이신데 대체 무슨 일이오?"

"의정부에 탄핵상소가 올라왔다고 합디다!"

"탄핵이라니요? 대체 누굴 탄핵한다는 거요?"

"글쎄요, 가보면 알게 되겠지요!"

잠시 후 근정전에 궐내의 당상관 이상 전원이 모였다. 용상은 비어 있었다.

의정부의 수반인 영의정 도병세가 앞으로 나서며 얘기를 시작했다.

"다들 놀라셨겠습니다만, 긴급하게 처결할 일이 있어서 이렇게 급히 모이시라고 했소이다. 다름 아니라 의정부에 탄핵상소가 접수됐소! 탄핵대상은 주상전하십니다."

탄핵대상이 주상이라는 말에 다들 놀라 입을 다물지 못했다. 그때 도병세가 호조판서 김병돈을 한번 쳐다본 후 말했다.

"탄핵상소를 올린 사람은 호조판서 김병돈 대감이오. 호판께서 직접 이 자리에 나오셔서 탄핵사유를 밝혀주시기 바랍니다."

도병세의 말이 끝나자 호판 김병돈이 앞으로 걸어 나갔다. 도열한 중신들을 찬찬히 둘러본 후 김병돈이 얘기를 시작했다.

"오랜 숙고 끝에 올린 상소올시다. 여기 계신 대소신료 여러분께서도 다 아시다시피 지금 이 나라는 나라가 아닙니다. 법도 질서도 온데 간데 없고 오직 주상전하의 하교만이 법이요, 질서인 나라가 돼버렸습니다. 금년으로 주상께서 즉위하신 지 네 해가 됩니다. 돌이켜보면 탈법과 전횡, 무능과 무책임으로 점철돼 왔다고 이 사람은 평가하고 싶습니다. 지난해 도끼상소를 벌이다 참수당한 성균관 유생 서준기를 기억하고 계실 겁니다. 서준기는 주상의 '실정 7개 죄목(罪目)'을 공표했다가 대역죄로 몰려 희생됐는데 언제부터 이 나라 조선이 선비를 그리 홀대했던가요? 여기 계신 여러분 대다수가 성균관 유생 출신들입니다만, 유생은 장차 이 나라를 이끌어갈 동량(棟梁)들입니다. 주상의 죄는 서준기가 공표한 7개 항뿐만이 아닙니다. 여기에 둘을 더 보태야 마땅할 것입니다. 하나는 서준기와 같은 올곧은 선비를 무참히 척살한 죄, 그리고 천인공노할 죄가 하나 더 있소이다."

김병돈은 잠시 말을 멈추었다. '천인공노할 죄'가 있다는 말에 다들 숨을 죽이며 김병돈의 입만 바라보았다. 김병돈이 다시 얘기를 시작했다.

"우리가 모시고 있는 주상전하는 선왕의 소생이 아니올시다."

대전 안이 갑자기 웅성거리기 시작했다.

주상이 선왕의 소생이 아니라니.

그때 남파의 막내 승지 김인겸이 김병돈에게 물었다.

"선왕의 소생이 아니라면 누구의 소생이란 말씀이오이까?"

김병돈은 기다렸다는 듯이 답을 했다.

"회운사 주지승려 태허와 제조상궁 민 상궁의 소생으로 드러났소이다!"

승지 김인겸이 다시 물었다.

"증거나 증인이 있사옵니까?"

"그렇소! 증인이 여럿 있소이다! 필요하다면 이 자리에 세울 수도 있소!"

그때 북파의 소장파인 예조참판 우병선이 거들고 나섰다.

"호판대감! 증인을 불러주시오! 이왕 말이 나왔으니 끝장을 내야 하지 않겠소이까?"

참석자들은 고개를 끄덕이며 우병선의 요청에 찬동하였다.

"좋소이다. 그럼 한 사람씩 차례로 불러 세우리다!"

김병돈의 말이 끝나자 근정전 입구에서 승려 차림의 한 사내가 모습을 드러냈다. 무극이었다. 무극은 전날 한양으로 올라와 김성소의 별장에서 하룻밤을 잤다. 가운데 통로를 지나 용상 앞으로 걸어 나온 무극은 신료들을 향해 합장했다.

"그간 다들 안녕하셨는지요? 소인, 지난날의 죄를 씻고자 속세로 돌아가 참회의 나날을 보내고 있사옵니다. 부디 하해와 같은 마음으로 용서하여 주시길 바랍니다."

무극의 말이 끝나자 김병돈이 증언을 요청했다. 잠시 후 무극이 입을 열었다.

"이태 전의 일이옵니다. 대비마마를 모시고 회운사에 오셨던 민 상궁 마마님이 제 은사이신 태허스님과 나눈 밀담을 우연히 엿듣게 됐는데 그때 두 분이 주상전하를 '우리 혜명이'라고 말씀하시는 걸 들었사옵니다. 그리고 나중에 제가 궐에 들어온 후 민 상궁 마마님으로부터 주상전하께서 두 분의 소생이라는 얘기를 직접 들은 바도 있사옵니다. 부처님 전에 맹세하옵니다."

"…"

임금의 씨를 속이다니. 어찌 이런 일이 있을 수 있단 말인가.

일순 조회장은 쥐 죽은 듯이 고요했다. 누구도 나서서 말하는 자가 없었다. 무극은 다시 한번 합장한 후 조용히 근정전을 빠져나갔다.

예조참판 우병선이 다시 나섰다.

"무극스님의 증언 잘 들었사옵니다. 그러면 당사자들의 얘기도 한번 들어봐야 하지 않겠사옵니까?"

그러자 김병돈이 말했다.

"알았소이다. 민 상궁과 태허 승려를 대기시켜 놨으니 차례로 들어보시지요."

잠시 후 민 상궁이 의금부 군졸 두 사람에 이끌려 근정전 안으로 들어섰다. 민 상궁은 고개를 숙인 채 용상 앞으로 걸어 나왔다. 영의정 도병세가 심문에 나섰다.

"그대가 주상전하의 생모라고 하는데 사실인가?"

"…"

민 상궁이 즉답을 하지 않자 도병세가 재차 물었다.

"어서 대답을 하시게! 그게 사실인가?"

그때 민 상궁이 털썩 주저앉으면서 울부짖듯 말했다.

"영상대감! 소인을 죽여주시옵소서!"

허허~

쯧쯧~

곳곳에서 탄식과 함께 혀를 차는 소리가 들렸다. 놀랍게도 무극이 증언한 얘기는 전부 사실이었다.

잠시 후 민 상궁은 의금부 군졸들에 의해 밖으로 끌려 나갔다.

뒤이어 회운사 주지 태허가 의금부 군졸들에게 이끌려 근정전으로 들어섰다. 정갈한 가사장삼 차림의 태허는 한 치의 망설임도 없이 모든 것을 실토하였다.

"소승은 불제자로서 보시(布施) 차원에서 그리 한 것이옵니다. 그것이 죄가 된다면 남은 생은 부처님 전에 참회하면서 살겠소이다."

두 당사자의 증언이 끝이 났다. 그때 누군가가 '그럼 대비마마는…' 하는 소리가 들렸다. 따지고 보면 대비도 관련이 없지 않았다. 태허가 '보시' 운운한 걸 보면 그렇다. 누군가로부터 도움을 요청받고 보시 차원에서 씨를 줬다는 얘기가 된다. 그때 김병돈이 말했다.

"대비마마도 이 자리에 뫼시기로 했으니 잠시만 기다려 주세요!"

김병돈의 얘기가 끝날 무렵 용상 오른편 문으로 대비가 들어섰다. 도승지로부터 갑작스레 조회 얘기를 듣고 참석한 대비는 전후 사정을 전혀 알지 못했다.

"영상! 갑자기 임시조회라니요? 대체 무슨 일이오?"

"대비마마! 긴급한 탄핵상소가 올라와서 신료들과 논의를 하던 중이옵니다."

"탄핵이라니요? 대체 누굴 탄핵한다는 겁니까?"

"…"

영상이 대답을 주춤거리고 있는 사이 김병돈이 끼어들었다.

"대비마마! 신 호판 김병돈 문안 여쭈옵니다. 탄핵상소 건에 앞서 소신이 대비마마께 한 가지 여쭐 것이 있사옵니다."

"말해보시오. 내 아는 대로 다 얘기해 드리리다!"

대비가 너무 쉽게 승낙을 하자 김병돈은 잠시 당황했다. 그러나 이 천우신조의 기회를 놓칠 수는 없는 노릇이었다. 김병돈은 잠시 마음을 가다듬은 후 얘기를 시작했다.

"대비마마! 소신, 단도직입적으로 여쭙겠사옵니다. 대비마마께서 주상전하의 생모이시온지요?"

대비는 충격에 휩싸인 듯했다. 멀리 허공만 바라본 채 아무 말이 없었다. 잠시 후 정신을 차린 대비가 김병돈을 노려보며 말했다.

"누가 그런 망발을 지껄이고 다닌답디까? 대체 누구예요?"

대비는 신료들을 둘러보며 기세등등한 태도를 보였다. 그때 김병돈이 말했다.

"대비마마! 방금 직전에 민 상궁과 태허스님이 증언을 하고 돌아갔사옵니다."

민 상궁과 태허스님이 거명되자 대비는 놀란 나머지 뒷말을 잇지 못했다. 그리고는 마치 얼빠진 사람처럼 용상에서 축 늘어졌다. 이후 한동안 아무 말이 없었다. 잠시 후 김병돈이 다시 나섰다.

"대비마마! 끝으로 한 가지만 더 여쭙겠사옵니다. 이 같은 사실을 선왕께서도 생전에 아시고 계셨는지요?"

대비는 이미 자포자기 한 듯했다. 대비는 겨우 몸을 바로 세우더니 천천히 얘기를 시작했다.

"선왕께 누가 될까 얘기하기가 두렵소이다만, 이런 상황에서 뭘 더 숨기겠습니까? 선왕께서 화류병(花柳病, 성병)을 심하게 앓으신 후 생산능력을 잃게 되셨습니다. 게다가 저도 이미 생산을 할 수 없는 상황이었습니다. 이 얘기를 들으신 선왕께서 제게 어떤 수단을 동원해서라도 후사를 책임지라고 하셨습니다. 고민 끝에 집안 먼 친척뻘인 민 상궁과 상의한 후 평소 자주 다니던 회운사의 주지스님께 간곡한 부탁을 드리게 된 것입니다. 율법을 어겼다면 달게 받겠소. 다만 군왕의 지어미로서 말할 수 없는 고심과 함께 왕실의 후사를 잇고자 했던 충정만큼은 이해해주시기 바랍니다."

말을 마친 대비는 흐느끼기 시작했다. 후회와 탄식이 교차하는 듯했다.

대비전 상궁 둘이 얼른 달려와 대비를 부축해 밖으로 데리고 나갔다.

파멸

혜주의 출생 비밀은 가히 태풍 급이었다.

근정전 안에는 여전히 침묵과 긴장감이 감돌았다. 이왕 판을 벌였으니 마무리를 지어야 할 때가 됐다. 조정의 선임자인 영의정 도병세가 다시 앞으로 나서며 얘기를 시작했다.

"오늘 우리는 엄청난 사태를 목격했소이다. 첫 단추가 잘못 끼워진 것이 결국 오늘의 파국을 초래했다고 생각합니다. 이제라도 조정을 바로잡고 왕권을 바로 세워야할 것입니다. 다들 고견을 말씀들 해보세요!"

형조판서 정우량이 먼저 말문을 열었다.

"형판 정우량이올시다. 영상대감 말씀처럼 이번 기회에 조정을 일신하고 새 군왕을 모셔서 왕실의 지엄함을 만백성들에게 보여야 할 것이옵니다. 다만 그에 앞서 죄인들을 처결하는 것이 급선무가 아닐까 사료되옵니다."

다들 고개를 끄덕이며 정우량의 말에 찬동했다. 다음 단계로 나가기 위해서는 여기서 사건을 매듭지을 필요가 있었다. 영상이 정우량을 바라보며 말했다.

"그럼 대소신료들이 다 모인 이 자리에서 바로 처결하도록 하십시다. 형판께서 율법 처결의 소관부서장이시니 안을 한번 내보시는 게 좋을 것 같은데 다들 어찌 생각하시오?"

도병세의 말에 반박하는 이가 아무도 없었다. 정우량이 다시 앞으로 나섰다.

"이번 사태의 최고 중죄인은 단연 주상이십니다. 설사 자의가 아니었다고 해도 자격 없는 자가 왕위에 올라 왕실을 능멸한 죄, 게다가 4년간의 재위기간 동안 무능과 무책임으로 일관하면서 국정을 파탄시키고 백성들을 도탄에 빠지게 한 죄도 결코 가볍지 않사옵니다. 이를 종합해 보건대 주상에게는 사약을 내리는 것이 마땅한 줄로 사료되옵니다."

회의장은 또다시 깊은 침묵에 빠져들었다.

주상이 사약을 받게 되다니.

그러나 누굴 원망할 것인가. 모두 자업자득인 것을.

신료들은 지난 4년간의 주상의 온갖 탈법과 전횡이 주마등처럼 스쳐갔다. 엄청난 사건들의 연속이었다. 정우량의 얘기가 계속됐다.

"경위야 어찌 됐건 간에 대비마마는 왕실을 능멸한 죄를 피할 수 없을 것이옵니다. 소신의 생각으로는 폐서인(廢庶人)하여 출궁 조치를 취하는 것이 적절할 것이라 사료됩니다. 또 민 상궁의 경우 대비와 같은 왕실 능멸죄를 적용하되 대비의 요청을 받고서 인정상 불가피한 점이 없지 않았으며 그 역시 희생자일 수도 있다고 보여집니다. 따라서 한양에서 그리 멀지 않은 강화도로 유배를 보내는 것이 타당할 줄로 생각됩니다. 태허 승려의 경우 민 상궁과 유사한 사례인바, 국사(國師) 칭호는 박탈하되 특별한 조치는 필요치 않다고 사료됩니다. 끝으로 국정농단과 관련된 두 사람을 빼놓을 수 없는데 좌우 별직이 바로 그들입니다. 좌별직 무극 승려는 직을 버리고 이미 출궁하였으며, 특히 이번 조사에 적극 협력한 점 등을 감안할 때 별다른 조치는 필요치 않아 보입니다. 나머지 한 사람 우별직 노천은 즉각 파직시킨 후 추포하여 옥에 가둬야 할 것입니다. 주상의 실정과 전횡 대부분은 노천이 사주한 것으로 파악됐습니다. 이상 소직(小職)의 의견을 대략 말씀드렸사옵니다."

"형판! 수고하셨소이다. 자, 다른 의견이 있으시면 기탄없이 말씀해 주시기 바랍니다."

"…"

정우량의 의견에 특별히 토를 다는 사람이 없었다. 영의정 도병세가 다시 나섰다.

"그럼 이 자리에서 형판의 의견을 원안대로 처리키로 하겠습니다. 대비는 즉각 폐서인하여 궐에서 내쫓고, 폐주(廢主) 주상은 조만간 사약을 내릴 것이오. 이로써 주상의 시대는 막을 내렸소이다. 아무쪼록 새 임금은 폐주의 과오를 거울삼아 선정을 베풀어주시길 바랄 따름이외다."

장내는 여전히 침묵을 지켰다.

대소신료들이 지켜보는 가운데 한 시대가 막을 내렸다. 일국의 지존인 임금도 제 역할을 다하지 않을 경우 신료들의 손에 쫓겨날 수 있다는 것을 이들은 두 눈으로 똑똑히 지켜봤다. 남·북파 합작으로 왕위에 오른 폐주의 시대는 4년 만에 그렇게 막을 내렸다.

영의정 도병세는 한동안 꼼짝도 않고 그 자리에 서 있었다. 아직 할 말이 남아 있는 듯했다. 잠시 뒤 그가 마지막으로 나섰다.

"다들 들으시오! 폐주의 실정은 비단 폐주만의 몫은 아니오. 의정부의 수장으로서 폐주를 잘 보필하지 못한 이 사람도 책임이 크오이다. 그래서 저도 오늘 이 자리에서 물러날까 하니 너그러이 받아주시면 고맙겠소이다. 그리고 마지막으로 두 가지 드릴 말씀이 있소. 이 시각 이후 옥새는 후임 임금이 정해질 때까지 의정부에서 보관할 것이오. 그리고 제 후임이자 당분간 국정 최고책임자가 될 분으로 전 좌의정 김성조 대감을 추천하고 싶소만 어찌 생각하시는지 다들 고견을 들려주시길 바라오!"

김성조는 북파의 수장으로 조정 안팎에서 신임이 두터웠다. 이번 거사는 전적으로 그가 주동하여 성사시켰다.

김성조 추대에 대해 별다른 반대가 없자 도병세는 후임 영의정으로 김성조를 확정, 발표했다. 이로써 새 시대에는 북파가 궐내의 대세로 자리잡게 됐다.

폐주 소식이 궐 밖으로 전해지자 백성들은 환호성을 올렸다. 그간 할 말도 제대로 못하고 지내온 백성들로서는 속이 후련할 만도 했다.

글쎄, 폭군 여왕이 폐주가 됐다는구먼!

내 그럴 줄 알았지! 천벌을 받은 게야!

폐주는 사흘째 침전에서 꼼짝도 하지 않았다. 폐위된 이후로 물한 방울도 입에 대지 않았다. 대비가 폐서인 돼 궁에서 쫓겨났다는 얘기를 들은 후로는 더했다. 그의 곁을 지키는 사람은 민 상궁하나뿐이었다.

"전하! 미음이라도 좀 드시옵소서!"

"…"

폐주는 민 상궁에게 시선도 한번 주지 않았다.

한나절 내내 창밖만 바라보고 있던 폐주가 갑자기 민 상궁 쪽으로 고개를 홱 돌렸다. 그리고는 민 상궁을 잡아먹을 듯이 바라보더니 잠시 후 말문을 열었다.

"민 상궁이 내 생모라고 했던가?"

"…"

"어서 얘기를 해보게! 어서!"

"전하! 죽여주시옵소서! 이 모두 소인의 불찰…"

"됐네!"

혜주는 사실 확인을 하려고 한 듯했다. 그때 갑자기 폐주가 품에서 은장도를 꺼내 민 상궁 앞에 휙 던졌다.

"…"

민 상궁은 은장도를 멀뚱멀뚱 바라보았다. 그때 폐주가 말했다.

"자진(自進·자결)하라!"

"예?"

"나를 잘못 키우고, 또 나를 망친 죄과이니라. 자진으로 그 죗값을 치르라!"

민 상궁은 한동안 말이 없었다. 낳아서 평생 길러준 대가가 겨우 자결이란 말인가.

순간 민 상궁은 대비가 자신을 대신해 아이를 하나 낳아달라고 부탁하던 그날 밤, 또 회운사에서 태허의 씨받이를 하던 그날 밤, 산고 끝에 혜주를 낳던 그날 밤이 주마등처럼 스쳐 지나갔다.

돌이켜보면 민 상궁은 폐주를 패망시킨 장본인 가운데 하나이기도 했다. 무극을 궐로 끌어들인 것도, 무극을 정인으로 삼으라고 권한 것도 모두 민 상궁이었다.

민 상궁은 지금이 상황을 운명으로 받아들이기로 했다. 그런 생각을 하자 마음이 한결 홀가분했다.

마침내 민 상궁은 오른손을 뻗어 은장도를 집어 들었다.

민 상궁은 한동안 은장도를 응시하더니 이내 자신의 오른쪽 목을 힘껏 찔렀다.

"악!"

순간 민 상궁의 목에서 선혈이 솟구쳤다. 방바닥은 금세 피로 칠갑을 했다. 잠시 후 민 상궁이 그 자리에 고꾸라졌다. 마치 불 꺼진 재[灰] 같았다.

한동안 그 모습을 지켜보고 있던 폐주가 자리에서 일어나 민 상궁에게로 다가갔다. 폐주는 선혈이 낭자한 민 상궁을 무릎 위에 올려놓고는 대성통곡하기 시작했다.

"어머니! 어머니! 왜, 왜 저를 낳으셨어요!"

한참을 목놓아 울던 폐주는 민 상궁이 쥐고 있던 피 묻은 은장도를 만지작거렸다. 마치 정신 나간 사람처럼 한참 동안 은장도를 바라보던 폐주가 갑자기 은장도를 쥔 오른손을 치켜들었다. 그리고는 민 상궁처럼 이내 자신의 오른쪽 목에 은장도를 힘껏 내리꽂았다.

"으악!"

폐주의 목에서 한 줄기 선혈이 내리 뻗쳤다. 시간이 지날수록 그 핏줄기는 작아지더니 마침내 폐주가 그 자리에 고꾸라졌다. 폐주의 상체는 민 상궁의 시신 위에 열십자(十)를 만들었다.

이튿날 폐주와 민 상궁의 시신이 거적때기에 덮혀 홍인지문으로 실려 나왔다. 두 시신의 주인공이 누구인지 아무도 알아보지 못했다.

두 사람의 시신을 수습한 사람은 회운사 주지 태허였다. 태허는 둘의 시신을 이틀간이나 자신의 처소에 두고서 종일토록 통곡을 하였다.

"소희야! 소희야!"

"혜명아! 우리 애기 혜명아!"

이 세상에 나와 얻은 유일한 혈육의 비참한 최후 앞에서 태허는 통곡말고는 할 것이 없었다. 사흘째 되던 날 태허는 두 사람을 비봉산 자락에 나란히 묻어주었다.

장례를 지낸 그 이튿날 두 사람의 무덤 앞에서 태허가 시체로 발견됐다. 그의 입가엔 비상(砒霜) 가루가 다량 묻어 있었다.

태허가 죽은 지 얼마 되지 않아 회운사에 원인 모를 큰불이 났다. 이 화재로 대웅전 등 주요 전각이 모두 불탔다. 불은 3일 낮밤을 그치지 않고 계속됐다.

출궁 후 사가에서 지내고 있던 대비는 뒤늦게 폐주와 민 상궁, 태허의 비참한 종말을 전해 들었다. 며칠 후부터 대비는 자다가 헛소리를 하는 등 정신이상 증세를 보이기 시작했다. 얼마 뒤 대비는 집을 나갔는데 그 후로 종적이 끊어졌다고 했다.

해질녘, 삿갓을 쓴 한 중늙은이가 수원 관아 앞을 지나고 있었다.

관아 벽엔 빛바랜 방(榜)이 하나 붙어 있었는데 작은 바람에도 나풀거렸다. 방 마지막 줄엔 '우별직 노천 命 파직 후 의금부 구금'이라고 씌어 있었다. 이를 본 삿갓은 씁쓰레한 웃음을 지으며 혼자 속으로 말했다.

'폐주의 패망은 그의 운명이요, 그를 망치게 한 것은 내 소임인 것을…'

삿갓은 우별직 노천이었다. 홍문식의 소개로 폐주의 최측근으로 활동했던 그는 임시조회 직전 몰래 궐을 빠져나왔다. 그는 혜주의 말로를 이미 알고 있었다. 혜주가 4년차에서 끝내도록 만든 것은 바로 노천이었다. 그것이 이 나라 종사와 만백성을 위한 길이라고 그는 생각했던 것이다. 어쩌면 혜주는 처음부터 재위기간이 4년으로 예정돼 있었는지도 모른다.

문득 노천은 영의정 홍문식을 떠올렸다. 광조와 혜주 2대에 걸쳐 임금을 옹립하고 충성을 다했던 그였다. 노천은 하늘을 올려다보면서 혼잣말로 중얼거렸다.

'영상대감! 소생, 맡은 바 소임을 다했사옵니다. 훗날 저승에서 다시 뵙겠사옵니다.'

노천은 이내 땅거미가 밀려오는 어둠 속으로 사라져갔다.

5부

기억과 망각

덕종(德宗) 시대

새 임금이 즉위하지 않은 상황에서 영의정 김성조는 국정 최고 책임자였다. 그에게 주어진 최대의 급선무는 하루바삐 조정을 안정시키고 새 임금을 옹립해 왕권을 정립시키는 일이었다.

입궐 이틀째인 사월 열사흘, 김성조는 조정 분위기 쇄신을 위해 서둘러 인사를 단행했다. 이튿날 이조에서 1차로 좌우 정승과 육조 판서에 대해 방을 붙였다.

전 병조판서 윤상 命 좌의정(정1품)

호조판서 김병돈 命 우의정(정1품)

형조판서 정우량 命 이조판서(정2품)

대제학 정병철 命 호조판서(정2품)

대사간 박희윤 命 예조판서(정2품)

병조판서 남호연 命 유임(정2품)

형조참판 조철규 命 형조판서(정2품)

예조참판 우병선 命 공조판서(정2품)

무엇보다도 폐주 사태를 수습하는 데 공을 세운 사람들을 전면에 배치했다. 아울러 가능하면 탕평인사를 통해 조정을 안정시키려 애썼으며, 거사 전에 약속한 대로 병조판서 남호연은 유임시켰다. 대체로 무난한 인사라는 평가를 받았다.

　이튿날 오후, 김성조는 좌의정 윤상, 우의정 김병돈과 함께 사직단 쪽으로 발길을 향했다. 사직단 뒤편 인왕산 자락에는 은성군(恩成君)이 살고 있었다.

　은성군은 임술정난 때 쫓겨난 원산군의 손자로 금년 춘추 12세. 선왕 광조가 승하한 후 후사문제를 놓고 논란을 벌일 때 폐주 혜명공주와 함께 임금 후보에 올랐던 인물이기도 하다.

　"이리 오너라!"

　잠시 뒤 오십 중반의 중늙은이가 대문을 열었다.

　"뉘시온지요?"

　"은성군 마마 안에 계시느냐?"

　"그렇긴 하옵니다만, 뉘신지요?"

　"궐에서 3정승이 찾아뵈러 왔다고 여쭈어라!"

　그때 열두어 살쯤 돼 보이는 도령이 앞으로 나서며 말했다.

　"내가 은성군이올시다! 어서 안으로 들어오시지요!"

　잠시 후 여종의 도움을 받으며 열서너 살쯤 돼 보이는 새댁이 술상을 들고 사랑채로 들어섰다.

　"제 내자(內子)이옵니다."

　불과 며칠 전에 은성군이 가례(嘉禮)를 올렸다고 했다. 3정승은 자리에서 일어나 예를 갖추고 인사를 올렸다.

술잔이 두어 차례 돈 다음 은성군이 말을 꺼냈다.

"폐주 얘기는 들어서 알고 있소. 본디 성품이 고우신 분이셨는데 어쩌다 그리 되셨는지 도무지 이해할 수가 없소이다."

"…"

폐주 얘기가 나오자 잠시 분위기가 어색해졌다. 영의정 김성조가 얘기를 꺼냈다.

"오늘 군(君)마마를 찾아 뵌 것은 후사를 논의하고자 함이옵니다. 대소 신료들은 이구동성으로 군 마마를 옹립(擁立)하기로 의견을 모았사옵니다. 이 나라 종사와 만백성을 위해 부디 옥좌에 오르시옵소서!"

"오르시옵소서!"

"…"

은성군은 즉답을 하지 않았다. 비록 연소(年少)하지만 사리가 분명하고 총명하다고 소문난 은성군이었다. 잠시 후 은성군이 입을 열었다.

"저는 아직 연소한데다 국사를 맡아 본 경험도 없소이다. 그런 제가 임금이 된다면 국사를 어떻게 꾸려갈 수 있겠소이까? 말씀은 고마우나 두렵사옵니다."

듣던 대로 겸손하고 예의바른 은성군이었다. 영의정 김성조는 그런 은성군에 마음이 끌렸다.

"군 마마! 부족하오나 소신들이 곁에서 잘 보필하겠나이다. 용상은 하루도 비워둬서는 아니 되는 자리이옵니다. 부디 소신들의 청을 가납(嘉納)하여 주시옵소서!"

"정 그러시다면 며칠 말미를 주시오. 심사숙고 해보리다!"

"감사하옵니다. 군 마마!"

잠시 후 3정승은 은성군 사저를 나왔다.

그로부터 닷새 후인 사월 스무 날, 한창 봄이 무르익은 계절이었다.

이날 경복궁 근정전에서 새 임금 즉위식이 열렸다.

만조백관이 예복차림으로 정렬한 가운데 묘시(卯時)를 알리는 고동이 울리자 근정문에서 새 임금이 모습을 드러냈다.

새 임금 내외는 내시와 상궁들의 호위를 받으며 천천히 근정전으로 걸어오기 시작했다. 도중에 좌우로 정렬한 만조백관이 허리를 굽혀 새 임금에게 첫 인사를 올렸다. 새 임금 내외는 답도(踏道)를 지나 단상에 올라 자리에 앉았다. 비록 연소지만 새 임금은 온화한 얼굴에 총기가 가득했다.

이어 관례에 따라 대보(大寶) 전달, 문무백관의 하례, 즉위교서 반포 순으로 진행되었다. 대비가 없는 관계로 대비의 전위교서(傳位敎書) 반포는 생략했다.

이어 백관이 축하 표문을 올리는 순서가 되자 백관 대표로 영의정 김성조가 나섰다.

"신 영의정 김성조, 대소신료를 대표하여 새 주상전하의 즉위를 충심으로 감축드리옵니다. 바라옵건대 이 나라의 종사를 바로 세우시고 도탄에 빠진 백성을 구하시어 후대에 오래오래 성군으로 기록되시옵소서!"

남파를 대표해 좌의정 윤상이 뒤를 이었다.

"신 좌의정 윤상, 주상전하의 등극을 충심으로 경하드리는 바이옵니다. 돌이켜보면 지난 4년간은 나라가 있어도 나라가 아니요, 백성이 있어도 백성이 아니었사옵니다. 부디 나라의 근원인 백성을 사랑하는 어진 군주가 되시옵소서!"

이제 새 임금의 즉위 인사말 차례가 되었다. 주상은 천천히 자리에서 일어나 연단 위로 올라섰다. 면류관의 아홉 줄이 주상의 얼굴을 감쌌다.

"개국 이래 이 나라 조선은 숭유억불 정책을 표방하며 유학을 숭상해 왔습니다. 유교는 인륜의 도리를 특별히 강조하고 있습니다. 장차 이 나라 조선은 군신간의 충, 부자간의 효를 국정의 기본으로 삼아 법과 질서가 바로 선 나라로 가꾸어 나가야 할 것입니다. 이를 위해 국정을 일신하고 적폐를 해소하여 백성들이 살기 편안한 나라로 만들 것입니다. 대소신료 여러분들의 충정과 견마지로의 복무자세를 기대하는 바입니다."

주상의 즉위 연설이 끝나자 영의정 김성조가 큰 소리로 외쳤다.

"주상전하 천세!"

이에 참석한 다른 신하들도 다함께 김성조를 따라 외쳤다.

"주상전하 천세!"

"주상전하 천세!"

이로써 바야흐로 '덕종(德宗)의 시대'가 막이 올랐다. 근 4년 만에 강녕전과 교태전이 새 주인을 맞게 됐다.

역사 말살

새 임금의 즉위로 나라는 다시 평온을 되찾았다. 궐은 모처럼 활기를 되찾았고 백성들도 새 임금에 거는 기대감으로 부풀어 올랐다.

국정의 기둥은 임금이 세우되 3정승이 곁에서 임금을 보좌하였다. 3정승은 새 임금이 국정을 익히는 기간을 3년 정도로 보고 3년간 섭정 체제를 유지하기로 했다.

오월 초, 영의정 김성조가 좌우 정승을 집으로 초대했다. 위로를 겸한 자축연 자리였다. 세 사람은 폐주 축출 거사 때부터 호흡이 잘 맞았다.

김성조가 좌우 정승에게 술을 따르며 얘기를 꺼냈다.

"우리가 한 시대를 마감했습니다. 두 분의 노고에 감사드리는 바입니다. 오늘은 모든 걸 잊고 술이나 한잔 하십시다."

"별말씀을요! 다 영상께서 잘 이끌어 주신 덕분이지요. 아무튼 결과가 좋아서 다행입니다."

술이 몇 순배 돌고 난 후 좌상이 물었다.

"혹시 특별히 하실 말씀이라도 있으신지요?"

김성조는 잠시 말이 없더니 이내 얘기를 시작했다.

"예! 두 분을 제 집으로 모신 것은 긴히 상의드릴 일이 하나 있어서올시다. 차차 말씀드리지요. 어서 술이나 한잔 더 드세요!"

술잔을 받아 든 두 징승이 한마디씩했다.

"무슨 말씀이신지 몰라도 뜸 들이지 마시고 그냥 풀어 놓으시지요!"

"설마 또 무슨 모의하자는 그런 말씀은 아니겠지요?"

"모의라니요? 허허!"

다시 술이 한 순배 더 돌았다. 열어놓은 사랑채 방문으로 마당의 난초 향내가 쏟아져 들어왔다. 김성조가 얘기를 이었다.

"다름이 아니라 폐주 얘깁니다. 아무리 생각해봐도 어떻게 그런 군주가 나왔는지 저로선 도무지 이해가 되질 않습니다. 개국 이래 첫 여왕이라고 해서 백성들도 기대를 한껏 걸지 않았던가요? 또 우리 신료들도 그랬구요. 폐주가 조금만 잘 했어도 역사에 길이 남았을 텐데 말입니다…"

김성조는 할 말을 다하지 않은 채 여운을 남겼다. 그러자 좌의정 윤상이 맞장구를 치며 말을 받았다.

"그러게 말입니다. 사실 여왕에 대해 누가 큰 기대까지는 걸었겠습니까? 그저 여왕이니까 부덕(婦德)의 가치를 국정에 반영해 좀 더 따뜻하고 부드러운 국정을 펼 줄 알았더니 이건 남자 임금들보다 더했으니 말입니다. 단설형(斷舌刑)은 두고두고 역사에 오명으로 기록될 것입니다. 말이 나왔으니 말이지 홍문식 대감이 폐주를 옹립하자고 할 때 그때 말렸어야 했는데… 지금 생각하니 후회막급입니다."

우의정 김병돈이라고 빠질 수 없었다.

"오기와 독선은 말할 것도 없고 그렇게 무능한 임금은 또 처음 봤습니다. 본인이 잘 모르면 신료들에게 물어보기라도 하면 될 텐데 침전에서 혼자 모든 걸 처리하려니 무리수가 따르는 건 당연지사지요. 솔직히 말해 폐주가 군사(軍事)를 알겠습니까? 외교를 알겠습니까? 기껏해야 문고리 권력인 우별직 노천과 좌별직 무극, 그리고 민 상궁의 치마폭에 놀아난 꼴이니 주변사람을 잘못 쓴 것도 다 폐주 자신의 책임이지요."

그동안 쌓인 것이 많았던지 두 사람 모두 청산유수처럼 얘기를 쏟아냈다. 그때 김성조가 끼어들면서 비로소 본론을 꺼냈다.

"그래서 하는 얘깁니다만, 폐주시대를 역사에서 아예 깨끗하게 지워버리면 어떻겠습니까? 요즘 그런 생각을 한번 해봤습니다."

두 사람 다 이구동성으로 폐주 욕을 하기는 했다. 그러나 그렇다고 해서 폐주시대를 역사에서 지워버리자는 김성조의 제안에 대해서는 선뜻 답을 하지 않았다. 그간 그런 선례도 없었거니와 역사를 말살하는 문제는 간단한 문제가 아니었다. 그러자 김성조가 다시 얘기를 꺼냈다.

"이유는 간단합니다. 폐주시대는 너무도 치욕스럽습니다. 우리도 조정에서 같이 정사를 봤습니다만, 그때를 생각하면 저는 지금도 잠이 잘 오질 않습니다. 폐주의 갖가지 실정을 전부 다 기록할 수도 없을뿐더러 기록할 가치조차도 없다고 생각합니다. 그리고 폐주의 실정은 우리의 책임도 전혀 없진 않구요…."

그때 좌의정 윤상이 거들고 나섰다.

"일면 동의가 되는 섬이 없지 않습니다. 그린 군주를 만난 건 백성들로선 큰 불행이지요. 선왕 같은 군주는 그만하면 양반이지요. 비교적 공평무사했고, 또 얘기를 해보면 상식이 통했습니다. 그러나 폐주는 말 그대로 독불장군이었죠. 폐주 같은 군주가 다시 나올까 두렵습니다. 실록에서 폐주를 지우는 문제는 한번 토론해 볼 만한 문제라고 생각합니다."

윤상이 김성조 쪽으로 의견이 쏠리는 듯하자 김병돈도 말투가 조금씩 바뀌기 시작했다.

"저도 그런 생각을 해보긴 했습죠. 폐주 같은 임금은 이 나라 종사의 수치요, 당대를 산 모든 사람들의 수치라고 생각합니다. 후세에 교훈으로 삼을 폭군은 연산군 하나로도 족합니다. 언제 기회가 되면 다른 신료들과 이 문제를 본격적으로 한번 토론해보시죠."

김성조는 이 정도로 바람을 잡는 선에서 끝내기로 했다. 한 번 더 이 얘기를 꺼내면 두 사람 다 끌려올 것 같다는 생각이 들었다.

"허허! 제 짧은 소견을 두 분이 너무 진지하게 받아주시니 이거 쑥스럽습니다. 자, 골치 아픈 얘기는 이제 그만 하고 술이나 한잔 더 합시다!"

모처럼 모인 세 사람은 이날 밤 늦도록 술잔을 기울였다.

그로부터 며칠 뒤, 3정승이 의정부 집무실에서 후임인사를 논의하고 있었다. 그때 승지 김인겸이 헐레벌떡 집무실로 뛰어 들어왔다.

"이 사람, 웬 호들갑인가?"

"영상대감! 큰일 났사옵니다!"

"큰일이라니? 대체 무슨 일인가?"

"편전을 담당하던 사관(史官) 박성식의 집에 간밤에 불이나 일가족 넷이 모두 불에 타 죽고 그 바람에 사초(史草)도 전부 다 소실됐다고 하옵니다."

"그게 무슨 소린가?"

"방금 말씀올린 그대로입니다. 사초가 다 불탔다고 합니다."

"허허! 이거 낭패로군! 그나마 그 사람 기록이 가장 충실할 텐데 말일세!"

말은 그렇게 했지만 김성조는 속으로 쾌재를 불렀다. 이거야말로 울고 싶은데 뺨 때려준 격이 아니던가. 김성조는 하늘이 자신을 돕고 있다고 생각했다.

"이러고 있을 게 아니라 주상전하를 찾아뵙고 보고를 드리도록 합시다."

김인겸과 정승 세 사람은 서둘러 대전으로 걸음을 옮겼다. 대령상궁이 고했다.

"전하! 3정승과 승지 김인겸이 뵙기를 청하옵나이다."

"어서 안으로 모시세요!"

주상은 혼자 책을 보고 있다가 반가운 얼굴로 이들을 맞았다.

"어서 오세요! 세 분이 늘 함께 다니시니 참 보기 좋습니다."

"황공하옵니다. 전하!"

"어떤 일로 세 분이 함께 오셨는지요? 혹시 후임인사 건 때문이신가요?"

영의정 김성조가 나섰다.

"그게 아니옵니다. 송구하오나 비보를 하나 갖고 왔사옵니다."

"비보라니요? 누가 죽기라도 했단 말입니까?"

"예, 그러하옵니다. 편전 담당 사관(史官) 박성식의 집에 불이나 일가족 넷이 모두 불에 타죽고 그가 소장하고 있던 사초(史草)도 전부 소실됐다고 하옵니다."

"어쩌다 그런 일이… 그나저나 사초가 소실됐다면 큰일 아닙니까?"

"그렇사옵니다. 폐주는 평소 사관을 가까이 하지 않았사옵니다. 그나마 편전 담당 사관이 사초를 가장 많이 소장해온 것으로 아옵니다만, 이번에 화재로 그게 전부 소실됐으니 큰 문제라고 사료되옵니다."

"…."

주상이 당장 답을 내놓지 못하자 좌의정 윤상이 나섰다.

"의정부에서 논의하여 추후 다시 보고 드리겠사오니 너무 심려

하지 마시옵소서!"

"알았소이다! 좋은 방책을 한번 찾아보세요!"

김성조 일행은 대전을 나왔다. 의정부로 돌아오는 길에 좌의정 윤상이 영의정 김성조의 어깨를 툭 치면서 말했다.

"영상대감은 하늘이 도우십니다 그려!"

"그런가요? 허허!"

회한

며칠 뒤 춘추관에서 실록청(實錄廳) 구성에 관한 안을 의정부에 올렸다.

임금이 죽으면 임시기구로 실록청을 설치하여 재위 당시의 활동상을 실록으로 편찬하였다. 사관의 사초(史草)를 기본 자료로 하되 승정원일기, 의정부등록(謄錄), 각 관서의 기록, 심지어 개인의 문집도 실록 편찬에 참고하였다.

실록 편찬은 대략 3단계로 이루어졌다. 우선 사관들이 손으로 쓴 수초(手草)를 기초로 하여 승정원일기 등을 참조하여 초초(初草)를 작성했다. 이어 2단계로 이를 수정 보완하여 중초(中草)를 만든 후 마지막으로 당상관 이상의 고위직들이 최종 감수하여 정초(正草)를 작성하였다. 실록이 완성되면 사관이 소장하고 있던 수초 등 각종 참고자료들을 전부 소각하였다. 기밀누설을 방지하기 위해서였다.

영의정 김성조는 좌우 정승, 춘추관 관계자 등 실록청 관련자들을 소집해 연석회의를 열었다. 영의정은 실록청 최고 우두머리인 영사(領事)를, 좌우 정승은 감사(監事)를 겸임하고 있었다. 임시기구인 실록청은 실무사 몇 명을 제외하면 상위직 대다수는 겸직체제였다. 김성조가 말문을 열었다.

"한 임금의 시대가 끝나면 실록청을 설치해 실록을 편찬하는 것은 우리 조선의 관례이자 법도이기도 합니다. 폐주시대가 끝났으니 실록청을 설치하는 것은 자연스러운 일이기도 합니다. 그런데 여러분도 알고 계시겠지만 최근 사관 박성식의 집에 화재가 발생해 그가 소장하고 있던 수초(手草)가 전부 소각됐다고 들었습니다. 장차 이 일을 어찌하면 좋겠소이까?"

수찬관(修撰官)을 겸임하고 있는 대사간 홍성호가 나섰다.

"박 사관 집 화재는 참으로 유감스런 일이 아닐 수 없습니다. 그러나 다른 사관들이 소장하고 있는 수초도 더러 있을뿐더러 승정원일기 등을 참고하면 폐주의 실록 편찬은 가능할 것으로 사료되옵니다."

그러자 감사(監事)를 겸임하고 있는 좌의정 윤상이 나섰다.

"들자 하니 폐주는 평소 사관을 기피하여 폐주의 행적을 기록한 사초는 거의 남아 있는 것이 없다고 들었소이다. 게다가 승정원일기 기록도 부실한데다 아니, 보다 근원적인 문제를 하나 말씀드리자면 폐주의 행적을 기록할 만한 가치가 있다고 보십니까? 저는 이 문제를 근본적으로 토론할 필요가 있다고 생각하는데 다들 어떻게 생각하시는지요?"

역시 감사(監事)를 겸임하고 있는 우의정 김병돈이 거들고 나섰다.

"제 생각도 좌상대감과 비슷하오이다. 폐주 같은 임금은 이 나라 종사와 만백성의 수치라고 생각합니다. 군이 악행과 실정을 기록으로 남겨 교훈으로 삼고자 한다면 그건 연산주 하나로도 족하다고 생각합니다. 게다가 폭군의 폭정은 그 혼자만의 것이 아닙니다. 그 시대의 수많은 대소신료들도 함께 거명이 돼야하는 폐주의 폭정을 군이 기록으로 남겨 부끄러운 선조가 되고 싶으신 겝니까?"

3정승이 이구동성으로 실록청 설치를 반대하고 나서자 여기에 토를 달고 나서는 이는 아무도 없었다. 다들 흔쾌히 동의한 것은 아니지만 이날 회의에서 실록청 설치는 하지 않는 것으로 잠정 결정이 났다.

3정승은 그길로 주상을 찾아갔다.

"전하! 관계자 연석회의에서 실록청 설치는 하지 않는 것이 좋겠다고 결론이 났사옵니다. 부디 윤허하여 주시옵소서!"

주상은 3정승의 의견이 하나로 모아졌다니 더 이상 따지지 않았다. 여기까지 온 김에 영의정 김성조는 아예 뿌리를 뽑을 작정이었다.

"전하! 후속조치로 다음 몇 가지를 건의 드리오니 윤허하여 주시옵소서!"

"말씀해보세요!"

"폐주의 실록 편찬을 하지 않기로 결정한 이상 다른 사관들이 소장하고 있는 수초는 전부 수집하여 폐기하라 명을 내리시옵소서. 아울러 이후로 폐주 관련 기록을 남기거나 입에 올리는 것을 어명으로 금지시키시고 또 전하의 어명조차도 문서가 아닌 구두로 내려주시옵기를 간청 드리옵나이다."

주상은 잠시 동안 생각하더니 찬찬히 입을 열었다.

"그리 하세요!"

기다렸다는 듯이 영의정 김성조가 말을 받았다.

"그밖에 다른 후속조치는 신들이 알아서 조치하겠사오니 윤허하여 주시옵소서!"

"알았소. 나머지 일은 세 분이 잘 의논하여 처결하세요."

"성은이 망극하옵니다. 전하!"

"성은이 망극하옵니다. 전하!"

이로써 궐 안팎의 폐주 관련 기록은 전부 불태워졌다. 아울러 어명으로 향후 폐주에 관한 기록을 남기는 자는 그 형태에 관계없이 엄벌에 처하겠다고 공표했다.

며칠 뒤 영의정 김성조는 승지 김인겸을 은밀히 불렀다. 김인겸은 원래 남파 출신이나 김성조가 권력을 잡은 후 그의 수족 노릇을 하고 있었다.

"자네에게 소임을 하나 맡길 터이니 성심을 다하게!"

"맡겨만 주시오소서, 대감! 성심을 다하겠나이다."

"실록청 실무자 가운데 애기가 통할 만한 사람을 하나 물색해 보게. 그에게 은밀하게 실록 작업을 맡길까 하네."

"실록 작업이라 하심은…."

실록 편찬 관계자회의서 폐주의 실록을 편찬하지 않기로 의견이 모아졌다. 주상의 윤허도 받은 상태였다. 그런데 다시 '실록 작업'이라니. 김인겸이 의아해 하는 것은 당연했다. 그때 김성조가 김인겸을 바라보며 빙긋이 웃었다.

"폐주의 실록은 편찬하지 않기로 결정을 했네만 폐주의 재위 4년은 어떻게든 처리를 해야 할 것이 아닌가?"

"예?"

"역사란 끊어질 수가 없는 법일세. 혜주의 4년을 공백으로 둘 순 없지 않겠나?"

김인겸은 그제야 고개를 끄덕였다. 그때 김성조가 나지막이 혼잣말로 말했다.

"기록이 없으면 왕조도, 역사도 없다네!"

며칠 후 김인겸이 김성조를 찾았다. 김성조가 반갑게 맞았다.

"그래, 마땅한 사람을 하나 물색했는가?"

"예, 예문관(藝文館) 봉교(奉敎·정7품) 송문수(宋文守)가 어떨까 생각하옵니다. 선왕 때부터 대전 전담 사신(史臣)을 지내 궐의 전후사정을 잘 알고 있을 뿐더러 애기도 잘 통하는 사람이옵니다.

송문수라면 대감께서 하시고자 하는 일을 잘 처결할 것이옵니다."

"수고했네! 일간 같이 한번 들르게!"

"알겠사옵니다. 그럼, 소생은 이만…."

이틀 뒤 김인겸이 송문수를 대동하고 의정부 집무실로 김성조를 찾았다. 송문수가 인사를 올렸다.

"예문관 봉교 송문수, 영상대감께 문안인사 올립니다."

"어서 오시게! 승지 영감한테서 그대 얘기를 들었소!"

"부끄럽사옵니다. 대감!"

"이 나라 종사와 조정의 밝은 미래를 위해 그대가 맡아서 처결해주셔야 할 일이 하나 있소. 이 일은 주상전하께서도 윤허하신 것이니 혹여라도 마음에 부담을 가질 것 없소!"

"예, 대감! 소생, 불민하오나 성심을 다하겠나이다!"

이리하여 폐주의 역사 말살작업이 은밀하게 진행됐다.

먼저 김성조는 폐주의 재위 4년을 선왕 광조(光祖)의 재위기간에 넣으라고 지시했다. 이로써 광조의 재위는 20년에서 24년으로 늘어나게 됐다. 폐주는 혜명공주로 있다가 광조가 승하하는 그 해에 돌연 사망한 것으로 처리하기로 했다.

또 광조의 실록 가운데 4년을 재구성하여 추가하되 두물섬 참사나 역병, 또 그로 인해 생겨난 괴소문이나 괴벽보 같은 것은 넣지 말라고 주문했다. 이밖에도 폐주가 임명한 국사(國師)나 별직(別職), 정탐서(偵探署), 공역서(工役署) 같은 것도 모두 제외시키라고 지시했다. 결국 노천이나 무극 같은 인물은 아예 등장조차 하지 않았다.

끝으로 김성조는 기존의 '광조실록'을 불태우고 새로 편찬한 실록을 강화 정족산, 무주 적상산, 봉화 태백산, 평창 오대산 등 사고(史庫) 네 곳에 보관하라고 지시했다.

송문수는 근 여섯 달에 걸쳐 비밀리에 이 작업을 마무리했다. 이로써 폐주의 시대는 완벽하게 말살되었다. 일이 끝난 후 송문수는 홍문관 교리(校理·정5품)로 특진하였으며, 이후 홍문관 대제학과 이조판서를 역임했다.

송문수(宋文守). 약관에 문과에 장원급제해 출사(出仕)한 그는 예문관 사관으로 근무하면서 평소 직분에 충실한 사람이었다. 승지 김인겸의 소개로 영의정 김성조의 명을 받아 폐주 역사 말살작업의 실무를 맡았던 그는 이후 자신의 행동에 큰 회의를 갖게 됐다.

이건 분명 역사에 죄를 짓는 일이야!

비록 임금의 윤허까지 받은 일이라고는 하나 역사 말살은 분명 잘못된 일이었다. 두고두고 역사에 죄를 짓는 일이었다. 사관은 임금의 일거수일투족, 심지어 임금의 숨소리조차도 기록하는 것이 본분이라고 배운 그였다.

몇날 며칠을 고민한 끝에 그는 이런 사실을 비밀리에 기록으로 남기기로 마음먹었다. 사관의 양심상 그렇게라도 해야만 죄를 씻을 수 있을 거란 생각이 들었다. 그는 폐주의 재위 4년 동안의 일들을 보고 들은 대로 가감 없이 기록했다. 그것이 바로 '비록(秘錄)'이다.

세월이 흘러 임종을 앞두고 송문수는 장남을 불렀다. 그리고는 이 '비록'을 건네주면서 단단히 일러두었다.

"이 기록은 내가 목숨을 걸고 기록한 것이니 누구든 절대로 열어봐서는 아니 되느니라. 대대로 은밀하게 보관했다가 앞으로 400년이 지난 후에 공개하도록 하라. 그 이전에 열어보다가 자칫 멸문지화(滅門之禍)를 당할 수 있으니 부디 명심하도록 하여라!"

금년이 바로 그로부터 꼭 400년이 되는 해다.

대특종

금요일 오후 4시, 한민일보 편집국.

박경호 부장은 기사를 마감하느라 여념이 없었다. 그날따라 문화계 행사가 많아 평소보다 출고기사가 많았다. 전면 특집이나 기획기사가 있으면 외려 일이 간단하다. 사장이나 편집국장은 요즘 문화부에 특종이 없다고 닦달이지만 그게 어디 말처럼 쉬운 일인가. 특종 압박 때문에 박 부장은 적잖이 스트레스를 받고 있었다.

그때 박 부장 핸드폰이 요란하게 울렸다. 우리역사연구소장 오병석 박사였다.

"오 선배! 오랜만입니다. 저 지금 기사 마감 때문에 바쁜데 좀 있다 통화하면…"

오 박사가 박 부장의 말을 끊고 나섰다.

"그래? 대특종을 무시하겠다 이거지? 알았네…"

"네? 특종이라구요?"

"암! 자네가 기자생활을 통틀어 이만한 특종은 아마 전무후무할 걸세!"

"오 선배! 잠깐만요!"

박 부장은 얼른 전화기를 오른손으로 옮겼다. 선임차장에게 기사 데스킹을 맡기고는 편집국 내 휴게실로 들어갔다. 특종이라는 말에 만사 제쳐둔 것이다.

"예, 선배! 이제 말씀해보시죠!"

"바쁘시다더니 어찌 시간이 나시나보죠?"

"에이, 놀리지 마시구요. 마감시간 땐 맨날 이렇습니다. 이해해주세요!"

"나 지금 규장각 들렀다 나오는 길인데 시간 되면 지금 당장 보세! 이왕이면 지금 이 기분으로 얘기를 들려주고 싶다네!"

박 부장은 선임 차장한테 기사 마감을 부탁한 후 서둘러 편집국을 나왔다.

택시를 타고 약속장소로 가는 도중 박 부장은 문득 오 박사의 얘기가 생각이 났다.

기자생활 통틀어 이만한 특종은 전무후무하다니. 대체 어떤 내용일까. 최근 문화면에 특종이 씨가 말랐던 터라 박 부장은 가벼운 흥분이 일기 시작했다.

약속장소에 도착하자 오 박사가 먼저 와서 기다리고 있었다.

"생각보다 빨리 도착했군!"

"택시 타고 날아왔습니다."

"요즘 날아다니는 택시도 나왔나보군! 하하!"

너털웃음을 지어 보았지만 오 박사는 아직도 가슴이 진정되지 않았다. 그래서 진정제 삼아 저녁식사를 먼저 하기로 했다.

"좀 이르긴 하지만 일단 저녁식사부터 먼저 하세!"

"그러시죠!"

식사가 끝나자 블랙커피가 나왔다. 머그컵에 가득 담긴 커피에서 진한 커피 향내가 났다. 찻숟갈로 커피를 휘휘 저으며 커피를 물끄러미 내려다보고 있던 오 박사가 찬찬히 얘기를 꺼냈다.

"먼저 두 가지만 물어보세! 우선 조선시대 역대 임금이 전부 몇 대(代)로 알고 있는가?"

"태정태세문단세로 시작해서… 마지막 순종까지 총 27대 아닌가요?"

"그다음, 조선시대에는 여왕이 있었는가 없었는가?"

"조선시대요? 조선시대에는 없다고 배웠죠? 신라시대에는 세 명이 있었고요."

"자네, 둘 다 틀렸네!"

"네? 틀렸다고요? 그럼…"

"그렇다네. 조선조 역대 임금은 27대가 아니라 28대이며, 여왕도 한 사람 있었다네!"

"오 선배! 그게 사실입니까? 만약 그게 사실이라면 역사책을 다시 써야 합니다."

"맞는 말일세! 역사책을 다시 써야 할 걸세!"

"…"

박 부장은 입을 다물지 못했다. 오 박사가 아까 전화로 한 말이 거짓이 아니었구나 싶었다. 문화면 기사로는 이보다 더 큰 특종이 나오기 어렵겠다는 생각이 들었다. 박 부장은 심장이 쿵쿵거렸다. 근래 드문 일이다. 그때 오 박사가 다시 말했다.

"방금 내가 한 얘기는 전부 사실일세. 그리고 그 자료의 출처 는…"

"혹시 제 동창생…"

박 부장은 문득 언젠가 친구 송 선생이 '여왕' 얘기를 꺼낸 일이 생각났다.

"그렇다네! 바로 자네 친구 송철균 선생일세. 얼마 전에 송 선생 댁을 방문했다가 영천 송 씨 제각(祭閣)을 구경한 적이 있는데 그때 거기서 문제의 비밀기록을 발견했다네. 아마 조만간 학계가 뒤집어질 걸세!"

"…"

박 부장은 아무 말도 하지 않은 채 오 박사의 얘기를 듣기만 했다. 아직은 그가 나설 단계가 아니었다. 얘기를 듣는 것만으로도

박 부장은 얼굴이 달아올랐다. 가슴은 아까보다 더 크게 쿵쿵거렸
다. 겨우 진정한 박 부장이 한마디했다.

"오 선배! 자세한 것은 차차 듣기로 하고 일단 맛보기라도 좀 들
려주세요!"

"그럴까? 핵심을 200자 원고지 두 장으로 술인다면 아마 이런
정도가 되겠지. 조선 중기에 한 왕이 후사가 없자 죽으면서 공주
를 왕위에 올리도록 신하들에게 유언을 했어. 그런데 실지로 그
공주가 왕위에 올랐어. 여왕은 처음에는 뭔가 잘 해보려고도 했
으나 주변에 사람을 잘못 두는 바람에 연이은 실정(失政)과 도덕
적 타락으로 백성들의 원성의 대상이 됐지. 급기야 신하들이 여왕
을 탄핵하고는 사약을 내릴 참이었지. 그러자 폐위된 여왕은 생모
인 상궁과 함께 자결하고 말았다네. 뒤를 이어 새로 즉위한 임금
은 12세여서 3정승이 대리청정을 했는데 당시 영의정이 주도하여
폐주가 된 여왕의 역사를 깡그리 지우고 여왕의 재위 4년을 선왕
의 역사에 포함시켜 버렸다네. 그리고는 그 이후로 여왕의 얘기를
기록으로 남기거나 입에 담는 것조차 어명으로 금지시켰어. 그래
서 실록에는 그 여왕의 얘기가 전혀 없다네. 당시 실록 조작 작업
에 참여한 사관(史官) 하나가 양심의 가책을 느낀 나머지 여왕의
일대기를 비밀리에 기록으로 남겼는데 그게 바로 이번에 송 선생
제각에서 찾아낸 문제의 '비록(秘錄)'일세. 이 정도면 400자가 넘
을랑가? 하하!"

"…"

그날 저녁, 박 부장은 KTX를 타고 경주로 향했다.

기차 속에서 박 부장은 오 박사가 들려준 얘기를 곰곰이 생각해 보았다.

조선시대에 여왕이 실존했는데 그 기록이 깡그리 지워졌다?

오 박사가 허튼소리를 할 사람도 아니지만 설마 이런 걸 농으로 얘기하진 않았겠지? 아니, 영천 송씨 제각에서 비밀기록을 찾아냈다고 하질 않나. 그렇다면 더 이상 따지고 자시고 할 것도 없었다. 두 눈으로 확인하는 일만 남았다.

신경주역에 도착하자 박 부장은 송 선생에게 전화를 걸었다. 마침 송 선생이 받았다.

"이 밤늦은 시각에 자네가 웬일인가?"

"아직 잠자리에 들지 않았구먼! 오늘 자네 집에서 하룻밤 신세를 져야겠는데 괜찮겠는가?"

"글쎄? 방이…."

박 부장이 송 선생 말을 끊었다.

"마땅한 곳이 없으면 처마 밑이라도 내주게! 대접받으러 가는 게 아닐세!"

심야에 갑자기 전화를 걸어 하룻밤 재워달라니 송 선생으로서는 난감했다. 그러나 오랜 친구를 섭섭하게 대할 수도 없는 노릇이었다.

"그럼 내 서재를 쓰게! 그런데 요즘 통 사용하질 않아서 좀 묵었을 걸세!"

"고맙네!"

채 20분도 안 돼 택시는 박 부장을 송 선생 집 앞에 내려주었다. 솟을대문 안쪽으로 불이 켜져 있는 걸 보니 송 선생이 기다리고 있는 모양이었다. 벨을 누르자 안에서 문을 열어주었다.

"사과는 나중에 정식으로 함세! 일단 하룻밤 신세를 짐세!"

"친구 사이에 신세라니, 잠자리를 봐뒀으니 일단 쉰 후 내일 얘기하세!"

이튿날 아침식사를 마친 후 두 사람은 제각으로 향했다.

박 부장은 몸보다 마음이 한걸음 앞서서 갔다. 잠시 뒤 대특종 감을 직접 눈으로 볼 생각을 하니 가슴이 뛰었다. 내일 자 신문에 실리고 나면 학계와 독자들의 반응이 어떨지도 궁금했다.

그런 생각을 하면서 걷다 보니 어느새 두 사람은 제각 앞에 도착했다.

"일전에 자네도 한번 와보지 않았던가?"

"시제를 모실 때 두 차례나 구경을 왔었다네!"

송 선생은 제각 옆에 붙은 서실로 박 부장을 안내했다. 박 부장은 서실이 처음이었다.

대낮인데도 서실 안은 어두컴컴했다. 창문이 없는 때문이다. 송 선생이 손전등을 비추자 입구 왼편 서가에 빼곡하게 찬 판각이 드러났다.

박 부장은 놀라워하는 눈치였으나 정작 시선은 다른 곳을 훑고

다녔다. 박 부장은 제실에 들어설 때부터 안달이 나 있었다.

"어서 보여주게!"

그때 송 선생이 한쪽 구석에 있는 작은 뒤주 같은 것을 가리키면서 말했다.

"바로 저길세. 저 문갑 속에 비록이 들어 있다네!"

송 선생은 문갑 쪽으로 가서 열쇠로 문을 열었다. 그리고는 그 안에서 노랑 보자기를 하나 꺼냈다. 박 부장은 보자기 속에서 나온 오래된 책자 하나를 받아 들었다.

비록(秘錄).

400년 만에 비로소 세상에 모습을 드러낸 비밀기록.

지난 400년간 묻혀온 비밀의 역사가 지금 그의 손에 들려 있었다.

역사는 결코 지울 수 없다. 기록은 반드시 살아남는 법이다. 진시황이 분서갱유(焚書坑儒)를 저질렀지만 당시의 기록이 다 없어진 건 아니다. 권력자가 역사를 말살한다고 해서 모든 기록마저 지울 수는 없는 것이다. 여기 바로 그 생생한 증좌(證左)가 있지 않은가. 이런 생각을 하자 박 부장은 저도 모르게 비록을 든 손이 떨렸다.

창엽문(蒼葉門)

이튿날 한민일보 1면에 대문짝만한 크기의 기사가 실렸다.

제목은 '조선시대에 여왕 있었다' 박 부장의 단독기사였다. 1면에 기사와 '비록' 사진이 실리고 5면에는 전면 해설기사가 실렸다.

한민일보 편집국은 모처럼의 대특종을 두고 흥분을 감추지 못했다.

…조선시대에 여왕이 실존했던 것으로 드러났다. 또 조선조 임금은 기존의 27명이 아니라 여왕을 포함해 모두 28명인 것으로 나타났다. 이 같은 사실은 우리역사연구소장 오병석 박사가 경주 영천 송 씨 종택에 딸린 제각에서 발굴한 비밀기록에서 확인됐다… 400년 만에 빛을 본 이번 비밀기록 발굴을 두고 역사학계는 흥분을 감추지 못했다. 역사학계에서는 조만간 이와 관련한 학술세미나를 열 계획인데, 일각에서는 역사책을 새로 써야 하는 게 아니냐는 성급한 주장마저 나오고 있다….

기사가 나간 후 독자들의 반응도 뜨거웠다. 기사에 딸린 댓글 가운데는 놀랍고 재미있다는 반응에서부터 영화로 만들면 좋겠다는 의견까지 다양했다.

박 부장은 평소 알고 지내는 역사학과 교수들로부터 전화를 받느라 정신이 없었다. 그 와중에 신문사 사장도 직접 전화를 걸어 격려해주었다. 박 부장은 모처럼 바쁘고도 유쾌한 하루였다.

며칠 뒤 박 부장은 오 박사와 저녁약속을 잡았다. 저녁 7시, 장소는 종로3가 종묘 인근의 한 음식점이었다.

7시 정각이 되자 오 박사가 빙긋이 웃으면서 약속장소에 나타났다.

"바쁠 텐데 굳이 저녁은 뭐 하러…."

"아무리 바빠도 그렇지요. 선배! 이번 특종, 정말 고맙습니다!"

"고맙긴? 되레 내가 할 소릴세!"

"네?"

박 부장이 의아해 하며 묻자 오 박사가 곧바로 답했다.

"기자만 특종이 있는 게 아닐세, 박사도 특종이 있어. 자네가 기사를 잘 써준 덕분에 벌써 학술지 두 곳에서 논문 게재요청이 들어왔다네. 이번 논문은 연구비도 두둑해."

두 사람은 식사를 하면서 '비록(秘錄)' 특종 얘기로 이야기꽃을 피웠다.

한 시간여 식사를 마치고 음식점을 나오면서 오 박사가 말했다.

"바람도 쐴 겸 저기 종묘 앞엘 잠시 들렀다 가세!"

"그러시죠!"

종묘 입구에 도착하자 오 박사가 정문을 가리키며 물었다.

"자네, 저 문의 이름이 무엇인 줄 아는가?"

"글쎄요?"

"창엽문(蒼葉門)일세. 태조 이성계 때 삼봉 정도전이 지었다네!"

"네~."

박 부장은 오 박사의 얘기를 반 건성으로 흘렸다. 궁궐의 그 많고 많은 문들의 이름을 다 외울 수는 없는 노릇이다. 오 박사의 얘기가 이어졌다.

"'비록'을 접한 후 문득 저 창엽문이 생각났다네. 왜인 줄 아는가?"

"…?"

오 박사의 얘기가 다시 이어졌다.

"창엽문(蒼葉門)은 '푸른 잎의 문'이란 뜻인데 조선왕조가 무성하게 번창하라는 의미일세. 그런데 '창엽(蒼葉)' 두 글자를 파자(破字)를 해보면 그 속에는 놀라운 비밀이 숨어 있다네!"

글자 속에 놀라운 비밀이 숨어 있다는 말에 박 부장은 귀를 쫑긋 세우며 물었다.

"어떤 비밀이죠?"

오 박사가 다시 얘기를 시작했다.

"우선 '창(蒼)'자를 파자해보면, 스물 입(卄), 여덟 팔(八), 임금 군(君) 석자가 들어 있는데 이는 '스물여덟 명의 임금'이란 뜻일세. 이번엔 '엽(葉)'자를 파자해 보세. 스물 입(卄), 세대 세(世), 열 십(十), 여덟 팔(八) 넉 자가 들어 있다네. 이 두 글자에서 공통적으로 나타나는 것이 바로 '스물여덟(28)'일세. 자네, 내가 왜 여길 오자고 했는지 이제 감이 오는가?"

"스물여덟요?"

"그렇다네, 28!"

잠시 눈을 꿈뻑거리던 박 부장이 갑자기 입을 크게 벌리며 소리 없이 웃었다. 오 박사가 이리로 걸음을 한 이유를 그제야 알아차린 모양이었다.

"그게 그래서 28이라는 얘긴가요?"

오 박사는 창엽문을 물끄러미 바라보며 지나가는 말투로 대답했다.

"어쩌면 그럴지도…."

"에이, 설마!"

"자네, 설마가 사람 잡는다는 말 못 들어 봤나? 하하!"

둘 중 그 누구도 혜주 얘기를 꺼내진 않았다.

그러나 두 사람의 가슴 속에는 혜주가 살아서 숨 쉬고 있었다.

역사에도 없고, 기록으로도 남아 있지 않은 미록(未錄)의 이름 혜주(慧主). 그 혜주는 창엽문의 비밀 속에서나 존재할 뿐이었다.

발길을 돌리는 두 사람의 머리 위로 그때 별똥별 하나가 떨어졌다.

400년을 떠돌던 혜성(彗星)의 마지막 작별인사였다.